ELOGIOS À OBRA

"Esta não é uma reescrita de *1984*; é uma recontagem fiel e respeitosa de uma história conhecida a partir de um ângulo novo em folha. Maravilhoso." - *Booklist*

"Uma façanha e tanto de imaginação e empatia, que insufla vida nova ao pesadelo de Orwell." - Dorian Lynskey, autor do livro *O Ministério da Verdade e Uma biografia de 1984, o romance de George Orwell*

"Julia ilumina os pontos cegos de Orwell e atualiza a sua obra." - *The Economist*

"Este romance extraordinário é como um cômodo recém-descoberto em sua casa num sonho - a ilusão é tão precisa, e a execução, tão magistral, que você acredita que o cômodo deve ter estado ali o tempo todo, apenas à espera de ser encontrado. Sandra Newman acertou, e em cheio, na tarefa impossível que recebeu; é provável que *JULIA* surpreenda e agrade não apenas os aficionados pelo clássico de Orwell, mas também os fãs da obra ousada, inquietante e emocionalmente tocante da própria Newman." - J. Robert Lennon

"Deliciosa e provocadora." - Edel Coffey, *The Gloss*

"Memorável até não poder mais." - *Shelf Awareness*

"O romance funciona como uma virada moderna ao clássico de Orwell e como uma obra assustadora do futuro que se destaca por si só." - *Centro de Ficção*

"Newman não se provou uma sucessora digna de Orwell; ela o superou, tanto em conhecimento da natureza humana quanto em desenvolvimento de caráter. *JULIA* deveria ser a nova obra exigida no componente curricular em escolas de ensino médio, um olhar impressionante sobre o que acontece quando uma pessoa forte enfrenta o que a humanidade tem de pior, bem como um espécime perfeito de arte derivativa que, apoiando-se em ombros alheios, consegue atingir um patamar mais elevado." - Bethanne Patrick, *LA Times*

"Uma OBRA-PRIMA... a romancista norte-americana Sandra Newman espelhou com brilhantismo a história admonitória de Orwell através do olhar de Julia... Você vai perceber [...] a potência de Newman ao adentrar e refazer o texto de Orwell, em seu uso cuidadoso de linguagem, as imagens que ela opta por ecoar ou modificar, a forma como remodela os personagens de Orwell em algo verdadeiramente original... JULIA é um romance fascinante, violento e perturbador... Newman dá conta do desafio que propôs a si mesma - e o supera."
- Erica Wagner, *Telegraph Review*, resenha cinco estrelas

"Exceto por uma cena extraordinária, tudo o que Newman faz acontece dentro dos limites da história sombria original. De alguma forma, ela adentrou o universo de Orwell e o reconstruiu, dando-lhe outra direção... *JULIA* é mais humano que *1984*, o qual, é preciso reconhecer, pode parecer absurdo considerando-se as intenções de Orwell. Mas Newman apresenta uma consideração mais abrangente da variedade de vidas sob um sistema político genocida e humilhante. E o desfecho - ah, se pudéssemos falar sobre ele! O fim se contorce de maneira ainda mais errática do que as caudas dos ratos ávidos para devorar os globos oculares de Winston." - Ron Charles, *Washington Post*

"Newman faz muito mais do que atualizar *1984*: ela o torna uma leitura essencial mais uma vez. *JULIA* usa as lentes distópicas de meados do século XX de Orwell como forma de refletirmos sobre nossos próprios tempos conturbados. Entre os temas que vêm à tona estão a cultura da vigilância, o capitalismo 'encrudecido', a insegurança climática e o desaparecimento dos direitos reprodutivos femininos." - Kathryn Hughes, *Sunday Times*

"Newman vira do avesso a clássica visão de Orwell sobre o futuro, e os leitores se descobrirão cativados e surpresos pelo que acontece quando o alvo da admiração de Winston Smith olha para trás, recontando sua jornada de amor e a resistência... O livro me marcou profundamente." - Natasha Walter, *The Guardian*

"Muito prazeroso de ler, criativo e interessante." - Daisy laFarge, *The New York Times*

"Uma distopia ricamente visionária e assustadora, que retoma por inteiro o texto de Orwell, agindo *como um reflexo de 1984 e, ao mesmo tempo, destacando*-se como uma obra feminista original e profundamente fascinante... Mais para o fim do romance, um personagem comenta: 'Não há escolha, apenas é preciso viver como se houvesse'. Essa fala é emblemática não apenas do romance, mas também de seu desfecho cínico, terrível e triunfantemente inevitável. Com *JULIA*, Sandra Newman nos proporciona um romance que até o Partido admitiria ser DUPLIPLUSBOM."
- Catherine Taylor, *Financial Times*

"Estonteantemente bem pensado." - *IPAPER*

"O romance de Newman é tão engenhoso e sensível ao original - e, acima de tudo, tão sagaz - que é possível imaginar Orwell apreciando-o de cabo a rabo." - *The Telegraph*

"Newman é uma potência como escritora, e sagaz sobretudo em relação às ressonâncias históricas... No fim, Newman nos leva de volta às origens de *1984*: um mundo como em 1944 [...] com um exército aliado perambulando em jipes enquanto o povo dança. A obra é um espetáculo. A festa é um delírio." - Robert Coll, *The Times*

"Em *JULIA*, Sandra Newman inaugura o universo de *1984* considerando os acontecimentos do romance a partir de um ponto de vista feminino [...] uma reflexão fascinante sobre o totalitarismo refletido na época de Orwell e na nossa." - *The Guardian, 2023's Biggest New Books*

"*JULIA* apresenta uma personagem feminina com uma vida interior rica... Um final sinuoso, de acordo com o original, torna esta leitura agradável mesmo para quem não tem familiaridade com *1984*." - *The Economist*

"A impressão é que Newman tem qualificação única para atualizar o *cri du coeur* antifascista de Orwell [...] ela enfeita as arestas da visão original ao estilo da Segunda Guerra Mundial, com inúmeros floreios espirituosos." - *Kirkus Review*, resenha estrelada

"Um lembrete atemporal sobre como a linguagem do ódio pode facilmente ser elaborada e manipulada... Há momentos em que isso é sombriamente engraçado." - Sally Morris, *Daily Mail*

"Esta não é uma reescrita de *1984*; é uma recontagem fiel e respeitosa de uma história conhecida a partir de um ângulo novo em folha. Maravilhosa."
- *Booklist*

"A escrita de Newman é muito vivaz; suas descrições contêm a energia e o frescor necessários para uma releitura bem-sucedida... O principal êxito [de Newman] é, sem dúvida, a reformulação da própria Julia, não mais um joguete e uma mulher traída, mas desta vez uma potência totalmente reconhecida para ser recontada."
- *Irish Times*

"Uma releitura provocativa e feminista [...] a voz narrativa de Julia é agradavelmente intrépida conforme ela se orienta com cautela em meio à nefasta política de vigilância do Partido, e uma reviravolta deixa a narrativa original de cabelo em pé. Newman acrescenta uma nova camada cinzenta ameaçadora ao universo sombrio de Orwell." - *Publishers Weekly*, resenha estrelada

"Repleto de sexo, surpresas e uma reviravolta chocante, *JULIA* é um lembrete providencial sobre a importância da obra de Orwell - e de como seus recantos inexplorados podem ser divertidos e ao mesmo tempo perturbadores." - *Esquire, Best Books of Fall 2023*

"Excelente... Ousada, eloquente, frequentemente atraída para coisas perturbadoras em termos psicológicos, Newman é digna de receber o icônico bastão de *1984*."
- Jane Graham, *Big Issue*

"*JULIA* é um livro vibrante e sangrento que corresponde ao espírito do original enquanto, ao mesmo tempo, destroça alguns de seus elementos - a saber, o personagem de Winston Smith... DUPLIPLUSBOM, como diriam os residentes da Pista de Pouso Um."
- Francesca Steele, *iNews / Scotland on Sunday*

"*JULIA* é inteligente. Newman não vai nos fazer acreditar que ela desconhece a natureza humana ou nos pedir que esqueçamos o que sabemos sobre contrarrevoluções."
- *Irish Independent*

"Newman nos oferece um vislumbre impactante do mundo distópico de uma Grã-Bretanha totalitária, inclusive uma ideia da geografia política da Pista de Pouso Um, mais fascinante do que qualquer coisa mostrada por Orwell... uma leitura deliciosamente perversa e envolvente." - Eileen M. Hunt, *Literary Review*

"A escrita impecável de Newman capta com habilidade o tom deste romance distópico... Recomendo de olhos fechados; uma história bem-executada, tão significativa no mundo de hoje quanto a original de Orwell em 1949." - *Library Journal*, Resenha Estrelada

"Por toda a sua morbidez - e apesar dela -, a maioria das pessoas ficaram alvoroçadas por *1984*. Uma vergonha Orwell não ter escrito outro. Levou 75 anos para alguém tentar preencher esse vazio, e *JULIA* é de uma vivacidade que teria feito as máquinas de ficção do Ministério da Verdade saírem dos eixos... Pode ter levado três quartos de século, mas "1985" enfim chegou."
- *Strong Words Magazine*

"*JULIA* é uma obra devastadora... Newman tem tanto virtuosismo que você não vai conseguir largar este livro..." - Sally Adee, *New Scientist*

"*1984* continua sendo um marco da literatura distópico-política, mas *JULIA* oferece aos leitores contemporâneos novas maneiras de refletir sobre o romance de Orwell, ao mesmo tempo construindo com engenhosidade seu mundo, totalmente concretizado e crível." - Anna Walker, *The Conversation*

"*JULIA* nos atrai para uma Parte Três que, na verdade, vai além do roteiro de *1984*. É a rara resposta à pergunta que não quer calar no fim de um bom livro: *e o que aconteceu depois?* Por um momento, ainda que breve, os leitores podem ter esperança de que rebeliões nem sempre estão fadadas ao fracasso, e que indivíduos podem ter algum poder sobre o coletivo." - *AP News*

"Sandra Newman escreveu um romance esplêndido por si só, que em nada ficará devendo ao ocupar o mesmo lugar na estante que *O Conto da Aia* e *O Poder*, de Naomi Alderman." - Louisa Young, *Perspective*

"A versão de Sandra Newman não deixa nada a dever ao original *1984* de Orwell.". - Andrea Clearly, *Sunday Business Post*

"Uma distopia tão assustadora quanto a obra-prima original. *JULIA* tem todos os elementos de um clássico que assumirá seu lugar ao lado da criação de Orwell." - *Regional Press*

SANDRA NEWMAN

JULIA

SANDRA NEWMAN

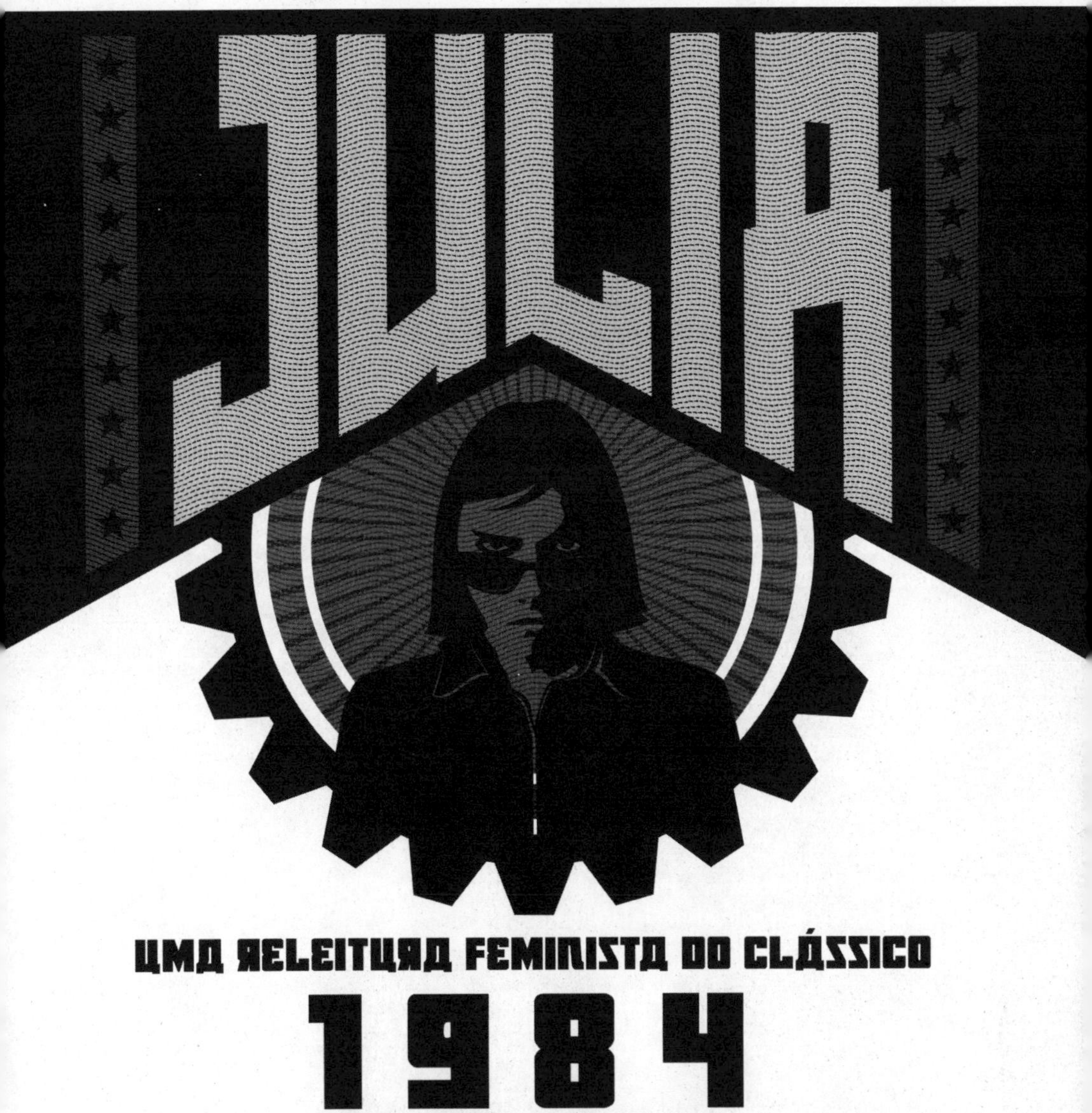

JULIA

UMA RELEITURA FEMINISTA DO CLÁSSICO

1984

DE GEORGE ORWELL

TRADUÇÃO
MAÍRA MEYER

JANGADA

Título do original: *Julia*.

1ª edição 2024.

Editor: Adilson Silva Ramachandra
Gerente editorial: Roseli de S. Ferraz
Preparação de originais: Marta Almeida de Sá
Gerente de produção editorial: Indiara Faria Kayo
Editoração eletrônica e capa: Cauê Veroneze Rosa
Revisão: Vivian Miwa Matsushita

Dados Internacionais de Catalogação na Publicação (CIP)
(Câmara Brasileira do Livro, SP, Brasil)

Newman, Sandra
Julia : uma releitura feminista do clássico / Sandra Newman ; tradução Maíra Meyer. -- 1. ed. -- São Paulo : Editora Jangada, 2024.

Título original: Julia

ISBN 978-65-5622-079-6

1. Distopias na literatura 2. Ficção inglesa 3. Orwell, George, 1903-1950 - Crítica e interpretação 4. Totalitarismo I. Título.

23-182815 CDD-823

Índices para catálogo sistemático:
1. Ficção inglesa : História e crítica 823
Cibele Maria Dias - Bibliotecária - CRB-8/9427

Jangada é um selo editorial da Pensamento-Cultrix Ltda.
Direitos de tradução para o Brasil adquiridos com exclusividade pela EDITORA PENSAMENTO-CULTRIX LTDA., que se reserva a propriedade literária desta tradução.
Rua Dr. Mário Vicente, 368 — 04270-000 — São Paulo, SP — Fone: (11) 2066-9000
http://www.editorajangada.com.br
E-mail: atendimento@editorajangada.com.br
Foi feito o depósito legal.

para Jeff

PARTE UM

1

Foi o homem da seção de Registros quem começou, todo desavisado em seus modos empertigados e sinistros, seu jeito superior do ANTICPENSAR. Era ele a quem Syme chamava de "Velha Miséria".

Para Julia, ele não era cem por cento novidade. O pessoal das seções de Ficção, Registros e Pesquisas almoçava no número 1.300, portanto, todos os rostos eram conhecidos. Mas, até então, ele tinha sido apenas o Velha Miséria, com cara de quem havia engolido uma mosca, que mais tossia do que falava. Camarada Smith era seu nome verdadeiro, embora, de certa maneira, "camarada" nunca tivesse combinado com ele. Claro que, se alguém se sente tolo chamando uma pessoa de "camarada", é mil vezes melhor não falar com ela.

Ele era franzino e tinha boa aparência. Bonitão — ou seria, se não parecesse sempre tão azedo. Nunca era visto sorrindo, a menos que fosse o falso esgar de piedade do Partido. Julia cometeu o erro de sorrir para *ele* uma vez, e em troca recebeu um olhar de azedar leite. As pessoas diziam que ele era excelente no trabalho, mas que não progredia porque seus pais eram IMPESSOAS. Isso o amargurava, supunha-se.

Não obstante, era vergonhosa a maneira como Syme o atormentava. No Ministério da Verdade, Syme trabalhava na seção de Pesquisas, elaborando termos da NOVILÍNGUA[1]. O objetivo das palavras desse novo vocabulário era purificar a mente das pessoas, mas aprendê-las era um pé no saco. A maioria confundia tudo, mas Smith Velha Miséria sequer dizia "NÃOBOM" sem

1. Segundo George Orwell, no romance *1984*, "NOVILÍNGUA" é o vocabulário pelo qual os personagens da história se comunicam. Trata-se de um linguajar todo modulado por palavras que podem e que não podem ser ditas. Foi uma descrição profética acerca do que se tornaria a fala politicamente correta no mundo atual. (N. da P.)

que isso parecesse queimar sua boca. Syme via nessa situação um motivo para segui-lo por aí e agir como seu melhor amigo, sobretudo para metralhá-lo com termos da NOVILÍNGUA e ver o sujeito se contorcer. Smith também não tinha estômago para execuções públicas, portanto, Syme falava sobre os enforcamentos que presenciara, reproduzindo os ruídos dos homens estrangulados e dizendo que gostava de ver as línguas deles rolando para fora. Smith ficava verde. Era esse o tipo de diversão que Syme apreciava.

Julia havia conversado com o homem apenas uma vez, quando eles se sentaram próximos em uma mesa da cantina. Na época, ela ainda nutria esperanças em relação a ele. Havia pouquíssimos homens atraentes na verdade, e ela pensou que Smith seria uma paquera para espantar o tédio dos dias. Portanto, ela matraqueou com mais entusiasmo do que era normal sobre o novo Plano de Três Anos e como a Ficção teve a sorte de conseguir novos funcionários, só elogios ao Grande Irmão — aliás, como andava a seção de Registros?

Em vez de responder, ele disse, sem olhá-la nos olhos:

— Então, você trabalha em uma das máquinas de ficção?

Ela riu.

— Eu conserto tudo quanto é coisa que quebra, camarada. Não é uma máquina só. Seria uma máquina e tanto essa aí que eu teria de consertar o dia todo!

— Sempre vejo você com uma chave inglesa — ele disse.

Os olhos dele foram parar na faixa vermelha da Liga Antissexo de Juniores na cintura dela e em seguida se afastaram depressa, como se ele tivesse tomado um choque. Julia percebeu que o pobre coitado estava com medo dela. Ele pensou que Julia estava prestes a denunciá-lo por CRIMESSEXO — como se ela pudesse enxergar alguma obscenidade que ele estivesse ruminando!

Bem, não houve muita coisa a partir daí. Eles terminaram de comer em silêncio.

A situação mudou no dia em que O'Brien foi à seção de Ficção, uma morosa manhã de abril de maus ventos, quando toda a Londres chacoalhava e gemia e parecia prestes a sucumbir nas próprias bases. Com a entrada de O'Brien, a Ficção virou um hospício — todos exibindo como conseguiam trabalhar duro —, mas a equipe de Julia era puro silêncio. Ela passou a manhã inteira no passadiço, observando em vão no aguardo das bandeiras amarelas, sinal de que alguém precisava de um conserto. Normalmente, elas pipocavam como ervas daninhas, e Julia ficou o dia todo perambulando com a mesma cantilena: "Camarada, está chacoalhando... Ah, agora não funciona. Você poderia só dar uma verificada?". A maioria das solicitações de serviço não passava de uma desculpa para escapulir a fim de bater papo e tomar gim, e Julia sempre fazia sua parte, desligando a máquina e fingindo sair em busca da fonte do problema inexistente.

Naquele dia, não houve um único pio na casa. Todos estavam com muito medo de ser considerados sabotadores por O'Brien. Julia passou a manhã andando pelo passadiço, desesperada por um trago, mas consciente de que bastava um cigarro para parecer ociosa no aspecto criminal.

A Ficção era uma fábrica em um salão amplo e sem janelas que ocupava os primeiros dois andares subterrâneos do Ministério da Verdade. O espaço era dominado pelo maquinário das histórias — oito máquinas colossais que se pareciam com simples caixas de metal reluzente. Quando abertas, seu interior revelava um conjunto desconcertante de sensores e engrenagens. Apenas Julia e sua colega Essie sabiam como entrar ali sem causar danos. O mecanismo central era o caleidoscópio. Ele tinha seis conjuntos de garras que selecionavam e transportavam elementos da trama; centenas de peças de metal que eram apanhadas e descartadas até encontrar um grupo que se encaixasse. Esse molde bem-sucedido era montado — também por máquinas — em uma chapa magnetizada. A chapa era mergulhada em uma bandeja de tinta e, em seguida, girada para fora, estampava um rolo de papel. O pedaço de papel com a impressão era cortado. Um gerente de produção o liberava.

O resultado era uma impressão matricial chamada, de modo jocoso, de "cartela de bingo", que codificava os elementos de uma história: gênero, personagens principais, cenas importantes. Certa vez, um funcionário da Reescrita tentou ensinar a Julia como interpretá-los, mas em vão. Mesmo depois de cinco anos na fábrica, para ela, esses elementos poderiam ser algo como caracteres pictóricos do leste asiático.

Ela observou um gerente de produção retirar uma nova impressão do rolo e sacudi-la para secar a tinta. Quando concluiu que estava boa, ele a enrolou, inseriu-a em um cilindro verde e o colocou dentro de um tubo pneumático. Do lugar onde estava, Julia conseguiu ver a trajetória do cilindro por um emaranhado de mangueiras de plástico translúcido no teto que ia até um compartimento na ala sul da sala. Era na Reescrita, onde homens e mulheres se sentavam em filas compridas e murmuravam em ditógrafos[2], transformando "cartelas de bingo" em romances e histórias. Mas nessa etapa não havia nenhuma máquina envolvida, e o interesse de Julia acabou ali.

Ela não perdia o fascínio pelo maquinário de histórias, por seu funcionamento e pelo que poderia dar errado. Sabia como as tintas eram produzidas e adorava explicar por que o azul causava problemas. Sabia como o papel ficava firme e o que poderia fazê-lo grudar ou vincar. Sabia, de um modo insuportável, quando uma peça precisaria ser substituída às pressas e como enviar a solicitação sem ser barrada pelo Comitê de Bens Capitais. Mas dos livros, que eram o resultado final, ela pouco sabia, e se importava ainda menos.

Certa vez, um camarada da Reescrita disse a ela que também era assim, embora tivesse sido um leitor voraz no passado.

— As pessoas dizem que, se você adora linguiça, nunca deve ver como ela é feita. Depois, você fica com nojo. Eu sou assim com os livros — disse ele.

Para Julia, essa afirmação não valia para linguiças. Ela havia preparado e comido linguiças sem pensar duas vezes. Certa vez, para ganhar uma aposta, havia comido linguiça crua. Mas valia para o *Revolution's Victory: All for Big Brother* ou *War Nurse VII: Larissa*.

Enquanto pensava nisso, percebeu que estava à toa, observando O'Brien. Ele caminhava devagar pela fábrica, fazendo discursos improvisados, perguntas, sorrindo amavelmente para todos. Nas seções distantes dele, os funcionários continuavam de cabeça baixa e com cara de paisagem. Imitavam o melhor possível as máquinas, em vários casos, de uma maneira muito boa. Entretanto, quando estavam próximos a O'Brien, todos os rostos se voltavam para ele, reavivados por uma ligeira esperança, como flores viradas para o sol. Várias pessoas tinham sido dissuadidas a deixar seus postos e se reuniam ao redor dele, ouvindo extasiadas o que o homem dizia. Em geral, um papo-furado de um membro do Partido Interno sempre prevalecia sobre o trabalho.

---

2. No original, "*speakwrite — a machine that transcribes speech into text*", algo como "digitador por voz". (N. da P.)

Lá de cima, na passarela, Julia observava. O que mais saltava aos olhos era o contraste físico entre O'Brien e seus ouvintes. O'Brien usava um macacão preto-azeviche do Partido Interno feito de algodão norte-americano resistente, o qual lhe caía tão bem que parecia ter sido feito sob medida. Os demais eram do Partido Externo, por isso usavam macacões azuis de fibra que ou eram justos demais ou ridiculamente largos. Depois de um único uso, as fibras rasgavam nos joelhos; depois de vinte usos, os joelhos ficavam cheios de remendos. A tinta saía na lavagem; portanto, cada macacão tinha um tom de azul meio diferente do outro, além de ficar manchado onde a cor se apagava de maneira desigual. O'Brien era alto e forte, mas o pessoal da Ficção era terrivelmente magro ou barrigudo. Eles se curvavam na permanente aflição dos oprimidos, enquanto O'Brien era um homem que andava ereto e se assemelhava a um touro. Ela imaginou suas grandes mãos cheias de cicatrizes nos nós dos dedos e seu nariz pontudo quebrado, embora na verdade ele não tivesse marcas. Além de tudo, ele tinha charme: tratava todo homem como amigo e fazia todas as garotas acharem que lhe chamavam a atenção. Tudo falso, é claro, no entanto, ninguém conseguia deixar de gostar dele.

Ao observá-lo, Julia se lembrou de um filme que ela vira, em que um homem do Partido Interno ficou preso na Segunda Região Agrícola e acabou salvando a colheita. Só ele conseguiu ver que o problema do milho era um inseto minúsculo que devorava o alimento de dentro para fora. Isso graças a seu intelecto superior, simbolizado pelos óculos elegantes que ele usava na ponta do nariz. Entretanto, quando chegou a hora de ajudar na colheita, ele dobrou os óculos, colocou-os no bolso e sua força bruta maravilhou os camponeses. As garotas suspiravam por ele, e os trabalhadores riam à beça com suas piadas pragmáticas. O'Brien era exatamente assim em relação aos óculos dourados e às garotas que suspiravam. Naquele instante, Margaret, do alojamento de Julia, se materializara ao lado dele na Máquina 4, rindo de qualquer coisa que O'Brien dizia, com as bochechas rosadas, uma das mãos nos cabelos empoeirados. Margaret sequer trabalhava na Ficção e não tinha nenhum motivo plausível para estar ali. Atrás dela estavam Syme e Ampleforth, ambos colegas de trabalho do décimo andar. Os três devem ter sido alertados de que O'Brien estava presente e vieram correndo.

Irritada, Julia desviou o olhar, pois ela mesma deveria estar conversando com O'Brien — não por amar seus olhos azuis, mas para verificar se ele precisava de alguns reparos domésticos. A maioria precisava; o pessoal da Habitação levava uma eternidade e nunca tinha peças quando, enfim, aparecia. Julia fazia reparos domésticos por causa do desafio — era o que ela dizia —, mas quase todo mundo era gentil o bastante para lhe dar cinquenta dólares. E com os membros do Partido Interno valia muito a pena, mesmo que eles não pagassem nada. Na verdade, podia ser melhor se não pagassem nada. Isso significava tratamento de amigo. Julia ouvira falar de pessoas que conseguiam trabalho ou apartamentos graças a amigos do gênero.

O'Brien seria o "amigo" ideal. Mesmo assim, Julia continuou na passarela, seu semblante um misto de respeito e estado de alerta. Pensar em se aproximar do homem lhe causou arrepios no corpo. O'Brien era da seção do Amor.

Naquele instante, toda a energia das máquinas foi cortada. Elas zumbiram e desaceleraram com um grunhido semelhante ao de uma grande fera soltando um suspiro pesado e aliviando seu imenso fardo no chão. No silêncio que se seguiu — um silêncio estranho, semelhante à perda auditiva após uma bomba —, soou-se o apito para os Dois Minutos de Ódio.

A seção de Ficção, junto a uma dezena de outros, nutria seu Ódio pelo setor de Registros. A seção de Registros tinha espaço; metade do escritório havia sido desocupada no Pequeno Ajuste de 1979. Ela também se revelou uma boa mudança para a Ficção, já que trabalhavam nos recônditos sem luz, enquanto a seção de Registros ficava no Décimo Andar, com janelões nas quatro paredes. O problema era que eles não deviam usar elevadores — um exercício saudável, camaradas! Para piorar a situação, havia três andares "fantasma", que no passado abrigavam escritórios movimentados, mas agora estavam vazios, portanto, na verdade, o Décimo Andar era o Décimo Terceiro Andar. Isso não significava apenas três lances extras, mas também a necessidade de passar por esses andares-dos-mortos.

Cada patamar nas escadas era controlado por uma teletela. Syme e Ampleforth, que tinham dificuldade para subir, faziam pausas a fim de comentar, com aparente fascínio, qualquer coisa dita pela engenhoca, enquanto transpiravam e limpavam o suor da testa. Julia tinha o hábito de sorrir para cada teletela ao passar, imaginando algum homem entediado pela vigia se animando ao vê-la aparecer. Escadas não a intimidavam. Aos 26 anos, nunca fora tão forte e, com certeza, nunca estivera tão bem alimentada. Naquele dia, ela estava excepcionalmente animada, conversando com todo mundo que encontrava, trocando apertos de mão e rindo de piadas. O nome que Syme tinha dado a ela era "Me Ame", que, às vezes, a fazia refletir, mas poderia ter sido bem pior. Só no fim ela parou, de repente, ao perceber que poderia alcançar O'Brien. A propósito, ela estava bem perto dele quando o grupo entrou na Registros.

A primeira coisa que ela viu foi Smith — o Velha Miséria. Ele estava enfileirando cadeiras e, concentrado na tarefa, parecia muito simpático. Esbelto, quase quarentão, bem bonito e de olhos cinzentos, ele se parecia com o homem do cartaz "Honre Nossos Trabalhadores Intelectuais", embora, é claro, sem o telescópio. Parecia estar sonhando com algo frio, mas bom. Talvez estivesse pensando em música. Ele se movia com um prazer evidente, apesar de mancar de leve; era possível perceber que ele gostava de realizar trabalhos físicos.

Mas em seguida ele notou Julia, e sua boca se afinou de repulsa. Foi surpreendente como isso o transformou de falcão em réptil. Julia pensou: "Nada que uma boa transa não resolva!". Isso quase a fez rir, pois, é claro, era verdade. O grande problema dele não era o fato de seus pais serem IMPESSOAS ou de ele não conseguir se manter em dia com a doutrina do Partido, ou, mesmo, sua tosse asquerosa. O Velha Miséria tinha um caso grave de Sexo Malsucedido. E, claro, a culpada era a mulher. Quem mais seria?

Sem dar muita trela para isso, quando Smith se sentou, Julia foi se acomodar bem atrás dele. Para si mesma, ela justificou o ato porque o assento era bem ao lado das janelas. Porém, quando ele se retesou, desconfortável com sua presença, ela ficou maliciosamente satisfeita. Ao lado dela havia uma prateleira baixa com apenas um livro: um velho dicionário NOVILÍNGUA de 1981, agora coberto por uma leve camada de poeira. Ela se imaginou passando o dedo pela poeira e escrevendo na nuca dele com a sujeira — talvez um *J* de Julia —, mas, é claro, ela nunca faria isso.

O único problema era que, dali, ela podia sentir seu cheiro. Para todos os efeitos, ele tinha que cheirar a mofo, mas ele cheirava a suor de macho, e dos bons. Depois, ela reparou nos seus cabelos, espessos e bonitos, que aparentavam ser bem gostosos de tocar. Como era injusto o Partido transformar bonitões em aberração. Que levassem os Ampleforths e Symes e deixassem os Smiths para ela.

Então, adivinhe só... Margaret foi se sentar perto de Smith, e O'Brien foi atrás e se sentou do outro lado dela. Margaret e Smith se ignoraram. Todas as pessoas da Registros eram assim. Ler ideias antigas o dia todo era um trabalho traiçoeiro, e os funcionários da Registros não forçavam amizade uns com os outros. Mas o que agora incomodava Julia era a curiosidade de saber por que O'Brien estava no encalço de Margaret. Será que ele *gostava* de ver a simplória Margaret sorrindo e suspirando por ele?

Julia desviou o olhar — era sempre a opção mais segura quando alguém fazia algo estranho — e ficou observando através dos janelões. Naquele instante, um pedaço de jornal passou girando freneticamente pelo ar antes de se espalhar com tudo no chão e mergulhar sobre os telhados bem abaixo. Daquela altura, não era possível diferenciar os bairros proletários e os do Partido; isso sempre foi estranho. Também demorava um pouco para identificar os buracos onde as bombas haviam caído; nas ruas, eles estavam por toda parte, e, às vezes, Londres mais parecia uma cratera que uma cidade. O uso particular de combustíveis era proibido durante o dia, e era possível divisar raras colunas de fumaça onde ficavam os centros de refeições A1. Cortes de energia também estavam em vigor, e as janelas escuras e encardidas dos prédios de escritórios continham o brilho sombrio do mar.

Uma pequena parte da vista era obstruída, no prédio vizinho dos Transportes, pela enorme teletela, cujas imagens em movimento criavam a ilusão de que a luz do dia continuava brilhando e mudando de modo sutil. As imagens se repetiam em um *looping* simples. Primeiro, via-se um grupo de crianças de bochechas rosadas brincando com inocência em um parque. No horizonte, um grupo misterioso de pervertidos, eurasianos e capitalistas se avizinhava, indo apanhar as crianças com mãos brutas. Em seguida, um recorte do Grande Irmão aparecia e botava os vilões para correr e surgia um lema no céu: OBRIGADO, GRANDE IRMÃO, POR NOSSA INFÂNCIA SEGURA! Depois disso, as mesmas crianças reapareciam, agora com o uniforme da organização infantil, os Espiões: bermuda cinza, camiseta azul e lenço vermelho. Os alegres Espiões marchavam com uma bandeira INGSOC,[3] e no céu o *slogan* se tornava JUNTE-SE AOS ESPIÕES! Depois, tudo desaparecia, e a primeira imagem voltava.

Sobrevoando essa cena com agitação estavam os helicópteros. Primeiro, notavam-se os grandes, cuja passagem era audível mesmo por trás de janelas espessas. Eles eram manejados por um piloto e dois artilheiros, e, às vezes, via-se um artilheiro sentado de modo displicente à porta aberta de um helicóptero, com o rifle preto descansando sobre os joelhos. Quando se observavam os helicópteros, começava-se a notar o bando de microcópteros abaixo; assim, os maiores pareciam pais dos pequenos. Os micros não eram pilotados, mas operados por controle remoto. Serviam apenas para vigilância, e, nos distritos do Partido Externo, com frequência, alguém parava de prestar atenção na própria tarefa e descobria um micro sobrevoando ao lado da janela como se fosse um pássaro abelhudo.

Mas a coisa mais impressionante na vista era o Ministério do Amor. Ele despontava da montanha de ruínas e casas baixas como uma barbatana branca rompendo a água turva marrom. Na superfície brilhante, era possível avistar as silhuetas minúsculas dos trabalhadores amarrados a uma variedade de cabos finos, limpando as laterais bizarramente alvas. Com exceção do detalhe ínfimo dos trabalhadores, o prédio era tão branco que dava a impressão de ser uma ausência: um portal para o nada que atravessava a cidade suja e o céu repleto de nuvens. O Ministério do Amor não tinha nenhuma janela, o que conferia à sua beleza austera um efeito sufocante. Julia ouvira falar que lá os ratos não tinham olhos; sem luz, não havia necessidade. Era besteira, é claro. Mesmo quando a energia era cortada, os quatro grandes ministérios sempre tinham luz elétrica. Não obstante, os míticos ratos cegos a perturbavam. Eles representavam os horrores reais por trás daquelas paredes; horrores que não se podiam ver e deveriam ser imaginados na ignorância.

Passando o Ministério do Amor, sentido sudoeste, ficava a torre de vidro mais modesta do Ministério da Fartura, reluzente. Mais ao sul, o

---

3. Abreviação de "Socialismo Inglês" no idioma NOVILÍNGUA, referente ao partido governante no romance *1984*, de George Orwell. (N. da T.)

Ministério da Paz era visível apenas como uma luz em meio ao nevoeiro. Além dele, Julia podia ver uma fraca névoa verde, que talvez fossem os campos nos confins de Londres. Ela sempre achava que essa névoa era Kent — ou a Zona 5 Semiautônoma, seu nome correto —, onde crescera.

A maioria dos outros funcionários da Verdade tinha nascido na cidade e passava pelas janelas sem olhar, mas Julia nunca se cansava de Londres. Ela chegava a adorar o fato de o local ser arruinado e detonado, uma loucura, se se afastasse dos bairros do Partido. Era a maior cidade da Pista de Pouso 1, a cidade mais populosa de toda a Oceania, da Zona Semiautônoma de Shetland à Região Econômica da Argentina. Julia nunca deixava de se sentir sortuda por estar ali, por ter nascido em uma SAZ (Semi-Autonomous Zone), entre vacas e pastagens.

Enquanto ela olhava pela janela, a sala se encheu e o cheiro de homem de Smith desapareceu em meio a um bafio generalizado de roupa suja, suor azedo e sabonete barato. A expressão de algumas pessoas já era de indignação, preparando-se para o Ódio. Era sempre bizarro vê-las rosnando e gritando de um modo rude com uma teletela em branco. Com a ansiedade habitual, Julia sentiu que não seria desta vez, pois eles tentariam se enfurecer e desistiriam envergonhados, ou simplesmente explodindo de rir. Sempre que imaginava isso, ela se via em pé repreendendo os engraçadinhos. Na verdade, ela seria a primeira a rir.

Então, começou. Primeiro, veio a sensação; depois, o barulho: uma vibração de trovão que se transformou em uma voz extremamente alta e rouca. Parecia agitar as próprias cadeiras de metal e fazer a luz fervilhar de enxaqueca. Todos berraram de raiva quando a teletela mostrou o rosto familiar e abominável de Emmanuel Goldstein.

Era um rosto magro, com uma expressão intelectual e uma benevolência que logo passava a ser calculista e fria. Atrás dos óculos, os olhos eram ao mesmo tempo infantis e lascivos. Os lábios grossos estavam sempre úmidos. Davam vontade de cruzar as pernas. Os cabelos lanosos e brancos que cresciam pela cabeça eram semelhantes a ovelhas, assim como seus traços bulbosos. Até sua voz continha um balido queixoso. No início do clipe, ele fazia um discurso que *a priori* parecia com qualquer outro discurso do Partido. De fato, em longos trechos, era NOVILÍNGUA: *o PENSARDOENTE ultrapassou o bem dos*

VEROCOMBATENTES.[4] Era preciso apurar os ouvidos para entender que se tratava de uma série de ataques contra a Oceania, o Partido e o seu estilo de vida.

Emannuel Goldstein fora um herói da revolução, tendo lutado ao lado do Grande Irmão. Depois, ele se voltou contra o Partido, e agora dedicava sua considerável sagacidade e sua energia à destruição da Oceania e de seus habitantes. Ninguém estava a salvo de sua maldade. Se não conseguisse virar os cidadãos contra o Partido, envenenaria o abastecimento de água. Se não conseguisse perverter crianças pequenas, bombardearia suas escolas. Detestava a decência e a coragem por não ter essas qualidades e, por isso, odiava o Grande Irmão com todo o seu coração parasita e deformado. Embora seus discursos fossem sempre repletos de mentiras óbvias e jargões sem sentido como "liberdade de expressão" e "direitos humanos", ele ainda conseguia engambelar algumas pessoas. Seus acólitos eram responsáveis por tudo de errado na Oceania, desde sabotagem, ou seja, ninguém teria comida suficiente, até o moral baixo dos soldados, impedindo a Oceania de vencer a guerra.

É claro que nem tudo devia ser verdade. Eram tantas as histórias de crimes de Goldstein que ele teria levado mil anos para cometê-los. Era para Londres estar infestada de terroristas, mas ninguém nunca tinha visto um em carne e osso. As histórias de Goldstein fugindo da justiça eram particularmente inverossímeis, sempre envolvendo feitos empolgantes de coragem de nossos Garotos de Preto e um episódio humilhante em que Goldstein caiu de costas ou choramingou implorando pela vida, apenas para ser resgatado no último minuto por algum vilão — em geral, alguma autoridade do Partido que tivesse caído em desfavor no dia anterior.

Hoje, Goldstein se pronunciava contra a guerra da maneira mais pueril e ofensiva, como se o combate fosse culpa da Oceania. Não se importava nem um pouco com as pessoas que tinham sido mortas por bombas naquela manhã. No caso de alguém correr o risco de se deixar levar, na tela atrás da cabeça dele havia filas de soldados eurasianos marchando — uma massa infinita de homens imensos, de semblante rígido. Agora, o Ódio estava a todo vapor, a sala inteira arfando e berrando. Margaret estava bem vermelha, sua boca se esticava em uma ira sensual, e O'Brien, com valentia, pusera-se em pé,

4. No original, "*sickthinking overtaked plusgood of truefighters*". (N. da T.)

como se quisesse enfrentar um inimigo odiado. Até Smith rugia com malevolência surpreendente e dava chutes espasmódicos no patamar da cadeira. Por um instante, Julia correu um risco e se distraiu, perguntando-se se Smith, no âmbito científico, estava fingindo. Então, uma crise de pânico tomou conta dela. Ela havia se esquecido de continuar gritando. Agora, sentia um bocejo a caminho.

Por impulso, ela apanhou o velho dicionário de NOVILÍNGUA da prateleira ao lado. Respirando fundo, ela gritou "Canalha! Canalha! Canalha!" e atirou o pesado livro por cima da cabeça das pessoas. Ele voou de um lado para outro e foi bater na tela, fazendo um ruído estrondoso. Todos se assustaram, e naquele momento outra ideia acometeu Julia. Seu ato poderia ser considerado um ataque à tela. A resistência das teletelas era notável, e um livro não poderia causar nenhum estrago real — mas será que O'Brien sabia disso? Ele pensaria que a atitude dela era sabotagem?

No entanto, O'Brien continuava berrando, desatento, e outras pessoas começaram a atirar na tela qualquer coisa que tivessem à mão. Um homem jogou um maço de cigarros; outro, o próprio sapato. Julia transpirava de medo, mas logo passou. O bocejo traiçoeiro havia ido embora.

Então, a imagem na tela começou a mudar. O rosto de Goldstein se transformou no semblante de uma ovelha de verdade, e sua voz se tornou um longo *béééé*. Tão logo as pessoas começaram a rir e vaiar, a ovelha foi substituída por um corpulento soldado eurasiano saltando em direção ao espectador com uma pistola semiautomática. Algumas pessoas na frente recuaram.

Mas essa figura logo se mesclou à imagem do rosto reconfortante do Grande Irmão — o líder do Partido —, um homem de cerca de 45 anos, cabelos escuros grossos e bigode preto. Esse Grande Irmão era e não era parecido com o jovem Grande Irmão desarmado dos cartazes de recrutamento do exército, ou o Grande Irmão criança que aparecia nos distintivos dos Espiões. O líder maduro era bonito e extremamente másculo, tinha modos diretos e seguros. Era um homem que lutara por seu povo durante décadas e sobrevivera para ver sua previsão se tornar realidade. Ao longo do caminho, fora traído por incontáveis homens que julgara camaradas verdadeiros e quase fora morto pelos capitalistas um sem-número de vezes, mas ainda permanecia firme contra a Horda. Ele compreendia o homem comum e lidava com todos os seus problemas. Era grandioso, mas também bondoso. Não era preciso ser tolo para amar o Grande Irmão; de qualquer modo, era sempre isso que acontecia.

Quando o Grande Irmão falou, todo mundo se virou para a tela, como se quisessem se alimentar de sua luz. Ele disse: "Permanecemos unidos. É nossa a verdade...". Seguiram-se mais palavras grandiosas e corriqueiras, que se esvaíam da mente de Julia ao serem pronunciadas. Margaret se inclinou sobre o respaldo da cadeira vazia à sua frente, murmurando "Meu Salvador!", e enterrou o rosto nas mãos. Smith também se inclinou para a frente, com sua bela cabeça erguida.

Nos últimos segundos, o rosto do Grande Irmão sumiu e foi substituído pelos três lemas centrais do Partido, escritos em grossas letras pretas em fundo vermelho: GUERRA É PAZ. LIBERDADE É ESCRAVIDÃO. IGNORÂNCIA É FORÇA. Em seguida, a teletela se apagou e deixou os espectadores vendo os próprios reflexos na tela apagada. Eles começaram a cantar: "G-I! G-I! G-I!". O canto começou descoordenado e confuso, mas logo se ajustou e tomou um ritmo lento e cadente. Quem ainda estava sentado se levantou; alguns batiam os pés no chão ou tamborilavam nos respaldos das cadeiras. Essa parte do ritual era sempre um alívio. Todos relaxavam e sorriam. Outro pensamento bem pensado, outro sentimento certo. Via-se quão pouco o Partido exigia deles, afinal. Não era preciso saber todas as últimas palavras da NOVILÍNGUA ou penar para acreditar em coisas contraditórias. Se você odiasse o inimigo, poderia ser amado. As pessoas sorriram umas para as outras com ares de estarem dopadas, e alguns olhos se encheram de lágrimas. O Ódio tinha sido bom.

Agora, só restava o problema menor de saber quando parar de cantar. Ninguém queria ser o primeiro a parar, mas ser o último também não era bom. Julia decidiu usar O'Brien como referência — mas, quando ela pensou nisso, ele virou a cabeça, e ela ficou espantada ao ver que o homem já havia parado. A expressão dele também estava estranha; não demonstrava alegria, mas, sim, uma curiosidade cômica. À primeira vista, Julia achou que fosse algo de teor sexual, então, pensou, surpresa, que a caipira da Margaret de fato o atraíra de alguma maneira.

Mas O'Brien não estava olhando para Margaret. Por incrível que pareça, o olhar dele se cruzou com o de Smith. E o semblante de Smith estava receptivo, silencioso, vívido de uma suavidade enigmática. Era como um prado reluzindo sob a luz do sol.

De modo instintivo, Julia se virou, e naquele momento o canto havia terminado. Ela fechou a boca em um último "I" remanescente e, ao olhar de volta, O'Brien e Smith estavam de novo com a cabeça voltada para a frente, com uma expressão sombria. Ela nunca saberia o que era aquela atenção recíproca.

A princípio, ela não entendeu o que havia presenciado. As pessoas se olhavam. O que significava aquilo? A expressão amigável de Smith não se distinguira da de ninguém mais durante o canto. E por que surpreendeu O'Brien olhar para o Velha Miséria de um modo irônico, sem compromisso? Não era mais do que Syme fazia todos os dias.

As pessoas começaram a se levantar das cadeiras. Ampleforth se aproximou e passou a conversar de um jeito servil com O'Brien sobre as novas cotas para poesia. Meneando a cabeça e fazendo cara de interessado, mais uma vez, O'Brien irradiava sinceridade. Quando Smith começou a recolher as cadeiras, ele estava tenso e azedo, voltando a ser o que era.

Não, não havia acontecido nada, afinal. Julia tirou aquilo da cabeça e se levantou, iniciando o longo trajeto de volta à Ficção.

2

Depois do Ódio, Julia tirou duas horas de folga por motivo de Doença: Menstruação. Na verdade, ela estava a caminho de seu alojamento para resolver o problema de uma privada que teimava em continuar entupida. Era um conserto que talvez ela tivesse adiado, com O'Brien metendo o bedelho, mas o alojamento só tinha duas privadas e, segundo a experiência de Julia, era inevitável que a outra ficasse bloqueada ao pôr do sol. De qualquer modo, "Doença: Menstruação" era um privilégio do qual todas as garotas se utilizavam e abusavam. Qualquer pretensão de que isso correspondia a uma doença, ou mesmo a qualquer período específico do mês, era vaga lembrança. Na guarita, ninguém sequer pestanejou pelo fato de Julia também ter assinado um registro de saída de uma broca de encanador. Claro, os guardas eram uns paspalhos; talvez pensassem que fosse uma ferramenta necessária para a menstruação.

Àquela hora, o compartimento de bicicletas estava vazio. A única pessoa que havia ali era um monitor adormecido em uma cadeira com uma garrafa de gim Victory entre os pés. Centenas de bicicletas vermelho-tomate danificadas estavam encostadas nos suportes ao lado de uma fileira de cartazes O GRANDE IRMÃO ESTÁ DE OLHO EM VOCÊ! e um *banner* com o lema BICICLETA PARA A SAÚDE!. A maioria das bicicletas, é claro, estava inutilizada; as correntes, ressecadas de ferrugem, os aros, curvados. Naquela manhã, Julia havia escondido uma Atlantic confiável entre duas bicicletas velhas e deformadas, mas alguém deve tê-la visto e surrupiado. Ela passou os olhos pelos suportes em busca de faixas e fitas — marcadores que as pessoas usavam para sinalizar uma bicicleta que funcionava. Sem esperança. Levou dez minutos para ela achar uma International antiga e resistente, confiando que aguentaria o trajeto de volta para casa.

Quando ela saiu, as teletelas externas do Ministério transmitiam o programa musical do horário do almoço, com uma imagem de ondas quebrando e "Maid of Oceania" como música de fundo. As paredes dos prédios vizinhos exibiam fileiras de cartazes G. I.: O GRANDE IRMÃO ESTÁ DE OLHO EM VOCÊ, O GRANDE IRMÃO ESTÁ DE OLHO EM VOCÊ, O GRANDE IRMÃO ESTÁ DE OLHO EM VOCÊ. Eram apenas essas palavras e o rosto sério e bondoso do homem, que preenchia o cartaz de tal forma que parecia expandir além das bordas e correr em sua direção. Quando Julia chegou a um cruzamento, havia cartazes à direita e à esquerda cobrindo todos os espaços disponíveis. Uma vez, ela tinha visto um homem fazer um truque com um baralho em que todas as cartas se transformavam no rei de espadas. Então, ele mexia no baralho, fazendo correr todas as figuras, inacreditavelmente as mesmas. Os cartazes eram hipnotizantes da mesma maneira. Por toda a rua, eles passavam por Julia como soldados em marcha enquanto o refrão piegas de "Maid of Oceania" tocava em todas as janelas abertas, nas teletelas das paradas de ônibus, nos alto-falantes no topo das árvores no Parque Mártires de Dezembro. Era comovente até mesmo para Julia, que gostava de pensar em si mesma como uma cética obstinada. Na bicicleta, os cabelos ao vento, a música tocando e o G.I. a observando de todas as direções a faziam se sentir como a adorável operária do filme *Airstrip One the Free*, que renunciou ao seu amor verdadeiro para se dedicar à luta contra os inimigos do INGSOC. A canção e a fantasia só sumiram quando ela fez a curva para se dirigir ao antigo distrito legal, onde começava o bairro proletário de Londres.

Era um mundo de casas amontoadas e em ruínas, escoradas por feixes de madeira desorganizados. Algumas paredes haviam sido reforçadas com pedaços de troncos de árvores cortados com um machado. Todas as janelas estavam inacabadas, fechadas com tábuas ou substituídas por cortinas fornecidas pelo governo, cobertas de poeira. Não havia eletricidade. Durante o dia, as pessoas do distrito, bem como a mobília, ficavam nas ruas. O pessoal permanecia sentado bebendo chá, jogando cartas, remendando roupas sob abrigos improvisados feitos de cortinas, papelão e ruínas de casas bombardeadas.

Julia teve de ficar atenta às crianças andando para lá e para cá, aos bêbados, às poltronas molhadas, às garrafas descartadas. Também foi enervante a maneira como as vozes dos proletários sumiram quando sua bicicleta se aproximou, mas ninguém olhou para vê-la passar. Seu macacão do Partido também devia ser um manto de invisibilidade.

Depois de atravessar essa área movimentada, se avistavam dois vales poeirentos nos quais bombas lançadas pelos foguetes tinham aplainado tudo. Em ambos, o pavimento da estrada tinha desaparecido, então, Julia precisou descer da bicicleta e erguê-la acima de montes de destroços. O primeiro local bombardeado era relativamente novo. Ainda havia pó de gesso rodopiando pelo ar, e uma família de catadores vasculhava os destroços. A filha mais bonita — uma órfã de olhos pretos de 9 ou 10 anos, usando um vestido aveludado duas vezes maior que ela — estava sentada em um cobertor à beira da estrada vendendo seus escassos achados aos transeuntes: sapatos puídos, porcas e parafusos velhos, um par de óculos gastos.

O segundo local existia havia bem mais tempo e já tinha sido ocupado por barracas de desabrigados. Ao redor deles, salgueiros cresciam nos escombros. Parte dos desabrigados era composta de ex-moradores dos edifícios destruídos, mas também havia nômades que viajavam de um lugar para outro, na maioria, soldados dispensados que não tinham recebido permissão para morar em Londres. Lugares assim eram considerados perigosos, e as garotas alertavam seriamente umas às outras a respeito. Porém, mais uma vez, um homem esquelético, erguendo os olhos de sua fogueira ao som da passagem de Julia, avistou seu macacão azul e olhou através dela como se a moça fosse um espaço vazio.

Ao chegar às ruas de Highbury que pertenciam ao Partido, de volta aos cartazes enfileirados do G.I., a tensão de Julia se aplacara o suficiente para que percebesse o quanto estava tremendo. Ela cumprimentou o patrulheiro na fronteira, e a atitude dele se animou de um modo que a fez intuir o sorriso por trás da máscara. Tudo estava silencioso até ela passar pelo muro alto do estádio de futebol, com seu mural mostrando o famoso gol de Butler contra a Lestásia. O uniforme da Lestásia havia sido pintado de branco pouco tempo antes, um indício de que a aliança com a Lestásia estava mal das pernas. Na rua em que Julia morava, havia uma fileira de castanheiras em flor, com uma aparência excepcionalmente festiva em virtude das grossas fitas vermelhas ao redor dos troncos, revelando que elas estavam marcadas para ser derrubadas. Um grupo de crianças brincava na rua, e, quando Julia saltou da bicicleta e a encostou no muro do alojamento, todas elas começaram a cantar ao redor de uma menina que pulava sobre um desenho de giz e girava uma bola de borracha em volta dos pés. Julia reconheceu o jogo: era a Forca. O desenho de giz representava um cadafalso, e as crianças pulavam acima dele ao ritmo de um canto. Se alguém encostasse em uma linha de giz com o pé ou a bola, viraria o "inimigo" e seria "enforcado".

O jogo da Forca fora idealizado pela lendária Mamie Faye, do Departamento Infantil da Verdade — a mesma que compusera as canções "A Promessa do Pequeno Espião" e "O Porquinho Não Pode se Esconder". O jogo foi criado para comemorar o enforcamento dos três mais famosos Inimigos do Povo, os vira-casacas Rutherford, Aaronson e Jones. O toque especial de Mamie Faye adicionava um tio imaginário à lista de inimigos — em histórias infantis, sempre havia um tio desmascarado como espião por um sobrinho ou uma sobrinha perspicaz.

A canção dizia:

Rutherford, Aaronson,
seu tio e Jones;
olhos e ossos,
ceia para os traidores.

Eles chutam sem parar
a chorar e resmungar,
mas não estamos nem aí;
sabemos o que fizeram aqui!

Enforque-os, pelados,
na chuva e no frio,
Rutherford, Aaronson,
Jones e seu tio.

No final, o jogador atirava a bola no ar e falava o nome de outro jogador, que tinha de pegar a bola antes que ela caísse no chão; do contrário, ele se tornaria o inimigo e seria "enforcado". Isso significava receber alguma punição — lamber água da poça ou deixar todos os outros participantes beliscarem seu braço.

Em geral, Julia achava a maldade do jogo engraçada. Que coisas horríveis as crianças apreciavam! Dessa vez, no entanto, seus pensamentos se voltavam para O'Brien e Smith olhando para ele com adoração. Do nada, ela se lembrou do primeiro nome de Smith: Winston. Muitos homens daquela época se chamavam Winston; sem dúvida, por conta de algum herói da revolução que, mais tarde, viraria um traidor e evaporaria. Esse Winston teria passado pelo Ministério do Amor — ou qualquer que fosse o nome do ministério na época. A mãe de Julia costumava dizer: "Ele passou pelo Amor quando era apenas Afeição!".

Agora, as crianças haviam reparado em Julia, e um menino com cara de fuinha e uniforme dos Espiões a esquadrinhava com suspeita. Julia deu um sorriso amigável para ele e virou-se para a porta do Women's 21 com aguçada descontração, dizendo a si mesma para se lembrar de guardar sua porção de chocolate para as crianças nessa semana. Se elas percebessem que uma pessoa havia oferecido de bom grado a guloseima eventual, não ficariam tão afoitas para inventar histórias a seu respeito. De qualquer maneira, só uma criança teria estômago para comer o chocolate do Partido.

As outras garotas tinham deixado para ela um naco de pão e um pedaço de queijo na mesa da monitora, na entrada. O queijo era a porção racionada a que todos chamavam de "sola", mas Julia estava faminta após o trajeto e, de todo modo, ia perder o almoço. Ela devorou sua refeição, em pé, ao lado da mesa, enquanto Atkins, a monitora, tagarelava.

Atkins era da Nacionalidade, e seu rosto tinha uma intensa cor marrom que, no início, deixara Julia encantada. Ela chegou até a se perguntar se a origem dessa cor derivava das comidas africanas, embora já soubesse que isso era tolice. Em todos os outros aspectos, Atkins era a típica fiel ao Partido Londrino no fim da meia-idade. Ela ria de tudo, mostrando os cinco dentes que lhe restavam, e era capaz de expressar quase qualquer ideia com o entusiasmo do Partido, como um cão informando suas necessidades ao latir e abanar a cauda. Seu macacão era todo remendado, uma moda durante a juventude, e no colarinho ela usava o distintivo bronze da Mãe Heroína, concedido pela façanha de criar dez filhos até eles chegarem à idade do serviço militar obrigatório.

Na parede ao lado de sua mesa havia fotografias de sete desses filhos. Seis eram retratos do Departamento de Transportes, tirados no Muro dos Mártires, antes de eles serem enviados ao *front*, e cada um estava adornado com o selo do Leão Vermelho, que indicava que a pessoa havia morrido na guerra. Uma filha, que ainda estava viva, era representada por fotos em todas as idades, da infância aos 40 anos. Ela era faz-tudo no Departamento de Transportes e, quando adulta, ficara parecida com Atkins. A camarada Atkins nunca mencionava os três filhos não representados, então, se sabia, mesmo sem perguntar, que eles tinham se tornado IMPESSOAS. Era estranho pensar que eles não haviam deixado nada para trás além de sua parcela de três décimos naquele distintivo bronze.

Muitos monitores eram da Nacionalidade. Era um meio de se tornar membro do Partido e ficar a salvo dos campos; portanto, para eles, as inúmeras horas pareciam um preço pequeno a se pagar. As más línguas diziam que o pessoal da Nacionalidade era mais disposto a dar informações sobre pupilos brancos e que não tinha dó de arrancar propina deles. Entretanto, diziam as mesmas coisas das Zonas Semiautônomas, por isso, Julia sempre andava com um punhado generoso de sal. No entanto, a monitora Atkins não era nem um pouco assim. Aceitava pequenos presentes agradecida, mas nunca maltratava garotas que não tinham nada para dar. Idolatrava o Partido, declamando cada novo item do dogma com empolgação ingênua, mas não tinha o menor interesse em reportar os outros por entenderem errado o dogma. Perdendo apenas para o Partido, ela mimava seus pupilos, e nunca foi conhecida por iniciar uma Conduta Amarela ou uma Conduta Vermelha, muito menos uma Conduta Preta. Na época de Julia no Women's 21, elas só perderam três garotas. Com uma monitora mais draconiana, teriam chegado a treze bem fácil.

Se Atkins tinha um ponto fraco, era o fato de gostar de uma boa conversa. Ela fez Julia ficar em pé ao lado de sua mesa enquanto fofocava sobre os últimos triunfos do INGSOC, meneando a cabeça e concordando feliz consigo mesma. No início, Julia se concentrou no seu pão com sola, mal ouvindo ao que Atkins dizia sobre as resoluções tomadas no apoio às tropas na reunião da União dos Monitores do Norte de Londres, que ocorrera na noite anterior. Atrás dela, a teletela discorria à vontade sobre produção de arroz nas regiões agrícolas da América, e o combo transmissão + falatório lhe causava um ligeiro sono. Mesmo quando a conversa de Atkins se voltou para as brigas mais recentes no alojamento, Julia apenas fez cara de compaixão enquanto limpava as migalhas que havia deixado. De repente, ao ouvir o nome "Vicky", ela voltou a ficar atenta.

Atkins dizia:

— ... tão exausta. Fui arrumar as camas hoje de manhã e eis que dou de cara com a pequena Vicky curvada no beliche com o cobertor puxado até a cabeça. Sabe-se lá quando ela teria acordado, se não fosse por mim. Imagina chegar atrasada para trabalhar no Comitê Central!

— É o trabalho que faz isso — comentou Julia, de repente. — A Vicky só está cansada.

— E eu não sei? — Atkins meneou a cabeça. — Comitê Central! É demais para reles mortais, homens ou mulheres. Só acho uma vergonha ela sofrer por isso depois de todo o ótimo trabalho que fez para o presidente adjunto Whitehead.

À menção de Whitehead, ambas fizeram uma pausa, sem olhar para a teletela. Era possível sentir os vigias se inclinando para a frente ao ouvir o nome.

Julia disse, com entusiasmo ensaiado:

— Ah, o camarada Whitehead é duplamente esperto. Todos nós sempre o admiramos muito!

— Oh, sim — disse Atkins. — Ele é um prodígio. Mas não usa as garotas como intermediárias. Ele logo as esgota, por mais que as recrute tão jovens. Quantos anos a Vicky tem? Dezoito?

— Dezessete. Acabou de fazer.

— Sei que o trabalho no Comitê Central é muito importante, mas é uma vergonha vê-la tão acabada — comentou Atkins. — Ela mal consegue comer sem botar tudo pra fora. De nervosismo, suponho.

Atkins olhou para as mãos, franzindo a testa. Julia esperava, sentindo o queijo cair feito chumbo no estômago. Na teletela, uma mulher lia de um modo animado uma lista de itens agrícolas que haviam sido produzidos em maior quantidade do que a projeção do Plano de Três Anos havia previsto.

— Abacates... cinquenta toneladas métricas acima do plano! Bananas... setenta toneladas métricas acima do plano!

Esses vívidos relatórios agrícolas pareciam sempre apresentar alimentos nunca encontrados nas lojas. Julia sequer teria sabido da existência de alguns deles se os arautos não ficassem sempre enfatizando que sua produção era abundante. Seria possível acertar a cabeça dela com um abacate e ela continuar sem saber.

Atkins prosseguiu, em um tom baixo, confidencial:

— Sabe o que eu acho que a Vicky deveria fazer?

Julia percebeu o rumo que aquilo estava tomando e sentiu vontade de resmungar, mas se obrigou a perguntar, com ânimo:

— O quê?

— INSEMART! — respondeu Atkins. — É isso. Ela deveria fazer tratamento de INSEMART.

INSEMART era inseminação artificial. Nessa época, era o método preferido do Partido para seus membros terem bebês. Sexo fora do casamento sempre tinha sido crime, mas agora até o matrimônio era visto com suspeita, como fonte de lealdades divididas. O único camarada bom era o que dedicava cada micropartícula de energia ao Partido. Entretanto, esses camaradas não podiam ser invocados do nada. Logo, era necessário gerá-los por inseminação artificial; em seguida, eram separados de seus produtores e criados em centros de desenvolvimento infantil por funcionários imparciais. A INSEMART estava no controle da "nova direção sobre a família" do Partido, e eram concedidas mesadas às garotas que se inscreviam.

Também era assim que garotas solteiras acobertavam CRIMESSEXOS ao engravidar.

Atkins continuou:

— O Whitehead vai entender se Vicky passar um tempo fora para fazer INSEMART. É claro que vocês, garotas, deveriam pensar a respeito, mas no caso de Vicky só se pergunta por que ela ainda não fez isso. É o ideal quando se está cansada. Ela poderia ganhar porções extras de comida neste instante e deveria estar ansiosa para ficar na ala médica, com os pés para cima, recebendo chás trazidos por enfermeiras. Oh, que trabalho divertido é ter um bebê. E a INSEMART é tão limpa e científica... Eu mesma teria feito, se não tivesse tido os meus do jeito antigo. E ela continuaria virgem! Pensa...

Sendo cuidadosa, Julia fazia cara de paisagem. É claro que Atkins sabia que Vicky era tão virgem quanto um abacate. O que Atkins *não* sabia era que as garotas já haviam passado semanas falando das vantagens da INSEMART a Vicky, afirmando como isso era divertido — um remédio tiro e queda para "transtornos do ventre". É claro que elas falaram. Vicky era o bebê delas, a mascote do alojamento, que ainda chorava quando um dos gatos pegava um rato. Julia tentara convencê-la com especial afinco, discorrendo sobre seus dois cursos fracassados de INSEMART, os doces que ganhou e o distintivo que recebeu, como se fossem suas lembranças mais queridas. Chegara a insinuar, sempre com todo o cuidado, que o motivo de ter feito os cursos não foi apenas patriótico. Julia era a grande favorita de Vicky, a quem a menina seguia feito um filhote de ganso aos pés da ave mãe; deveria ter funcionado.

Mas Vicky também era uma adolescente temperamental que não queria pensar nos próprios problemas e se tornava tola e teimosa quando a lembravam deles. Na SAZ, era possível pegar uma menina como essa pelo pescoço e enfiar juízo na cabeça dela. Seria possível dizer apenas: "Não seja uma maldita idiota. Você está grávida e, se piorar as coisas, vai ter o bebê no acampamento!". Em Londres, você tinha que conversar por meio de enigmas, e, em relação a Vicky, metade do tempo era falar consigo mesma.

— Sei que não vale a pena eu trazer isso à tona — Atkins disse. — Quem dá ouvidos a uma velha patética como eu? Mas você ela ouve. Sei que ouve.

— Talvez o camarada Whitehead possa dar uma opinião — Julia replicou, com uma brandura ensaiada.

Atkins se encolheu e disse:

— Oh, ele anda muito ocupado! Um homem tão importante! Um trabalhador altruísta pelo Partido!

— Excelente homem. Dá tudo de si — disse Julia.

— Bem, se ao menos ela refletisse a respeito... — Atkins balançou a cabeça. — Ela fica lamentando. Não é esse o caminho.

Ela passou a esquadrinhar o rosto de Julia com o olhar, e esta sentiu uma fúria inevitável. Eram as pessoas mais legais que dificultavam as coisas.

Atkins devia saber que não era possível ajudar todo mundo, não se as pessoas não ajudassem a si mesmas.

Mas, então, Julia se pegou dizendo:

— Vou conversar com a Vicky. Não prometo que ela vá me ouvir, mas vou ver no que dá.

Atkins se animou como se o dia estivesse salvo.

— Eu sabia que podia contar com você, camarada! — ela disse. — Agora, não vou mais segurá-la. Tempo e privadas não esperam ninguém.

No Women's 21, o dormitório, a estação de monitoramento e a sala comunitária ficavam no térreo, e todos os encanamentos estavam no andar de cima. Essa disposição deixava Julia fula da vida. Ela tinha certeza de que a pressão da água era fraca, portanto, é claro que haveria entupimentos como poucos, e qualquer vazamento passaria direto pelo piso e iria parar nas camas. As pessoas diziam que esse projeto tinha sido feito para conferir uma camada de proteção se uma bomba-foguete caísse enquanto os residentes dormiam. Era uma bela teoria, mas Julia tinha outra. Ela achava que o Partido tinha feito isso para deixá-la irritada.

A cozinha não funcionava mais e era usada apenas para secar as roupas, então, as pessoas davam as caras sobretudo na sala da VIDAPRÓPRIA. "VIDAPRÓPRIA" era uma palavra da NOVILÍNGUA para expressar o tempo que se passa sozinho: para fazer caminhadas longas, ler um livro, ver o pôr do sol. Era sempre pejorativa, usada para lembrar os camaradas de que o tempo não empregado para o bem do coletivo era um desperdício. Em uma porta do alojamento, no entanto, VIDAPRÓPRIA significava tão somente privada. Quando Edie, que era lá de onde Judas perdeu as botas, chegou no Women's 21, ela franziu a testa ao ver a placa VIDAPRÓPRIA e perguntou:

— Eles estão tentando dizer que nossas vidas são uma merda?

Margaret olhara apreensiva para a teletela, e Edie captou a mensagem e acrescentou, em voz alta:

— *Eu* não acho que minha vida seja uma merda! Acho minha vida espetacular!

Julia ouvira dizer que o nome era um resquício da época em que os alojamentos ainda tinham banheiros, portanto, é claro que os trabalhadores não deviam ser incentivados a demorar lá dentro. Agora, as pessoas usavam o banheiro do Partido e tomavam banho sob o olhar atento de um oficial, que apitaria se elas demorassem.

O último cômodo no andar de cima era o vestiário. Foi para lá que Julia se dirigiu, meio tensa, como sempre ficava quando tinha que trocar de roupa. Os vestiários tinham teletelas nas quatro paredes, que ficavam inclinadas na parte de cima dos guarda-volumes, então, era impossível se trocar sem ser visto. Também era contra as regras acondicionar qualquer coisa que pudesse bloquear a visão, supostamente para que fosse mais difícil esconder mercadorias ilegais. Mas a crença generalizada era que, na verdade, os vigias novos gostavam de espiar as garotas nuas. A linha oficial dizia que a equipe de INFOSEC que observava essas telas era composta de mulheres, mas os rumores eram outros. De qualquer modo, se Julia tinha aprendido alguma coisa durante os anos na Liga Antissexo de Juniores, era que não eram poucas as mulheres que admiravam formas femininas.

Era nisso que ela pensava enquanto abria seu armário, então, quase não notou o pedaço de papel que havia sido empurrado para dentro do respiradouro. Ao perceber sua presença, pegou-o com displicência, presumindo se tratar de um bilhete sobre a situação das privadas. Vendo a mensagem que ele continha, ela congelou, fechando depressa o papel em sua mão. Nesse instante, seu coração se acelerou. Ela se forçou a respirar de maneira uniforme e voltou a mexer no armário como se nada impróprio tivesse acontecido. Sentiu um calor por todo o corpo, um calor que logo viraria suor.

Tarde demais, ela percebeu que um bom membro do Partido teria feito um estardalhaço para as telas, depois corrido e entregado uma Conduta Vermelha para Atkins. Se ela fizesse isso agora, qualquer idiota veria que seu choque era falso. A ideia dos ratos sem olhos do Amor lhe dando mordidas no escuro passou por sua cabeça. Agora, o suor escorria, e ela estava gélida naquele cômodo medonho.

O bilhete dizia: EU TE AMO.

No primeiro momento de pânico, ela imaginou, sem razão, que a mensagem era de Winston Smith. Claro que não poderia ser. Mesmo se tivesse pensado em escrever um bilhete desses, ele nunca entraria no Women's 21. Os candidatos mais prováveis eram o inspetor de habitações, que muitas vezes se demorava no dormitório xeretando as roupas de baixo penduradas para secar, ou o carteiro, que trazia encomendas e estava sempre sonhando acordado com essa ou aquela pessoa. O rapaz com quem Julia andou saindo às escondidas deveria ser o primeiro suspeito, mas não era. Ele cuidava dos estoques da Fartura e era bonito de se ver, mas gozava em um minuto e voltava a falar sobre os deveres no Partido enquanto Julia ainda procurava os sapatos.

O bilhete em si não fornecia nenhuma pista. As letras se formavam de um jeito bem desajeitado; claramente, tinha sido escrito por alguém não habituado a usar uma caneta. Mas poderia ser qualquer um com menos de 30 anos. Desde o advento dos ditógrafos, a maioria das pessoas raramente segurava uma caneta ou um lápis na mão. A tinta era aquosa e azulada, e a última metade do U não passava de uma ranhura despigmentada no papel, mas, de novo, poderia ser qualquer caneta em Londres. Uma boa tinta preta teria fornecido mais informações a Julia.

Ela tinha quase certeza de que os vigias não haviam notado nada anormal: era só um bilhete, como os outros que as garotas entregavam com frequência umas às outras, sobre tarefas ou porções de comida compartilhadas. Talvez sequer tivessem visto o bilhete. Ela ficara de costas para a tela, e a porta do armário impediu a visão. Na pior das hipóteses, eles teriam visto Julia olhando para a mensagem e, em seguida, retomando seus afazeres. E, agora que tivera meio minuto para refletir, ela se arrepiou ao pensar que poderia ter feito um estardalhaço. Imagine enviar o pequeno carteiro para o Amor, ou o pobre coitado da Fartura. De qualquer modo, nenhuma denúncia era desprovida de riscos, sobretudo quando havia CRIMESSEXOS envolvidos. Se acusavam um homem de qualquer coisa do tipo, na maioria das vezes, ele levava a garota consigo como "incentivo". Não, ela se recompôs. Seus instintos SAZ a fizeram sobreviver.

Com o bilhete enfiado na mão, ela tirou as "nojeiras" que usava para trabalhos sujos. O macacão estava tão gasto que havia manchas semelhantes a liquens nos joelhos. O fundilho estava quase transparente. Pequenos furos na parte frontal revelavam os locais onde partículas de tabaco haviam caído de cigarros ao longo dos anos.

Com um sorriso simpático, ela se virou para a tela e disse:

— Só vou tirar minha roupa boa, para não estragá-la. Se houver um camarada homem a serviço, pedirei a você que olhe para o outro lado.

Com frequência, Julia fazia esse tipo de anúncio para divertir as outras garotas. Supunha-se que isso faria vir correndo cada camarada homem ao alcance da voz. Julia não se importava com quem via sua bunda descoberta, que, aliás, era bem bonita, nada de que se envergonhar. Às vezes, ela até se excitava ao imaginar os vigias ficando com tesão e incômodo.

Agora, é claro, ela estava contando com o traseiro para desviar a atenção de suas mãos. Com um floreio, baixou o zíper do macacão. Ao sair de dentro dele, erguendo uma perna depois da outra, sua mão foi parar quase com naturalidade na prateleira mais alta do armário, para manter o equilíbrio. Ali ela deixou o bilhete, enfiado entre os coturnos. Enquanto pendurava o macacão bom e colocava depressa o ruim, repassou em sua mente o ocorrido. Deu tudo certo, tinha quase certeza. Depois de se vestir e trancar o armário, ela ficou quase calma.

Naquele momento, os dois gatos do alojamento, Tigre e Comissário, haviam se materializado atrás dela e estavam brigando por uma meia jogada no lixo. Com o instinto próprio dos felinos em causar problemas, eles tinham escolhido fazer isso bem na frente da porta da VIDAPRÓPRIA.

Julia riu e disse:

— Vão caçar ratos, seus capitalistas preguiçosos.

Quando ela ergueu a broca e foi em direção a eles, os bichanos interromperam o ataque e Tigre pulou de pé. Comissário continuou estirado, com uma meia enrolada sobre a coxa laranja e uma das patas ainda curvada em uma posição de ataque no ar. Ele se inclinou para trás e bocejou. Julia deslizou o pé embaixo dele até o bicho saltar de banda, incomodado. Quando ela abriu a porta, os dois gatos dispararam de modo categórico para a VIDAPRÓPRIA, à frente dela.

Ela voltou a rir e disse:

— Estou de olho em vocês, seus MAUSPENSADORES. Dupla maldita de franceses, isso é o que vocês são.

A cabine 1 do banheiro não tinha porta e dava direto para a teletela, portanto, as garotas mais tímidas não a usavam, e a cabine 2 estava sempre sobrecarregada. Mesmo quando entupida, havia quem a usasse e deixasse a crescente sujeira para os outros. Ainda assim, quando Julia saíra de manhã, o vaso ainda não havia transbordado. Ela até usou o desentupidor (sem sucesso), sem deixar a água suja cair no chão.

Agora, uma poça se espalhava da cabine do vaso até quase chegar à parede oposta. Havia água o bastante na mistura para a imagem da teletela formar um reflexo fraco ali, mas também havia manchas marrons e restos menstruais. Tinha um pedaço de papel dobrado no meio da bagunça, ensopado. "EU TE AMO" passou como um *flash* pela cabeça de Julia antes de ela se lembrar da mensagem ali. Naquela manhã, Edie escrevera um bilhete para lembrar as pessoas de não usar aquela privada: "FAVOR NÃO PIORAR ESSA SITUAÇÃO NÃO BOA, CAMARADAS!". Elas riram, e Julia dobrara o papel e o pendurara sobre a porta da cabine.

Alguma garota deve ter escancarado a porta com tanta pressa para piorar a situação não boa que nem chegou a ver o bilhete, mandando-o direto para aquele caldo. Como a tal garota não conseguiu ver a situação não boa em si e porque não apenas usou a privada, mas deu a descarga depois — pelo jeitão das coisas, várias vezes —, bem, se não fosse tão previsível, mal se poderia acreditar.

Por um instante, Julia esteve a ponto de chorar. Era O'Brien, Vicky, o bilhete com o EU TE AMO e agora essa bagunça. Mal havia panos limpos sobrando. O dia estava na metade, portanto, também não havia água quente. Não havia a menor chance de passar por isso sem se sujar, o que significava uma ida ao banheiro. Outro cupom de banho usado, outra hora perdida, e, se O'Brien ainda estivesse na Ficção, atrasar-se a esse ponto poderia até ser perigoso. Tudo isso por causa de uma garota boa demais para deixar os vigias a verem cagando. Mas não boa demais para evitar deixar aquela sujeira para os outros limparem!

Nesse meio-tempo, os gatos haviam sentido o cheiro do sangue, e Comissário estava atento em volta da água, rodeando, farejando o coágulo mais próximo, enquanto seu irmão olhava por cima do ombro dele com mais cautela. Baixando a broca, Julia deu um rasante e apanhou um gato em cada mão. A cabeça deles ainda se inclinava em direção à bagunça interessante enquanto ela os ergueu. Já fora do chão, eles se viraram, e Comissário prendeu as garras na manga de Julia, mas, quando ela abriu a porta, eles se deixaram atirar dentro do vestiário.

Ela bateu a porta na cara deles e virou as costas, murmurando com seus botões:

— O Partido é forte, nossos problemas são INFORTES.

Então, ela se dirigiu à cabine de novo, sem se permitir sentir nada a respeito, e abriu a porta para avaliar o estrago.

Sua primeira reação foi de alívio. Alguém já tinha dado uma limpada ali, então, a poça não era tão grande quanto parecia vista de fora. Seja lá quem for que tenha limpado, a pessoa havia usado os pedaços de jornal destinados à limpeza higiênica, e, por motivos que só ela sabia, não os levara até a lata de lixo, mas os deixara no canto da cabine, em uma pilha ensopada. Mas pelo menos não os jogara dentro do vaso; senão, Julia teria de desentupi-lo e tirá-los de lá. De repente, ela notou a coisa na privada. No início, achou que seus olhos estavam lhe pregando uma peça, mas, quando piscou e se inclinou mais, ela ainda estava ali.

Não era maior que um rato, e a maior parte daquela maçaroca era uma cabeça bulbosa, disforme. Na cabeça, havia órbitas que deveriam conter olhos. A pele era de um tom roxo translúcido, manchada de vermelho e estriada de sangue vivo. Tinha membros enrugados, revestidos em alguns trechos por uma substância semelhante a geleia preta, mas um dos braços estava nítido e, incrível, cem por cento formado, com um cotovelo articulado. Um dos pés tinha cinco dedos distintos, e a perna estava dobrada até a barriga como se a criatura estivesse num sono agradável. A nudez era sua característica mais humana. Por instinto, Julia quis enrolá-la em um cobertor. Jazia em uma água marrom fétida e em sangue diluído. Fezes se aninhavam em sua testa.

O bebê de Vicky.

3

Depois que Julia deu parte, os patrulheiros apareceram com uma rapidez alarmante. Por um tempo, o horror foi total. Dois homens levaram Atkins ao dormitório, arrastando-a a ponto de ela perder o equilíbrio; depois, a xingaram por conta de seu desmazelo. Julia foi deixada na mesa de Atkins, com três homens jogando acusações em sua cara. Mais patrulheiros chegaram, parecendo raivosos, porém revigorados e com um nervosismo controlado, como se fossem pessoas se juntando para assistir a uma execução. Os recém-chegados marcharam para o andar de cima, e Julia gelou ao se lembrar do bilhete ainda na prateleira superior do seu armário.

Em meio ao susto, havia a sensação apaziguadora de conhecer o próprio papel e desempenhá-lo bem. Como cria da SAZ, Julia crescera habituada a interrogatórios policiais. Ela sabia que não se citavam nomes se fosse possível evitar. Era tão fatal acusar quem tinha proteção quanto defender quem não tinha nenhuma. Do mesmo modo, você nunca deveria deixar os patrulheiros o arrastarem para outros assuntos. Se eles perguntassem sobre o incidente, você deveria falar a respeito, bancando o simplório, incapaz de se manter a par. Acima de tudo, deveria contar uma história simples e a repetir, palavra por palavra, de modo que não pudessem encontrar incongruências. Não importava se ela parecesse burra. Burrice era bom. Burros viviam, espertos morriam.

Assim se passou a conversa:

— Quem lhe deu o veneno para abortar a criança?

— Mas o não nascido não era meu, camarada. Eu só o vi na privada, então, vim direto dar parte. Trabalho no Ministério da Verdade, e conheço meu dever para com o Partido.

— Mentir só vai piorar as coisas para você. Conte quando foi que cometeu o CRIMESSEXO. Quem foi seu cúmplice no crime?

— O não nascido não era meu, camarada. Eu só o vi na privada, então, vim direto dar parte.

— Então, você admite que compactuou com um aborto feito por outra garota? Qual é o nome dela?

— Eu nunca faria uma coisa dessas, camarada. Trabalho no Ministério da Verdade, e conheço meu dever para com o Partido. Só vi o não nascido na privada e vim direto dar parte.

Por fim, a porta se abriu pela última vez para deixar entrar um homem sorridente, de macacão preto e o odor indefinido da PENSAPOL, ou polícia do pensamento. Havia algo em seu semblante que mudava de forma, da mesma maneira como tudo o que ele dizia continha uma sutil piscadela. Ele poderia matar alguém sempre que quisesse, e gostava disso... mas, por ora, ele era seu amigo, e não era agradável sê-lo?

Sua primeira atitude foi exibir um relatório da teletela e anunciar que haviam encontrado um culpado — um culpado que não era Julia. Foi cômica a maneira como os patrulheiros mudaram de expressão. Eles pareceram um metro mais baixos quando o PENSAPOL os repreendeu por "importunarem uma patriota que só estava cumprindo seu dever". Atkins foi trazida de volta e aceitou, com gentileza, uma xícara de chá dos mesmos brutamontes que a haviam maltratado antes. Em um minuto, todos haviam saído, exceto o policial, que sentou-se, como se fosse íntimo, junto a Atkins e foi preparando o terreno para o tópico importante do suborno.

Quando Julia subiu para se trocar, não havia ninguém no vestiário. Todos os armários tinham sido arrombados e as portas estavam danificadas e entreabertas. Havia bugigangas espalhadas pelo chão — camisolas, peças de xadrez, um espelho de mão estilhaçado. No entanto, quando ela foi até seu armário, viu que os coturnos ainda estavam na prateleira. Ela tirou as luvas de trabalho, percorreu a prateleira com a mão e sentiu um arrepio de alívio quando seus dedos encontraram o pedaço de papel: o bilhete "eu te amo" ainda estava no lugar. Considerou jogá-lo fora, mas decidiu deixá-lo ali mais alguns dias. Os vigias observavam o alojamento, então, o gesto de enfiar alguma coisa no bolso poderia chamar a atenção. E o cômodo tinha sido vasculhado de cabo a rabo. O local estava bem seguro.

Ela encontrou a broca e fez o trabalho que tinha ido fazer no início. Os patrulheiros haviam levado a coisa — o bebê. Sem ele, levou segundos para limpar o entupimento. Ela passou muito mais tempo limpando o chão, tomando cuidado para não molhar as roupas; depois, lavou a broca na pia, usando o sabão corrosivo de mil e uma utilidades que deixava a pele avermelhada e provocava coceira o dia todo. Hoje, esse calvário tinha sido um alívio. Julia lavou as mãos com ele duas vezes.

O restante do dia se passou em um hiato de estranha paz. Julia voltou de bicicleta para o Ministério da Verdade a fim de cumprir seus horários, e, ao devolver a broca, os garotos da guarita agradeceram a limpeza e lhe deram um quadradinho de chocolate como recompensa. Na Ficção, O'Brien tinha ido embora. Ela se permitiu verificar as reclamações sobre as falhas mecânicas que haviam surgido em sua ausência. Ainda bem que ninguém ali sabia o que havia acontecido. Tudo estava exatamente igual a todos os dias. Em alguns momentos, ela voltou a se lembrar da voz do PENSAPOL e ficou tentada a remoer o lance de Vicky — até pouco tempo atrás, Vicky não passava de uma adorável pestinha, uma criança que ria muito das piadas de Julia e imitava seu corte de cabelo, que tinha a imensa honra de fazer parte do Comitê Central e extraía muito pouco disso. E Julia pusera Vicky embaixo de suas asas. Quando ela própria era uma frangotinha, recém-chegada da SAZ, outras mulheres fizeram isso por ela — mas Julia tirou isso da cabeça. Ela precisava consertar as máquinas e pronto.

Ela trabalhou até tarde, pôs as atualizações em dia e estava bem faminta quando saiu. A cantina já tinha fechado, então, ela se permitiu uma regalia indo a um refeitório A1. Isso lhe possibilitaria adiar a ida para casa. Em todo caso, ela ainda tinha dois vales-refeição de 1983 que deveriam ser usados antes do 1º de maio, quando o calendário da revolução seria reiniciado.

Mais um golpe de sorte. O cardápio era empadão de carne, e, embora as cenouras estivessem borrachentas, havia uma boa quantidade de vísceras e as batatas estavam coradas na medida certa. Ela relaxou entre os funcionários do baixo escalão que frequentavam esses lugares, que ainda não tinham participado dos quatro grandes Ministérios, mas haviam adquirido permissão para morar em Londres e estavam galgando os patamares mais baixos da hierarquia. A companhia era agradável; as vozes bem baixas e os modos bastante servis. As pessoas davam lugar umas às outras nas mesas compridas e se alegravam ao avistar um rosto conhecido. Uma mulher mais velha sorriu para Julia e disse:

— Tem um pedaço MAISBOM de tripa aí.

— Oh, sim — disse Julia. — Eles nos alimentam bem aqui.

— Eles nos alimentam *BEMENTE* — corrigiu-a um homem de rosto cinzento, dando uma piscadela amigável. — Atenção à NOVILÍNGUA.

— Ai, eu nunca acerto a NOVILÍNGUA — disse Julia. — Não sou nem um pouco intelectual.

— Na verdade, são só as crianças que acertam — replicou o homem, acrescentando com ar galanteador: — Não que você seja muito mais velha que uma criança.

— E *alimentar*? — perguntou a mulher. — É uma palavra adequada em NOVILÍNGUA? Você ainda pode dizer *alimentar*?

Todos na mesa entraram na conversa, debatendo se "alimentar" era ultrapassado. Julia relaxou, rindo das piadas inócuas e meneando solenemente a cabeça em meio às afirmações. O refeitório era gelado e tinha um odor deprimente de alvejante e repolho, mas Julia sentiu um amor brotar em seu peito. As janelas estavam embaçadas, portanto, a chuva lá fora só era visível como uma fraca oscilação, e o local continha a aconchegante sensação do cair da noite, do iminente toque de recolher, da escuridão externa e da segurança interna. Quando a garçonete veio avisar que faltavam dez minutos para o corte de energia, Julia se despediu dos novos amigos com verdadeira tristeza.

Estava escuro demais para tentar andar de bicicleta, então, Julia pegou o ônibus para casa. O trajeto permaneceu em sua mente muito tempo depois, como o último gostinho de paz. A cada parada, o ônibus enchia. As pessoas acendiam cigarros. Os ônibus não tinham luz interna — até os faróis eram escurecidos por blecaute — e, nos trechos mais escuros, percorriam um nada como o caos antes da criação do mundo. Ao chegarem a um local bombardeado, a lua apareceu, revelando os formatos insanos das ruínas, e sentia-se tontura ao ver que o solo não estava onde deveria estar. Os últimos passageiros da noite fizeram sinal para o ônibus brandindo remendos brancos. Julia encostou a testa na janela fria, cochilando e se sentindo imortal.

Sobrevivera a outra provação e era noite. Nada mais seria perguntado. Ela havia matado o leão do dia.

Ela foi a única a saltar no estádio de futebol. A porta do alojamento fora deixada destrancada para ela. No interior, a mesa da monitora estava vazia. Atkins estava em seu quartinho no porão, bebendo gim e assistindo ao programa noturno. A teletela estava ligada no mudo — Atkins nunca seria convencida de que isso não economizava eletricidade —, mas seu brilho ainda bruxuleava pela mesa e iluminava um pouco o vidro no porta-retratos dos filhos de Atkins. O programa noturno era sobre "Nossa amiga, a batata", ao qual Julia já tinha assistido. Uma vozinha masculina informava que a batata tinha sido descoberta por um garoto da Pista de Pouso Um, chamado Walt Raleigh, decapitado pelos capitalistas em troca de seus esforços. Julia achou um toco de lápis e fez um *X* ao lado de seu nome no registro; depois, ergueu a página em direção à teletela e contou até dez. A fala monótona do programa foi interrompida de repente por uma voz rouca feminina dizendo "Julia Worthing, registrada no Women's 21" — um quê de magia que nunca deixava de maravilhar Julia. Então, o programa continuou discorrendo sobre o cultivo da batata por donos de plantações; era difícil acreditar que a voz da mulher tinha realmente estado ali.

Julia pensou em subir para se trocar, mas não conseguiria encarar o vestiário — ou, pior, a VIDAPRÓPRIA. Decidiu dormir de macacão, como muitas vezes fazia depois de um dia muito longo; então, desceu da recepção até o dormitório. Naquele instante, percebeu com desconforto o silêncio anormal.

A porta estava semiaberta. Ao parar do lado de fora, Julia sentiu um arrepio causado pelo silêncio, pela escuridão cinzenta e uniforme. Nenhuma vela à vista. Nenhum bando de bisbilhoteiras ao redor dos beliches das garotas populares. No 220, todas já estavam na cama. O falatório habitual da hora de dormir fora substituído por um sussurro assustador, que mal se ouvia sobre o som das teletelas. Cerrando os dentes, ela entrou.

No dormitório, havia fileiras de beliches encostados contra as paredes à esquerda e à direita. Como ali as garotas eram do Ministério, elas tinham todas as facilidades da vida moderna. Isso significava que cada beliche tinha a própria teletela acima dos travesseiros, a qual agora transmitia um balbucio onipresente sobre nossa amiga batata. Ao lado de cada teletela havia uma máscara antigás pendurada, que, por lei, devia estar lá, embora causasse pesadelos nas garotas. Entre os beliches havia fileiras de *banners* com anúncios: DORMIR É VIGIAR, SEIS HORAS PARA A SAÚDE, O GRANDE IRMÃO VELA SEU DESCANSO PACÍFICO.

Julia dormia na parte de baixo de um beliche ao lado da porta, o segundo lugar mais cobiçado. Você tinha a privacidade do canto e ficava perto da porta, então, era a primeira a sair de manhã e nunca precisava ficar na fila dos lavatórios. Edie dormia na parte de cima do beliche de Julia, e suas vizinhas eram as garotas da INSEMART, Bess e Oceania. Bess era INSEMART/um, e ganhava cupons de doce extras para aplacar a náusea. Oceania era INSEMART/direta, o que significava que agora passava os dias no Chestnut Tree Café com o cinturão da INSEMART ostensivamente à mostra, e homens patriotas lhe levavam xícaras de chá.

O volume das teletelas estava quase tão alto quanto esteve durante o dia. Algumas garotas se incomodavam com o barulho, mas a maioria não conseguia dormir sem ele. Julia fazia parte do segundo grupo. Se acordasse de um pesadelo, precisava ser embalada pelos velhos discursos do Grande Irmão transmitidos depois da meia-noite. Sua voz grave e tranquila era o som do sono, assim como o cheiro do sono era fumaça de cigarro e o fedor dos penicos, que ficava mais marcante à medida que a noite avançava, e a nota rude de almíscar de garotas sem banho tomado. Tudo o que Julia queria era poder dormir em quartos assim pelo resto da vida.

Bem no fundo do quarto, armada entre as fileiras de beliches, havia uma cama de solteiro, apertada contra o único aquecedor do cômodo. Nas poucas noites de inverno, quando o calor se elevava, dormir nessa cama era uma bênção. Também ficava ao lado da janela, portanto, não tinha teletela própria, logo, nada de repreensões se sua ocupante enfiasse a mão entre as pernas ao dormir. Era permitido deixar as cortinas abertas; as teletelas não contavam como violação às regras do blecaute. Era possível fumar e olhar para a lua em clima de romance. Essa cama era sempre dada à garota mais próxima do topo na hierarquia do Partido. Nos últimos seis meses, Vicky a ocupou.

Ela estava sentada lá, meio enrolada na roupa de cama, encarando não a janela, mas a porta. Os dois gatos do alojamento estavam enrolados ao lado dela, Comissário se lambendo enquanto Tiger o observava com atenção, como se estivesse esperando um erro de sua parte. Os cabelos de Vicky tinham um tom de loiro tão claro que, conforme a luz, pareceriam brancos.

Uma vez, Atkins a chamou de "espuminha do mar". Ela era carnuda, diferente de todas as outras garotas dali, de tanto comer a comida da cantina do Comitê Central — tão carnuda que, em qualquer outra pessoa, essa característica teria dado uma impressão de ganância ou excesso. Em Vicky, parecia uma inocência inata. À primeira vista, não parecia ter 17 anos, mas 12; em seguida, notavam-se seus seios fartos. Ainda assim, era bela como uma criança poderia ser: pele sem linhas, terna, nova. Então, sentou-se mais à frente e acenou para Julia.

Os sussurros cessaram. Sem eles, o som das teletelas ficaram mais altos, quase dolorosamente límpidos: *... Na natureza, a batata é uma rica fonte de vitamina C. Graças a avanços no socialismo científico, hoje, as batatas fornecem proteína, vitamina B, ferro...* O silêncio subjacente estava repleto de malícia. Julia compreendeu: elas ficaram horas aturando Vicky. Foi por isso que todo o alojamento tinha ido dormir tão cedo, para descansar do trabalho de ostracismo. Julia já havia presenciado isso várias vezes. A garota condenada voltava para casa preocupada, agitada, esperando o último golpe a qualquer momento. O que ela não esperava — nunca esperou, de certa maneira — suas companheiras de quarto evitando-a e lhe virando as costas, os olhares hostis, os cochichos maldosos. Algumas desafortunadas entendiam na hora, reviam as expectativas da vida e se recolhiam no espaço disponibilizado. Outras — e, sem dúvida, Vicky era uma delas — ficariam balbuciando confusas, consultando uma velha amiga após a outra, que fariam ouvidos moucos ou disparariam "Que diabos você quer? Não vê que estou ocupada?". Vicky deveria ter chorado. Isso era o pior; fazia alguém detestar a chorona e, ao mesmo tempo, desprezar amargamente a si mesma. Como se adoravam as poucas que passavam por isso sem chorar! Essas, todo mundo teria gostado de consolar — mas, é claro, ninguém conseguia. A culpa era uma doença contagiosa.

A vida toda, Julia obedecera a regras tácitas que a mantinham longe da culpa. Ela sabia quem era seguro e sentia uma repulsa sincera por gente insegura. Instintivamente, amara os sortudos e espertos. Se alguma vez correu riscos, não foi pelos tolos. Não foi pelos mortos ou meio mortos. Na verdade, era cruel lhes dar esperança.

Julia pensou nisso, mas foi até Vicky — uma caminhada difícil, como se atravessasse um trajeto sob o luar em uma extensão de águas escuras. Ainda não havia sussurros. Eles eram a escuridão sob seus pés. Os olhos de Vicky pousaram em Julia, brilhando; estavam cheios, lotados, de confiança. As teletelas zuniam: ... *A batata era uma rara iguaria na era capitalista, acessível apenas às classes dominantes. Para nós, é difícil imaginar isso agora, numa época em que a batata ocupa lugar de honra em todas as mesas! Graças à nossa dieta à base de batatas, nossos filhos ficam cinco centímetros mais altos...*

Quando Julia se sentou na beira da cama, os dois gatos correram para longe dela, e Comissário abanou a cauda.

Vicky sussurrou:

— Oh, eu sabia que você viria!

Por um instante, Julia ficou furiosa, mas depois disse, com um tom de voz animado e firme:

— Está cedo para dormir. Não consegui dormir até agora.

— Nem eu. Não depois de... Bem, não consegui, apenas isso.

— Quer um cigarro? Acabei de receber minha parte.

— Muitíssimo obrigada, mas não fumo.

— Nunca fumou?

— Já, sim, mas o camarada Whitehead não gosta.

— Então, é isso? OK, beleza.

— Ele diz que cheiro de cigarro em mulheres faz seu estômago revirar.

Julia voltou a sentir uma fúria. Então, ela disse, com voz rouca:

— Não dou conta disso.

— Eu me sinto bem agora. O enjoo passou.

— Sim, você andou doente. Atkins comentou.

— Ai, estive tão doente. Fiquei com medo.

Julia ficou perplexa. Será que a menina não sabia o que tinha acontecido? Ela imaginou Vicky fazendo *aquilo* na privada sem olhar, talvez sem sequer enxergar o vaso. Voltando para o beliche com uma dor misteriosa, depois sendo presa por Atkins. Cambaleando até a Torre do ComCent naquele estado, sem saber que estava grávida.

Entretanto, em seguida, Vicky sussurrou hesitante e fraca:

— Você acha que... Você acredita que uma pessoa pode ser perdoada por um crime se ela perceber que, na verdade, não foi culpa dela? Se vissem que ela se deixou levar por alguém poderoso, a quem não poderia dizer não?

Eles *teriam* que perceber isso, não teriam? Se ela apenas contasse a verdade, quero dizer.

Agora, os dois gatos encaravam Vicky. Os sussurros voltaram a brotar no quarto, um som viciante. As teletelas reluziam, mostrando uma plantação de batatas sob céus azuis. Com a luz, o rosto de Vicky estava branco e brilhante, com um filete de suor nas bochechas. Em seguida, as teletelas voltaram a escurecer, e Julia ouviu Vicky soluçar. Não era suor: claro que não. Vicky estava chorando.

Julia disse, sem pensar:

— Ai, por que você fez isso?

Vicky balançou a cabeça e sussurrou:

— Mas eu não fiz! Isto é, não por querer. Sequer imaginava que poderia estar grávida. Ele garantiu que não aconteceria, mas aconteceu, veja só. E, quando percebi o decorrer da situação, ele me deu um preparado para expulsar a coisa. Pensei que o embrião fosse ser diluído lá dentro, que fosse se dissolver ou... qualquer coisa, menos aquilo. Atkins disse que você o encontrou...

— Sim.

— Mas eu devia acreditar nele, não devia? Fazer o que ele disse? Nunca imaginei que já fosse um bebê. Quando vi o... o que você encontrou, achei que fosse minha mente me pregando uma peça. Aquilo foi embora mesmo? Não está lá ainda?

— Foi embora.

— Claro, tinha que ir — Vicky meneou a cabeça, olhando temerosa para a porta. — Você acha que eles podem ter salvado a coisa? Será que ela poderia viver?

— É claro que não — sussurrou Julia, de um modo ríspido. — Lembre-se de onde você a deixou. Como pôde?

Vicky sacudiu a cabeça, apertando o lençol contra a bochecha.

— Eu sei que não... Eu sei.

— É considerado assassinato. Isso você sabe, não?

Vicky a encarava assustada, com lágrimas escorrendo dos olhos em silêncio, sua boca era uma linha torta. Arrependida, Julia sentiu a própria crueldade. Mas era assim que ela deveria ser — para as teletelas, para as outras garotas que estavam ouvindo no escuro. A própria Vicky deveria perceber isso.

Nada do que lhe era dito agora tinha sentido. Eram apenas palavras que alguém precisava usar.

Julia disse, firme:

— É melhor eu ir para a cama agora. Isso não é bom. Desculpe.

— Oh, sim, é melhor você ir. Eu entendo.

— Talvez fique tudo bem. Preciso ir, mas talvez fique tudo bem.

— Adoro você — sussurrou Vicky. — Mesmo, mesmo. Você acha que conversar comigo não foi lá grande coisa, mas foi tudo. Sempre vou me lembrar disso.

Quando Julia se levantou da cama, o timbre dos sussurros mudou. Então, ao passar pelos beliches, eles feneceram e voltaram em seguida, como o vento passando por uma plantação de trigo. Quando ela chegou ao seu canto, Oceania estava de olhos fechados, com o rosto tenso, as mãos apertadas sob o queixo. Edie estava na cama de cima, neutra e silenciosa. Julia tentou agir como se não houvesse nada errado, mas não conseguiu evitar movimentos furtivos, encolhendo-se enquanto se arrastava para a cama. Naquela noite, Edie não se inclinaria para baixo para fofocar com ela e dividir um último cigarro. As garotas da INSEMART não reclamariam de dor nem especulariam sobre o futuro de seus bebês. Todos os beliches próximos estavam em silêncio. Mais adiante, cochichos e mais cochichos. Julia queria, mais do que qualquer outra coisa, puxar as cobertas sobre a cabeça e se encolher, como fazia quando era criança. No entanto, ela se deitou como sempre, de costas, com os braços esticados em volta da cabeça. Ela não podia parecer diferente essa noite. Não devia demonstrar nenhum sinal de culpa nem de medo.

Julia não esperava dormir, mas o medo a exauriu e a deixou esgotada, e logo depois ela começou a ter sonhos intermitentes. Por meio deles vinha a voz acolhedora do Grande Irmão, dizendo a Julia que ela era amada, que suas falhas seriam deixadas de lado, mas que, primeiro, deveria salvar o bebê de Vicky. Ela vasculhava a privada para encontrá-lo, revirando papéis encharcados e manchados de sangue com a broca de encanador. Atrás de si, ouviu patrulheiros revistando armários, o barulho se aproximando cada vez mais. Se um deles a alcançasse, ela morreria. Então a cena mudava, e ela e o Grande Irmão fugiam por uma rua do bairro proletário em chamas. Das janelas, proletários os viam passar, sem se importar com o fogo que rugia em torno de suas cabeças — e, sem nenhuma transição, Julia estava de volta ao beliche, acordada e sentindo um frio de rachar.

Passos pesados se aproximavam. Houve uma mudança indefinida no ar e um silêncio que pesava feito chumbo. Quando ela abriu os olhos, as teletelas estavam desligadas. Essa percepção a atingiu como se fosse um golpe físico. A única fonte de luz vinha de uma tocha cujo brilho flutuava oscilante pelo quarto. Ela voltou a ouvir os passos e se deu conta do que estava acontecendo — mas por que haviam desligado as telas? O que poderiam fazer que não pudesse ser visto nem pelos vigias? Julia recuou quando a luz da tocha tremeluziu sobre sua cama. Atrás, vinha um fluxo intenso e complexo de escuridão: dez homens, pelo menos. Entre os passos pesados, ouviu-se o conhecido barulho dos sapatos de Atkins. Mesmo depois que eles passaram, Julia não parou de tremer de medo. Seus ombros doíam. Se voltassem para buscá-la, ela não suportaria. Eles não poderiam. Ela morreria, sim, morreria.

Quando ela pensou nisso, os passos pararam, perto demais. Ouviu-se um guincho vindo da escuridão: uma garota gritando, surpresa. Naquele primeiro momento, Julia soube que havia algo errado. Era o lugar errado. Tudo estava errado. Mas, só quando a garota disse "Ai, o que é isso?", ela soube que não era Vicky.

Uma voz masculina pronunciou palavras indistintas.

Então, Atkins disse:

— Não é bom reagir assim, querida. Vá com esses camaradas. Eles cuidarão de você.

— Mas houve algum engano — retrucou a menina. — Eu não fiz...

Atkins interrompeu, ansiosa:

— É bom você não falar sobre isso, não aqui, onde garotas decentes do Partido podem ouvi-la.

— Mas eu não fiz nada! Estou tentando dizer...

Um homem disse, com frieza:

— Chega. Levante-se, ou a ajudaremos a se levantar, e você não vai gostar disso.

Julia virou a cabeça e viu Oceania se virando de uma forma estranha no escuro, com as mãos cruzadas sobre a parte mais alta da barriga.

— Mas você poderia falar com meu superior? — perguntou a garota, mais baixinho. — Por favor, eu trabalho no Ministério da Verdade. Sou da seção de Registros.

Um homem gargalhou.

— Era da Registros — ele disse.

— Tem gente que vai testemunhar a meu favor, é o que eu quero dizer — explicou a garota. — Eu...

Houve uma luta, depois um baque. Um meio suspiro, um meio guincho. Julia percebeu que havia afundado de modo automático as unhas nas palmas das mãos, mas então ela as relaxou. Oceania pressionou a boca com os dois punhos quando os passos voltaram em direção aos beliches. O grupo de homens passou por elas como uma sombra disforme. Por instinto, Julia se encolheu. Em meio à massa, invisível, podia-se ouvir a garota arfar. Então, alguém deu um pulo, houve uma confusão que se tornou um barulho selvagem de botas nas tábuas e homens falando palavrões. A forma escura se ergueu. Uma silhueta esguia se debatendo apareceu acima dela e foi levada adiante aos trancos; a luz da tocha percorria o teto de forma desordenada. Por um instante, a massa parou à porta; em seguida, se estreitou, grunhiu e forçou passagem. Atrás dela, seguiu-se uma voz estridente e desvairada:

— Mas eu nem poderia... Ouçam, por favor! A grávida era a Vicky Fitzhugh! Não poderia ser eu! Eu sequer desejei fazer sexo! Por favor, camaradas, ouçam! Houve algum engano! Eu sou a Margaret! Margaret Fellowes!

4

Os pais de Julia eram antigos revolucionários, membros do Partido antes do Grande Irmão. Sua mãe, Clara, era filha da então aristocracia. Crescera lendo Tennyson e cavalgando pôneis numa propriedade em Wiltshire, e foi apresentada ao rei no Baile da Rainha Charlotte. A primeira grande aventura de Clara foi ir a Oxford para ler os Clássicos. Lá, ela conheceu o pai de Julia. Juntos, eles eram jovens funcionários qualificados do Partido; pediram ao secretário de sua seção permissão para se casarem. A revolução veio e levou as terras e as obras helênicas dela, mas Clara não deixou de amá-la, e carregava feixes de cravos vermelhos em demonstrações precoces de vitória. Defendia todos os primeiros crimes do Partido — o incêndio do Parlamento, o massacre em Sandhurst, o assassinato das duas princesas. Mesmo quando o Partido condenou seu marido, ela o culpou.

Ela descrevia o episódio com azedume e depreciação. A saúde debilitada deixava Michael irritadiço, afirmava ela, portanto, ele discutia com todo mundo, do alto e do baixo escalão. "Ele se achava um homem de princípios, o último dos honestos. Bem, ninguém gosta disso!" Eles foram exilados e enviados para Kent por causa da intransigência dele, mas o homem continuou a escrever cartas provocativas aos jornais sobre a direção equivocada do Partido, e por essa loucura ele acabou sendo enforcado na rua em frente à delegacia de polícia de Maidstone, e sua esposa e filha foram obrigadas a assistir a isso. A pequena Julia gritou e se debateu, tentando se soltar para ir até onde estava o pai bem depois de ele morrer. "Oh, bem", disse Clara, "acho que para ele foi bom tirar aquilo do peito!"

Nas primeiras lembranças de Julia, eles moravam em Maidstone; à época, uma cidade de exilados políticos. Entre os amigos de Clara, motivos para o exílio incluíam ter um dicionário alemão, não usar vermelho em uma apresentação do Primeiro de Maio, ganhar uma corrida a pé contra o filho de um membro do alto escalão do Partido, pintar uma paisagem que um crítico reconheceria pertencer à Eurásia e cometer erros de digitação que trocassem "Grande Irmão" por "Grande Incômodo".[5] Todos os exilados usavam uma braçadeira branca, que, na teoria, continha um símbolo indicando o crime de seu portador. Na prática, as únicas braçadeiras disponíveis tinham a bota da sabotagem, portanto, todos usavam essas. Por causa disso, os exilados eram chamados de "botas" pela população local. A maioria era composta de socialistas de alguma estirpe, e em segredo viam os crimes de seus vizinhos como deslizes que nenhum membro honesto do Partido poderia ter cometido, ao mesmo tempo considerando os próprios problemas um mal-entendido qualquer.

Os botas sempre se reuniam para conversar; algo que, para eles, era uma atividade por si só. Falavam sobre a conduta da guerra e a direção do Partido. Falavam sobre o materialismo decadente, a falsa dialética e o infantilismo pequeno-burguês. Falavam sobre os trabalhos braçais a que tinham sido rebaixados, os quais concordavam que eram bem educativos e conferiam um entendimento incrível dos problemas dos trabalhadores, mas eram um terrível desperdício de habilidades. Conversavam enquanto escreviam reivindicações por reintegração, conversavam enquanto formavam filas semanais na delegacia de polícia para registrar sua presença contínua, conversavam enquanto acompanhavam um amigo azarado à estação de trem para um "exílio secundário". Conversavam como se falar fosse o verdadeiro trabalho na vida e os problemas do mundo logo pudessem se resolver apenas por serem abordados da maneira correta.

Aos fins de semana, davam festas, nas quais conversavam, mas também dançavam ao som do gramofone ou cantavam acompanhados de um violão. Nessas festas, havia comidas de um esplendor que, mais tarde, Julia achou muito incrível. Era possível Clara ter mergulhado três frangos em creme e ervas e, depois, tê-los assado com figos? Que um vizinho gostasse de oferecer cinco tipos de frutas, e que uma delas sempre fosse abacaxi africano? Que a esposa italiana de um anarquista certa vez tivesse feito uma massa com

---

5. No original, em inglês, "*'Big Brother' to 'Big Bother'*". (N. da T.)

tomates frescos e camarões de verdade, que — o mais impressionante de tudo — a pequena Julia se recusara a comer? Entretanto, tão estranho quanto isso era o barulho — o ruído de cinquenta pessoas discutindo, rindo, dançando, ao som de *jazz* e gritos de bebê. Era uma algazarra louca, alegre, que Julia nunca mais voltou a ouvir em nenhum outro centro de dança comunitário, nem mesmo nos bailes para soldados que partiam.

Então, vieram os dias em que todas as conversas dos exilados versavam sobre esquemas para esconder livros. Julia se lembrava de que esses livros eram totalmente diferentes dos que, mais tarde, ela conheceu na Ficção. Eram objetos lindos, pesados, revestidos de tecido ou couro, nos quais os adultos liam narrativas estonteantes sobre rainhas, quimeras e sapatos de cristal, livros que exalavam um perfume delicioso que agora não existia em nenhum lugar da Terra. Depois, houve uma noite em que os exilados, num gesto de obediência, levaram esses livros para que fossem queimados. Julia se lembrava dos pesados carrinhos de mão sendo arrastados até uma colina de fogo, do reflexo das chamas na superfície do rio e dos aplausos, aos quais os exilados se juntaram. No entanto, eles eram empurrados e chutados em meio à multidão, suas braçadeiras brancas denunciavam que eram "botas". Muito pior, porém, era a lembrança do "tio" do Partido que visitava a mãe de Julia de madrugada e estava arranjando alguma coisa para eles. Julia era tirada de sua cama e deixada nas escadas frias do lado de fora até o tio ir embora. Certa noite, não veio apenas um tio, mas três, e então Clara se agarrou a Julia, soluçando e falando com uma voz estranha, rouca.

Mas qual infância era livre de medos, afinal? Não era parte do quinhão de uma criança ficar aterrorizada entre os gigantescos adultos, em meio às suas explosões repentinas e suas dores insondáveis?

O que aquele homem do Partido vinha arranjando era um lugar favorável para exílio secundário. Era uma fazenda de gado leiteiro em um vilarejo com uma expansão de acampamentos de prisioneiros em um lado e uma base da força aérea no outro. Locais tão fora da curva como esse eram um achado, pois as bombas atômicas haviam atingido Londres e o Período de Segunda Garantia dera lugar ao Primeiro Expurgo Patriótico. Centenas de pessoas levavam tiros todos os dias em demonstrações de justiça pública, e milhares apanhavam até a morte em celas policiais. Em Maidstone, não era mais seguro usar uma braçadeira branca nas ruas.

Hesham, o vilarejo, foi o lugar no qual Julia percebeu pela primeira vez que sua vida era triste. Ela sentia repulsa pela administradora da fazenda, a senhora Marcy, que racionava a comida de Julia e de Clara e estava sempre ameaçando denunciá-las por parasitismo. Julia nunca superou seu medo de vacas, mesmo depois de trabalhar na ordenha e de ter aprendido a amá-las. Tinha pavor da escola, onde tremia em uma sala sem aquecimento recitando os Vinte e Sete Princípios do INGSOC e as Cem Máximas do Pensamento do Grande Irmão, e com frequência era castigada por dizê-los da maneira errada. Também havia o fedor dos acampamentos, que aumentavam e diminuíam à medida que os ventos mudavam e fazia qualquer coisa agradável parecer falsa. No início, Julia acreditou que ele vinha dos criminosos que não tomavam banho, pensando ser natural que o cheiro deles fosse pior que o das outras pessoas. Então, certo dia, a senhora Marcy torceu o nariz e disse "Poderiam enterrá-los um pouco mais fundo!", e nesse momento sua ficha caiu.

Havia dois consolos nessa nova vida. Um deles era a Liga Juvenil socialista, em cuja sede sempre havia uma lareira quente, mantas grossas, música e o aroma de tortas assando. O primeiro clube era o dos Espiões, para crianças de até 10 anos; depois, as meninas passavam para o Flores de Maio, e os meninos, para a Juventude Socialista. As atividades pouco se alteraram com o tempo. Quando o clima estava bom, eles marchavam com rifles de brinquedo e encenavam batalhas de mentira. Quando chovia, faziam cartazes educativos e entoavam canções patrióticas ao redor do piano. As Flores de Maio também aprendiam culinária, e para isso havia comida de verdade, embora certos ingredientes tivessem de ser representados por desenhos.

A principal lição ensinada em ligas juvenis era desconfiar dos mais velhos. Adultos haviam crescido em épocas capitalistas, e todos tendiam a ser MAUSPENSADORES. Era uma tarefa solene denunciar seus passos em falso, e algumas crianças sentiam uma horrenda atração por façanhas desse tipo. Elas recebiam medalhas de "Olhos de Águia" e "Guardiões", que vinham com porções extras de comida. A melhor medalha, "Herói da Família Socialista", garantia participação no Partido e uma vaga na politécnica de Londres aos 18 anos.

Isso, no entanto, só era concedido se alguém entregasse um pai ou uma mãe, e a maioria das crianças no vilarejo Hesham era desabrigada ou órfã, privada, de um modo cruel, de toda e qualquer má ação parental para que pudesse denunciar. Sendo uma das poucas crianças que tinham mãe no vilarejo, Julia desfrutava de certo prestígio. Ela era invejada pelas outras crianças, que a consideravam dona de uma mina de ouro, e, com certeza, admirada pelos adultos por nunca minerar esse ouro negro.

Outra luz na vida de Julia eram os aviadores. Homens alistados eram alojados em barracões, mas os oficiais da Força Aérea Popular ficavam hospedados em casas de aldeões, então, a fazenda de laticínios sempre abrigava dois ou três soldados. Mesmo a avarenta senhora Marcy aceitava essa imposição de bom grado. Todos sabiam que os jovens pilotos morreriam logo, portanto, não podiam se recusar a acomodá-los. Os jovens eram altos, tinham sotaques estrangeiros e modos fanfarrões, em um local onde todos os outros homens capazes tinham sido enviados para a guerra. Uma das primeiras tarefas de Julia foi atender à porta e dizer às vizinhas apaixonadas que os oficiais não estavam em casa; muitas vezes, quando se podia ouvi-los jogando cartas e se xingando na sala ao lado.

Parte do carisma dos aviadores era seu estimulante desprezo pelo governo. Naquela época, eles ainda não tinham medo de denúncias. Como diziam, logo, logo, eles explodiriam no ar acima de alguma cidadezinha eurasiana. Então, de um modo displicente, maldiziam todos os ianques e londrinos e zombavam da podridão transmitida pela rádio. Não era possível fazê-los levar a NOVILÍNGUA a sério, e eles adoravam inventar versões profanas dos termos: "FALAPENTELHAMENTO", "BUNDAPENSAR", "DUPLIPLUSFODA".[6] Desprezavam os Olhos de Águia e os Guardiões, chamando-os de "bestinhas abelhudas" e dizendo que deveriam ser assados com uma maçã na boca. Uma vez, dois aviadores encontraram o *Manual dos Espiões* de Julia e racharam de rir com a lista dos indícios de MALPENSAR, entre eles, "barba esquisita" e "soltar pum durante os discursos de nosso líder". Quando prisioneiros dos acampamentos locais eram contratados para trabalhar em fazendas, só os

6. Respectivamente, em substituição a "FALAPENSAMENTO", "BOMPENSAR" e "DUPLIPLUSFRIO" (em inglês, *thinkspeak, goodthink, doubleplusco1d*). (N. da T.)

aviadores podiam falar com eles. Um oficial fez amizade com um prisioneiro de guerra alemão e tinha longas conversas com o homem no idioma dele, crime pelo qual o aviador foi denunciado — mas o tempo passou e nada se fez a respeito, e ele acabou morrendo em serviço quando seu motor falhou em meio a uma tempestade.

Julia começara a cair de amores por eles quando ainda era criança. Ela fazia buquês de flores silvestres para eles colocarem na cabine do piloto a fim de trazer sorte, e colhia espinheiro-branco para preparar chás fortificantes. Alguns fizeram dela sua mascote, levando-a para passear de jipe, com Julia pendurada numa janela em êxtase e fazendo caretas para quaisquer outras crianças que via. Quando um aviador morria, ela se escondia no celeiro e ficava horas chorando, amargurada. Mas outro viria, e com alegria ela remendaria suas camisas e lhe faria perguntas sem parar. Ela passou a infância toda apaixonada. O lugar dos pilotos era o céu, e também o reino límpido e escuro além da vida. Ao imaginar o sexo pela primeira vez, o ato se misturou em sua cabeça com aviões e mortes nobres, com voos noturnos em uma imensidão de estrelas no alto e perdidas para sempre. Mais tarde, vez ou outra, sentiu amargura pelo fato de aviões serem produzidos com tamanha abundância enquanto o maquinário agrícola enferrujava e cavalos eram comidos nas épocas de fome enquanto homens famintos puxavam o arado. Mas, naquela idade, ela teria matado o mundo inteiro de fome para fazer outro avião subir, bem como a galante tripulação que o conduzia. Para que mais serviria o mundo?

Ela só entrou uma vez em um avião. O piloto era Hubert, um homem entusiasmado e robusto de 20 anos, e ela nunca soube por que ele a levou. Com certeza, não foi por nenhum motivo amoroso, pois Julia era uma magricela de 12 anos e não havia homem mais sem graça e maçante do que aquele. Sua única paixão era ouvir o jogo de críquete pelo rádio. É claro que ela o amou de um modo desesperado naquela idade. É claro que ele logo morreria.

Do voo, ela se lembrava de cada detalhe como se fosse a própria vida. Havia o altíssimo barulho do motor, que chegava aos seus ouvidos e lhe percorria o corpo todo, e o momento em que a aeronave perdia contato com o solo e mudava de máquina para animal. Ele balançava e depois estabilizava, como se estivesse lutando contra uma coleira, e então descia e se virava em meio a uma queda assustadora como a fome. Eles subiam e subiam, e Julia não conseguia parar de imaginar como seria escorregar e cair. Ela ficava aterrorizada, mas o medo era deslumbrante. Aquilo a fazia rir e endireitar as pernas. A sensação era de que poderiam voar para sempre.

Naquele voo, ela viu de cima o brilho do mar e a linha tênue em que ele se encontrava com a terra. Ela nunca tinha visto o oceano, e ele não se parecia nada com o das imagens que ela havia visto. A água era bem plana, tinha um tom cinza-escuro, e uma luz metálica brilhava sobre sua superfície. Parecia o mesmo em todas as direções, e ela não havia percebido como voavam baixo até Hubert apontar para um pequeno barco a vela. A princípio, ela achou que fosse um barco espião e ficou muito empolgada, mas Hubert gritou no seu ouvido, seu hálito quente causando arrepios até nos dedos dos pés da menina: "Contrabandistas! Da França! Estão trazendo chocolate para nós!".

Mas a lembrança mais querida dessa viagem foi a vista do Palácio de Cristal. Era o amplo castelo de vidro onde o Grande Irmão vivia quando fazia parte da Pista de Pouso Um. Foi construído sobre as ruínas de um palácio capitalista que incendiara durante as guerras, comuns na época; a versão socialista, é claro, era bem mais grandiosa e científica. Um desenho do Palácio de Cristal era o frontispício do livro-texto de ateísmo científico de Julia, e uma gravura da construção ficava pendurada na parede da sala de aula. Transparente em todos os lados, ele representava o fato de que o Grande Irmão não tinha nada a esconder. Nas aulas, os alunos aprendiam que, quando o comunismo chegasse, todas as pessoas morariam nessas casas fabulosas. Fora da classe, as crianças especulavam sobre a possibilidade de os banheiros também terem paredes de vidro e sobre o que esse material poderia causar a uma pessoa se o palácio fosse atingido por uma bomba. A vida toda, Julia imaginara o Palácio de Cristal, sem nunca acreditar, no entanto, que fosse um lugar real que ela poderia ver.

Hubert não a alertou de que eles poderiam passar voando por ele e também não o apontou. Julia o avistou por conta própria quando ele apareceu no topo de uma colina. Minúsculo a distância e surpreendentemente perfeito, era mais bonito do que ela jamais poderia ter imaginado. Os vidros refletiam as nuvens rosadas ao pôr do sol. Parecia feito de joias de prata e luz. Havia fileiras retas de árvores plantadas ao redor, as copas num fluxo visível com o vento, e aquele movimento mínimo, semelhante ao da água, tornava a cena real de um modo espantoso. Julia sentiu um arrepio. O Grande Irmão podia estar lá. Talvez ela o visse agora.

Então, o avião inclinou uma asa e virou com agilidade. A visão celestial foi embora.

5

Foi uma semana depois que Julia viu Winston Smith. Foi aí que tudo começou de fato.

Nesse meio-tempo, de modo surpreendente, os dias tinham sido tranquilos. Não houve mais prisões nem patrulhas no alojamento. Toda noite, Julia desejava que Vicky fosse embora, mas ela ainda estava lá. As outras garotas a haviam aceitado de volta e se sentavam com ela em sua cama costurando remendos e trocando cigarros. Julia também tinha intenção de deixar para lá. Chegou a fingir satisfação quando Vicky entrou na Liga Júnior Antissexo e começou a aparecer em todas as reuniões, absorvendo com intensidade a cantiga sobre PUROPENSAR e repetindo-a com aparente convicção. É claro que Whitehead deve tê-la protegido — seja por um sentimento de ternura ou porque não queria que o machado caísse tão perto da própria cabeça. O assustador, no entanto, foi a rapidez com que Vicky perdeu a aparência abatida e infeliz. Era impossível evitar sentir que ela deveria ter o bom senso de parecer doente, se não por Margaret, pelo bebê. Mas ter 17 anos era assim. Julia se lembrava muito bem de como era se empolgar com uma face rosada no espelho quando se sentia prestes a morrer de decepção amorosa.

O dia do ocorrido foi o primeiro em que Julia tomou coragem para voltar a visitar a mulher do mercado ilegal. Ela fez sua encomenda na cozinha do alojamento, que era o esconderijo de todo mundo; havia muitos móveis e armários, e a visão da teletela ficava obstruída pela roupa secando. A maior parte da encomenda era o de sempre: várias garrafas de gim de terceira categoria, um par de chinelos masculinos seminovo e uma sombrinha toda quebrada, cujo tecido era usado pelos PROLETAS para fazer capas de chuva.

Mas o verdadeiro tesouro eram dez cortadores de unhas, o tipo de item raro pelo qual se buscaria em vão durante anos. Julia tivera a sorte de trombar com uma fila em busca deles no Household Goods 16. Só era permitido um por cliente, mas Julia disse que estava comprando para o alojamento e entregou cinco dólares à vendedora; logo, abriu-se facilmente uma exceção.

Julia colocou tudo isso em sua bolsa de ferramentas, empilhou uma camada de panfletos Antissexo no topo e pôs uma nota de dez dólares por cima dos panfletos, no caso de algum patrulheiro pará-la e pedir para revistar a bolsa. Em seguida, foi de bicicleta até a fronteira PROLETA norte e deixou o veículo bem no meio da linha. Atravessando a pé a fronteira não delimitada, depois de uma quadra, ela estava em um cortiço em que tudo era sujo, decadente, quebrado e empoeirado. O cheiro era indescritível, pois as latrinas do bairro e as lixeiras transbordando eram explodidas por bombas e espalhadas pelos ares com frequência, e também havia os cadáveres putrefatos de humanos e animais, pulverizados ou perdidos sob os escombros. Além disso, havia um manto de fumaça malcheirosa; ali, qualquer coisa que pegasse fogo era usada para aquecimento. Acima, o pavoroso céu aberto não tinha um único balão ou uma rede de proteção, um convite explícito para mais bombas. A pergunta que não queria calar era "Por que os eurasianos se importariam em bombardear lugares tão vis?", mas eles se importavam. Os distritos do Partido, por sua vez, tinham céus repletos de cabos e terraços lotados de armas antiaeronaves, então, permaneciam intocados: uma bela lembrança dos dias em que a vida despreocupada de um PROLETA chamava a atenção, com liberdade de câmeras e reuniões constantes, e o trabalho "voluntário" no Partido.

A casa dos Meltons era baixa; tinha dois andares e um terraço e uma porta desgastada que dava direto para a calçada. Havia um rato morto com a boca semiaberta no meio-fio, e era preciso contorná-lo e saltar sobre uma poça de água turva para conseguir entrar. Mas tinha vidraças em todas as janelas, revestidas, de um modo organizado, com fita adesiva contra futuras bombas. A chaminé revelava um sinalizador de fumaça; a casa continha um bom suprimento de carvão. No interior, havia água corrente e eletricidade, graças a um "gato" que as roubava das linhas vizinhas do Partido. Uma vez, Julia teve a honra de fazer um *tour* por todas as conveniências eletrônicas dos Melton, inclusive havia uma bonita geladeira cor de creme e um aquecedor de água "Phoenix", capaz de dispensar água quente suficiente para um banho breve. A senhora Melton mostrou-se satisfeita quando Julia disse que eles não tinham essas coisas no alojamento. Desde então, sempre deixava Julia lavar as mãos e o rosto com água quente e dizia, com um sorriso de satisfação: "Então, você não tem isso na sua casa?".

À primeira batida na porta, a senhora Melton atendeu. Era uma mulher grandalhona, com um rosto rechonchudo e flácido que mantinha sua beleza, apesar da pele áspera e das veias avermelhadas que haviam aparecido no nariz. Como sempre, estava usando calça, a marca de uma PROLETA que se considerava uma socialista de respeito, e um lenço na cabeça para esconder os cabelos que estavam se tornando ralos. O lenço que ela usava hoje era um suvenir da exibição "A Pista de Pouso Um Entende de Construção!". O lema fora retorcido em um nó, e o desenho da chave inglesa sorridente se exibia por toda a fronte da mulher.

Ao ver Julia, ela franziu a testa e hesitou, e, a princípio, a jovem ficou decepcionada. Quem comercializava mercadoria ilegal sempre tinha muitos esquemas em andamento. Nem todos eram feitos para estranhos olharem, e ela poderia ser dispensada. Mas, depois de fazer um cálculo rápido, a senhora Melton destravou a corrente, dizendo:

— Já que está aqui, é melhor entrar. E você não escolheu um momento muito ruim para isso. A senhora Bale estava nos contando... bem, você vai ver.

Julia a seguiu até a sala de estar, um local apertado cujos únicos móveis eram três poltronas sujas. As inquilinas dos Melton estavam sentadas ali, encurraladas por todos os lados por uma mistura de cacarecos: pilhas de papelão, cobertores do exército, tijolos, garrafas de gim cheias e vazias. Julia já tinha visto a primeira inquilina antes, embora nunca tivesse ouvido sua voz — uma criatura enrugada, de olhar impotente, com uma peruca loira barata que lhe assentava mal na cabeça. Suas pálpebras estavam inchadas de tanto chorar, e ela segurava um lenço sujo em uma das mãos.

A outra mulher era durona, do tipo mais *sui generis* de proletária. Vestia três camadas de roupas, todas puídas e lavadas com força. Uma carranca perpétua de mágoa ficara gravada entre suas sobrancelhas pretas feito carvão. Ficou eriçada quando Julia entrou, dizendo:

— Ora, isto não está certo. Um *deles* aqui justo hoje. Não é decente!

— Você conhece meu trabalho — resumiu a senhora Melton. — E também sabe que não vou ficar culpando-os. Somos todos ingleses.

— Todos ingleses! — debochou a durona. — Não há mais ingleses agora. É tudo aquela droga de Pista de Pouso Um, graças a seus preciosos camaradas.

— Achei que estivesse contando uma história, senhora Bale — a senhora Melton disse. — Se for para ficar assim, vou cuidar da minha vida e ver do que esta moça aqui precisa.

A durona — senhora Bale — encarou Julia por um instante; depois, parou de olhar para ela de modo incisivo.

— Bem, já que comecei, vou lhe contar. Pode ser uma lição útil para alguém.

A senhora Melton piscou para Julia, mas qualquer segurança que a garota talvez tenha sentido foi cortada pelo fato de Melton ter ido ocupar naquele instante a poltrona vazia. É claro que Julia nunca tinha se sentado ali. Era preciso tomar muito cuidado com insetos nas casas dos PROLETAS. Ainda assim, não ter sido convidada foi um choque. Para piorar as coisas, a mulher de peruca encarava Julia com pesar, os olhos avermelhados. Julia se pegou desejando que a senhora Melton a tivesse dispensado à porta. Era muito chato não ser apreciada.

A senhora Bale continuou:

— Então, como eu estava dizendo antes de sermos tão rudemente... como eu estava dizendo. Não faz nem uma hora que aconteceu. Eu estava lá fora, ao lado da casa do irlandês, o prédio que era o Cão e o Trompete antes de o senhorio ter sido expurgado. Não havia ninguém na rua além de mim, da senhora Brattle e de sua filhinha, Rosie. A bomba era do tipo que você não ouve até que dispare. Sou londrina, então, sinto até nos nervos. Todo o ar fica pesado. É o sinal. Consigo sentir e, antes de sequer ter tempo de perguntar por que, estou de barriga no chão...

— A bomba caiu naquele bloco novo de apartamentos, onde eles evacuaram o pessoal de Kilburn depois do bombardeio — ela continuou. — Também me machuquei um pouco... pedaços de tijolos, de alvenaria. Não reclamo. Só que, enquanto tirava a poeira dos olhos, vi na minha frente a Rosie, da Brattles. A criança estava nos meus joelhos. Ela tem apenas 3 anos e já está enfrentando explosões. Se você mora nessas ruas, já ouviu a voz dela.

— Sombria, a mulher apontou com a cabeça para Julia. — Não acho que *essa aí* tenha ouvido, ou que se importaria se tivesse. Estou falando dos que moram aqui.

— Já chega! — disse a senhora Melton.

— Oh, como aqui é sua casa, você escolhe os convidados. Eu sei. Mas, Nan, era um bebê! Um bebê de 3 anos!

Ao ouvir isso, a mulher de peruca começou a soluçar, pressionando o lenço sujo contra o nariz, com o olhar ainda fixo em Julia. Seus olhos tinham um tom verde-claro assustador.

A senhora Bale continuou:

— Bem, a pequena Rosie ainda está viva, mas numa condição horrível. Mexe a cabeça de um jeito muito estranho, como quando você pisa num besouro e ele continua vivo. Outra coisa que eu não tinha visto no início: sua mãozinha não estava no lugar. Estava longe, na calçada, a uns bons cinco metros de onde ela se estendeu. A bomba arrancou sua mão. Toda a rua ao redor ficou vermelha de sangue, e a poeira foi caindo sobre ele. Sua mãe, coitada, gritava em algum lugar. Nunca vou me esquecer...

— E ainda fico pensando se é possível oferecer algum tipo de ajuda quando um homem dobra a esquina, bem no meio das nuvens de poeira, e vai passando como se nada tivesse acontecido — ela prosseguiu. — E, ao passar, ele ergueu o pé, assim, e *chutou* a mão do bebê para a sarjeta. Chutou do seu caminho, como se fosse lixo! — Ela se virou para Julia e acrescentou, maldosa: — Ele era um dos seus. Um camarada.

Então, as três mulheres olharam para Julia. A mulher de peruca ainda chorava, com seus olhos verde-claros e vazios. A senhora Melton fez cara de paisagem.

— Oh... Que animalesco — disse Julia.

— Animalesco — repetiu a senhora Bale, com deboche. — Bem, ele era um *animal*, querendo ou não. E *você* eu sei quem é. É aquela da Ficção. Então, por que não escreve sobre *isso* em um dos seus livros? Você não faria isso, né? Não, todos nós sabemos que você não faria, droga!

Julia teve vontade de falar que não escrevia livro algum e que, com toda a certeza, não escolhia o que era escrito — ninguém escolhia, isso era feito por máquinas —, mas é claro que não acreditariam nela. Ela pensou em perguntar sobre a mãe da criança e lhe oferecer dinheiro caso fizessem uma vaquinha, mas corria o risco de parecer superficial. Tudo que ela pensou em dizer parecia ofensivo, como o gesto de chutar a mão de um bebê do caminho.

Naquele momento, elas foram interrompidas, como um ato de misericórdia, por um barulho nas escadas, seguido pela entrada ruidosa de Harriet, filha da senhora Melton. Ela era uma garota esbelta e ruiva de 17 anos, a famosa beldade do bairro. Os pedidos de casamento do Partido, e a educação "refinada" necessária para consolidá-los, foram o grande trabalho da vida de sua mãe. Não se podia fugir da casa dos Melton sem uma demonstração de escrita à mão de Harriet ou um recital de canto. Sua elocução era um projeto em andamento. Durante anos, os Melton haviam abrigado um velho miserável que roubava deles e vivia à base de gim, mas cujo sotaque era puro Partido Interno. Todos os clientes da senhora Melton que eram do Partido também eram escalados, e Julia, muitas vezes, era convencida a ajudar Harriet a subjugar uma intransigente vogal.

Harriet, trajando um vestido de cetim verde-escuro que batia em suas panturrilhas torneadas, bradou animada ao entrar:

— Oiê! Ouvi a voz da camarada Worthing e queria a opinião dela sobre este vestido. Julia, esta roupa me deixa muito PROLETA?

— Você não tem vergonha? — disse sua mãe, interrompendo-a. — Uma criança acabou de ser morta. A senhora Bale presenciou.

Depressa, Harriet fez cara de piedade.

— Oh, *lamento*, senhora Bale. Que horror... Mas *você* se importa de eu perguntar? É que meu camarada vai vir aqui às sete.

— Que camarada? — perguntou a senhora Bale, desconfiada.

— Oh, você *vai* entender — respondeu Harriet. — É só o Freddie, meu companheiro da Paz, então, não precisa se preocupar com ele. Você sabe que eles cedem aos meus caprichos. — Harriet virou-se para Julia: — E então, Julia, posso usar isto em um discurso do Partido? Eu de fato acho que o rapaz é sério, então, quero estar com a aparência adequada.

Julia olhou para a senhora Melton, mas agora ela parecia mais calma. De fato, agora todas as mulheres analisavam o vestido de Harriet com suspeição feminina, olhando para Julia à espera de seu veredito.

— Bem — disse Julia, com autoridade —, é lindo, mas... um pouco chamativo, talvez.

— Era o que eu temia! — disse Harriet, desesperada. — Mas o que eu *posso* usar? Macacão, não dá. É tanta falta de classe garotas PROLETAS usando isso. Mais comum que o comum, creio *eu*.

— É melhor não mostrar as pernas, só isso. O risco é ele ficar sem jeito. Se você ainda tiver aquela calça cinza...

— Ai, aquela calça horrorosa cor de rato! Um *arraso*! Faz diferença o tipo de discurso?

— Sinceramente, não.

— Bem, se é assim que tem de ser... mas, se eu me casar com ele, ainda posso usar isto em casa?

Julia fez uma careta e meneou de leve a cabeça.

— Teletelas.

— Afff! Seu pessoal tem problemas *pra valer*, não tem? Não faz mal, usaria saco de batatas todos os dias se isso nos tirasse dessas trincheiras malditas. Ah, e por falar nisso, Julia, quer uma roupa emprestada? Não esta aqui... esta eu não compartilho. Mas você poderia pegar minha blusa de lã violeta.

Com frequência, Julia pegava as roupas de Harriet emprestadas para visitar o mercado vizinho, já que, de trajes PROLETAS, ela conseguia preços melhores. Mas desta vez ela respondeu:

— Hoje não, obrigada. Não tenho tempo antes do toque de recolher.

A senhora Melton captou a mensagem e ficou em pé, dizendo:

— Certo, é bom você começar a se aprontar. Bem, vamos ver o que você tem.

Elas fizeram as negociações na cozinha, um cômodo que era uma curiosa combinação de limpeza e sujeira. Não se tolerava nem um grão de poeira, e no entanto as paredes rachadas e as manchas antigas causavam uma impressão de imundície avassaladora. A bicharada do distrito também estava representada; ao entrar, a senhora Melton bateu o pé para afugentar besouros e ratos, mas nada assustaria as moscas varejeiras.

Como sempre, quando Julia desempacotou os itens, a senhora Melton encenou um show de decepção, batendo os calcanhares e lamentando que agora todo mundo penava e ninguém era rico como costumava ser.

— Vejo isso nas coisas que eles trazem. Lamento por eles, mas não posso me deixar enganar. Tenho que pensar na minha filha.

— Esses cortadores valem trezentos, acredito — Julia retrucou, como se não tivesse escutado.

Isso arrancou a senhora Melton de sua letargia.

— Trezentos! Não me faça rir! Eu daria quarenta.

— Sim, mas não se veem cortadores assim com tanta frequência. Até o Partido Interno adoraria tê-los.

— E onde eu encontraria gente do Partido Interno? Não, meu pessoal é do meio-termo, e eles são bem ladrões. Não posso pagar mais do que recebo.

— É claro que, se você pudesse pagar em mercadorias...

Agora, a batalha tinha começado de verdade. Mandaram Harriet subir e ela voltou com uma caixa de cigarros franceses, que Julia teve de cheirar com desdém enquanto a senhora Melton rasgava elogios. Um maço foi aberto. Todas acenderam um cigarro e conversaram sobre os tempos difíceis. Harriet tirou um sapato para cortar as unhas do pé, com a senhora Melton observando e reclamando que os cortadores pareciam fracos. A senhora Melton mediu a sombrinha, depois andou pelo cômodo com os chinelos masculinos e os avaliou como "finos". Ainda assim, despachou Harriet para o segundo andar a fim de pegar um saco de café para Julia e outra caixa de cigarros, que se juntou à primeira na mesa.

Agora era a vez de Julia choramingar.

— É que eu me arrisco tanto... Eu odiaria pra valer se tivesse que ir a outro lugar... Quando alguém não reconhece o valor das minhas mercadorias...

— É sempre uma tristeza perder um cliente, mas não serei roubada na minha própria casa — a senhora Melton disse.

Por fim, Julia levantou a bandeira branca sugerindo que o déficit fosse compensado por vinte dólares em sua conta. A senhora Melton sorriu — aquele sorriso raro, pessoal, que indicava Julia como uma das "boas" — e concordou com dez.

O cofre foi destrancado, e Harriet apanhou o livro-razão "Amigos das Viúvas Harringway". Ele foi aberto com cerimônia, e as inquilinas fizeram uma roda para ver Harriet executando a *performance*. Ela agitou com pompa a caneta, encontrou a página de Julia e, franzindo as sobrancelhas com bastante concentração, escreveu, com uma letra cursiva fluida e elegante que nenhum membro do Partido jamais usaria: *10 dólares da Oceania, recebidos com gratidão nesta terça-feira, dia 10 de abril de 1984, do doador anônimo 129.* A senhora Melton observava sobre o ombro da filha, sem entender as letras, mas sorrindo e dando espiadelas em Julia para verificar a impressão que causavam. A outra mulher suspirou de admiração, e Julia causou satisfação geral ao dizer que nunca tinha visto uma letra de mão mais bonita.

Cinco minutos depois, ela estava de volta à rua com seu café, seus cigarros e um batom que Harriet entregara às escondidas como presente de despedida. Ela parou para cheirar a sacola a fim de garantir que o café estava bem embrulhado; depois, voltou pela rua do mercado.

Na primeira vez que ela foi ao distrito, o mercado estava tão sortido que a espantou: carne e frango assando em fogões portáteis, um mar de nozes e frutos frescos, fileiras reluzentes de peixes recém-pescados. Agora, até os ovos se esgotavam de manhã, e as barracas de nozes tinham sido substituídas por mulheres emaciadas vendendo os biscoitos "proteicos" que notoriamente continham besouros-da-terra. Algumas barracas do governo estavam totalmente vazias, e os veteranos feridos que cuidavam delas cochilavam em cadeiras. Metade do espaço era ocupada por garotas costureiras e bordadeiras, havia carretéis de linha de cores variadas dispostos em mesas à sua frente. Mais adiante, havia o veterano perneta em um vagão tocando corneta por alguns trocados enquanto sua esposa entediada fumava atrás dele, e o homem animado e esfarrapado com um gato siamês no ombro e uma placa no peito: GATINHOS ESTILO PARTIDO INTERNO A PREÇOS RAZOÁVEIS: BONS CAÇADORES DE RATOS, BONS AMIGOS.

Agora, a pobreza do cenário rivalizava com sua hostilidade, e Julia, com pesar, se deu conta de seu macacão azul. As pessoas fingiam não vê-la passar, mas, se olhasse para trás, ela percebia que a estavam observando. Até o homem dos gatos parou de sorrir quando ela se aproximou. Ela dobrou a rua do mercado com uma sensação de tristeza, lembrando-se da raiva da senhora Bale. Será que aquele homem teve de fato a capacidade de chutar a mão de uma criança do caminho? Por que faria isso, se poderia pulá-la com facilidade? Seria possível pensar que o mero cuidado com os próprios sapatos impediria tamanha maldade. É claro que as pessoas tinham mais facilidade para acreditar nas histórias mais absurdas sobre outras classes. Ela gostaria de ver a cara da senhora Bale se ouvisse o que os membros do Partido diziam dos PROLETAS!

Naquele instante, ela viu em uma rua lateral um vulto azul, como se ele tivesse sido invocado por seus pensamentos: um homem com trajes do Partido. O camarada estava parado na calçada, espiando uma possível janela de um *pub* ou a frente de uma loja. PROLETAS passavam em ambas as direções, mantendo enorme distância, sem olhar direto para ele. Julia chegou a pensar que fosse o brutamontes que chutara a mão do bebê. Mas, com certeza, não poderia ser ele. Mesmo se um monstro desses de fato existisse, ele já deveria estar bem longe.

Era um sujeito de altura mediana, bem franzino, com cabelos espetados e claros como os de uma criança. A cabeça estava curvada, uma das mãos segurava o queixo de um jeito inquisitivo, como se ele estivesse consciente de um crime. Havia um quê de atratividade nessa postura — talvez a combinação de vulnerabilidade com os ombros masculinos. Julia se orgulhava de sua habilidade de deduzir um monte de informações sobre uma pessoa só de olhar, e concluiu que esse homem tinha um segredo — um segredo que o enobrecia e fazia dele um solitário.

Então, o homem ergueu a cabeça, e ela viu que era o Velha Miséria Smith.

6

Antes que Julia pudesse reagir, Smith abriu uma porta e desapareceu lá dentro. Ela quase retomou seu rumo, mas, naquele instante, ficou presa no meio de uma multidão de jovens que passavam, todos barulhentos e agitados, sem prestar atenção nas tentativas dela de atravessar. Os rapazes estavam sem camisa e tinham manchas roxas até o queixo; pela conversa deles, ela soube que haviam tomado banho no canal e tinham sido pegos pelas águas residuais da fábrica de corantes. O garoto mais alto reclamava de coceira, enquanto os outros riam e o chamavam de velhota. Uma garota disse, provocadora:

— Isso não é nem a metade. Está comendo sua carne, e à noite você vai virar um esqueleto. Tchau, tchau!

O rapaz retrucou:

— Não me importo em virar esqueleto. Osso não é o problema. O que incomoda é a coceira.

Então, eles passaram, enquanto Julia tomava uma decisão. Ela virou a rua em que Smith havia entrado e desaparecido.

Sua intenção não era falar com ele; ela só queria espiar, como quem não quer nada, para descobrir aonde ele tinha ido. É claro que ela nunca o entregaria. Mesmo assim, não conseguia se livrar da curiosidade de querer saber se ele estava se encontrando com alguma vagabunda ou participando às escondidas de um jogo de cartas com PROLETAS. E nunca era demais ter acesso a uma ou outra informação comprometedora sobre as pessoas, no caso de necessidade. Era uma das maneiras de evitar entregar a si próprio à polícia.

Ao chegar, ela desacelerou o passo, como se estivesse apenas curiosa. A porta pela qual ele entrara pertencia a uma loja cuja janela era cheia de bugigangas: porta-retratos tortos, relógios manchados mostrando horários diferentes, um texugo cabeçudo de pelúcia. A parte de trás continha mais um monte desses tesouros duvidosos, e havia pinturas manchadas penduradas nas paredes. No fundo do cômodo, ela viu as costas delgadas e azuis de Smith, e ele conversava com um PROLETA que já estava no fim da meia-idade. Esse homem foi a primeira coisa que refrescou a memória de Julia. Ele usava uma jaqueta de veludo desbotada, meio roxa, meio marrom, e seus cabelos grisalhos estavam despenteados e haviam crescido. Seu semblante era comum, harmonioso e simples até demais — um rosto que ela já tinha visto antes. Ele se virou. Smith o seguiu até os fundos da loja, onde ambos desapareceram em um lance estreito de escadas. Então, pela primeira vez, Julia reparou no nome gravado na vitrine da loja: WEEKS. Ela sentiu um arrepio.

Depois disso, ela ficou para trás. O suor escorria por suas costas. A sensação era de estar cavalgando em ares instáveis. A porta ao lado era de um *pub* mal frequentado, e ela se pôs a andar mais rápido para passá-lo. Dobrou a esquina, andou até metade da rua e parou em frente a um monte de entulho. Pegou um cigarro e ficou parada ali, fumando, olhando com cara de paisagem para os PROLETAS que passavam.

A primeira vez que ouvira falar do Weeks foi da boca de Harriet Melton. Foi na época em que Harriet ainda tinha um namorado PROLETA, e os dois estavam sempre aninhados, rindo e contando piadas, em um tapete enrolado na sala de estar dos Melton. Naquele dia, Harriet mencionara que um amigo deles "vinha frequentando o Weeks". O namorado a empurrou e perguntou:

— Por que você está dizendo isso? Quer que prendam a gente?

Os dois estavam rindo, mas a senhora Melton não. Então, ela disparou:

— Fale isso de novo, mocinha, e seu traseiro vai se ver comigo.

Em outra ocasião, quando Julia perguntou sobre esse lugar à senhora Melton, a mulher disse, em tom de mistério:

— Ninguém sabe o que é *esse* lugar, ou é melhor não saber. Tudo o que sei é que o senhor Flanagan foi lá uma vez... Só uma! E agora faz semanas que não se ouve falar dele, e o homem dos bricabraques está vendendo todas as roupas do sujeito.

Outro dia, Harriet estava fora de casa conversando com Julia e, na soleira, agarrou de repente o braço dela e fez um gesto para que ficasse parada. Um maltrapilho passava por ali. Ele sorriu para Harriet com cortesia e tocou o chapéu. O objeto foi o que mais chamou a atenção de Julia; não era um quepe PROLETA de tecido, mas um chapéu de feltro com aba e faixa quadriculada, do tipo que só se vê em filmes.

Depois que ele passou, Harriet sussurrou:

— É o sujeito do Weeks. Ele me dá arrepios. Brrrr... A cara dele não é boa!

— Mas que diacho *é* o Weeks? — perguntou Julia.

— Aí é que está! Alguns dizem que é só um bordel dos piores. Ou um antro de ópio, se é que dá para acreditar. E também tem gente que diz que é uma seção da Irmandade Goldstein, mas não fale para a minha mãe que eu te contei. Eu acho que é tudo balela. Não acredito que exista uma irmandade de fato, e você? Bem, se existe, você acabou de ver um Irmão em carne e osso!

Foi esse homem que Julia vira na loja conversando animado com Smith — Smith, a antiga imagem encarnada da monotonia; o Velha Miséria Smith, alvo de todas as piadas. Que, agora, eis que se revelava... o quê? Um fumador de ópio? Um terrorista dos Goldstein?

Aos poucos, seus nervos se acalmaram. Julia deu uma última tragada no cigarro e, ainda desorientada, virou-se e olhou para o entulho atrás dela. Havia um cartaz imenso mostrando o Grande Irmão liderando fileiras de soldados loiros em marcha, sob o lema VITÓRIA É LIBERDADE. Ela riu sozinha, sem saber por quê, e rumou de volta para o Weeks.

Enquanto andava, dúvidas começaram a rodeá-la. Ela teria coragem de *entrar* no Weeks? Mesmo se tivesse, por quem ela perguntaria? Não seria muito bom dizer "Ei, vocês são goldsteinianos?". E se fosse, mesmo, algum tipo de bordel dos horrores? Ao dobrar a esquina, ela decidira passar direto, sem olhar para dentro. Então, ela fixou o olhar nas casas do outro lado e estava na metade da rua quando avistou Smith na soleira do Weeks, quase no meio de seu caminho.

Ele estava cantarolando baixinho uma música, mas parou de repente quando a viu. Parecia mais magro e tenso, como sempre, e havia poeira de bomba em seus belos cabelos e na testa. Como a calçada era estreita, Julia teve que passar perto dele, e o tempo todo ele a observou com sua peculiar severidade carrancuda. O rosto dela se retesou. Ela mantinha a cadência dos passos, mas seu coração batia desenfreado. Ele era um pouco mais alto que Julia; apenas um loiro desocupado com seu macacão desbotado habitual, que não devia ter significado algum.

Seus olhos percorreram o corpo dela e seus modos mudaram. Ele irradiava luxúria e raiva.

Então, ela passou por ele. Julia sentiu que Smith a olhava por trás, mas continuou caminhando no mesmo ritmo, mantendo de propósito a naturalidade corporal. Por um instante, ela sentiu que devia olhar para trás — mas foi nesse momento que Julia dobrou a esquina. Pronto. Mas que reação a dele! Não poderia ter ficado mais claro que ela o flagrara em meio a algum crime abominável. E mesmo assim ele não cedera — olhara direto para ela. Chegou até a deixá-la perceber que a desejava. Que homem era aquele, para quem gostava do tipo! E nenhuma alma do Ministério da Verdade suspeitava dele; ninguém sabia o que ele era. É claro que, como de costume, ele se parecia com um rato — garantindo, sem dúvida, que tivesse essa aparência. Um goldsteiniano! Ou um depravado! Ela não conseguia pensar de qual gostava mais. Lembrou-se do olhar cúmplice que ele trocara com O'Brien. Será que O'Brien era outro? Será que o mundo inteiro aparentava uma coisa e era outra?

Ela sorria, sentindo-se uma tonta; estava vermelha e suada apesar da tarde fria. De repente, percebeu que não prestara atenção no caminho de volta. Estava sozinha em um trecho de prédios que haviam sido incendiados e casas fechadas com tábuas. Estava quase escuro, o pôr do sol fora ocultado pelo nevoeiro. Uma chuva leve começara a cair, e os poucos trechos não danificados de asfalto brilhavam de uma forma estranha conforme os pingos finos iam se espalhando. Mais tarde, ocorreu a Julia que, se Smith era um goldsteiniano, talvez não gostasse de ser visto no Weeks. Talvez achasse que deveria silenciá-la — persegui-la até um lugar ermo, como aquele, onde poderia estrangulá-la e largar o corpo em algum escombro. Era bem o tipo de coisa que goldsteinianos faziam. Talvez ele não lhe desse tempo para se explicar... e, se desse, o que ela diria?

Ficou aliviada ao ver um casal mais adiante, embora, pelo que parecia, a mulher fosse uma prostituta; seu rosto estava bem maquiado, e ela usava um vestido amarelo manchado que deixava um dos ombros à mostra.

O homem tinha uma cicatriz enorme no rosto, e ele bocejava enquanto a mulher reclamava. Sem dúvida, era seu cafetão. Ambos se calaram quando viram Julia. Com insegurança, ela reduziu a marcha, olhou para trás e viu sombras — e delas saiu um homem.

Seu choque foi grande demais para gritar quando ele a atacou. Eles se atracaram, as mãos do homem pegando-a em todos os lados, um horror, e então ela passou a gritar o mais alto que pôde, receando que ele tapasse sua boca. Em um primeiro momento, Julia teve certeza de que era Smith, mas logo se deu conta de seu cheiro e de seu porte. Não eram como os de Smith — era um PROLETA grandalhão, com um fedor indescritível de cerveja e um corpo que não tomava banho havia tempo. No instante seguinte, ela sentiu sua bolsa de ferramentas sendo arrancada do ombro em meio a um horrível movimento furtivo. Por instinto, Julia a agarrou. Então, algo aconteceu — um forte golpe na canela —, e ela caiu no vazio.

Julia se apoiou em uma das mãos ao cair e bateu o rosto, os joelhos e os ombros no chão. Sua mão se virou por baixo dela, e a dor no punho gerou um fulgor nauseante de calor. Acima, o homem urrava de fúria. A queda arrancara a bolsa da mão dele.

Logo depois, alguém veio correndo, e de repente a prostituta pairou acima da cena, gritando:

— Você está louco, cacete? Não vê que ela é uma azul? Seu imbecil dos infernos!

— Foda-se! — disse o ladrão. — Cai fora, sua puta sacana!

— Não podemos ter nada disso aqui! Ela é uma camarada, olhe! Você está louco?

O homem da cicatriz também apareceu dizendo:

— O que é isso agora? Que foi que ele fez?

— Ele tentou fazer suas palhaçadas com uma azul! — respondeu a prostituta.

— O quê? — O homem da cicatriz deu uma olhada rápida para Julia, depois recuou e avançou no ladrão. — Seu idiota! Idiota dos infernos! — ele disse. — Está tentando trazer todos os tiras de Londres para nos derrubar?

— Eu não fiz nada! — disse o ladrão, afastando as mãos. — Se ela tivesse ficado no lugar dela...

— Ah, então, a culpa é *dela*? — riu a prostituta. — Que fofo.

Enquanto eles discutiam, Julia se deu conta da dor terrível que, no início, não pareceu identificável. Não, era no punho — ela o torcera ao cair. Só estava um pouco esfolado, e o sangramento não parecia tão forte. Mas, quando ela o cutucou para testar, a agonia foi tão grande que sua visão ficou escura. Quando voltou a enxergar, estava derramando lágrimas de dor, que escorriam de modo natural, como suor.

O homem da cicatriz se inclinou em sua direção e disse:

— Você está bem, querida? Está... Está sim. Não se machucou, né?

— Não — respondeu ela. — Não me machuquei.

— Então, está bom. Vamos, levante-se. — Ele estendeu a mão para Julia. Ela recuou de modo instintivo, e os três PROLETAS riram.

— Caramba... — disse a prostituta. — Ela se sentiu intimidada!

— Não — retrucou Julia. — Eu só... Só levei um susto.

— Não se preocupe — disse o homem.

Surpreso, ele piscou para a prostituta e pôs as mãos atrás das costas.

Julia ficou em pé, tentando se equilibrar e puxando a bolsa sobre o ombro. Forçou um sorriso, sentindo uma parcela de culpa, mas nenhum dos PROLETAS sorriu de volta. O ladrão a encarava mal-humorado, como uma criança injustamente castigada.

O homem da cicatriz apontou com a cabeça para a rua atrás dela.

— Vá embora. Este aqui não vai mais incomodá-la. Pode deixar conosco.

Julia meneou a cabeça e virou as costas, o sorriso foi desaparecendo aos poucos de seus lábios. Ela queria... não sabia o quê. Que fizessem um estardalhaço. Que dissessem que ela era corajosa. Eles podiam, pelo menos, ter se oferecido para punir o ladrão — mas que falta de bom senso esperar atitudes corretas de um bando de criminosos! Enquanto ia embora, miseravelmente, ela se deu conta da dor que lhe acometia o punho a cada passo, do ferimento que nenhum deles se importou em notar. E se o punho estivesse quebrado? Ela não ousaria ir ao hospital. A maioria dos médicos de lá trabalhava para a PENSAPOL, e eles eram conhecidos por considerar qualquer ferimento em mulheres jovens como um provável CRIMESSEXO. Um osso quebrado poderia gerar um longo período de convalescença em um campo de trabalhos forçados. Era melhor ir ao Antissexo, onde talvez encontrasse o doutor Louis — mas também Agnes e Thomas, e dezenas de outros informantes de olhos afiados. Ondas de frustração e impotência a acometeram. Aqueles canibais! Nocautear uma garota na rua e depois rir do pavor dela! Tudo de ruim que se falava dos PROLETAS era verdade.

Ela levou vinte minutos para encontrar sua bicicleta e mais vinte para ir até a Casa Antissexo, pedalando devagar para não precisar usar a mão para frear. De repente, a chuva ficou mais forte. Ao dobrar a esquina para a Cleanlife Square e colocar a bicicleta entre as dezenas de bicicletas que estavam no suporte, Julia percebeu que estava encharcada até os ossos.

7

A Casa Antissexo era um palácio colonial bem alto que ocupava um dos lados inteiros da Cleanlife Square. Era grandiosa, pitoresca, imponente e extravagante; toda revestida de relógios ornamentais e janelas estreitas arqueadas. Seu telhado era apinhado de gramíneas e empenas, e vegetações novas cresciam a cada vez que chovia. Os andares superiores abrigavam centenas de quartos para delegações visitantes de Antissexers Juniores. O tempo que esses interioranos passavam na cidade grande era preenchido por manifestações de LIMPOPENSAMENTO, visitas a doentes de sífilis e passeios pelo Museu das Doenças Venéreas. Eles tinham sua própria entrada e eram proibidos de usar as salas do clube no térreo, que eram reservadas para a sucursal de Londres, e, embora o andar de cima fosse espaçoso e funcional, as salas do clube eram um amontoado de frivolidades pré-socialistas: carpetes florais, tetos pintados, poltronas de veludo, papel de parede dourado, lâmpadas de vitral. Tudo desgastado e em ruínas, e ainda assim esses cômodos tinham um ar de conforto e aconchego. Eles pareciam se apoderar de seus ocupantes, com todas as suas falhas.

Na recepção, Julia deparou com uma palestra em andamento e uma extasiada audiência de Antissexers sentados em cadeiras dobráveis. O palestrante era o usual fidalgo do Partido Interno, proferindo em profusão termos da NOVILÍNGUA, ainda que, com certeza, não os entendesse. Julia esquadrinhou os rostos da maneira mais informal que pôde em busca da face elegante e característica do doutor Louis, mas ele não estava em lugar algum. Os olhos dela se cravaram em Vicky, que virara o rosto bonito e inquisitivo para retribuir o olhar. Julia correu depressa e passou pela porta de trás, que dava para o corredor. Ali, retratos de ilustres imaculados da Pista de Pouso Um — Isaac Newton, Elizabeth Tudor, Alan Turing — podiam ser contemplados nas paredes, alternando-se com as teletelas. Estas últimas agora mostravam a bandeira da Oceania esvoaçando sobre a torre do Ministério da Verdade: a imagem de abertura de 220 noticiários.

No fim do corredor, a porta que dava para o salão de chá estava aberta. Julia pressentiu que ele estava vazio muito antes de se aproximar da porta. Na verdade, a sala estava totalmente deserta: nada das panelinhas de fofoca do pessoal da sucursal de Londres, nada de garotas de avental carregando chaleiras de uma mesa para outra, nada de inválidos e valetudinários procurando o doutor Louis. Nas quatro paredes, grandes teletelas de moldura dourada mostravam o *front* africano, uma cena de explosões e poeira flutuando. O noticiário havia começado. Para Julia, isso só servia como um lembrete de que ela havia chegado tarde demais; qualquer pessoa que tivesse usado uma desculpa para perder o discurso já teria tomado seu chá e ido embora, e talvez o doutor Louis estivesse entre elas. Ela teria de esconder o ferimento até ir à enfermaria do Ministério da Verdade, na manhã seguinte.

Mesmo assim, devido à necessidade de privacidade causada pela decepção, ela entrou no salão de chá e se sentou a uma mesa, olhando sem esperança para uma das teletelas. O som estava no volume mais baixo possível — não tinha como desligá-lo cem por cento —, então, ela só conseguiu discernir uma ou outra palavra: *IMMEDOMENTE, vigésimo terceiro batalhão, INCAMARADAS*. Ela se deixou distrair pelas bombas explodindo em silêncio e pelas pequenas silhuetas escuras fugindo em meio à cascata de poeira — eram dos INCAMARADAS, correndo MEDOMENTE. Enquanto ela observava, eles foram apanhados por tiros, um a um. A vulnerabilidade deles, aliada à própria dor que irradiava agora para o braço, a fez sentir vontade de chorar. Mas é claro que ela manteve o meio-sorriso empolgado no rosto, apropriado a notícias de vitória.

Então, ela ouviu alguém abrir a porta da recepção, deixando escapar uma onda de NOVILÍNGUA que voltou a diminuir quando a porta se fechou. Por um instante, Julia imaginou que o doutor Louis estivesse lá, afinal de contas. Mas os passos que vinham do corredor eram de mulher. Ela percebeu de quem eram assim que Vicky apareceu à porta do salão de chá.

— Oh! — disse Julia. — Olá.

— Olá! Eu vi... er, você está bem?

— A chuva me pegou. Achei que podia tomar um chá antes da palestra.

Elas se entreolharam, e Vicky optou por não sinalizar, com palavras ou olhares, que havia observado que não havia nenhum chá na mesa de Julia.

Então, Julia perguntou, de repente:

— Você não gostou da palestra?

Vicky pareceu surpresa.

— Não... Está DUPLIPLUSBOA — ela disse.

— Sobre o que é? Castidade como Arma de Guerra?

— Castidade socialista e castidade capitalista. Há cinco diferenças, cinco diferenças principais. Elas se dividem em trinta outras, menores. Pode-se lembrar delas ao... bem, eu não posso. Mas há uma tabela.

— Que interessante. Não vai voltar e ouvir o final?

— Vou. Mas não pude deixar de notar... — Vicky olhou para a mão de Julia.

— Ah, isto? Caí da bicicleta, só isso. Parece muito pior do que é. Mas eu esperava encontrar o doutor Louis. Ele foi embora?

Vicky parecia meio sem jeito.

— Não, acho que ainda está por aí — ela disse. — Ele já tinha assistido a essa palestra antes, sabe... Então, foi fazer inventários com o jovem George. Eles saíram faz pouco tempo, por isso eu não estranharia se ainda estivessem no depósito. Isto é, eu sei que estão lá; senão, eu os teria visto sair. Eles estão lá.

Ao fim dessa conversa aparentemente inofensiva, o rosto de Vicky ficou bem vermelho.

O depósito era um dos raros espaços sem nenhuma teletela. Sua visão só poderia ser bloqueada por prateleiras, por isso, não havia necessidade dos aparelhos. O acesso, portanto, era restrito, e as regras para utilizar o local estavam expostas na porta. Acima de tudo, ninguém deveria entrar com um membro do sexo oposto. Entretanto, algumas pessoas do mesmo sexo, às vezes, entravam em pares, trancavam a porta e saíam pouco depois com uma aparência desalinhada e em paz com o mundo.

O doutor Louis era frequentador assíduo do depósito; e o jovem George, seu mais novo parceiro no crime. Ambos pertenciam a um tipo comum Antissexo chamado “Reggies”. O nome provinha de Reggie Perkins, uma velha revolucionária grandalhona que fora presa no Primeiro Expurgo Patriótico por manter relações indecentes com uma garota. Ela acabou sendo absolvida por determinação judicial, porém, embora a homossexualidade masculina fosse permitida, não poderia haver sexo entre mulheres. “A mente corrompida sonha com perversões com as quais a anatomia humana não é compatível.” Essa decisão não fez nenhum bem à pobre Reggie Perkins; nenhuma pessoa chegara a escapar depois de presa. Entretanto, naquela semana, ela morreu de “causas desconhecidas”. Mas seu nome fora imortalizado pelas mentes corrompidas da Pista de Pouso Um e era sussurrado sempre que perversões permitidas ou proibidas eram cometidas.

— Eu poderia correr até lá e bater na porta — Vicky disse. — Mas eu não gosto de perturbá-los; talvez ainda estejam fazendo inventários. Eles ficam bem concentrados. Talvez estejam terminando.

— Bem, seria legal. Ou eu mesma poderia ir e perguntar, se você não quiser fazer isso.

— Não, eu não me importo, mas... — Vicky olhou para Julia, meio sem graça. — Se o doutor Louis não puder vir, será que posso dar uma olhada? Não sei se você sabe, mas eu estudei enfermagem. Era isso que eu fazia quando o vice-presidente Whitehead me encontrou, quando ele me pediu para ser sua secretária. Fui sua enfermeira.

— Ah, é?

— Não terminei meu treinamento, mas consigo tratar arranhões e entorses. Vira e mexe, banco a enfermeira das garotas no centro comunitário. Sinto tanta falta disso, sabe...

Julia hesitou, mas não conseguiu arrumar nenhuma desculpa. Mal conseguiu dizer que não queria ajuda de Vicky, pois a garota não tinha discrição alguma. De qualquer modo, ela já havia notado o ferimento e a teletela ouvira tudo, portanto, era tarde demais. E sua vontade de ajudar parecia bem sincera. Era possível imaginar com facilidade a ávida estudante de enfermagem que ela deve ter sido aos 15 anos, quando aquele tarado do Whitehead cruzou seu caminho.

— Bem, se o doutor Louis não puder vir... Sim, obrigada — Julia disse.

Vicky bateu palmas de triunfo e, sem mais delongas, saiu correndo. Julia riu dela e, depois, lançou um olhar de desculpas para a teletela mais próxima. Ocorreu-lhe tarde demais que os vigias poderiam ter imaginado que ela dispensara Vicky. Ainda bem que ela disse "sim". De toda maneira, ela não tinha nada a esconder. Havia caído da bicicleta, e um camarada se oferecera para enfaixá-la. Ponto-final.

Guardando essa ideia para usar como desculpa mais tarde — que ela caíra da bicicleta —, Julia foi até os lavatórios nas paredes. Havia xícaras de chá empilhadas, aguardando para serem lavadas, mas embaixo havia uma sala ampla onde ela poderia lavar o punho. O sabonete era *à la* Partido Interno, uma bola de sabão que produzia uma espuma branca. Por sorte, havia água quente. Embora a corrente de água reavivasse a dor, a sensação de limpar o sangue e a sujeira era boa. Depois de ter feito isso, ela viu que os cortes não estavam lá tão ruins. O punho estava inchado, mas já tivera vários machucados piores. Ela só tinha caído da bicicleta. Era uma ocorrência corriqueira. Em uma semana, tudo seria esquecido.

Julia teve um sobressalto quando a porta voltou a se abrir e Vicky entrou, corada de satisfação.

— Chamei o doutor Louis, e ele vem, *sim*, só que não agora. Mas as notícias MAISBOAS... É que encontrei ataduras! Estava bem preocupada, pois elas estão sempre em falta. No entanto, o bom e velho Antissexo deu um jeito.

Ela segurava o *kit* de primeiros socorros — de alumínio arranhado com uma cruz vermelha pintada de modo displicente na tampa. No outro braço, carregava um macacão esfarrapado que as pessoas vinham usando para tirar remendos.

Julia apontou com a cabeça para o macacão e disse:

— Espero que não sejam essas as ataduras que você mencionou.

Vicky riu até perder o fôlego.

— Tonta! — ela disse. — Não! Isso é para fazer uma tipoia. Você vai precisar de uma, mesmo que tenha sido apenas uma torção.

— Nem sei se chegou a dar torção.

— Veremos. Ou o doutor Louis verá. Ah, você lavou sozinha! Que esperteza. Sabonete comum faz maravilhas, sabe? Como queria que tivéssemos gelo!

— Você não está no centro comunitário.

— Sim, sim — disse Vicky, concordando. — Agora, se você quiser, o doutor Louis disse que tudo bem eu ajudar com as ataduras. Se não for um rompimento. Ou um rompimento grave.

Vicky olhou Julia nos olhos, esperançosa.

— Bem — disse Julia, insegura —, acho que ele vai refazer, se não estiver certo.

— É exatamente o que eu acho! — Vicky sorriu. — Mas é DUPLIMAIS BOM de sua parte você deixar que eu cuide. Sei que é bobagem, mas, de fato, sinto falta de ser enfermeira. Eu solicitaria transferência, mas pode parecer estranho demais pedir para sair do Comitê Central. Isto é... Você acha que pareceria estranho?

— Sim, sem dúvida. Onde devo me sentar?

— Ah, em qualquer lugar! Obrigada. Eu só vou... Isso...

Vicky foi ágil e eficiente, lavando as mãos com esmero profissional, voltando em seguida e posicionando com cuidado o braço de Julia num pano branco. Ela ergueu um par de pinças acima dos cortes, balançando-as junto à pele como se quisesse permitir que o instrumento visse do que se tratava. Um pequeno grão de areia foi arrancado com precisão, e as pinças foram deixadas de lado. Então, chegou a vez de usar o iodo, que Vicky aplicou com tamanha delicadeza que só provocou a ligeira ardência familiar dos joelhos esfolados da infância. Julia começou a se sentir envergonhada por ter feito um estardalhaço a troco de nada. No entanto, quando Vicky apalpou o punho usando os dedos, Julia teve de se conter mordendo a mão.

— Não acho que o osso esteja quebrado — Vicky disse, como se refletisse. — Se estiver, não é nada grave. Mas, para ter certeza, você precisaria de um raio X, e só no hospital você conseguiria fazer um.

— Ah, não acho que precise — disse Julia, bem rápido. — Se eu fosse ao hospital sempre que caísse da bicicleta...

Vicky olhou como se quisesse estender o papo, mas se limitou a dizer:

— Bem, veremos o que o doutor Louis vai dizer.

Então, ela pegou um rolo de ataduras brancas e se pôs a trabalhar. Mais uma vez, demonstrou uma habilidade incrível, mas os puxões e os apertões foram agonizantes. Julia voltou a prestar atenção no macacão molhado, na horrenda sensação de frio do material úmido sobre mais suor. Tentou fazer a respiração do Grande Irmão — inspirar contando até sete, expirar contando até doze —, mas, sempre que Vicky apertava a atadura, ela arfava e perdia a conta.

Quando Vicky, enfim, prendeu a atadura, suas mãos pararam no punho de Julia. Houve o suspense do trabalho talvez não finalizado, de mais dor que ainda viria.

Em seguida, Vicky disse, baixinho:

— Estava aqui pensando...

— Sim?

— Deixei um bilhete para você, alguns dias atrás. Queria saber se você chegou a recebê-lo.

Julia entendeu na hora — tão depressa que se perguntou como poderia ter suspeitado. No mesmo instante, sentiu-se furiosa. Quase pediu a Vicky, com grosseria, que continuasse o que estava fazendo e não falasse besteira. Mas demonstrar emoções em um momento como esse só poderia piorar as coisas.

É claro que não era nenhuma novidade o fato de Vicky ter uma queda por Julia. Esse tipo de coisa era comum em alojamentos. Na verdade, coitada da garota que de vez em quando não se apaixonasse por uma colega bonitinha de beliche. Naquele exato momento, Julia tinha algumas Reggies na cabeça, mas algumas paqueras não eram *aquilo* de fato. Mesmo quando acontecia um CRIMESSEXO entre duas garotas em um alojamento, quase nunca acabava *naquilo*. No lar de moças para onde Julia fora enviada quando chegou da SAZ, ela própria tivera alguns encontros proibitivos com uma bonitona mais velha chamada Edna, e na época foi muito inebriante e gostoso, mas aquilo não, é claro. Era apenas parte da natureza feminina amar e ser amada com facilidade, transformar em romance o ato de compartilhar chinelos e aproveitar o calor dos pés alheios para aquecer os próprios. Se isso acabasse em um ligeiro abraço num armário, bem, também era da natureza feminina. Não era necessário dar *aquele nome* à situação.

Por trás disso, porém, havia a ciência de que Vicky deixara o tal bilhete enquanto enfrentava a morte, quando percebeu que seus crimes não poderiam mais ser escondidos e que talvez ela só tivesse algumas horas de vida. "Eu te amo" — uma última confissão antes de os patrulheiros a levarem presa. E, assim como acontecera naquela noite, Julia percebeu que estava muito comovida. Ela pensava, com raiva, que o comportamento de Vicky era imprudente, proibido, perigoso, mas parte de si queria agarrar a mão da menina e dizer "Recebi, e também te amo!".

Nesse meio-tempo, ela fez uma expressão vaga e disse:

— Bilhete? Não sei... Quando foi isso?

— Foi... Você vai se lembrar... Foi naquela noite em que a teletela passou o programa sobre nossa amiga batata. Você veio e se sentou na minha cama. Deixei o bilhete naquela tarde.

— Ah, é... — disse Julia. — Encontrei um bilhete, sim. Agora me lembro.

Contra a vontade, Julia olhou para Vicky e percebeu que a garota a encarava com frenesi. Seu coração estava aos pulos. Se ganhasse meia chance, Vicky começaria a sussurrar. Muitas prisões começaram assim, quando alguém estava desesperado para falar e decidia acreditar que os vigias não ouviriam.

Antes que isso acontecesse, Julia disse, com muita calma e clareza:

— Mas você poderia ter se poupado do trabalho. Vi logo de cara que a privada havia entupido. Não precisava me alertar.

Vicky meneou a cabeça, com o olhar mais suave agora.

— Não precisava... — ela disse.

— Engraçado alguém escrever bilhetes assim, sendo que não surtem nenhum efeito. Mas agora ele não significa mais nada, né? Vamos nos esquecer disso.

Vicky cerrou a mandíbula e voltou a olhar o braço de Julia, dizendo:

— Claro que não significa nada. Sim, eu entendo.

Depois disso, a montagem da tipoia ocorreu em agonia consciente. Certa vez, Julia imaginara a possibilidade de se usar uma linguagem do toque para derrotar as teletelas. Era mais ou menos isso que estava acontecendo entre elas enquanto Julia se mantinha parada para Vicky enrolar o macacão ao seu redor a fim de medir o comprimento, depois, vê-la cortar o tecido e voltar a ficar parada enquanto Vicky atava o material no lugar. Elas não falavam, mas se moviam como em um concerto. Um desconforto sublime brotou na pele de Julia. Vicky cheirava a chá de verdade — do Comitê Central — e, por trás dele, havia um toque de suor juvenil. De repente, o seio de Vicky encostou no ombro de Julia, e esse aroma a dominou.

Em seguida, no corredor, a porta da recepção voltou a se abrir, liberando uma explosão de NOVILÍNGUA. Passos se aproximaram, e Vicky e Julia se afastaram depressa quando a porta da sala onde elas estavam se abriu.

O doutor Louis pôs a cabeça para dentro e disse:

— Olá. Ainda estamos vivos?

— Oh, olá! — bradou Julia. — Por um triz!

— Posso?

— Por favor! — disse Vicky, levantando-se depressa para ceder seu lugar.

O doutor Louis era uma dessas criaturas raras e mágicas que pareciam ser invulneráveis a denúncias. Embora suas atividades Reggie devessem ser conhecidas por uma centena de pessoas e ele estivesse envolvido em umas dez empreitadas questionáveis, nunca lhe aconteceu nada de ruim. Parte disso era compreensível. Como médico, ele era valorizado no Antissexo por sua habilidade de escrever com propriedade sobre os riscos do ato sexual para a saúde e, de forma menos oficial, por sua disposição em tratar esses riscos com discrição, quando ocorriam. Ele também prescrevia e disponibilizava medicamentos "antissexo". Eles vinham em vários formatos, mas todos eram conhecidos por fazer uma pessoa se sentir excepcionalmente bem. Se você ocupasse um cargo elevado na hierarquia do Partido, ele não aceitaria pagamento algum por esses serviços. Se não ocupasse, a irmã dele, por coincidência, encontraria você na rua e pediria uma doação para o Fundo de Medicina Interpartidário do Norte de Londres.

Ele também tinha a qualidade indefinida chamada CERTAPARÊNCIA. Entrou no salão de chá irradiando sua marca registrada: higiene e calma. Seus cabelos estavam úmidos, e ele tinha um odor agradável de sabonete Pureza Socialista; com certeza, tivera tempo de tomar banho em um dos cômodos no andar de cima. Trazia as três maletas médicas habituais, todas carregadas de itens úteis. Sua aparência causou o efeito usual: Vicky e Julia relaxaram, e sorrisos de gratidão brotaram em seus rostos.

— Caí da bicicleta — disse Julia, enquanto o doutor Louis punha as maletas no chão. — Devo ter torcido o punho quando caí. Não acho que seja tão grave.

— Um ferimento no punho... — O doutor Louis balançou a cabeça, com uma expressão de seriedade debochada. — Muita gente morre disso. Não acho que você tenha muita chance.

— Ah, sem gracinhas — disse Julia. — Devo desfazer as ataduras?

— Ainda não. Sua enfermeira fez um trabalho muito bom. Vamos ver se conseguimos preservá-lo.

Vicky ficou por perto, ansiosa, enquanto o doutor Louis examinava Julia. O exame consistia sobretudo de apalpadelas pelo punho e de perguntar a Julia se doía, ao que as respostas, em geral, eram positivas. Ainda assim, havia algo sedativo em seus modos. Mesmo quando a dor fez Julia chorar, foi uma dor suportável, nada de horrível.

Por fim, o doutor Louis disse:

— Tenho quase certeza de que é só uma torção. Que sorte.

— Isso quer dizer que não é muito grave? — Julia perguntou.

— Não. Você não será muito feliz por um tempo. E precisa de repouso. Nada de trabalhar desse jeito. Mas, se tivesse quebrado, seria duas vezes pior. Um rompimento seria um incômodo eterno. Torções não são importantes.

— Oh... Bem, obrigada.

— Não fique abatida. Vejamos...

Ele usou o pé para puxar uma das maletas que estavam por perto. Dentro dela, encontrou um saquinho de papel vegetal cheio de remédios.

— Esses carinhas aqui ajudarão a aliviar a dor — ele disse. — Só não tome mais de dois por vez. E nunca com gim. Uma garota do seu tamanho pode dar fim à própria vida com vinte destes.

— Talvez Julia não devesse tomá-los — acrescentou Vicky. — Se eles não são seguros.

— Ah, bobagem — retrucou Julia. — Não preciso de mais que dois.

— É verdade — disse o doutor Louis. — A garota em quem estou pensando fez de propósito. Por causa de um homem. Nós, da Antissexo, estamos livres de todas essas idiotices, espero.

— Oh, sim — disse Vicky, recuperando-se. — Sou tão feliz por ser Antissexo, e você? O sexo faz as pessoas cometerem coisas pavorosas.

— Maisverdade — concordou o doutor Louis.

— Sim — disse Julia. — Prometo que não darei fim à minha vida.

— Não, não fará isso — afirmou o doutor Louis. — Só lhe dei dez desses.

Ao ouvir isso, todo mundo riu. O doutor Louis recolheu as três maletas e as organizou ao seu redor. Ao se levantar para sair, ele disse a Vicky, em um tom de improviso:

— Transmita meus cumprimentos ao camarada Whitehead. E diga a ele que recebi sua pequena prova de consideração.

— Oh, sim — disse Vicky, com uma repentina expressão de asco. — Obrigada. Ele ficou DUPLIPLUSGRATO.

Quando o doutor Louis saiu, ele deixou a porta aberta. Era possível ouvir ao longe a palestra, ainda em andamento. Vicky ficou olhando para a porta em estado de semiconsciência, como se fechá-la causasse dor; sua boca formava uma linha infeliz. De repente, Julia percebeu do que se tratava: devia ter sido o doutor Louis quem dera ao vice-presidente Whitehead o preparado que matou o bebê de Vicky. Naquele instante, Julia teria matado com alegria o doutor Louis, Whitehead e, ah, dezenas de outros homens.

Então, Vicky olhou para cima e perguntou, com uma expressão mais animada:

— Vamos terminar a tipoia?

Depois de colocarem a tipoia no lugar, elas voltaram à recepção e acompanharam o fim da palestra. Julia se levantou no momento das discussões para dizer que o palestrante era DUPLIPLUSESPERTO e pedir mais sugestões de leitura. Os recibos de isenção do toque de recolher foram entregues. Todos formaram fila para o ônibus Antissexo, e um homem colocou a bicicleta de Julia dentro do veículo. O tempo todo, Vicky ficou na cola de Julia. No ônibus, sentou-se ao lado dela, e nenhuma delas dirigiu a palavra à outra, enquanto as sementes de impossibilidades se reproduziam e cresciam. Julia inspirou o aroma suave da garota.

8

O estranho foi que nada aconteceu. De manhã, Julia acordou e tudo estava como sempre esteve. Vicky não a olhou nos olhos, mas também não desviou o olhar. Os exercícios matinais que Julia fazia usando o peso do próprio corpo — ou Cretinices Rítmicas, como agora eram chamados — tiveram de ser modificados por causa do braço machucado, mas isso não despertou o menor interesse das garotas do alojamento. Aos trancos e barrancos, Julia foi de bicicleta até o Ministério da Verdade, onde ninguém deu uma olhadela sequer em sua tipoia improvisada. Os caleidoscópios da Ficção eram conhecidos por sua natureza ambiciosa, portanto, todos presumiram que ela tinha se ferido em serviço. Essie, sua colega de trabalho, assumiu as tarefas pesadas, assim como Julia fizera por ela no passado, e até deu a Julia duas aspirinas roídas por traças de seu próprio estoque.

Entretanto, o mais incrível de tudo foi ver o Velha Miséria almoçando na cantina. O homem não dava nenhum sinal de se lembrar do encontro comprometedor. Na verdade, ele nem parecia enxergá-la. Ao redor dele, as coisas eram incrivelmente as mesmas: as mesmas mesas e cadeiras de metal detonadas, com cara de terem sido usadas para espancar alguém, as mesmas pessoas sentadas tão próximas que seus cotovelos se tocavam, o mesmo ar viciado. O guisado salgado era o mesmo, com seus pedaços de carne esbranquiçada, assim como as expressões de desânimo dos trabalhadores que os levavam cuidadosamente à boca.

Enquanto lidava com a própria tigelinha surrada, Julia ficou de olho em Smith. Com aquela iluminação, ele era uma silhueta maltrapilha e sem cor — até ficar com uma expressão repentina de quem pensava em alguma coisa.

Então, algo profundo apareceu e desapareceu em seu olhar, como um peixe imenso passando sob águas calmas. E, se ele fosse um goldsteiniano, sua aparência acinzentada de desleixo não seria um disfarce inteligente? Quando ele se levantou para levar a bandeja até o aparador, ela o observou de esguelha e apreciou seu corpo delgado, as largas escápulas aparecendo sob o algodão fino. Depois que ele saiu, o movimento que ele fez ao se levantar da mesa encardida se repetiu em sua mente.

Sem saber o que significava tudo aquilo, naquela noite, ela se encontrou no beliche de barriga para baixo, com uma das mãos dentro do macacão, passando um dedo sob a dobra surrada de sua calcinha, próximo da virilha. Ela deu uma leve esfregada, com um movimento ínfimo e invisível, pensando em Winston Smith. Em sua imaginação, ele se levantou da cadeira na cantina, tirou um cigarro e o bateu na mesa para endurecer o tabaco, e seus olhos se cravaram nos dela. Ele a queria e *a teria*. Estava escrito no olhar dele. Não havia nada que ela pudesse fazer. Ele *daria um jeito*.

Era tudo fantasia, mas cumpria seu papel. Julia imaginou isso várias vezes e se satisfez.

No dia seguinte, ela caminhou pelo décimo andar após o término dos Dois Minutos de Ódio, vagando como se buscasse um lavatório, oferecendo-se para consertar uma janela que deixava passar correntes de ar, conversando com Tom Parsons, sua antiga paixonite. De soslaio, ela observava os movimentos de Smith. Ele lhe lançou um olhar arrogante, penetrante e profundo que se desfez assim que ela o encarou. Julia ficou acesa. Quando voltou a se sentar, sentiu um ponto agudo de prazer em sua xoxota, um torpor no local onde estava encharcada. Então, ela cruzou bem as pernas, como se quisesse impedir aquela umidade de escapar.

Nos casos de Julia, o homem sempre tomava a iniciativa, ou ao menos a encontrava no meio do caminho. Seu amante mais recente, por exemplo, fora se sentar ao lado dela em um cinema. Ela não sabia quais eram suas intenções, então, deixou seu joelho tocar o dele e o manteve ali por um bom tempo. Ao movê-lo, ela lhe lançou um olhar de esguelha. Não teve dúvidas de que ele a encarava. Um minuto depois, ele encostou seu joelho no dela, e mais uma vez isso durou um bom tempo. Esse gesto se repetiu até os joelhos de ambos ficarem juntos e eles se desejarem naquela escuridão maravilhosa.

Em meio ao burburinho do público que saía, ela sussurrara um horário e um lugar para ele. A partir daí, o caso se criou por si só. Cada passo era premeditado, e parte da rotina de casos como esse era uma espécie de história impressa por uma máquina da Ficção. O homem até reproduzia alguns dos mimos sussurrados de seus amantes anteriores. Claro, não era de se admirar tanto: certas palavras e frases haviam se tornado termos-chave que indicavam que uma pessoa pertencia à maldita classe. As palavras "querido" e "querida" eram amostras disso. Também havia uma transgressão nos encontros que pareciam parte integrante do jogo sexual. Blasfêmias ocasionais eram quase esperadas. Muita gente gostava de xingar o Partido Interno e chamá-lo de porco e bastardo. Julia tivera um casinho com um homem que ficava excitado ao dizer "Errado, Emmanuel Goldstein não estava..." — sempre essas mesmas cinco palavras. Em seguida, ele montava nela com uma paixão desesperada. Outro gostava de soltar um sonoro e longo pum depois do sexo, com um esgar de contente descaramento, e dizer "*Esse* foi para o Partido Interno!".

O que Julia adorava era ficar nua, em especial ao ar livre. Adorava transar na grama, com o céu inteiro olhando para ela, e depois se esparramar com as pernas abertas, sentindo a brisa na xoxota e coçando a axila como um macaco sonolento. Gostava da terra áspera no meio da bunda enquanto metiam nela. Enfiava os pés descalços na terra, e o homem por cima usava a linguagem mais chula, depois a chamava de "querida" ou de "mãe" — como quisesse. Então, eles compartilhavam seus achados no mercado ilegal e diziam as piores coisas em que conseguiam pensar, rindo até chorar, nus. Era um momento em que ela se sentia excepcional, tão ousada quanto um piloto voando no olho de um furacão. Ela transava, embora isso pudesse matá-la, portanto, era natural gemer "eu te amo" na orelha de um homem que ela com certeza nunca mais veria. Ela o amava porque era proibido. Ela o amava para se despir do medo.

Não poderia ser mais óbvio o fato de Winston Smith não ser esse tipo de companhia profana e irresponsável, e ele nunca poderia ser.

Nessa época, talvez ela nunca tivesse chegado perto dele se não fossem os remédios do doutor Louis. Ela nunca havia tomado remédios Antissexo e não estava preparada para a maneira como eles transformavam coisas comuns em românticas. Todos pareciam queridos e admiráveis; todos os antigos perigos pareciam animadas aventuras. O chão de fábrica, com seu barulho e sua agitação ensurdecedores, era um festival. Ela tinha pouco a fazer, então, podia ficar sonhando acordada na passarela, fumando, tão feliz que sentia uma nostalgia profunda por esses momentos, mesmo no instante em que aconteciam. Sua mente divagou por lugares inusitados, em meio a desejos, sensações e recordações. Lá, achou o bilhete de Vicky — *Eu te amo* — e o misturou com Winston Smith à porta da loja misteriosa do Weeks, encarando-a com uma raiva única. Em um instante, isso se transformou em um plano que a fez esconder um sorrisinho com a mão. Ela havia pensado que tinha sido imprudente por não ter jogado o bilhete em um canal havia um bom tempo. Agora, ele se revelava a solução para um enigma. Alguma vez existiu atitude tão inteligente? Na manhã seguinte, ela estava se trocando no vestiário e encontrou o bilhete ainda intacto na prateleira, entre os coturnos. Disfarçando, ela o colocou no bolso do macacão, o tempo todo conversando com Edie sobre o último musical.

Embora tivesse chegado até ali, ela estava perdida. Sonhava com o Weeks, com bordéis e antros de ópio, onde a Irmandade se encontrava, e seu corpo urrava de prazer. Os Irmãos Bestiais! O que eles buscavam? *Liberdade* — era o que Emmanuel Goldstein dizia. Ela imaginava a liberdade como uma extravagância, uma brincadeira desajeitada; pensava em dois cães saltando um por cima do outro ao se encontrarem. Em sua mente, liberdade se relacionava à infância, durante as horas que os exilados passavam reclamando, brigando, cantando nas mesas das cozinhas, enquanto Julia brincava de soldado com grampos de cabelo aos pés deles. A comida farta que os exilados haviam ingerido era a liberdade, além da música chamada *jazz*, com seus trompetes e lamentos semelhantes a um incrível mal-estar. Sua mãe lhe dissera que essas canções eram feitas em outro universo. Esse universo, à época, era a liberdade. Lá, as pessoas fumavam ópio, e toda casa era um tipo de bordel: uma bênção. Uma das canções falava sobre um tempo em que santos vinham marchando, o sol se recusava a brilhar e... como era o restante? Julia não conseguia se lembrar. No entanto, ela se lembrou do seu eu criança espiando de uma pilha de casacos, o gramofone pulando com o pisar dos dançarinos, e o anarquista que dançara bem devagar com sua esposa italiana; ambos fecharam os olhos quando seus rostos se tocaram. Havia liberdade nesse toque, sua ousada sexualidade na multidão excitada. E foi nesse período tardio que ela embarcou com Hubert no avião e levantou voo sobre o oceano escuro e reluzente, seu corpo inteiro em sintonia com o barulho e o medo. Foi o barco dos contrabandistas que eles avistaram, arrastando uma fina cauda de espuma, um barco cheio de chocolate de outro universo, um universo com árvores diferentes, no qual as pessoas fumavam cigarros franceses, bebiam vinho e eram "livres". Elas diziam "Eu te amo!".

Esses eram os pensamentos de Julia nos dias anteriores à atitude dela que os matou.

Ela estava no décimo andar munida de uma desculpa legítima quando apareceu na seção de Pesquisas com o objetivo de apanhar uma atualização da NOVILÍNGUA para a equipe de Reescrita. Ao sair, ela desacelerou ao adentrar o corredor comprido e iluminado que conduzia até as escadas. É claro que estava pensando em Smith; então, quando ele surgiu em carne e osso, a sensação foi hilária e inevitável. Com a surpresa, ela quase deixou passar a oportunidade. Parecia muito cedo e muito repentino. Os remédios a impediam de sentir que ela era ela mesma, então, seria muito fácil cometer um deslize.

A iluminação estava ofuscante e hostil, com uma intensidade hospitalar, então, sua silhueta delgada e seus ombros curvados lhe conferiam a aparência de um inválido. Ele mancava de maneira mais pronunciada do que antes, e o esforço de descer o corredor parecia quase mais do que ele podia suportar. Seu rosto tinha linhas profundas. Mesmo seus belos cabelos pareciam quase brancos. Havia um misto de velhice e infância em sua figura capenga.

Isso tudo durou até que ele a viu. Então, seus olhos se tornaram gélidos de luxúria e desprezo. Seus ombros se endireitaram, e seu semblante se alterou por completo. Ele parecia três centímetros mais alto. Agora, conforme avançava, o mancar parecia o resquício de uma aventura bélica em que ele não tivera misericórdia — nenhuma! — de inimigas mulheres. Essa maravilhosa sensação percorreu todo o corpo de Julia. Ao se aproximar mais, ele olhou além dela, adotando um semblante de cegueira cuidadosa, mas seu corpo ainda expressava fúria íntima. Ah, era isso que ela queria! E se ele fosse um goldsteiniano de verdade?

Em um instante, a decisão foi tomada. Ela deixou um pé deslizar e caiu de cabeça.

Para tornar uma queda dessas convincente, era preciso perder de fato o equilíbrio e se estatelar com tudo no chão. Julia conseguiu cair de lado sem provocar ferimentos. Ainda assim, seu grito de agonia foi real, pois seu punho torcido foi deslocado de um modo violento e o outro cotovelo bateu com tudo no chão e ficou esmagado sob o seu corpo. Um segundo depois, ela estava sentada, sentindo um frio terrível. A dor tomou conta de seus dois braços. Ela olhou para baixo, franzindo a testa, e fez um rápido ajuste na tipoia. Estava com o bilhete na mão.

Smith se aproximara de um jeito incomum. Ele estava viril de um modo diferente; seu rosto magro revelava uma expressão preocupada. Quando perguntou "Você se machucou?", sua voz saíra rouca. Mais uma vez, ela sentiu aquela pontada de prazer.

— Não foi nada — disse ela, num tom espontâneo. — Meu braço... vai ficar bom logo, logo.

— Você não quebrou nada?

— Não, eu estou bem. Dói um pouco, só isso.

Com um gesto repentino e natural, ela estendeu a mão ilesa para ele. Com a mesma naturalidade, ele foi ajudá-la a se levantar. Julia virou o rosto quando ele segurou sua mão, franzindo a testa como se estivesse se preparando para sentir dor.

Ela já havia passado muitos bilhetes antes, e a dinâmica sempre foi satisfatória: a maneira como o papel se prendia entre o dedão e a palma da mão e, em seguida, com rapidez e firmeza, era pressionado contra a outra mão. Como ela temera, ele ficou tenso de surpresa. Para esconder o bilhete, Julia fez bastante peso contra a mão dele. Smith bambeou só um pouco; depois, recuperou o equilíbrio. Pondo-se em pé com um esgar, ela disse:

— Não é nada. Foi só uma pancada no punho. Obrigada, camarada!

Ela soltou a mão e se virou, olhando apenas de relance para o rosto dele. Estava preparada para vê-lo erguer triunfante o bilhete para a teletela ou deixá-lo cair no chão, como se fosse um descuido. Mas ele sorria de uma maneira nada cômica, segurando o bilhete como deveria, fora de visão e com a mão meio fechada.

Julia saiu andando como se nada tivesse acontecido. Atrás dela, ouviu-o se afastar como se nada tivesse ocorrido. De fato, nada acontecera.

Ela havia caído, e um colega a ajudou a se levantar. Ficou pensando nisso – não vai acontecer nada, foi só uma queda boba –até chegar à porta que dava para as escadas. Ali, de costas para as teletelas, Julia respirou fundo, e um arrepio de prazer lhe percorreu o corpo. Ele aceitara! Ah, Smith seria seu! Logo depois, ela sentiu a pressão quente da mão dele, sua força masculina. Aqueles olhos sombrios e cruéis! Ele a teria! Nas escadas, Julia começou a cantar um hino patriota que só para ela significava amor. Os aviadores gostavam dele, pois versava sobre os dias de calmaria que viriam quando eles vencessem a guerra. Era assim:

Nunca me esquecerei das pessoas que conheci
enfrentando os céus rompantes.
Lembro-me bem da esperança em seu olhar, a reluzir,
enquanto as sombras caíam, aos montes.

E, embora eu esteja distante,
às vezes, as ouço falar:
Avante, avante!
Pois, quando o dia raiar...

Haverá bandeiras vermelhas sobre
os penhascos brancos de Dover.
Amanhã.
É só esperar para ver!

Haverá amor e risos
e paz para o futuro que virá.
Amanhã.
Quando o mundo livre será!

Ao chegar ao quarto andar, Julia cantava o hino com tanto prazer que um cara dos Manuais, passando por ela, fez uma pequena gracinha — se encolhendo e tapando os ouvidos. Ela riu, mas parou ao subir os últimos lances até chegar à Ficção. Em meio a seus pensamentos, ela ainda estava chocada com a loucura que fizera. Passar um bilhete no Ministério da Verdade — não em uma caminhada ou em uma marcha lotada de gente, mas em um corredor da Verdade! E para o Velha Miséria, um homem que não sorria nunca, a não ser nos Dois Minutos de Ódio, e que acima de tudo detestava mulheres!

Mas o bilhete não era dela, era de Vicky — aí é que estava a grande sacada do plano. Ah, se Smith tivesse reagido no momento em que Julia lhe entregou a mensagem, ele poderia ter apontado para ela. Mas e agora? A caligrafia de Julia era bem conhecida. Por ser mecânica, ela estava sempre anotando pedidos de equipamentos e deixando bilhetes em máquinas temperamentais. Duas dezenas de pessoas saberiam só de olhar que aquele bilhete não poderia ser dela. E, em relação à palavra de Julia contra a de Smith, nunca acreditariam nele. Ela era uma moça benquista, atraente, e nunca comprometeria vinte homens bem relacionados se alguma vez fosse interrogada. Smith era um pedante sem amigos que trabalhava no Departamento de Registros, de reputação duvidosa. Em último caso, ela poderia mencionar tê-lo visto no Weeks.

Mas, graças ao G.I., isso não aconteceria. Smith aceitara o bilhete feito um cordeirinho. Com um pouco de sorte, ele e Julia estariam transando dali a um mês. E ele devia ter experiência, afinal. Talvez fosse até um verdadeiro goldsteiniano. O verão estava a salvo do tédio.

De volta à Ficção, quase sem fôlego, ela checou a fábrica em busca de bandeiras — nenhuma! — e, em seguida, foi para o corredor. No entanto, nas escadas, seu caminho foi bloqueado por Essie.

Essie tinha o corpo em forma de barril, 40 anos, e era assustadora de um modo monstruoso, em virtude da combinação de máquinas da Ficção e gim. Um dos lados de seu rosto era torto e tinha uma cicatriz; sua mão esquerda tinha só três dedos, e havia mais cicatrizes nas pernas e nos flancos, os quais ela gostava de exibir na excursão anual da Ficção para o litoral. Era franca ao extremo — seus pais tinham sido PROLETAS —, mas não havia ninguém mais leal ao Partido nem obstinado como ela. Suas impressões digitais engorduradas ficavam sempre visíveis no receptor do telefone branco da "discrição", cujas ligações iam direto para a seção do Amor. Por sorte, Julia sempre se dera bem com ela. Ficara decidido na primeira semana que Essie, como mecânica sênior, teria todas as vantagens do cargo, enquanto Julia faria o trabalho pesado. Também não prejudicava a relação entre elas o fato de Essie ter orgulho de ser casada e ver a cinta Antissexo de Julia como uma garantia tácita de que ela não conseguia arranjar um homem.

— Aí está você! — Essie gritou. — Nós a procuramos por todo lado. O camarada O'Brien te achou?

Julia parou de repente, sentindo o entusiasmo gelando seu peito.

— O camarada O'Brien? — ela perguntou.

— Sim, ele esteve aqui agora há pouco.

— Você quer dizer... O'Brien do Partido Interno?

— Bem, eu não o chamaria assim! — Essie riu. — O O'Brien do Partido Interno! Mas, sim, é o próprio. Ele quer que você faça um conserto particular no apartamento dele.

— No apartamento dele?

— Não posso dizer que não me surpreendi. Tentei oferecer meus serviços, mas ele saiu correndo. Nem parou para me ouvir!

Julia detectou o ciúme despontando no olhar de Essie e disse, rápido:

— Com certeza, ele não sabe que você é da seção de reparos.

— Certo. Mas por que ele pediria para você... Esse é o mistério.

— Ah, tenho certeza de que ele não faz ideia de quem eu sou. Deve ter pegado um nome de uma lista, só isso... — Julia disse, e teve vontade de repetir, para dar um tom de verdade à afirmação.

— Mas por que procuraria uma de nós, afinal? — perguntou Essie. — A menos que eles não tenham os próprios mecânicos. Talvez lá não haja máquinas para consertar. Aqui, olhe. Ele deixou este endereço.

Essie entregou o bilhete a Julia, que o pegou quase sem olhar. Era o tipo de papel quadriculado usado para comunicações entre escritórios, de modo impressionante, idêntico em tamanho e aparência ao bilhete que ela acabara de entregar a Smith. Por um instante, ela esperou ver "EU TE AMO!" escrito ali e encolheu de leve os ombros. É claro que não era isso. Era um endereço no bairro do Partido Interno entre o complexo de Westminster e os Mártires do December Park.

— Mas eu gostaria que ele tivesse me chamado — disse Essie. — Assim, eu poderia fazer amizade com alguém do Partido Interno. Não se veem muitos deles por aqui.

Julia ficou tonta enquanto olhava para o papel e registrava as palavras de Essie. Então, ela comentou, da maneira mais natural que conseguiu:

— Bem... Por que você não vai? Tenho certeza de que o camarada O'Brien não verá nenhuma diferença.

— Eu não posso. Não foi esse o pedido dele.

— Mas é só um conserto, e você é a melhor mecânica. Você *deve* ir. Tenho certeza de que ele iria preferir isso, se soubesse.

Julia estendeu o papel como se não soubesse de nada. Essie não o pegou, mas seus dedos se contorceram.

— Bem, ele não disse apenas que era um conserto — retrucou Essie. — Um conserto *simples*, ele disse e repetiu.

— De todo modo, se ele quiser isso para hoje à noite, eu não poderei ir — disse Julia. — Seria difícil. Tenho um turno voluntário, e não poderia pedir para sair sem aviso prévio.

Julia voltou a estender o papel. Desta vez, Essie o pegou, e ambas sorriram de alívio.

— Gostaria de ter certeza de que ele não vai se importar — Essie disse.

— E por que deveria? Mecânica por mecânica...

Essie lançou um olhar meio duvidoso para ela, mas em seguida voltou a olhar para o endereço — o estimulante endereço do Partido Interno — e se deixou convencer.

— Então, eu vou. Embora pareça estar fazendo boa parte do seu trabalho esta semana.

Essa jogada foi tão descarada que Julia quase riu, mas ela manteve a expressão mais séria possível ao dizer:

— Sim, eu agradeço muito. Quando minha mão melhorar, vou passar uma era fazendo todo o trabalho pesado para recompensá-la.

Naquela noite, Julia sonhou com o Ministério do Amor — ou com as coisas que esse departamento produzia.

Quando a pessoa era levada pelo Ministério do Amor, às vezes, desaparecia para sempre. Em outras situações, no entanto, uma versão da pessoa era lançada — voltava uma criatura aquebrantada, esquelética, cambaleando, murmurando em solilóquio e gemendo de dor. A pele desses infelizes ficava toda manchada de equimoses que se sobrepunham e de feridas que nunca saravam. Os corpos tinham inchaços nos locais mais estranhos; a cabeça, muitas vezes, ficava amassada de um jeito que fazia o estômago das outras pessoas revirar. Às vezes, faltavam dedos, ou havia dedos, mas sem as unhas. Com muita frequência, elas iam ao Chestnut Tree Café, a única cafeteria que era mais ou menos suntuosa — ou o era quando não havia nenhuma criatura do Amor por lá. Quando havia alguma, era inevitável que todos os olhares fossem atraídos para o show que a pessoa dava ao tentar comer. Algumas pessoas não conseguiam mais usar garfo e faca. Elas comiam com a cara dentro do prato e lambiam o gim em tigelas, como os gatos. Julia tinha visto uma pessoa que teve de se arrastar usando as mãos e os joelhos para ir embora e, enquanto saía, meneava a cabeça com delicadeza para todo mundo por quem passava, com uma linha de baba no queixo, a cabeça tremendo. Os comensais olhavam através dessas pessoas como se elas fossem invisíveis e continuavam a conversa o melhor que podiam — não era seguro demonstrar que se observavam esses infelizes, menos ainda conversar com eles. Percorriam a cidade em meio a uma zona de solidão, exibindo os danos de sua doença durante semanas ou meses. Então, certo dia, desapareciam.

O sonho de Julia começou com um programa na teletela sobre essas criaturas, do qual haviam lhe pedido para atuar como narradora. Essa tarefa impunha uma dificuldade terrível, pois não era possível descrevê-las de modo correto sem falar mal do Partido. Julia começou balbuciando sílabas sem sentido, acreditando que seria seguro. No entanto, isso também era inaceitável, e num instante ela percebeu que estava dentro do programa. Ela era uma das criaturas com dificuldades para transitar por uma calçada cheia de pessoas que recuavam de medo. Os danos em seu corpo continuavam se transformando. A princípio, ambos os braços terminavam em cotocos grotescos dos quais se projetavam ossos que estavam à mostra. Então, ela concluiu que precisaria de um dos braços para trabalhar e sua mão direita reapareceu. Depois disso, descobriu que sua mandíbula e a garganta estavam tão mutiladas que ela não conseguia articular palavras. Ela pensou "*Não, assim eu não poderei comer...*". Ao deduzir isso, o horror mudou de novo, e ela percebeu que seu crânio estava aberto e seu cérebro, danificado, exposto ao ar, de modo que as moscas pousavam e se alimentavam dele. Mais uma vez, ela se recusou a aceitar a situação e tentou achar um espelho para confirmar que aquilo não era verdade. No entanto, ao colocar a mão na cabeça, ela sentiu que ali havia um buraco pavoroso, úmido, e viu as moscas que ainda vinham pousar nele.

Julia acordou do pesadelo na escuridão do dormitório. Sentou-se meio inclinada, quase gritando, rearranjando de modo automático o semblante no sorriso sonolento, considerado apropriado àquele horário. Na teletela perto de sua cabeça, o Grande Irmão falava, formando uma silhueta preta sobre a bandeira da Oceania, dizendo algo meio sem sentido sobre as flores da labuta. Através dos beliches, Julia viu o luar entrando pela janela sem cortinas. Vicky estava em sua cama, sob a janela. Os dois gatos estavam aninhados nela. Ela acariciava um deles enquanto o outro lhe lambia a mão. Seus olhos estavam arregalados. Ela encarava Julia.

Isso foi tudo. Em seguida, Julia voltou a dormir. Talvez não tivesse acordado. Quer tenha acordado ou não, na manhã seguinte, levantou-se descansada e despreocupada, lembrando-se do pesadelo apenas como um contratempo distante. Ficou na fila do lavatório e fez suas Cretinices Rítmicas tentando ignorar a presença de Vicky deliberadamente; de algum modo, a Vicky da manhã não se parecia nada com a Vicky sinistra da madrugada. A caminho do Ministério, Julia até cochilou. Só quando chegou ao Ministério da Verdade e desceu as escadas para a Ficção ela se lembrou, de repente, de O'Brien. Ele a solicitara: isso era real. O terror do pesadelo voltou em um piscar de olhos. Tudo estava danificado! Danificado demais para voltar a ser inteiro!

No entanto, enquanto pensava a respeito disso, ela ouviu um grito assombroso atrás de si, seguido de um ruído de botas descendo as escadas correndo. Era Essie, com um riso tão largo que a bochecha com a cicatriz fez uma curva para cima, deixando seu olho esquerdo semifechado. Ela gritou para Julia:

— Camarada! Que figura, esse O'Brien! E não é que você estava certa? Pois é, estava. Nenhuma palavra dele sobre quem fez ou não fez o trabalho. E adivinha o que precisava de conserto? Uma máquina de lavar roupas! Bem, todo mundo já ouviu falar delas, mas ver como funcionam são outros quinhentos! Eu a consertei direitinho, embora nunca tivesse visto uma antes. Máquina é máquina. Suponho que você também teria conseguido consertar. — Essie deu um sorriso condescendente para Julia, que representava bem o contrário. — Ele falou muito bem do meu trabalho, tão bem quanto pôde, e disse que vai me chamar de novo para outros trabalhinhos. Belo amigo para se ter! Ah, sim! Eu diria que você me fez um favor e tanto.

Elas desceram juntas o último lance de escadas para a Ficção e compartilharam um cigarro antes de darem início aos trabalhos. O tempo todo, Essie tagarelou — discorrendo sobre O'Brien, suas máquinas maravilhosas e sua decência —, e Julia prestou atenção em cada palavra. Quando se separaram a fim de executar suas respectivas tarefas, Julia ficou preocupada ao perceber o coração ainda aos pulos e as palmas das mãos úmidas. Mas tudo havia se passado em segurança. Essie tinha bons instintos para encrencas; se não tivesse, já estaria morta havia um bom tempo. A vida de um informante era precária; os descuidados, por sua vez, eram denunciados, pois seu trabalho alimentava um ódio excessivo. Não, tudo havia dado certo. Julia só precisava fazer sua parte e tirar da cabeça todos os pensamentos em Winston Smith. Com O'Brien rondando por ali, qualquer coisa do tipo poderia ser fatal. Na verdade, talvez fosse o momento de ela desistir de vez do CRIMESSEXO. Melhor viver a vida na castidade, amenizando o tempo com cigarros e chocolates e uma justiçazinha com as próprias mãos no escuro, do que ter um ou dois encontros e, depois, uma morte agonizante nas profundezas do Amor.

Julia manteve essa decisão prudente durante um dia e uma noite, e por mais alguns poucos dias. Mudou seus horários para evitar a cantina quando o pessoal dos Registros fazia as refeições. Quando um antigo namorado se aproximou dela em um comício, ela cruzou os braços e virou o rosto. Cantou mais alto durante os hinos patriotas e se voluntariou mais depressa para atuar ao piano. Na reunião da União dos Trabalhadores Mecânicos, desferiu ávidas críticas ao Women's 21, que permitira que a mácula do goldsteinismo se insinuasse nas notícias no quadro de avisos da seção. Marchou com as Donzelas pelo Amor Patriota em uma demonstração de apoio à plataforma do 42º Congresso do Partido. Naquele momento, seu braço já havia se recuperado o suficiente para que ela pudesse carregar um cartaz representando um bebê desmembrado por bombas eurasianas, e ela gritava "Amor é ódio!" com tanta empolgação que sua voz ficou rouca durante dois dias.

Essa conduta impecável teve continuidade até um dia em que ela se permitiu almoçar no horário antigo. Evitar Smith passou a ser um incômodo muito grande; mudar a própria rotina significava atrapalhar a de Essie, que tinha começado a reclamar de um jeito ameaçador. De qualquer modo, tais precauções pareciam tolas, pois Smith não fizera nada a respeito do bilhete durante dias.

Essa primeira provação ocorreu sem incidentes. Julia se sentou com um grupo de garotas e, embora Smith lhe tivesse lançado um olhar diferente, ele não fez nenhuma tentativa de aproximação. No dia seguinte, Julia voltou, e mais uma vez ele a deixou em paz. No terceiro dia, ela considerou muito seguro se sentar sozinha a uma mesa. Almoçar nesse ou naquele horário não fazia a menor diferença. Mal se podia chamar a isso de descuido — era nisso que Julia pensava, até Smith colocar sua bandeja em frente à dela, sentar-se e perguntar, de modo ousado:

— A que horas você sai do trabalho?

No primeiro instante, ela procurou sobretudo não demonstrar surpresa. Para ganhar tempo, tomou uma colherada de sopa — uma lavagem à base de feijões com um odor pronunciado de cachorro. Ao fazer isso, percebeu aliviada que Smith falara em voz baixa e indistinta, e que ele também olhava para a própria tigela como se ela nem estivesse ali. Além do mais, não havia nenhuma teletela por perto e ninguém próximo o suficiente a ponto de escutar.

Não obstante, ela estava prestes a botar Smith para correr quando olhou para cima e viu seu rosto. Mesmo concentrado em mergulhar a colher na sopa, os olhos dele revelavam a necessidade feroz que haviam demonstrado quando ele a encarou na saída do Weeks. Depressa, ela olhou para o nada, mas sua mente ainda via os belos cabelos, o rosto vago e cansado. Ele a possuiria. Não havia nada que ela pudesse fazer.

Inclinada sobre a tigela, ela respondeu:

— Às seis e meia.

9

Na manhã do dia em que teria seu primeiro encontro com Winston Smith, Julia ficou duas horas limpando ruas. Era seu turno voluntário favorito. Era preciso perambular pelas ruas do toque de recolher antes de amanhecer, quando as únicas companhias eram corujas, ratos, raposas e patrulheiros noturnos entediados com sua tarefa solitária e contentes em oferecer um cigarro a uma garota que havia parado para descansar. Vez ou outra, passava um sedã, levando para casa algum membro do Partido Interno que estava voltando de um banquete ou um conclave de guerra. Então, Julia se empertigava e ficava atenta, escondendo a pá e a vassoura atrás de si por decoro. Os patrulheiros também se alinhavam, assim como, talvez, as corujas e os ratos sobressaltados, mas nunca as raposas, a quem nada assustava.

Limpar as ruas proporcionava a Julia uma ficha para tomar banho de água quente no Círculo da Boafala. Se a pessoa cronometrasse direito — o que Julia sempre fazia —, era possível estender o banho para quinze minutos. Enquanto se molhava, ela começou a fazer um exame de consciência. De fato, Smith lidara bem com as primeiras etapas. Ele a encontrara na Praça da Vitória, de acordo com as instruções, e soube, sem que ela lhe dissesse, que esse primeiro encontro seria apenas para fazer acordos. Evitara se aproximar dela até uma multidão chegar; então, falou sem olhá-la nos olhos, com a voz quase inaudível. À medida que a turba os aproximou, ele permitiu que ela pegasse sua mão e a pressionou contra a própria, revelando, sem dúvida, o espírito da coisa.

Por outro lado, todos os planos tinham sido elaborados por Julia. Ele havia se aproximado dela na cantina, mas, depois disso, apenas esperou suas instruções. Não demonstrara nenhum sinal de experiência anterior. Não sussurrara *querida* nem tocara seu traseiro — nada das esquisitices ou frases feitas que teriam indicado que ele fazia parte da divertida conspiração. Smith também tinha uma timidez que fazia parecer improvável que ele fosse terrorista. Ele mais parecia estar se aventurando além dos limites da propriedade do Partido pela primeira vez, além de estar sem fôlego por conta da própria ousadia. A sensação cada vez mais provável — um pensamento pavoroso — era de que ele só havia entrado no Weeks para olhar as mercadorias. Mas Julia chegara até ali, e não haveria nenhum outro homem para transar com ela naquela tarde. Era preciso se virar com o que havia disponível.

Depois de tomar banho, ela foi à casa dos Melton e usou dois dólares do seu dinheiro proveniente das Viúvas Harringway para comprar um naco de chocolate. Vinha em papel-alumínio numa embalagem vermelha bonita, com caligrafia eurasiana e desenho de montanhas, mas a senhora Melton os removeu com cuidado e reembrulhou o produto em uma página de um jornal PROLETA. A embalagem elegante só meteria Julia em encrencas, enquanto os PROLETAS a comprariam em separado para decorar o quarto. Para encontros na zona rural, Julia levava chocolate, em parte, como presente de boas-vindas, mas, sobretudo, como um álibi. Se fossem atrás dela, isso indicaria aos patrulheiros que Julia estaria indo a uma fazenda para negociar manteiga ou carne. Ficariam com o chocolate para si, é claro, mas não fariam nada pior com ela.

Por milagre, todos os ônibus que Julia pegava estavam operando, então, por volta da uma e meia da tarde ela já estava no trem a caminho do local do encontro. O trajeto durou pouco menos de uma hora, e ela passou pela zona rural que restara da SAZ de um modo perturbador. Durante a jornada, ela se entreteve fazendo dobraduras de papel em forma de cavalos para um garotinho PROLETA que os contemplava maravilhado e repetia "avalo". A mãe ficou encarando-a o tempo todo e com muita má vontade aceitou a delicadeza como presente, metendo-a com tanto desmazelo dentro da bolsa que, sem dúvida, os cavalinhos ficariam arruinados. De certo modo, isso arrefeceu o ânimo de Julia. Por que os PROLETAS tinham de ser tão INCAMARADAS? No entanto, ao descer do trem, ela se animou ao perceber que era a única passageira desembarcando. Teria sido estranho dar de cara com Smith ali, ou — pior ainda — com um grupo de trilheiros ávidos para conversar com ela ou, até mesmo, convidar Julia para participar de seu piquenique. Em dias de sol, essas pragas brotavam por toda parte, prontas para pegar uma garota sozinha e resgatá-la da ameaça da VIDAPRÓPRIA. Muitos encontros foram arruinados por um bando de forasteiros joviais com um saco de sanduíches de pasta proteica.

Ela deixou a pequena plataforma e tomou uma via malconservada, que passava por algumas construções agrícolas em ruínas, rumo a um bosque irregular. Ali ela descobriu, para sua satisfação, que os jacintos-silvestres estavam em flor. Essas coisinhas adoráveis atapetavam o caminho que ela escolhera, e o aroma era de outro mundo. Pombas arrulhavam nos arbustos. As brisas mais fortes traziam um leve cheiro de chorume, mas a fragrância das flores o atenuava. O caminho todo estava sombreado e vívido.

Além de tudo isso, corria a sensação inebriante de estar longe das teletelas. Como era muito próximo a uma estação de trem, talvez houvesse microfones nas árvores, mas havia a certeza de que não se podia ser *visto*. Contanto que não se produzisse nenhum som suspeito, era possível ficar nu e até transar, e os vigias nunca saberiam identificar. Julia tirou as botas e as meias e foi andando descalça até a dor de pisar em pedregulhos a incomodar. Ao calçar de novo as botas, ela fez umas caretas feias e murmurou:

— *Essa* é para o Partido Interno!

Ela encontrou Winston agachado no caminho, apanhando jacintos e os colocando em um monte meio desorganizado. Tê-lo visto foi um baque e tanto para ela. Ele estava lá de verdade. Ia acontecer.

Embora ela tenha feito muito barulho ao chegar, ele não se virou para olhar. Talvez estivesse com medo de que fosse outra pessoa; ainda assim, ele deveria ter lançado o sorriso camarada de um trilheiro contente em ter uma potencial companhia. Quando ela colocou a mão em seu ombro, ele não recuou. O músculo sob a mão dela era rígido. O corpo masculino! Sempre uma surpresa. Ele se virou para olhar, e sua expressão mudou ao vê-la. À luz do sol, ele parecia mais velho, mas muito mais bonito. Seu semblante era sério e sensato. Toda dúvida que ela ainda tinha caiu por terra.

Ela balançou a cabeça para alertá-lo a não falar; depois, passou à sua frente para que ele a seguisse. Sentiu que ele a olhava ao andar atrás dela e manteve, de modo mais ou menos consciente, o jeito feminino de andar, sempre difícil nas botas do Partido. Voltou a cair a ficha de que não o conhecia. E se ele estivesse ali para matá-la, para silenciá-la? Não havia teletelas como segurança. Poderia levar semanas para descobrirem seu corpo. É claro que ela não acreditava nisso — se acreditasse, teria fugido dele. Não obstante, essa ideia tornou tudo mais intenso. As nuvens de jacintos ficaram deliciosamente sinistras; a luz do sol, selvagem como se fosse a última. Por um romance, por prazer erótico, ela estava flertando com a morte.

Por fim, Julia pulou com agilidade uma árvore caída e parou ao lado do paredão de folhagens densas que indicava o destino deles. Com a mão ainda rígida, foi mais difícil que o habitual forçar uma passagem em meio aos galhos, mas ela acabou abrindo caminho até uma clareira cercada por moitas e árvores altas que a encobriam de todos os lados. Aguardou em suspense até ouvir Smith vindo atrás dela. Em seguida, correu até o centro da clareira e rodopiou para encará-lo quando ele apareceu.

— Aqui estamos! — disse ela.

Ele parou alguns passos à distância dela, segurando a pilha de jacintos contra o peito. O frescor das flores contrastava com o azul puído de seu macacão e seu semblante masculino cansado.

Ela continuou:

— Não quis falar nada na trilha, temendo que houvesse um microfone escondido lá. Acho que não tem, mas poderia ter. Sempre existe a chance de um desses porcos reconhecerem a nossa voz. Estamos seguros aqui.

Por um terrível instante, pareceu que ele estava prestes a se virar e fugir. Então, ele repetiu baixinho:

— Estamos seguros aqui?

Ela sorriu e disse:

— Sim. Olhe para as árvores. Não há nada grande o bastante para esconder um microfone dentro. Além do mais, já estive aqui antes.

Então, ele deu um passo à frente, deixando os jacintos caírem aos seus pés. Para decepção de Julia, ele apenas segurou sua mão, mas a intensidade de sua expressão era igualzinha à que ela fantasiara.

— Acredita que até agora eu não sabia de que cor eram seus olhos? — ele disse. Antes que ela pudesse responder, ele acrescentou: — Agora que você viu como sou de verdade, ainda consegue olhar para mim?

Ela sentiu a alegria de lhe ter sido atribuída uma tarefa simples e respondeu:

— Sim, fácil.

— Tenho trinta e nove anos. Tenho uma esposa de quem não consigo me livrar. Tenho varizes. Tenho cinco dentes postiços.

— Não estou nem aí.

Esse comentário surtiu efeito. Ela estava nos braços dele, e era como Julia havia esperado, um abraço selvagem. Ele a possuiria! Era tarde demais para mudar de ideia! Ela esperara tanto tempo... então, agora, não ofereceria nenhuma resistência.

No entanto, no instante seguinte, algo deu errado. A boca dele se posicionou de um jeito estranho na dela, e ele apenas fazia os movimentos de beijá-la. Ele lutava contra o corpo dela em vez de senti-lo. Puxou-a para o chão, como se estivesse determinado a resolver o problema, mas não se saiu melhor nesse gesto. O homem se debatia, como se ele fosse feito de cotovelos. Primeiro, ele largou seu peso sobre o osso ilíaco dela, causando-lhe dor; depois, mudou de posição, espalhando-se meio para fora, meio para cima dela, em uma posição bastante bizarra. Parecia que ele não se lembrava de que seu lugar deveria ser entre as coxas dela, e, quando Julia tentou puxá-lo para ali, ele se opôs. Então, ela percebeu qual era o problema. O pau dele estava tão mole que parecia ausente por completo. Ela o beijou com mais avidez e o agarrou, tentando reanimá-lo, mas nada aconteceu. Ele se encolhia e se esquivava.

Por fim, ela o soltou, e ele se retraiu de modo automático, como se estivesse ofendido. Então, ela disse, com a maior delicadeza que conseguiu:

— Não faz mal, querido. Sem pressa. Temos a tarde toda.

Ele se sentou, adotando um ar displicente. Aquilo era bom — bem melhor que ficar na defensiva. Havia esperança, se ela o levasse no bico.

Ela continuou no mesmo tom de leveza:

— Não é um esconderijo fantástico? Eu o encontrei quando me perdi em uma caminhada em grupo. Se alguém se aproximar, é possível ouvir a centenas de metros.

— Qual é o seu nome?

— Julia. Eu sei o seu. É Winston... Winston Smith.

— Como você descobriu?

— Creio que eu seja melhor que você para descobrir as coisas, querido — ela disse isso em um tom de vanglória, e ele aceitou feito um carneirinho. Não daria certo. A bateria sexual estava pifando, e ela estava a meio caminho do papel de mãe, mas Julia tentou: — Me diga uma coisa... O que você achava de mim antes de receber o bilhete?

O êxito foi muito maior do que ela poderia ter previsto. Ele disse:

— Eu odiava ver você. Queria estuprá-la e depois assassiná-la. Duas semanas atrás, pensei seriamente em esmagar sua cabeça com um paralelepípedo. Se quer mesmo saber, imaginei que você tinha algo a ver com a PENSAPOL.

Ela riu alto.

— A PENSAPOL? Não! Você pensou mesmo nisso, sério? — perguntou Julia.

Para espanto dela, isso o fez perder a confiança.

— Bem — disse ele —, talvez não exatamente isso. Mas, com base na sua aparência geral... só porque você é jovem, vigorosa e saudável, entenda... pensei que, provavelmente...

A partir daí, a conversa parava e recomeçava. Ela riu diante da ideia de ser uma PENSAPOL, falando que odiava o Partido a ponto de dissipar qualquer medo que ele tivesse a respeito. Fez uma força hercúlea para não parecer intelectual; alguns homens achavam que as moças da Ficção eram todas leitoras e sentiam-se inadequados por não o serem. Ele não parecia ter esse problema, mas, mesmo assim, ficou satisfeito ao ouvir isso. Ela também bancou a novinha safada e atrevida, para o caso de ele não se deixar levar por sua pureza, e até fez menção de arrancar sua cinta Antissexo. Ela pretendia fazer o mesmo com as roupas, mas, quando tocou o zíper, Smith pareceu entrar em pânico, então, ela pôs a mão no bolso e ofereceu chocolate a ele.

A atitude saiu pela culatra.

— Onde você arranjou isso? — ele perguntou, espantado, e então se demonstrou surpreso e atraído pelo sabor.

Claro que Julia não tinha como adivinhar que o homem nunca havia provado chocolate do mercado ilegal! Agora, ele olhava para ela como se ela fosse uma feiticeira poderosa. Isso quase desfez todo o bom trabalho de Julia, e ela teve a desanimadora tarefa de reconstruí-lo do nada. A jogada dela foi perguntar por que ele estivera no Weeks. Se ele fosse um goldsteiniano, a lembrança de sua ousadia, com certeza, o deixaria orgulhoso, e, se estivesse apenas visitando a loja, não haveria nada a perder.

Era o último caso, mas, por sorte, ele ficou orgulhoso diante da lembrança de ter visitado uma loja de bugigangas — algo que Winston com certeza sentia que poucos outros homens ousariam fazer. Então, de repente, ele começou a explicar a Julia que o nome da loja não era "Weeks", não de verdade.

— O lojista se chama Charrington. Falei com ele, sabe... Conversamos por algum tempo. Ele andou pensando em mudar o nome, mas parecia desanimado. Não é todo mundo que gosta desse tipo de mercadoria ou que se atreve a demonstrar quando gosta.

Winston Smith, é claro, era uma rara exceção a essa regra. Ele já havia comprado um caderno de notas ali, e nessa última visita adquirira um peso de papel. A história virou uma descrição rapsódica do tal peso, que, com base no que ela conseguiu imaginar, era apenas uma abóbada de vidro com uma pedrinha dentro. Ele prometeu mostrá-lo a Julia se tivesse a chance, e ela disse, séria, que gostaria muito de ver.

Ele também se gabou de ter ido ao andar de cima da loja. A esperança melancólica de Julia era de que ao menos ele tivesse avistado um cachimbo para ópio, mas o homem disse que havia apenas um quarto decadente que parecia infestado de percevejos. No entanto, para Winston, isso tinha um charme peculiar.

— Foi como entrar em um quarto de cinquenta anos atrás, ou até de um século. Não tinha nenhuma teletela. Pense!

— Oh! — disse ela. — Dá para marcarmos encontros lá.

— Sim. Eu até andei pensando em alugá-lo para mim. Só para ficar sozinho com a certeza de que não haverá ninguém me espiando.

Ela passou por decepções diversas. O notório Weeks era só uma loja de bugigangas cujo proprietário tinha modos desagradáveis. Winston Smith, longe de ser um terrorista, era alguém que via a compra de um peso de papel como o ápice da virilidade. Contudo, enquanto ele falava num tom sonhador de ficar sozinho com a certeza de não ser visto, ela sentiu uma pontinha de empatia por ele.

— Sim — disse ela. — Sei muito bem o que isso significa. É como estar aqui... Eu poderia vir aqui só para olhar ao redor o dia todo. Só para saber que *eles* não estão aqui.

— Sim. — Ele sorriu, olhando-a nos olhos. — Dá para pensar direito.

— E sentir. Até ser. Dá para ser bem diferente nesses momentos.

Ele voltou a segurar a mão dela.

— Sim, eu poderia fazer isso de verdade. Você me deu coragem — ele disse.

Ele se levantou e propôs que caminhassem. Ela concordou, sentindo afeição por ele e percebendo que esse poderia ser o ponto de retorno. De fato, Smith a cingiu pela cintura enquanto andava, e quando eles tiveram de se separar em uma via estreita entre arbustos, ele a tocou na bochecha e sussurrou, sério:

— Você é tão bonita e jovem... Gosto de você.

Seu corpo estava deliciosamente rígido contra o dela, a mão consciente em seu quadril. Tudo estava como deveria ser. O sentimento materno traiçoeiro havia ido embora.

Na fronteira do bosque, ele parou surpreso com a beleza do cenário diante deles. Ela fez uma pausa, satisfeita, e se permitiu senti-lo junto a ele. Eles se aninharam, abrigados da vista por uma tela de retalhos de folhas. Diante deles havia um gramado bem crescido e gasto, erodido pelas chuvas recentes, com alguns sulcos de terra marrom-esverdeada. Uma trilha discreta se conduzia através dele, quase reluzindo ao sol de maio. Era o caminho que Julia fizera quando se deparou pela primeira vez com esse lugar. Além do gramado, havia os limites de outra floresta cujas copas das árvores se agitavam com a brisa. A luz sobre o aglomerado de folhas fluía de uma maneira muito bela conforme a mudança da luminosidade sobre a água. Era um cenário simples, mas, de algum modo inexplicável, encantador se alguém simplesmente o olhasse. Tudo estava vivo.

— Não tem um riacho em algum lugar aqui perto? — Winston perguntou, quase sussurrando.

— Tem, sim — disse ela, sonhadora. — Tem um riacho. Fica no limite do próximo campo, na verdade. E tem peixes, dos grandes. Dá para observá-los nos tanques sob os salgueiros, agitando as caudas.

— É o País do Ouro... Quase... — murmurou ele.

— O País do Ouro?

— Não é nada, na verdade. É uma paisagem que cheguei a ver em um sonho.

Aquilo a arrebatou. Um sonho! É claro que, provavelmente, ele a vira em uma caminhada e só se lembrava dela até certo ponto. Ainda assim, foi bonito o fato de ele tê-la transformado num sonho e lhe dado um belo nome. Enquanto se escoravam um no outro, um pássaro pousou num galho a alguns metros de distância. A ave o agarrou com os pés, aconchegou-se nas próprias asas e permaneceu bem empertigada sobre o ramo. Julia não conhecia a espécie; era um pássaro marrom-claro com penas malhadas no peito. Naquele instante, o pássaro lhe pareceu fora do comum. Como alguém faria uma ave daquelas? Não poderia ser feita. Ninguém poderia fazê-la.

— Olhe! — ela sussurrou.

O braço de Winston a pressionou mais, de prazer. Enquanto a observavam, a ave baixou a cabeça, como se refletisse, abriu as asas, baixou-as de novo e começou a cantar.

No início, foi o volume alto que os encantou, depois, a doçura e a variedade da música. Eles estavam perto o bastante para ver o tremor das penas na garganta e como a cauda do pássaro se contraía aos esforços das notas mais agudas. Ele ficava em silêncio e aninhava a cabeça, como se estivesse os contemplando; em seguida, cantava de forma aleatória uma variação nova. O pássaro deu duas voltas inteiras no galho, como se os estivesse empolgado com a própria melodia. Julia e Winston permaneceram agarrados, como se estivessem hipnotizados. Ele parecia prender a respiração, seu semblante demonstrava estar num êxtase viril. Por fim, ele a virou para si e beijou seus lábios.

Ela sentiu a diferença de imediato. Suas bocas se moviam juntas, iam mais a fundo, mais devagar, encontravam o caminho para o sexo. Ali estava seu homem, enfim! Ele tocou seus seios, suas nádegas, e tudo aconteceu de modo natural; um desejo que crescia, se inventava e testava novas variações, tal como a canção da ave silvestre. Ela se desmanchou em seus braços. Ele a apertou de forma urgente contra si. Quando suas bocas, enfim, se afastaram, ambos suspiraram.

A partir dali, foi tudo muito simples. Ela o levou de volta ao esconderijo e tirou depressa as botas; depois, baixou o macacão com um único gesto ágil. Smith se ajoelhou à sua frente como se ela fosse uma deusa. Houve mais um instante ardiloso, quando ele deu por si e de repente quis saber sobre seus amantes anteriores. Quantos tinham sido? Eram membros do Partido? Ela gostava de fazer sexo apenas por fazer?

Na SAZ, o pessoal tinha uma vaca que dava mais leite que todas as outras, mas ela gostava de chutar o balde bem quando ele estava cheio. Smith era como essa vaca desmancha-prazeres. No entanto, agora, ela o conhecia, então, tomou a iniciativa. Ela admitiu ter tido muitos amantes, mas disse que ele era especial; disse que adorava sexo e que o praticava sempre que podia. Por fim, a cantilena acabou. Então, quando ele a abraçou, ela sentiu a ereção dele contra sua barriga. Todo o leite estava a salvo.

Eles caíram juntos no chão, rolando de modo desenfreado entre os jacintos do buquê descartado. Ele beijou o pescoço, os seios e as coxas dela. Desta vez, não houve nenhuma complicação. Ele até conseguiu tirar o próprio macacão sem se sentir ridículo. Na primeira estocada, o espanto habitual: o pau de um homem estava dentro dela de verdade! Poderia existir algo tão obsceno e ao mesmo tempo sublime? Em seguida, o prazer das estocadas, uma vez, e outra, indo a fundo e se afastando, ameaçando sair, depois golpeando de novo. Oh, prazer profundo e malicioso, como nenhum outro! Ela se permitiu gritar, um pequeno uivo tão natural quanto a canção da ave. Havia a magia dos ombros largos masculinos, a barba dele raspando em seu pescoço. Ele sabia trepar e estava rijo o bastante a ponto de o corpo de Julia tremer inteiro e ressoar. Ele a tocava como a um sino.

Entretanto, rápido demais, de repente, ele gemeu e ficou tenso. Ela quis gritar *Ainda não!*, mas o corpo dele tremeu e relaxou. Um instante depois, ele saiu de cima dela e veio aquela sensação ludibriante do pinto deslizando para fora. Deitada, sentiu-se insultada pelo prazer que se esvaía, como uma história que nunca iria direto ao assunto. Ele deixara uma das mãos sobre seu seio, e isso agora a irritava. Tarde demais, percebeu que poderia ter engravidado. Winston, por sua vez, parecia extasiado, como um gato que ganhou leite cremoso.

Aos poucos, o quase clímax se dissipou, e ela pôde enxergar as coisas de um ponto de vista mais filosófico. Nenhum homem dava o melhor de si na primeira saída. Ele devia estar havia uma era sem fazer aquilo. E, mesmo tendo se esforçado pela metade, ele tinha uma pequena vantagem. Ele já era melhor que o coitado do Tom Parsons, o último homem que ela trouxera ao local, que durara um minuto e transpirara tanto que, quando ele saiu de cima de Julia, a barriga dela estava brilhante. Certa vez, Parsons disse a ela, como uma dicazinha atrevida, ter ouvido falar que garotas francesas podiam ter sete orgasmos por noite. Com certa rispidez, Julia retrucara que, caso houvesse oportunidade, ela também tinha essa notável habilidade. Ele a encarara chocado e perguntara:

— Será que você tem sangue francês?

Em seguida, sua mente divagou de um modo natural para a primeira vez que ela fora àquele lugar. Ela e uma garota chamada Lou haviam deixado a trilha principal para vasculhar o bosque à procura de cogumelos e se perderam. Depararam-se com a clareira e ficaram maravilhadas com a privacidade do local. Lou achou que algum criminoso devia tê-la feito. Analisou o solo em busca de evidências criminais enquanto Julia permaneceu, de um modo cauteloso, olhando os arredores, perguntando-se o que faria se Lou tentasse beijá-la. Lou tinha fama de ser uma Reggie voraz, embora as pessoas dissessem isso de qualquer garota que fosse mais alta que a maioria. Não encontraram nenhum rastro de crime, então, por fim, Lou concordou em ir embora. Só então elas perceberam que não sabiam o caminho de volta à trilha. Foi Julia que ouviu o riacho e se lembrou de que cursos d'água levavam até a civilização, embora não conseguisse se lembrar da direção que seria preciso seguir para encontrá-la. Elas discutiam a respeito disso, subindo e descendo, cada vez mais encaloradas e mal-humoradas, quando Lou disse, de repente:

— Ah, foda-se o Amor. Vou dar uma nadada.

Em um minuto, ela tirou o macacão e a calcinha, caiu com tudo na água e nadou, gritando de prazer e bradando a Julia para que entrasse.

Na época, Julia era muito jovem — tinha 17 anos — e ficou muito tempo enrolando na margem, sem saber se era uma armadilha de Reggie. Lou continuava rindo da covardia de Julia e gritando, afirmando que a água estava muito boa. A menina acabou tirando a roupa e se aventurou com extrema autoconsciência. Quando a água bateu no alto de suas coxas, ela tremeu e se agachou, sentindo-se muito melhor quando a água passou a cobri-la até os ombros.

Nesse momento, Lou olhava para longe. Então, ela perguntou:

— Está ouvindo isto? Escute!

Quando Julia parou de espirrar água, ela ouviu, muito fracas, mas nítidas, as vozes dos outros Antissexers cantando desafinadas "A Balada do Sangue de Goldstein". Elas não poderiam estar a mais de quinhentos metros.

— Ah, que desgraça! — disse Lou, num desespero cômico. — Fomos encontradas!

— Você está decepcionada? Sério?

— Um pouco. Não tenho certeza.

Lou deu um sorrisinho malicioso e mergulhou. Houve uma pausa, e tudo ficou silencioso. Julia olhou para a copa das árvores e ficou tensa, prevendo que a garota lhe passaria a mão. Mas Lou emergiu a cinco metros, com a água cristalina escorrendo de seus cabelos negros. Julia tomou fôlego, surpresa e com remorso. Então, ela própria mergulhou.

10

Essie tinha sumido. Certa manhã, ela faltou ao trabalho, sem aviso nem explicação. Nas primeiras horas, algumas pessoas inescrupulosas comentaram sua ausência. No segundo turno, ninguém sequer a mencionou. Julia consultou o quadro de avisos da Ficção para verificar as listas do Clube de Jardinagem, do qual Essie tinha sido tesoureira havia muito, muito tempo. Agora, a tesoureira era uma tal de Joan Wollenska. O nome de Essie também não estava mais nos porta-casacos, e suas luvas de cozinha haviam desaparecido da pia. A exclusão mais expressiva poderia ser detectada na lousa em que as pessoas se inscreviam para os turnos de limpeza, onde os nomes se sobrepunham, formando um emaranhado confuso. Por algum artifício de mágica, o nome de Essie fora retirado do meio, e a lacuna estava nitidamente fechada.

O primeiro sentimento de indignação de Julia veio junto com a sensação de ter escapado de uma armadilha. O'Brien reivindicara uma vítima, que não fora ela. Então, Julia sentiu um arrepio ao se lembrar dos comportamentos indiscretos com Winston Smith. Será que o convite de O'Brien tinha alguma relação com o CRIMESSEXO dela? Se fosse esse o caso, o Ministério do Amor ainda estaria em seu encalço. Mas não poderia ser. Se ela fosse procurada por CRIMESSEXO, não haveria convites dúbios para apartamentos de membros do Partido Interno. Ela seria enfiada em uma van e desapareceria sem nenhuma explicação. Mas o que poderia significar, então? E por que sumir com a coitada da Essie se a armadilha era para Julia?

Aos poucos, ela concluiu que deveria ter sido de fato um conserto e nada mais. Talvez a prisão de Essie não tivesse nenhuma relação com isso, ou talvez ela tivesse ofendido O'Brien — o que seria fácil, considerando a personalidade dela. De todo modo, Julia pode ter sentido medo por tê-la enviado, mas, agora, não havia mais nada a temer.

Não obstante, essas reflexões projetaram uma sombra em seus encontros com Winston Smith. No restante de maio, eles consistiram sobretudo em conversas furtivas em vias públicas. Eles não podiam andar juntos nas ruas; qualquer intimidade como essa poderia ser notada por uma teletela. Inclusive, houve momentos em que eles chegaram aos pontos de encontro e perceberam que havia um bando de microcópteros zunindo ao redor, ou patrulheiros checando os documentos de todo mundo, e então eles tinham de passar um pelo outro sem fazer sinal. Às vezes, em um distrito PROLETA, eles andavam a uma distância segura um do outro, falando, quando não havia mais ninguém por perto, de um jeito quase informal. Contudo, na maioria das vezes, usavam um procedimento conhecido como "conversar em prestações". Julia caminhava mais à frente, fazendo uma pausa para fingir observar um cartaz de guerra ou uma sapataria. Então, ele passava ao lado dela e murmurava alguma coisa. Dois minutos depois seria a vez dele de parar, e a dela de murmurar e passar. Ambos tentavam falar sem mexer os lábios, embora Winston fosse bastante ruim nisso e acabasse fazendo cara de demente.

Ainda que esses esquemas fossem trabalhosos, havia certa excitação em conversar com o amante secreto. Smith também era bem interessante, embora não fosse o tipo de companhia que Julia, em geral, apreciava. Ele tinha uma obsessão bizarra pela verdade. Metade das conversas consistia em analisar o que era verdade e o que era mentira. Ele podia passar um encontro inteiro provando, por satisfação própria, quando os aviões tinham sido inventados ou qual havia sido a porção racionada de chocolate no ano anterior – sempre diferente da que o Partido afirmara que era. Uma vez, ela perguntara se saber mais que as outras pessoas o fazia se sentir melhor. Ele respondeu ríspido:

— Meus sentimentos não importam nem um pouco. O que importa é a verdade.

Aliado a essa fixação pela verdade, havia um gosto pela negatividade — o que Julia chamava de "PENSAMERDA". Ele abominava o Partido, mas tinha certeza de que seu reinado duraria gerações. Só num futuro distante, inimaginável, poderia nascer, enfim, uma criança livre. Certa vez, ela lhe perguntara qual era o sentido, portanto, de ficar anotando as mentiras do Partido. Naquele momento, eles tiveram de se separar. Dois minutos depois, Winston passou e disse, com macabra satisfação:

— Sentido nenhum.

Outra vez, ele a rodeou para dizer:

— Membros do Partido não sabem pensar de maneira independente. Eles perderam a capacidade de sonhar com algo diferente. Se é que há esperança... Não estou dizendo que há... ela deve estar nos PROLETAS.

Então, apareceu um patrulheiro e eles tiveram de tomar caminhos distintos. Caminhando para casa, Julia se sentiu muito chateada. *Ela* não pensava? *Ela* não sonhava? Quem ele imaginava que havia planejado o caso deles? Isso não era sonhar com algo diferente? Só que não. Winston Smith era a única pessoa em Londres capaz de pensar! Ele e os PROLETAS! Certeza de que qualquer PROLETA valia vinte Julias quando o assunto era pensar!

No entanto, enquanto caminhava numa agradável noite de verão, ela esfriou a cabeça e começou a ver o lado divertido. PENSAMERDA ou não, Smith não estava de todo errado. Os membros do Partido de fato repetiam sempre as mesmas baboseiras. A diferença de Smith era o que o tornava instigante, com toda a sua melancolia e sua presunção. E, de fato, os PROLETAS tinham mais liberdade. Fazia sentido que qualquer rebelião se originasse deles.

No encontro seguinte, ela lhe disse que ele tinha razão a respeito dos PROLETAS. Eles tinham o raciocínio muito mais rápido, de qualquer modo, do que o Partido faria alguém acreditar. Mas o Velha Miséria não engoliu isso! Ah, não, era otimismo demais! Ele jogou um balde de água fria instantâneo, afirmando que PROLETAS não tinham consciência política. Só pensavam em números de loteria e onde encontrar ovos para o jantar. Em seguida, Smith contou uma história sobre como, certa vez, fizera perguntas a um PROLETA velho em um *pub*, na esperança de aprender algo sobre a época capitalista, e ficou amargamente desiludido quando o homem tagarelou bêbado sobre cartolas e não contou nada valioso. O homem sequer sacou o que Winston queria. Imagina esperar uma revolta desse pessoal!

— Então, você conversou com muitos PROLETAS? — Julia perguntou.

— Como eu poderia? — retrucou Winston, sentindo-se afrontado. — Arrisquei-me demais apenas falando com aquele velho.

Ao ouvir isso, Julia recuou e se inclinou para amarrar os cadarços das botas, a fim de que ele não a visse rir. Pobre Winston! Conversara com um único PROLETA e achava que sabia tudo sobre eles! Ela não teve coragem de contar a ele com quantos PROLETAS havia lidado ao longo dos anos.

Não obstante, na única tarde em que conseguiram fazer amor, Smith cumpriu sua parte de um jeito admirável. Eles se encontraram em um campanário de uma igreja em ruínas, em uma região deserta do interior que tinha sido atingida por uma bomba atômica muitos anos atrás. Era preciso andar cinco quilômetros a partir da estação, e no último percurso era possível ver, do topo de uma colina, todo o vilarejo abandonado. Ao leste, as construções eram dispersas e estavam enegrecidas, e agora, em certos pontos, atapetadas de verde, enquanto o lado oeste estava intacto, a não ser pelos efeitos do abandono e das intempéries. Todas as portas e janelas ao rés do chão haviam sido lacradas e enfeitadas com fitas vermelhas de alerta, que flutuavam com frenesi à brisa e tinham o ar festivo de bandeiras.

O campanário era uma pequena câmara quadrada, quente até não poder mais e com um cheiro insuportável de pombo. Entretanto, quando o vento soprava, até que ficava tolerável. Também proporcionava uma boa vista das terras ao redor; logo, as pessoas conseguiam verificar se haviam sido seguidas, embora não estivesse claro o que fariam em caso afirmativo. Quando Julia chegou, uma tempestade se formava acima, e parecia que eles teriam de se conformar em ficar ensopados, uma vez que a igreja não tinha nada que merecesse o nome de telhado. No entanto, as nuvens passaram depressa e o céu voltou a ficar azul, o que Julia considerou um bom presságio. Winston a surpreendeu concordando e beijando-a no rosto.

Naquele dia, eles conversaram muito, bateram um papo de verdade, como duas garotas de alojamento na hora de dormir. E, assim como faria com outra garota, Julia ajustava e maquiava o discurso conforme prosseguia. A SAZ não poderia ser mencionada, nem, é claro, seus pais criminosos. Ela contou a ele que era secretária da sucursal na Liga Juvenil – não importava quanto um sujeito desprezava o Partido, isso o impressionava de verdade –, mas não disse como adquirira o cargo nem seu significado real na SAZ. Não comentou nada sobre Vicky ou Essie; com toda a probabilidade, isso deixaria um homem indisposto para o sexo. Na verdade, ela enfatizou que não tinha nenhum amigo. Se mencionasse amigas, alguns caras se mandavam, acreditando que a mulher fofocaria com elas sobre o casinho deles.

Como muitos homens faziam, Winston perguntou como Julia fora "iniciada" no sexo. Ela disse a ele que perdera a virgindade aos 16 anos, com um membro do Partido que tinha 60 anos. Era quase verdade; 14 era quase o mesmo que 16, apenas não soava tão bem, e Julia estava cansada das pessoas se espantando em relação a esse assunto. Gerber, por sua vez, tinha quase 40, e não 60, mas os olhos de Winston brilharam à menção da faixa etária, e essa fora a intenção de Julia, pois isso o fez se sentir relativamente jovem. Ela acrescentou que o homem acabara se matando com um tiro para evitar ser preso, já que Winston gostava de histórias sinistras como essa.

— Foi um bom trabalho, também — disse ela. — Senão, eles teriam descoberto meu nome quando ele confessasse.

É claro que isso não era nem metade do que havia acontecido, mas ela considerou que a história completa estava além do escopo até mesmo das narrativas mais sinistras.

Mudando de assunto, ela contou a ele sobre seu primeiro emprego no Ministério da Verdade, onde ela produzia romances pornográficos para PROLETAS. A fábrica da PORNOSEC ficava alojada em um depósito nas regiões bombardeadas ao sul da Fartura, e diziam que seus funcionários trabalhavam com "estatísticas agrícolas". Os funcionários eram todos solteiros e do sexo feminino, pois o Partido considerava que donzelas eram puras demais para serem corrompidas pelo material. Quando Winston perguntou como eram os livros, ela respondeu que eram uma chatice — uma bobagem sem tamanho. Era verdade, embora isso não justificasse o estado atordoado e febril em que as garotas ficavam o dia todo e os esconderijos que todo mundo sabia serem lugares seguros para a prática da masturbação. Pela experiência de Julia, ela achava que os homens não gostavam dessa parte — alguns, inclusive, ficavam bravos e insistiam em dizer que não poderia ser verdade – portanto, ela a omitia.

Ela acabou descrevendo muitas coisas sobre a bobagem sem tamanho. Ateve-se sobretudo ao seu livro favorito, *Pecadores do Partido Interno: "Minha Teletela está Quebrada, Camarada!"*. A história era sobre uma mecânica, como Julia, que fora chamada para fazer um conserto em um apartamento privativo e fora bolinada de um modo obsceno por um homem do Partido Interno. O leitor sabia que a teletela funcionava em segredo o tempo todo, e os vigias ficavam extremamente excitados com a cena e impulsionados a cometer a própria orgia criminosa. À luz do que acontecera com Essie, agora, a história continha conotações macabras (embora, com certeza, não fora isso o que ocorrera com ela). Winston estava mais interessado em *Histórias de Espancamentos*, das quais ela só lembrou que havia surras, algumas delas, com sapatos.

Como muitos membros do Partido, Winston também era reservado a respeito de sua vida. Afirmava não se lembrar de nada da infância. Sua família estava toda morta, de um modo conveniente. Nunca vivera em nenhum outro lugar a não ser Londres, e só parecia ter uma vaga ideia de que existiam outros locais. Nada de serviço militar: sofria de doença pulmonar. Chegara a ter uma esposa da qual se divorciara e sobre a qual se dispunha a falar enquanto Julia ouvisse. Essa esposa era como todas as ex-mulheres: era bela, mas uma nulidade em termos de cérebro e ética. Uma autoritária infeliz, cuja única conversa girava em torno das brincadeiras do Partido, era desprovida de sexualidade, mas, mesmo assim, insistia em fazer sexo com regularidade na esperança de ter um bebê. Winston fez uma boa imitação da postura de sofrimento de sua esposa quando ela se submetia aos seus abraços, e ficou satisfeito e comovido quando Julia riu. Bem, talvez a história não fosse a verdade exata — a esposa não estava lá para contar sua versão —, mas quem se recusasse a rir da ex-esposa de um colega seria um companheiro ruim.

Julia também entrou na brincadeira quando Winston começou a recordar uma vez em que ele e a esposa caminhavam a sós ao lado de um penhasco íngreme, sem ninguém para ver ou ouvir o que acontecia. A esposa se inclinou, e Winston pensou...

— Por que você não deu um bom empurrão nela? Eu teria dado — Julia disse.

— Sim, querida, você teria dado — disse ele, complacente. — Eu teria, se fosse a mesma pessoa que sou agora. Ou, talvez, eu tivesse... Não tenho certeza.

Julia se sentiu meio brochada com isso. É claro que ela não teria empurrado uma pessoa do penhasco! Tinha sido uma brincadeira, era óbvio. Mas Winston parecia ponderar sobre o assunto com seriedade absoluta.

— Você se arrepende de não tê-la empurrado? — ela perguntou cautelosa.

— Sim. De modo geral, eu me arrependo.

Eles estavam sentados lado a lado no chão empoeirado, e ele a puxou para mais perto. Ela quis se afastar, mas deixou a cabeça descansar no ombro dele.

— Na verdade, não teria feito diferença alguma — ele disse, divagando.

— Então, por que se arrepende de não a ter empurrado?

— Porque prefiro o positivo ao negativo, só isso. Neste jogo em que estamos, não podemos vencer. Alguns tipos de derrota são melhores que outros, e só.

Desta vez, seu asco venceu, e ela resmungou, tentando se livrar do braço dele. Ele a soltou com um sorriso lúgubre, perguntando:

— Querida, eu já te falei sobre meu diário?

O tal diário era um caderno de anotações que Winston comprara no Weeks — ou Charrington's, como ele insistia em chamá-lo —, no qual ele escrevia todos os seus pensamentos e atos proibidos: o ódio ao Partido, a visita a uma prostituta, a ideia de matar a esposa. Um dia, ele se pegou escrevendo "ABAIXO O GRANDE IRMÃO" repetidas vezes, sem ter consciência total de que o fazia.

Ela achou isso mera loucura — que tipo de tolo tomava nota de coisas assim, que só interessavam à polícia? Mas Winston não admitiria que fazia alguma diferença.

— Desde o instante em que se declara guerra ao Partido — disse ele —, é melhor pensar em si mesmo como um cadáver.

— Fale por si mesmo! — disse Julia. — E quem está declarando guerra ao Partido? Que podridão!

Ele balançou a cabeça, condescendente.

— Pense no que acabamos de fazer — ele disse, então. — Não percebe que eles veriam isso como uma declaração de guerra?

— Eles não veriam nada, desde que ninguém bancasse o tonto. Vou te dizer uma coisa, destrua esse diário. Você escreveu sobre nós? Jure que não.

— Não. De qualquer modo, eu não colocaria seu nome.

— Meu nome! Se você escrever o que estamos fazendo, eles não precisarão desse dado. Ouça, querido, estou nesse jogo há anos. Pense em todos os homens com quem estive... e cada um deles também teve outras amantes. Não consigo pensar nem em dez homens do Partido Londrino que não tenham tido casos. Todos já são cadáveres, suponho!

— Você acha possível construir um mundo secreto onde pode viver como quiser, no qual tudo de que necessita é esperteza e coragem e, então, está a salvo — ele disse, meio rabugento. — Mas o indivíduo é sempre derrotado. Você precisa entender que está condenada... Sim, lá no fundo, espero que você saiba bem disso.

A essa altura, ele recuperara a desenvoltura e acrescentou, em tom de melancolia triunfante:

— Somos nós os mortos.

— Ainda não estamos mortos, me deixe fora disso!

— Fisicamente, não. Em seis meses, um ano... cinco anos, é possível. Tenho medo da morte. Você é muito jovem, portanto, com certeza, deve ter mais medo que eu. É óbvio que vamos adiá-la o quanto pudermos. Mas faz pouquíssima diferença. Enquanto o ser humano continuar sendo humano, morte e vida serão a mesma coisa.

— Ai, que bobagem! — disse ela, sentindo raiva de verdade. — Com quem você prefere dormir: comigo ou com um esqueleto? Não gosta de estar vivo? Não gosta de sentir "Este sou eu, esta é minha mão, esta é minha perna, sou real, sou sólido, estou vivo..."? Não gosta *disso*?

Ela se virou para pressionar os seios em Smith e fez uma busca atrevida entre as pernas dele. Seu pau voltou a ficar empertigado feito um nobre. Ele gaguejou:

— Sim... Gosto.

Tudo voltou a ficar bem, ou ao menos satisfatório. Porque o objetivo, é claro, era o sexo. Naquela tarde, eles transaram três vezes, e nesse quesito ele se dispunha a aprender. Inclusive, aceitou de bom grado chupá-la, embora no início tenha sido desajeitado e o fizesse com muita força ou de um modo meio débil; então, levou um bom tempo para atingir o resultado desejado. Mas continuou com dignidade até conseguir; depois, reagiu como se fosse um milagre — como se ele tivesse beijado o chão e uma árvore em flor brotasse diante de seus olhos. Com fervor, ele lhe garantiu que isso não era apenas uma façanha sexual, mas um ato revolucionário. Bem, que fosse o que ele quisesse. Que ele a chamasse de "morta" e tivesse fantasias doentias sobre feminicídios. Ela estava ali pelas coxas duras e compridas dele, por seu traseiro rijo, pelos belos cabelos caindo sobre os olhos quando ele se inclinava sobre ela, pelo pinto exausto enrolado contra a coxa peluda, aparentemente esgotado — mas, quando ela lhe tocava a perna, ele se enrijecia todo, animando-se de novo. Oh, êxtase! O que importava se o homem era bizarro? Ele montou nela e a fodeu pela terceira vez. Agarrou a bunda dela com as mãos em concha e chupou sua xoxota. Ele gemia de prazer e a chamava de maravilhosa, amada, a melhor das mulheres. Quando ele sussurrou "Eu te amo!", ela respondeu, com facilidade, "Eu também te amo!". Lidaria com o diário outro dia. Sem dúvida, o convenceria a destruí-lo. Qual era a necessidade desses brinquedos mórbidos se ele tinha uma mulher de verdade com quem compartilhar segredos?

No dia seguinte àquela tarde, na igreja, Julia foi trabalhar e descobriu que Essie fora substituída. Quem entrou no lugar dela foi uma garota muito prestativa, mas ignorante, chamada Typity, um nome prepotente. Era um dos novos nomes ultrapartidários; as letras eram a abreviação de "Um Plano de Três Anos em Dois Anos".[7] O intuito de nomes assim era ser motivo de ressentimento a seus portadores, e, a cada nova pessoa que Typity conhecia, as primeiras palavras que ela dizia eram um apressado "Todos me chamam de Tippi". Julia foi encarregada de treinar Tippi, é claro; o único outro mecânico que sobrara na Ficção era um homem cujo irmão ocupava um cargo elevado, esse homem nada entendia do ofício, mas não podia ser despedido. Isso, entre outras coisas, devia ser explicado a Tippi, que aparentemente sentia que algo devia ser feito a respeito do homem e, inclusive, perguntou sobre o processo de reportar uma queixa; portanto, pelo menos, parecia bem-preparada para vestir a camisa de Essie como informante.

As semanas seguintes foram um borrão de trabalho e mais trabalho, pontuado por encontros cada vez mais frustrantes com Winston Smith. Ele estava no ápice do bom humor após suas façanhas na igreja, e falava animado sobre um motim dos PROLETAS, ao mesmo tempo fazendo ouvidos moucos às sugestões dela de destruir o diário. Ele jurou que nada sobre seus encontros

7. No original, "Three-Year Plan In Two Years". (N. da T.)

com Julia apareceria no caderno, e ela concluiu que acreditava nisso. Se ele estivesse escrevendo sobre ela, não mentiria. Desafiá-la seria motivo de orgulho para ele. Ainda assim, era incômodo saber que uma coisa dessas existia. Aquilo a assombrava enquanto ela fazia turnos extras, consertava os erros de Tippi e acobertava sua ignorância. Sentia como se carregasse um idiota em cada ombro.

No dia em que tudo mudou, Julia deveria ter aproveitado todo o dia de folga de junho. Em vez disso, ela só ousou tirar a manhã de folga e encontrou Tippi no almoço para acompanhá-la de perto à tarde. Às dez, foi encontrar Winston no distrito PROLETA mais próximo do Ministério. Sentia-se sobretudo exaltada em relação a ele, e pensava em maneiras de terminar, com tato, o caso. Mas, se ele fosse rejeitado, sem dúvida, escreveria sobre ela em seu maldito diário.

Ela guiava Winston pela passarela, sentindo-se deprimida por seu dilema e pelo dia que teria à frente — pelos meses, pela vida que ainda teria! —, quando a terra foi arremessada sob seus pés. Houve um barulho ensurdecedor e ela voou em meio a uma escuridão repentina, salpicada por milhares de projéteis minúsculos. Caiu de ombro no chão, depois ficou de costas, sem fôlego. Era uma bomba-foguete. Ela nunca tinha visto uma tão de perto. Permaneceu deitada, perplexa e eletricamente viva, com uma provável sensação de medo — ou era excitação? O rosto de Winston, a apenas um braço de distância, estava branco pela névoa de pó de gesso que pairava sobre eles. Ele piscava, e ela se sentiu meio aliviada. No instante seguinte, ele a viu, e um terrível espasmo de agonia tomou conta do seu semblante. Ele foi até ela e beijou-lhe o rosto. Quando ela retribuiu o beijo, ele deu um salto violento e sussurrou:

— Você está viva! Está ferida? Minha querida!

Ele chorava, apertando-a contra si.

Nesse meio-tempo, uma PROLETA veio correndo, chamando pelos filhos. A poeira estava baixando. Logo eles seriam vistos. De um modo brusco, Julia se livrou de Winston e disse:

— Ai, me solta! Não tenho nem um arranhão! É melhor sairmos daqui.

Ele meneou a cabeça, com um sorriso atordoado ainda no rosto branco, e se afastou dela com relutância.

Só depois de se separarem, Julia sentiu a força do ocorrido. Quando a bomba caiu, tudo em que Winston pensou foi nela, mas Julia sequer perguntou se ele estava bem. Ela não teve nenhuma empatia por ele. Por outro lado, ficou chocada com a explosão. Se ele a tivesse deixado por conta própria por um segundo, ela teria tido tempo para se preocupar. Talvez até tivesse derramado lágrimas de emoção. Agora, ela jamais saberia.

Ao mesmo tempo, ela só tinha uma hora para chegar à cantina da Verdade e encontrar Tippi, e lá estava ela, suja da cabeça aos pés. Julia foi até a casa dos Melton e tomou uma bronca da senhora Melton por ser "mais sortuda do que merece"; ela cobrou três dólares pelo uso de uma bacia de água quente e uma flanela. Julia ficou só de calcinha na cozinha infestada de baratas e, enquanto se esfregava o melhor que podia, a senhora Melton usava um limpador de tapetes para tirar o grosso da poeira do macacão. Winston, é claro, podia voltar ao seu apartamento privativo para se lavar com conforto — um apartamento grande o bastante para ter um canto fora da vista da teletela, onde conseguia escrever no diário. Por que o maldito sempre reclamava? Sua situação era tão boa quanto era possível ser sem pertencer ao Partido Interno. E toda aquela conversa de abolir o Partido era a mais pura vaidade. "Se é que há esperança, ela está nos PROLETAS" — trocando em miúdos, Winston queria que os PROLETAS lutassem no lugar dele. Esperava-se que gente como os Melton arriscasse a própria pele, a fim de que Winston Smith pudesse ser livre para dizer que o Partido não inventara o avião. Por sua vez, os PROLETAS não se alimentariam melhor sob o jugo de Smith. Ele tiraria, inclusive, seus bilhetes de loteria só para ser poupado de vê-los gostando de algo que Smith considerava vil.

Ao mesmo tempo, Julia sentia culpa porque seu incômodo se devia ao fato de Winston amá-la mais do que ela o amava. Ficou espantada com a alegria desvairada no semblante dele quando ele viu que ela não estava ferida. E ela sequer pensara nele! Desvencilhou-se dele e se mandou, pensando apenas no que Tippi acharia de suas roupas sujas. Por que ela era tão dura com o homem? Nunca tinha sido tão crítica com Tom Parsons, que era duas vezes mais tolo e tinha metade da capacidade como amante.

Quando voltou a vestir o macacão, ele ainda estava manchado de pó de gesso. Mesmo assim, ela estava limpa o suficiente para passar pelos guardas da Verdade. Teria que bastar. Voltando depressa de bicicleta, ficou contente ao sentir que o punho torcido não se ferira. O ombro e o quadril ficaram roxos com a queda, mas, graças ao G.I., ela não tivera ferimentos piores. Ela pensou em perguntar para Winston se ele havia se ferido, quando o visse. Imaginava essas coisas enquanto andava por Londres, e seu semblante foi tomado por uma série de caretas de comiseração.

No Ministério da Verdade, disparou para a cantina e chegou dois minutos adiantada. Foi sorte, pois encontrou a entrada da cantina bloqueada por Alfred Syme.

No passado, Julia e Syme chegaram a ter uma espécie de amizade, mas, então, ele começara a falar sobre a solidão da viuvez e a se perguntar, em voz alta, se Julia já havia sentido o apelo do matrimônio. Ela o rechaçou falando sobre o Antissexo e a vida de camaradagem do alojamento feminino, mas ele nunca se esquecera dela. Agora, sempre que ela o encontrava, tinha de aguentar coisas desagradáveis.

Ele estava com o Ampleforth, da Registros, um camarada pálido e amorfo cujo trabalho era "limar" poemas antigos a fim de deixá-los apropriados para leitores modernos. Às vezes, Ampleforth usava uma bengala, e com mais frequência era visível que precisava de uma. Escorregava em todas as posições. Sua atitude em relação a tudo era a desculpa de sua fraqueza. Quando Julia e Syme ainda se davam bem, ele lhe contara que Ampleforth tivera pólio na infância, e o grande pavor dele era ficar doente a ponto de ser mandado para um campo de inválidos. Julia até achou compreensível; na SAZ-5, chegara a existir um campo assim, que vira e mexe tinha suas porções de comida roubadas pelos criminosos do campo adjacente. Durante a fome de 1972, todos os inválidos morreram.

Para a chateação de Julia, Syme a avistara. Ela forçou um sorriso e foi se aproximando, dizendo:

— Camaradas! Olá!

— Justo a mulher que estávamos procurando — disse Syme. — Diz aí... O camarada O'Brien te achou?

Ela parou e deu uma piscadela; depois, arriscou um sorriso.

— Não, ele me procurou semanas atrás — ela disse. — O caso já foi resolvido há muito tempo. Não era de mim que ele precisava.

— Não... O'Brien acabou de sair daqui — disse Syme. — Ele perguntou de você, de modo específico. Não foi, Stan?

Ampleforth meneou a cabeça e resmungou algo, sorrindo para Julia com disfarçada boa índole.

O choque da bomba-foguete voltou com tudo. Ela se sentiu mal, mas comentou, com displicência determinada:

— Ué... Que estranho... O que será que ele queria?

— Ele disse que precisava de um conserto.

— Mas já foi feito. A lavadora de roupas.

— Não é isso. Ele disse que a teletela não está FUNCIONANTE.

— Sua teletela? Não está... FUNCIONANTE?

— FUNCIONANTE é NOVILÍNGUA, camarada. Não funciona. Está quebrada.

— Sim... Eu sei o que a palavra significa.

— Então, o que é?

A vontade dela era dizer que consertos em teletelas quebradas eram tramas de romances PORNOSEC. Nenhum homem chamava uma mecânica do sexo feminino para fazer um reparo desses. Ora, apenas uma semana atrás ela rira com Winston Smith dessa mesma ideia. Essa lembrança lhe conferiu outro arrepio de terror. Será que alguém tinha ouvido falar do caso deles?

— Não consigo ver onde é que está a surpresa — disse Syme. — A teletela do homem não está FUNCIONANTE, e ele não quer esperar a seção de Moradias ir até lá resolver. Hábil como você é, não vai levar vinte minutos. Ele disse que você tem o endereço.

— Ah, eu tinha, mas dei pra... bem, ele sumiu.

— Sumiu? — Os olhos de Syme brilharam de curiosidade maldosa. — Bela coisa para perder! Bem, não faz mal. Ele ainda está por aí em algum lugar. Certeza que vai te caçar de cima a baixo.

Julia reprimiu outro tremor enquanto meneava a cabeça, fingindo alívio. Então, para seu horror, Syme deslizou os olhos para o macacão manchado dela, mexendo com sutileza as sobrancelhas. Um arrepio lhe percorreu o corpo quando ela imaginou O'Brien a encontrando naquele estado. É claro que qualquer pessoa poderia passar de bicicleta por uma área PROLETA e ser pega por uma bomba-foguete. Poderia — mas não acontecia com frequência. Ninguém era tão descuidado. Um homem como O'Brien perceberia onde ela estivera só de olhar, e conseguiria adivinhar o porquê. Oh, por que eles não podiam simplesmente parar de *enxergar*?

Ela deu um sorriso largo para Syme e disse:

— Isso *é* emocionante! Vou procurá-lo.

Então, ela teve que pegar uma bandeja, apanhar um prato de guisado e procurar Tippi, que, prestativa, ficou em pé ao lado da mesa e abanou os braços. Sem nenhum pensamento consciente, o corpo de Julia deu passos animados para ir se juntar a Tippi. Ela chegou até a falar algumas coisas memorizadas do Partido enquanto revirava a comida e monitorava a porta de entrada para ver se O'Brien estava se aproximando. Ele não apareceu, embora ela soubesse que seria capaz de confundir qualquer pessoa com O'Brien, sem considerar tamanho ou formato do corpo, quando estava muito nervosa. Por fim, pediu desculpas a Tippi pelo seu estado empoeirado, dizendo que levara um tombo em um local bombardeado.

— Vou correr para casa e me trocar, mas volto assim que conseguir. Você se importa? — ela disse.

Graças ao Grande Irmão, Tippi não se importava. Ela própria era uma ciclista ávida, como afirmou. Seus olhos brilharam frente ao desejo de agradar. Todo mundo gostava de Julia — como se só isso bastasse!

Ela escapou sem incidentes do Ministério da Verdade, e a volta de bicicleta pelas ruas foi um alívio daqueles. Pelo menos, ali ninguém a observava, e ela podia fazer a cara de desesperada que quisesse. No alojamento, passou em disparada por Atkins, bradando um animado "Caí de fuça no chão de novo, olha só!", e foi direto para o vestiário. Tirou a roupa sem nem pensar nas teletelas — agora, essa era a menor de suas preocupações — e, em seguida, voltou a se esfregar nos lavatórios da VIDAPRÓPRIA. Percebeu que a menstruação tinha descido e limpou o primeiro filete de sangue; depois, voltou e abriu seu armário de um modo brusco. Então, sentiu-se grata por descobrir que tinha panos menstruais limpos e por pouco deixou de ver a tira de papel enfiada no respiradouro da porta. Quando ela de fato a viu, a princípio, sua mente se recusou a acreditar. Não podia ser real... era só seu nervosismo. No entanto, como ele ainda continuava lá, Julia ficou muito irritada. Vicky não havia aprendido nada? Será que todo mundo estava decidido a matar Julia?

A porta do armário estava escancarada, e as teletelas já deveriam ter visto o bilhete; seria arriscado demais escondê-lo agora. Então, ela conseguiu tirá-lo dali como quem não quer nada, mas, ao ver o que estava escrito, ela congelou.

Durante um minuto inteiro, ela ficou olhando, sem encontrar uma reação segura. Quando, enfim, o colocou no bolso e continuou a se vestir, sua postura havia mudado para um retraimento defensivo. Sua garganta doeu até as lágrimas saírem.

O bilhete era o mesmo que Essie lhe dera, com o endereço do apartamento de O'Brien. Desta vez, uma nova mensagem fora acrescentada, com uma letra de mão diferente de todas as letras que Julia já tinha visto. A escrita era elegante, em tinta preta espessa, e tão perfeita que parecia inacreditável ter sido feita por mão humana. As letras se formavam com destreza e primor, unidas por linhas curvas finas. Era um artefato de alta cultura. Trazia à tona a consciência da caligrafia como desenho e como arte.

Dizia: *Espero você na segunda-feira às 18h30. W. O'Brien.*

11

Julia só havia visitado um distrito do Partido Interno uma vez. Ela estava em uma festa para órfãos, que tinham sido levados ali para prestar homenagens aos oficiais do Partido. Um dos homenageados era o futuro chefe de Vicky, o vice-presidente Whitehead — embora na época ele fosse o secretário da Agricultura Whitehead. Ele convidara duas garotas órfãs para ficar atrás dele em um jantar de comemoração, e Julia ficara decepcionada e achara cruel não ter sido escolhida. Porém, sua frustração diminuía e se tornava mais complexa à medida que os dias passavam e ela percebia que as garotas não voltavam. Certa manhã, os nomes delas haviam desaparecido dos registros. Quando a companheira de beliche de Julia perguntou, com ingenuidade, o que havia acontecido com elas, ela foi espancada com brutalidade.

Quando tinha aquela idade, Julia imaginava que todos os membros do Partido Interno moravam em versões menores do Palácio de Cristal, então, ficou muito desapontada ao saber que eles moravam em casas e apartamentos como qualquer outra pessoa. Agora, ela era mais capaz de distinguir os indícios de luxo. Em distritos do Partido Externo, árvores eram raras, sua manutenção era considerada uma frivolidade em tempos de guerra. Nos bairros do Partido Interno, as ruas continham fileiras delas. Muitas das casas eram enfeitadas com grades de ferro ornamentais; no restante da cidade, todo o ferro tinha virado sucata havia muito tempo. Embora o sol estivesse prestes a se pôr, suas luzes reluziam em todas as janelas. Nenhuma delas tinha cortinas. E nenhuma sacada estava desfigurada por bombas; os terraços se mantinham em pé em fileiras contínuas, suas fachadas eram limpas e brancas.

Julia não sabia para onde ir — não havia nenhum mapa indicando as ruas dos distritos do Partido Interno —, então, ela virou numa rua e entrou em um parque, em busca de uma alma gentil que estivesse disposta a ajudar. No centro do parque havia uma fonte com uma estátua do Grande Irmão, onde a água jorrava de suas mãos estendidas. Em ambas as laterais, canteiros de flores se sobrepunham em cascatas roxas e brancas. Curiosamente, não havia teletelas com vista panorâmica para o parque. Não havia música, e nenhuma voz informava os visitantes sobre proclamações recentes do Partido. Nesse silêncio incomum, mulheres de macacões pretos empurravam carrinhos de bebê em vias sombreadas. Também havia empregados; os homens de jaqueta branca e as mulheres de vestido preto, avental branco e chapéu branco impecável. Vários dos empregados eram do leste asiático, o suficiente para insinuar alguma tendência do Partido Interno. Muitas pessoas passeavam com cachorros, criaturas bizarras de todas as formas e tamanhos e adornos físicos peculiares: jubas ao vento, caudas curvadas, patas truncadas, caras comicamente enrugadas. Os únicos cães que Julia já tinha visto eram os de guarda, rosnando em extremidades de correias, e ela tinha medo de chegar perto deles. Por outro lado, a ideia de abordar uma mulher do Partido Interno era ainda mais enervante. Para piorar as coisas, ela atraía olhares hostis. Ouviu uma mulher dizer a um empregado "Que cara de pau! A esta hora do dia!". Ele murmurou algo conciliatório, mas a mulher continuou fuzilando Julia com o olhar e apertando a mão na coleira de seu cachorro adornado.

Julia acabou abordando, com timidez, um menino, empregado, que estava passeando com um *spaniel* de cara comprida. De um jeito amigável, o rapaz se curvou sobre o papel para olhar o endereço, mas, ao ler o que estava escrito, sua expressão mudou.

— Bem! Sim, posso dizer que conheço o lugar — disse ele. — Não poderia levá-la direto até lá, mas vou acompanhá-la ao local, onde você poderá vê-lo, se quiser.

— Oh, você conhece o camarada O'Brien? — ela perguntou.

A pergunta o deixou meio sem jeito.

— Conheço o prédio — ele respondeu. — Isto é, apenas no sentido que todo mundo conhece. Não fale de mim, certo?

— Eu não saberia de quem falar.

— Não, não saberia, né? Tudo bem.

O menino disparou com grande velocidade, de modo que não apenas Julia, mas também o *spaniel*, tiveram dificuldade para acompanhar; o cão, vez ou outra, virava a cabeça para olhar para trás com aparente comiseração. O menino não virou a cabeça. Sua postura demonstrava que ele havia se arrependido de sua generosidade, e Julia chegou a pensar que ele poderia levá-la de propósito ao lugar errado. Por fim, ele parou em uma esquina e apontou para um edifício.

— Está vendo? — ele disse. — É o prédio moderno, o altão com as bandeiras nos cantos. E não fale de mim!

— Por que eu falaria? — perguntou Julia.

No entanto, o menino já havia disparado aos trotes. O *spaniel* galopava em seu encalço.

Era curta a caminhada até o prédio, retangular e composto de vidro em sua maior parte — um tipo de Palácio de Cristal, na verdade. A entrada era guardada por duas sentinelas de trajes vermelhos. Ela precisou de toda a coragem para abordar um deles com o papel agora amarrotado e a mensagem concisa que ele continha, mas o guarda sorriu ao lê-lo, tornando-se cordial e até mesmo cortês, uma atitude atípica de guardas. O outro guarda abriu a porta e a conduziu para dentro da residência com um sorriso largo e branco. No interior da casa, havia um amplo *hall* de três andares; os papéis de parede formavam um complexo padrão de flores e folhas que se intercruzavam de modo engenhoso. Ela tentou imaginar os suportes de papel em escadas de três andares de altura, com alguém colando o tal papel sem deixar protuberâncias ou bolhas — o comprimento era importante? Como isso teria sido feito? Para todo lugar que olhava, ela descobria uma façanha parecida. Os rodapés se alinhavam com perfeição às paredes, que tinham sido pintadas sem que se deixasse uma única marca de pincel. O piso era acarpetado de uma parede a outra com um tecido de algodão verde totalmente plano e perfeito, como se alguém tivesse derramado o carpete ali. Não havia odor algum. Ela supôs que aquele fosse o odor do ar. Julia se deu conta de que o luxo era tanto a ausência de coisas quanto a abundância delas. Acima de tudo, ela percebeu que não havia poeira; essa ausência de sujeira não faria sentido algum em nenhuma outra parte de Londres, onde o ar era dez vezes mais empoeirado e o lenço ficava preto quando alguém espirrava.

O guarda levou Julia até os elevadores. Havia seis, todos com portas metálicas prateadas impecáveis. Nenhum deles continha uma placa onde se lia AGENDADO PARA REPARO RÁPIDO. O guarda apertou um botão de subir para ela, e na mesma hora a parede tremeu de leve e, em seguida, o elevador chegou ao seu lugar. As portas abriram quase em silêncio. O compartimento interno tinha o mesmo carpete espesso verde, as paredes revestidas de carvalho reluzente. Já havia um empregado ali, em pé, e Julia deu um passo para o lado a fim de deixá-lo sair. Ele nem se mexeu. Em vez disso, perguntou, com deferência:

— Qual andar, camarada?

— O'Brien — o guarda respondeu por ela.

Quando o ascensorista ouviu isso, toda a expressão de seu rosto desapareceu. Julia entrou devagar, e ele se encolheu. O pavor que ela sentia, que havia se dissipado enquanto percorria as ruas do Partido Interno, voltou com força total. As portas se fecharam e todo o som desapareceu. Mesmo quando o recinto se movia, mal se ouvia o maquinário em funcionamento; estava mais para uma vibração silenciosa. Ou talvez o elevador *não* estivesse se movendo. Ela aguçou os ouvidos e se pegou imaginando passar a eternidade naquela câmara inodora sem som, tendo como companhia apenas o homem de jaqueta branca. Seus cabelos estavam alisados e oleosos, e o pente havia deixado aberturas espetadas para cima. Será que aquele homem já tinha trepado alguma vez na vida?

Quando as portas do elevador se abriram, no início, ela não entendeu o que viu. Não havia compartimento para elevadores, nenhum corredor com portas dos dois lados. Em vez disso, ela avistou uma sala com pé-direito alto, quatro poltronas e uma mesa baixa de vidro: o elevador se abria direto no apartamento! Um empregado do leste asiático de jaqueta branca aguardava ali, formando uma silhueta à luz sutil. O homem tinha a postura ereta de um soldado, e seus olhos eram de uma inteligência vívida, mas sua expressão tinha uma estranha imobilidade. Quando criança, Julia conhecera um homem que fizera cirurgia plástica depois de sofrer um acidente de avião, e, embora este tivesse ficado deformado e o empregado em questão possuísse traços normais, o efeito era parecido. Era como se o rosto tivesse derretido e criado um novo formato e enrijecido ao esfriar.

O homem se virou sem falar nada, e ela o seguiu até uma sala maior cujo tamanho e elegância a fizeram se arrepiar de medo de novo. Havia papéis de parede cor de creme e lambris brancos; cada centímetro era imaculado como o casaco do empregado. Do teto pendia um candelabro. Estava apagado, mas seus suportes de cristal reluziam aos últimos raios de sol. O ar exalava o perfume de flores recém-colhidas, e de outra sala vinha a melodia de um canário que estava voejando à toa ao redor. A maior parte de uma das paredes era ocupada por um janelão, através do qual as torres e ruínas do Partido Externo Londrino podiam ser vistas sobre um turvo pôr do sol cinza-avermelhado. Era possível, inclusive, ver um trecho brilhante do Tâmisa com sua esquadrilha de barquinhos PROLETAS. Tudo era estranho, incrível; a única coisa familiar ali era o leve ruído da teletela. No entanto, quando ela pensou nisso, o empregado foi até a teletela como quem não quer nada e a desligou. Não baixou o volume — desligou! Ela pensou por um instante que ali havia um mau funcionamento. Não se deveria desligá-la. Ao mesmo tempo, ela sabia que não havia nenhuma teletela quebrada. Não se poderia fingir que uma teletela estava quebrada. O jogo havia acabado.

O'Brien estava sentado de um modo bem confortável em um longo sofá de couro preto, com suas pernas compridas esticadas diante dele. Ele era maior do que Julia se lembrava, ou talvez o fato de o homem estar sozinho ali a tenha deixado mais consciente de seu tamanho. Sua postura era de alerta, com a segurança de um atleta que, a qualquer momento, poderia ser estimulado a agir. Não usava os óculos. Seu tenebroso rosto estava exposto. Ainda assim, o nariz arrebitado e as sobrancelhas marrons arredondadas pareciam os únicos traços próprios de um homem.

O empregado foi se sentar em algum lugar atrás de Julia. Ela quis ver aonde ele tinha ido, mas não conseguia tirar os olhos de O'Brien. Pensou em pedir para usar o lavabo, embora não precisasse — faria qualquer coisa para ficar longe de O'Brien. Pensou em escapulir pela janela do lavabo e ver se haveria algum jeito de descer escalando. Pensou em pedir para ligarem de novo a teletela. O silêncio era sufocante. De certo modo, era sobretudo apavorante o fato de que ninguém poderia ver o que seria feito dela.

O'Brien pousou os olhos nela. Ele ainda não havia falado nada. Não tinha nem se mexido.

Por fim, Julia pigarreou e disse:

— Recebi um bilhete que informava que eu deveria vir neste horário. E o camarada Syme disse que você precisava de um conserto. Isto é, me pediram isso antes, mas enviei uma camarada no meu lugar, pois pensamos que ela seria melhor para esse trabalho. Espero não ter me equivocado. Caso eu não devesse estar aqui, é claro... Nunca quis incomodá-lo.

Ao ouvir isso, o empregado emitiu um ruído que poderia ser de zombaria ou uma risada. Julia se virou para olhá-lo, mas o viu fitando O'Brien sem expressão alguma. Então, quase tendo um ataque de pânico, ela percebeu que havia parado de olhar para O'Brien. Ela voltou a olhar para ele e o viu sorrindo.

— Você está com medo — disse O'Brien. — Está pensando que sei de cada segredo que você tentou esconder, cada pensamento desleal, cada fala traiçoeira. Está pensando que sei que você é uma CRIMESSEXUAL, que comercializa itens no mercado ilegal, que conspira com a traição alheia. Está pensando que deve ser morta por esses crimes.

Julia o encarou, apavorada além da conta. Tinha perdido toda a força nas pernas. O rosto feio do homem pareceu pairar em meio aos objetos inanimados da sala e, por um instante, pareceu conter todo o significado secreto do mundo. Quando ele voltou a sorrir, ela sentiu sua garganta travar.

— Você tem razão — ele prosseguiu. — Eu a conheço mais intimamente do que você pode imaginar. Eu a venho vigiando há sete anos. Tenho sido seu companheiro em cada momento de dúvida, cada crime, cada fala traiçoeira. — Ele deixou o sorriso desaparecer de seu rosto e disse, sério: — Mas você não precisa ter medo. Se minha vontade fosse destruí-la, eu teria feito isso em qualquer momento. E agora... você corre menos perigo do que já correu a vida toda.

Essa fala a deixou mais petrificada do que antes. Quando um homem como ele lhe dizia para não ter medo, era sinal de que você morreria. Julia não conseguiu manter o olhar fixo; ela o desviava para uma pintura ao lado que representava um grande cavalo marrom, com um corpo muito musculoso sobre pernas delicadas. Ela nunca tinha visto um cavalo com aquele formato; na SAZ, todos os cavalos eram pele e osso. Ela os amava, e chorava quando eram mortos para lhe consumirem a carne. Morreria sem ver outro.

— Não vamos machucá-la — disse uma nova voz, tão rouca que não parecia vir de nenhuma coisa viva.

Ela se encolheu e olhou para o empregado. Sim, era ele. Com o semblante imóvel e estranho, seu olhar era divertido e gentil.

— Martin não brinca em serviço — disse O'Brien. — Então, pode acreditar. Não vamos machucá-la. Espero que você acredite nisso antes de sair desta sala. Você é uma de nós, e ninguém vai voltar a machucá-la. Isso eu posso prometer. Agora, sente-se. — Com um gesto, ele apontou para uma poltrona. — Temos muito o que discutir.

A poltrona era revestida por um tecido amarelo-claro, e talvez fosse o móvel mais limpo que Julia já tinha visto em sua vida. Ela se empoleirou nele com uma autoconsciência dolorosa. Por instinto, ela olhou para o empregado e o pegou fitando O'Brien com um olhar de sincera afeição. O'Brien olhou para ele, e entre os dois se passou alguma ideia que fez ambos sorrirem. Essa foi a primeira coisa que acalmou os nervos de Julia — o fato de O'Brien ser capaz de inspirar essa afabilidade tácita. Em seguida, o silêncio do apartamento, seu ar primaveril e a voz inconsequente do canário falaram por si mesmos. Naturalmente, não se praticava nenhum tipo de violência nessa sala. Enquanto Julia estivesse ali, ao menos, estaria a salvo.

— Você pode fazer qualquer pergunta — O'Brien disse.

— Será que... — ela disse, hesitante.

— O que quiser. A teletela foi desligada. Só estamos nós aqui.

Ela hesitou mais uma vez, depois perguntou:

— Como posso ser uma de vocês? Você mesmo disse que sou uma criminosa.

— Acho que você deve acreditar que sei com quem estou lidando. E é claro que você já trabalhou conosco. Para nós, isso conta muito.

Julia levou um tempo para entender. Então, não conseguiu evitar que seu semblante se tornasse uma máscara trágica.

— Você não usa o distintivo — ele disse. — O Herói da Família Socialista.

Ela se encolheu e disse:

— Não posso.

— Sim, as pessoas medianas não compreendem. Você seria temida. Odiada.

— Sim.

— Julia, o que acha desse pessoal que a odiaria por aquilo que você fez? Por favor, diga exatamente o que pensa. Eu saberei se você não disser.

— Eles não sabem como é — ela disse, apenas. — É muito fácil julgar o que não se compreende. Eles se acham superiores, mas não sabem.

— Eles nunca estiveram frente a frente com uma escolha tão difícil.

— Isso. Eles não sabem como agiriam. Muitos deles têm pai e mãe vivos. Podem visitá-los. Nunca sentiram a necessidade de... você sabe.

— De denunciar uma mãe.

— Sim.

Ele meneou a cabeça e disse:

— Ainda são crianças.

— Sim. São crianças. De certo modo, pelo menos.

— Estou vendo que você acha isso uma crueldade. Fazer uma criança condenar o próprio pai ou a mãe... Sim, muita gente acha isso cruel.

— Sei que é cruel — ela disse, tensa.

— Talvez você tenha razão. Mas talvez as coisas sejam feitas para ser assim. Tudo o que é grandioso dói. Dizemos que uma criança que faz uma escolha dessas nunca crescerá desonesta. Você escolhe o Partido acima de tudo o mais em uma idade em que tais decisões são verdadeiros sinais. Você traiu uma mãe e a matou, sabendo que ela nunca entenderia, e todas as pessoas que conheciam você a condenariam. Poucos podem fazer isso. Menos ainda podem fazer e sobreviver. Você, Julia... Você conseguiu.

Ela quase cometeu uma distração fatal ao perceber que, ali, havia algo que O'Brien não sabia. Ele sabia de tudo o que Julia havia feito em Londres, porém, o que acontecera com a mãe, na SAZ e com Gerber — isso ele não sabia. Não havia teletelas lá, e todos os que se lembravam do ocorrido estavam mortos.

— Você quer saber o que fizeram com a sua mãe? — O'Brien prosseguiu: — Vou contar. Ela morreu como pessoas do tipo morrem. Faz muito tempo. É tudo de pior que você pode imaginar. Pior ainda... Há coisas que só podemos supor. Mas é claro que você já sabia disso. Esse conhecimento a acompanhou a vida toda. Ele estava com você no momento de sua escolha. Então, preciso perguntar: você faria uma escolha diferente agora?

A mente de Julia estava um turbilhão. Por um instante, ela não ousou falar. Então, pensou com mais precisão na pergunta e conseguiu responder, sem falsidade:

— Não, eu faria a mesma coisa. Não poderia fazer diferente.

Ele meneou a cabeça e disse:

— Certo. Você faria a mesma coisa. E por que lhe daríamos uma recompensa tão alta por essa escolha?

— Lealdade — respondeu ela, tensa. — Isso prova lealdade ao Partido.

— Não.

Ela olhou para ele surpresa e disse:

— Mas por que...

— Por que outro motivo pediríamos uma coisa tão monstruosa?

Ela franziu a testa; depois, balançou a cabeça e disse:

— Não entendo por quê.

— Se pedimos uma coisa dessas a crianças, não é porque duvidamos da lealdade de alguém. Sabemos distinguir lealdade de traição como distinguimos a noite do dia. Nem é porque criminosos não podem ser desmascarados sem esse auxílio. Em todo caso, já observamos um pai ou uma mãe criminosos muito antes de uma criança fazer o relato. Não obstante, aguardamos o relato, mesmo que isso leve o criminoso a viver em liberdade por muito tempo.

"Por que fazemos isso? — ele continuou. — Por causa do que você se tornou. Você é uma pessoa como outras à sua volta, uma criatura superficial que chama a própria fraqueza de virtude. Mas, por essa escolha, você se transformou. Através dos anos que se seguiram, os anos em que escondeu o que seus colegas chamariam de crime, mas que você sabia que era coragem, você se transformou. É assim que um pedaço de carvão passa a ser um diamante, por pressões que o deformam e o esmagam. Não se pode fabricar nenhum diamante sem essa violência. É isso o que um diamante é."

"Você não conhece sua força, não ainda — ele prosseguiu. — Mas você é mais que uma mulher; na verdade, é mais que um homem. Você é uma *Homo oceanicus*, a raça ainda por surgir. Em nosso trabalho, cada um de nós fez essa escolha. É a escolha que chamamos Amor."

Enquanto ele dizia isso, Julia sentiu que podia ser verdade. Ela *era* mais forte que os outros. Afinal, escapara da SAZ quando ninguém mais conseguiu. Tornara-se membro do Partido, embora seus pais fossem criminosos. Arrumara emprego em um dos quatro grandes Ministérios. Agora, estava diante de O'Brien, do Ministério do Amor, e não implorara nem chorara, não dissera nada de errado. Sim, ela era um diamante. Ela viveria.

— Você conhece a quinta BOAHISTÓRIA do Pensamento do Grande Irmão? — O'Brien perguntou.

— Claro — respondeu ela. — Recitávamos as BOASHISTÓRIAS todas as manhãs, na escola.

— Pode declamá-la agora para mim?

No início, ela temeu que sua exibição pudesse parecer falsa. Então, a imagem da sala de aula voltou com tudo: o medo do espancamento, o frio e o fedor das latrinas, a necessidade desesperada de acertar cada palavra, e assim ela conseguiu recitar:

— Esta é a quinta BOAHISTÓRIA do Pensamento do Grande Irmão. Aqui começa nosso aprendizado; aqui termina nossa resistência. Um PROLETA foi preso por incentivar os funcionários de um distrito a se rebelar. Ele foi trazido diante do presidente do Partido Distrital pelos líderes da união...

E ela continuou:

— O presidente perguntou: "Quais são as acusações que você faz contra este homem?".

"Os líderes da união responderam: 'Se ele não fosse um criminoso, não o teríamos trazido até você!'.

"O presidente disse: 'Então, o levem vocês mesmos, e o julguem conforme as próprias leis!'.

"Os líderes da união objetaram: 'Não, ele precisa ser executado, e não temos o direito de executar ninguém!'.

"Então, o presidente foi ao Palácio do Povo e fez com que trouxessem até ele o PROLETA acusado. Ele lhe perguntou: 'Você é o rei dos PROLETAS?'.

"'Isso é o que você mesmo pensa', respondeu o PROLETA, 'ou os outros te contaram sobre mim?'.

"'E eu lá sou PROLETA?', retrucou o presidente. 'Seu próprio povo o trouxe até mim. O que foi que você fez?'.

"O PROLETA respondeu: 'Você diz que sou rei. Na verdade, o motivo por eu ter nascido e vindo a este mundo foi para atestar a verdade. Todos que estão do lado da verdade me escutam!'.

"O presidente disse: 'O que é a verdade?'."

Nesse momento, O'Brien, que ouvia com atenção, inclinou-se para a frente e perguntou:

— E o que o PROLETA respondeu?

— Ele não respondeu nada — disse Julia. — De todo modo, a história não menciona resposta.

— E o presidente o poupou, considerando que o PROLETA só queria falar a verdade? — disse O'Brien.

— Não, o PROLETA foi entregue aos algozes. Ele foi açoitado, obrigado a usar uma coroa de espinhos e pendurado em um cadafalso, onde morreu. E o presidente lavou as mãos e esqueceu-se disso.

— Então, por que o presidente puniu o PROLETA com tanta severidade?

— Por conta de MAUPENSAR e disseminação de MAUPENSAR. Ele havia cometido um FALACRIME em um espaço público.

— Sim, mas por que MAUPENSAR merece uma pena tão cruel? Responda com ideias próprias, Julia. Por que punimos tais crimes com uma morte dessas?

— Bem, não sei dizer. Não sou nem um pouco intelectual.

Ao ouvir isso, tanto O'Brien como Martin racharam de rir.

Julia estremeceu, dizendo:

— Não, é verdade! Nunca pensei nisso!

— Você pensou, sim — retrucou O'Brien. — Estava pensando neste exato instante. Você pensou que não havia necessidade de o homem ter sido assassinado.

— Bem, talvez. Mas isso é só uma história. É fácil lamentar a vida de um criminoso em uma história, pois ele não pode prejudicar você. Não é a vida real.

— Isso é verdade. Devo dizer que é uma observação muito sábia. Sim, acho que a consideramos muito mais "intelectual" do que você pensa ser. Mas vamos testar sua hipótese. Suponhamos que nosso rei PROLETA seja uma pessoa real. Por exemplo, Winston Smith.

Então, Julia percebeu onde aquilo ia parar e sentiu uma náusea pesar no estômago. É claro que nada passaria sem uma vítima. O'Brien era a morte. Esses eram os ritos da morte.

— Você precisa responder com honestidade, Julia — O'Brien disse. — Saberei se estiver mentindo, se não responder.

— Bem, Smith não é rei de ninguém — ela disse, com cautela. — Isto é, ele tem algum poder?

— Nenhum.

— Então, ele deve ser exilado. Ou deve ser ensinado a aprender melhor. Ou seja... não sei. Sou apenas uma mecânica.

— Devo contar a você por que ele deve ser morto?

Ela voltou a sentir o peso da náusea, mas respondeu:

— Sim, por favor.

— Você aprendeu que o rei PROLETA na BOAHISTÓRIA é o Emmanuel Goldstein. Na verdade, houve um sem-número de Goldsteins e de Estados que enfrentaram esses Goldsteins. Goldstein tem um milhão de nomes e um milhão de rostos, mas ele sempre acredita que combate em prol da verdade.

O'Brien fez uma pausa e, então, prosseguiu:

— Verdade! Como os terroristas amam essa palavra! Primeiro, eles sonham em dar a própria vida por ela... é aí que a doença começa. É claro, a essa altura, ela ainda é uma fantasia. Nosso terrorista inexperiente não pensa em se sacrificar de verdade. De fato, vai para o trabalho como sempre, faz suas tarefas e se parece com qualquer outra pessoa...

"Mas logo a verdade exige o sangue alheio — ele continuou. — É nessa etapa que os sonhos se transformam em ações. O terrorista é incentivado a encontrar outros como ele. Quando reunidos em grupo, os amantes da verdade não descansam até ter seu sangue. Eles cometem atos de sabotagem que causam a morte de centenas de inocentes. Entregam sua pátria a poderes inimigos, trazem exércitos hostis às próprias cidades para destruir, matar e estuprar. Também cometem toda sorte de crimes vis... trapaça, falsificação de documentos, extorsão, corrupção de mentes infantis, distribuição de drogas viciantes, incentivo à prostituição, disseminação de doenças venéreas... qualquer coisa que prejudique as pessoas que eles enxergam como obstáculos à verdade. Se, de alguma maneira, jogar ácido no rosto de uma criança puder servir à verdade, o amante da verdade fará isso de bom grado...

"Eles odeiam o DUPLIPENSAR... é o que dizem — O'Brien prosseguiu. — Mas estão sempre prontos para mentir em prol da verdade. De fato, um amante da verdade pode assumir uma identidade falsa e viver a vida toda com ela, chegando até a se casar e a ser pai de crianças a quem ele nunca dirá uma só palavra verdadeira... sempre com a esperança de um dia matá-las em prol da verdade...

"Você pode achar tudo isso inacreditável — ele concluiu —, mas um irmão goldsteiniano ostentará essas intenções abertamente. O que é a verdade? É o ácido no rosto de uma criança. É um pai que planeja assassinar sua família. É toda atrocidade da horda eurasiana trazida às nossas portas."

Ele fez uma pausa e perguntou:

— Isso parece inacreditável para você?

— Acho que sim — respondeu ela, pisando em ovos. — Não consigo entender por que alguém desejaria essas coisas.

Ele meneou a cabeça, aprovando a sinceridade dela.

— No momento oportuno, você ouvirá um devoto da verdade confirmar isso com as próprias palavras — ele disse. — Aí poderá julgar por si mesma o que o move. Por ora, digamos que seja insanidade. Fizemos um estudo dessa doença e agora podemos diagnosticá-la nos estágios iniciais. Sabemos que a menor falha do tipo leva à loucura homicida.

— Você acha... que eu peguei essa doença?

Mais uma vez, os homens gargalharam.

— Não — O'Brien disse. — Você é imune. É por isso que é tão valiosa para nós. Você é a prova contra qualquer delírio. Pode cometer com segurança os crimes do prazer... Em você, eles são até saudáveis. Essa é a marca do *Homo oceanicus*. Com o tempo, todas as pessoas serão assim. Desde já, todas as do Partido Interno podem se vangloriar dessa imunidade. Mas é claro que, mais cedo ou mais tarde, você também será do Partido Interno.

Quando ele disse isso, os olhos de Julia se moveram de um modo sutil para esquadrinhar os arredores. Ela estava sentada ereta, tentando não demonstrar como a flecha atingira seu alvo. Mais uma vez, ela tomou consciência da elegância do apartamento, de sua vista arrebatadora, seu ar mais leve.

Ela poderia se sentir pertencente a um lugar assim? Naquele momento, sentiu que poderia. Para ela, já era inconcebível voltar ao alojamento, com aquele barulho, ratos e o fedor de penico. Poderia se sentar sozinha a uma janela como aquela e fumar um cigarro do Partido Interno ao cair da noite. Poderia ter um *spaniel* cochilando aos seus pés. Poderia usar macacões pretos de algodão que lhe caíssem bem e lavá-los em uma máquina de lavar roupas. Ela tentou imaginar que tipo de cama havia no apartamento — mas isso se transformou em uma visão de Julia com os pés e as mãos atados em uma cama enquanto O'Brien se aproximava abrindo o macacão, com uma expressão impiedosa no olhar. Sim, ele era feio, ele lhe causava temor. Mas se...

— Só falta uma coisa para você ser a mãe da raça. Devo dizer qual é?

Com um golpe, ela foi trazida de volta à realidade.

— Oh... Sim, por favor. Me diga. — Sua voz saiu rouca, como se ela tivesse acabado de acordar de um sonho.

O'Brien a olhou nos olhos com uma rigidez diferente.

— Você não odeia — ele disse.

O primeiro impulso de Julia foi ignorar isso. Havia feito os ritos do ódio com aceitação desde criança. Havia empalado e queimado bonecos. Queimara livros. Gritara, entoara e cantara Canções de Ódio. Chegara inclusive a denunciar um colega de escola e se juntara ao ritual de açoitamento que se seguiu a isso. Tomara parte em açoitamentos quando outros denunciaram colegas ou conhecidos das Ligas Juvenis. Talvez tivesse feito isso com indiferença, mas ela era tão mais indiferente que as outras pessoas?

— Você não odeia — repetiu O'Brien. — Sua mente é a mais saudável que já conheci. Você não tem nenhuma perversão mental de um buscador da verdade; nenhuma virtude fajuta dos fracos. Mas você precisa aprender a odiar, ou nada disso será útil. Vai queimar feito pavio. — Ele sorriu de novo. — Mas o trabalho é sempre o melhor professor. Nós a colocaremos para trabalhar, e você aprenderá...

"Ora, você começou muito bem com Smith, então, pode continuar daí — ele prosseguiu. — Temos interesse nessa psicologia, e ele é muito seguro e cooperativo. Ele será sua cobaia de treinamento. Daremos tempo para você se acostumar com o trabalho, e você terá um espaço para usar."

Então, ele fez uma pausa e pareceu reflexivo; ficou olhando para o ar.

— Tudo bem, eu não me importo com o Smith — Julia disse, meio retraída. — Estou bem habituada a ele. Mas o que...

— Sim. — O'Brien a interrompeu e balançou a cabeça demonstrando uma leve impaciência. — E você deve colocar outros homens na jogada, se conseguir. Thomas Parsons pode ser um deles. Você já ficou com ele antes. Alfred Syme você conseguiria com facilidade. Qualquer homem da Registros seria útil. E é claro que você não fará esse trabalho sozinha. Eu a colocarei nas mãos de um homem muito bom. É o sujeito a quem você chama de Weeks.

— O da loja de bugigangas? — Julia franziu a testa.

— Sim. Smith já o conhece. Isso ajuda. Você mesma conhece o lugar e pode encontrá-lo sozinha. Vá amanhã; ele estará à sua espera. E não se preocupe, só queremos que você faça o que já faz. Não haverá nada difícil, nada estranho. Mas você precisa agir pelo Partido, não contra ele.

— Quer dizer que preciso trabalhar... bem, não como mecânica.

— Como prostituta.

Ele disse isso como um fato, como se houvesse apenas consequências práticas. Em seguida, fez um aceno de cabeça para Martin, e o homem se pôs em pé e saiu da sala sem olhar para trás. Julia soube de imediato o que viria a seguir. Estava ciente da constituição forte de O'Brien, de suas mãos grandes descansando sobre os joelhos. Havia alívio nisso. Foi o que ela entendeu. Talvez eles fizessem bem ali, no chão. Poderia haver certos requintes de crueldade ou humilhação — primeiros ensinamentos de ódio. Ela podia suportar isso com facilidade. Sem dizer nada, ele a chamaria e a faria se levantar do local onde ela estava sentada. Então, ela deveria ficar em pé e baixar o zíper, obediente. Ou, então, ele diria: "Vou te foder agora, Julia!". Ela era uma puta, só uma puta, afinal. O que mais Julia podia oferecer?

Mas O'Brien não saiu do lugar. Então, ele disse, sem nenhuma mudança de atitude:

— Nosso tempo está quase acabando. Depois disso, talvez não nos vejamos mais. É de suma importância que ninguém perceba que você tem um vínculo conosco. Portanto, se tem mais alguma pergunta, é melhor fazê-la agora.

No início, tudo que Julia entendeu foi que ele não a queria. A humilhação a golpeou tarde demais, como se só agora ele a chamasse de prostituta. Ela estava prestes a ser mandada de volta às ruas. O sonho acabara. Ela andaria até a parada de ônibus, desprezada pelas mulheres do Partido Interno e por seus empregados. No alojamento, tomaria um chá fajuto; depois, dormiria em meio ao fedor dos penicos. Acordaria de manhã e iria ao Ministério — pois, é claro, não estaria dispensada das antigas tarefas. Seria trabalho em cima de trabalho.

E ela seria uma criatura do Amor, de assassinato — nunca mais seria nenhuma outra coisa.

No entanto, ao pensar nisso, ela se lembrou de Martin. O que será que aquele homem havia feito para O'Brien em seus anos de serviço? E, não obstante, Julia não desgostava dele. Por mais que o homem fosse estranho, ela confiara nele. Ele era pior que Winston? Não, não era essa sua impressão. Então, talvez alguém pudesse fazer esse trabalho sem que fosse tão ruim. E *ele* era do Partido Interno; ou vivia nesses espaços como se fosse. Portanto, essa parte podia ser verdadeira. Ao mesmo tempo, ela sentiu que não podia fazer aquilo — dormir com um homem como um meio para matá-lo. Mas, se admitisse isso agora, morreria, e isso também parecia impossível. Não, ela devia seguir em frente e ver no que daria. Sempre havia a chance de alguma coisa mudar — o Ministério do Amor teria segundas intenções em contratá-la, ou possivelmente Julia morreria em um acidente. Talvez O'Brien morresse.

Então, ela se lembrou de que O'Brien estava aguardando que ela fizesse uma pergunta. Ela teve vontade de perguntar quantos homens deviam "entrar na jogada". Quis perguntar se todos eles precisavam morrer ou se alguns podiam se redimir. Com ingenuidade, quis perguntar se ainda podia se recusar, se podia voltar para suas máquinas e para o seu alojamento, desistir para sempre de ser do Partido Interno e, ainda assim, ter sua vida poupada.

Mas não eram essas as perguntas que O'Brien queria. Ela não era tão tola.

— Você pode me dizer... o que é o ódio? — ela perguntou.

— Muito bem! Você começou! — Ele sorriu.

12

Julia matou a mãe em 1973, ano em que não houve fome em Londres. Do povoado de Hesham, até onde Julia sabia, ela era a única sobrevivente.

Começou, assim como os grandes horrores sempre começam, com uma mudança na plataforma do Partido. A seção de Agricultura teve de ser colocada em uma base racional. Dirigentes do Partido foram despachados para o interior pelo Ministério da Fartura a fim de verificar essa mudança. Esses dirigentes eram chamados de HOMENSFARTURA pelos moradores, e aos 14 anos, como a maioria das garotas do povoado, Julia estava ansiosa pela chegada deles. Imaginava-se que eram como os jovens do Partido enviados à SAZ para executar pequenos trabalhos voluntários. Os "VOLUNTAS", como eram chamados, armavam barracas nos campos, e as garotas da SAZ as rondavam dia e noite, fascinadas pelos rapazes com estatura altiva e pelas moças de cabelos curtos estilosos com cheiro de sabonete Pureza Socialista.

Quando uma garota da SAZ arrumava um namorado VOLUNTA, ela o chamava de seu Romeu, inspirada no herói de uma peça popular em que um rapaz do Partido Interno fugia com uma moça PROLETA. Na peça, a atitude levava a uma matança generalizada. A última cena mostrava o presidente do Partido local em pé sobre uma pilha de cadáveres, lamentando o efeito corrosivo do sexo e a carnificina que ele acarretava. Entretanto, para as garotas da SAZ, a única coisa importante era a cena em que os amantes se casavam em segredo e pulavam na cama juntos com entusiasmo. Essa parte era tratada como fato histórico, embora o fim da peça desse margem a dúvidas. Todo mundo sabia que essas histórias eram reescritas pelos cérebros do Partido. O Romeu e a Julieta de verdade teriam se mudado para Londres e tido dez filhos. Ouvia-se falar de homens do Partido que se casavam com PROLETAS ou mesmo com garotas sem classe como eles. Uma lenda popular discorria a respeito de uma moça da SAZ que havia se casado no próprio Palácio de Cristal; no ápice das comemorações, o Grande Irmão em pessoa teria dado a ela um cartão do Partido. Nenhuma das garotas acreditava de fato nessas histórias, mas todas gostavam de recontá-las. Apenas tomavam cuidado para que nenhum VOLUNTA estivesse por perto escutando.

Havia uma expectativa de que os HOMENSFARTURA fossem mais rígidos que os VOLUNTAS em relação aos dogmas do Partido, mas isso não desanimava as garotas. Pelo contrário; na preparação, elas eram tomadas de um furor revolucionário. Formou-se um novo grupo de estudos de jovens, em que se discutia o significado das Máximas do Grande Irmão. Nas noites de domingo, as garotas aterrorizavam o povoado com sua cantoria patriota, cantando de porta em porta "Governe, Oceania!" e "A Bandeira do Povo" e esperando receber xícaras de chá Vitória como recompensa. Como outras crianças de "botas", Julia deveria se submeter ao crivo do grupo — nessas ocasiões, as outras garotas passavam por ela e rosnavam acusações em sua cara. Contudo, uma hora depois, isso era esquecido e todas se sentavam juntas, batendo um papo animado enquanto bordavam lenços de mão com lemas do Partido.

Em segredo, Julia sempre considerou os rapazes VOLUNTAS decepcionantes — pouco armados e fracotes, com maneirismos como apertos de mão frouxos. Eles também a faziam se sentir suja e tosca, como os aviadores nunca fizeram. Certa vez, ela estava admirando as mãos brancas e as unhas feitas de uma garota VOLUNTA quando a moça insistiu em ver suas mãos, afirmando ter certeza de que eram bonitas, apenas para ficar em silêncio com expressão de espanto ao ver as frieiras e unhas quebradas de Julia. Mesmo assim, Julia ia às barracas com as outras meninas. Ela permitiu que uma garota VOLUNTA cortasse seus cabelos e que os rapazes lhe ensinassem a dança socialista. Também se deixou contaminar pelo entusiasmo geral com a chegada dos HOMENSFARTURA. No dia em que o camarada Gerber estava para chegar à fazenda, ela se lavou inteira e colocou seu único vestido apresentável.

Gerber ficaria alojado na casa da senhora Marcy e presidiria quatro fazendas adjacentes. Quando ouviram o barulho de seu trem, todos os que logo estariam sob suas regras se reuniram no quintal da senhora Marcy. Como, nessa época, os garotos da SAZ se inscreviam para o alistamento militar aos 15 anos, quase todos ali eram mulheres; a maioria, do tipo que viajava para o interior quando as temporadas de convocações começavam, e depois, no inverno, essas mulheres eram realocadas nos cortiços de várias cidades grandes e pequenas. Sobre essas mulheres, Clara, a mãe de Julia, dizia ser possível acertá-las sem medo com um tijolo na cara se você não se importasse com o que aconteceria ao tijolo. Também havia os quatro diretores das fazendas, com seus ternos reluzentes de comitê, algumas jovens ordenhadeiras e agricultores mais velhos, e os dois aviadores que moravam na casa da senhora Marcy. Eles já consideravam o recém-chegado com suspeita, prevendo que ele causaria "um incômodo sem fim" e dizendo que, se por acaso fosse um Ianque, eles o levariam ao lago e o afogariam.

Por fim, avistaram o dito-cujo abrindo caminho a passos largos com um funcionário da ferrovia atrás carregando suas duas malas. O camarada Gerber acabou se revelando um quarentão corpulento de olhar acolhedor e mãos gastas, com cicatrizes. À época, os macacões azuis dos funcionários do Partido Externo ainda eram feitos de algodão grosso, e o dele fora customizado para favorecer sua silhueta robusta. Portava-se com uma imponência rígida, como se parte dele fosse uma pedra.

Seu primeiro ato foi convocar todos os funcionários para um discurso no saguão desocupado. Era um local com várias partes arruinadas. No passado, fora refúgio do cunhado da senhora Marcy, que voltara "não muito bem" da guerra. Ele nunca tomava banho e, muitas vezes, bebia até ficar inconsciente e urinar em si mesmo, portanto, o recinto tinha um cheiro indelével de carne de caça. Ele também gostava de desabafar o que sentia dando golpes ao redor com uma enxada; por isso as tábuas do piso estavam dilaceradas e lascadas; as paredes, rachadas. Várias vidraças das janelas haviam sido quebradas e depois revestidas com fitas adesivas que agora estavam marrons em virtude da ação do tempo e dobradas nas pontas. Em uma de suas noites difíceis, ele levara uma marreta até a lareira e a deixara semidestruída. Os pedaços de mármore maiores foram deixados por ali de uma maneira negligente que, de algum modo, parecia própria do recinto. O homem acabou se realistando e morreu — como herói, supunha-se — na África, e então o local virou esfera de funcionários sazonais, que dormiam em sacos de dormir no piso em companhia de equipamentos agrícolas variados. Considerava-se que o saguão pertencia ao ar livre, e ninguém teria pensado em limpá-lo, assim como não teria pensado em lavar as pastagens ou esfregar as árvores.

As malas do camarada Gerber eram do novo tipo revolucionário, feitas de polímero azul-claro. Ele chutou a maior para a lateral e subiu em cima dela para se dirigir aos funcionários. Começou lamentando o estado degradado da sala em que eles se encontravam, chamando-a de "símbolo emblemático" da situação agrícola na SAZ-5. Falou de decadência, destruição e traição; de proletários e soldados que morriam de fome por causa dos crimes dos elementos burgueses-capitalistas nas Zonas Semiautônomas. Segundo ele, esses ataques à revolução tinham sido tolerados por um tempo excessivo. Enquanto falava, olhava com desagrado para a senhora Marcy, que o encarava, recusando intimidações. Os funcionários temporários deram um sorrisinho, e Julia, que ficara meio triste ao descobrir que Gerber era tão velho, concluiu, então, que era possível gostar dele. Essa boa impressão se fortaleceu quando o olhar pálido dele se deteve nela e sua expressão mudou um pouco, transformando-se em apreciação.

Naquela semana, tudo foi organizado para colocar em ordem o recinto danificado. Até as tábuas dos pisos tiveram de ser substituídas, e as paredes, revestidas de novo. Os dias seguintes trouxeram novas tarefas, idealizadas por Gerber para remediar os hábitos errôneos da senhora Marcy e de seus congêneres. Toda a rotina mudou da água para o vinho, e uma atmosfera de feriado passou a prevalecer. A habilidade de Gerber em obter madeira e gesso o fez subir no conceito dos funcionários, mas sua ignorância em lidar com fazendas logo se tornou patente, e algumas ordens tiveram de ser tacitamente ignoradas para que o gado inocente não acabasse morto. No entanto, até isso teve um final feliz, pois Gerber nunca notou. Apenas a senhora Marcy e Clara pareciam amuadas, e as vacas, sempre sensíveis a mudança e incômodos, davam pouco leite.

Gerber se instalou no quarto da senhora Marcy e montou um escritório no saguão reformado. Todos os melhores móveis migraram para esses cômodos, e Clara e Julia ficaram encarregadas de fazer cortinas para as janelas dele. A senhora Marcy passou a dormir no sótão com os aviadores (Julia se oferecera para fazer esse sacrifício, mas foi ignorada). Os trabalhadores temporários faziam suas camas onde conseguiam — no quintal, no celeiro, embaixo da mesa de jantar. Os aviadores não comandavam mais os jantares com suas piadas e histórias obscenas; no início, eles insistiram, mas Gerber os interrompia para apontar os erros de suas ideias. Agora, todo mundo passava as refeições ouvindo-o discorrer sobre agricultura socialista. Isso chateou Julia menos do que ela esperava, pois ele enfeitava as conversas com descrições de arranha-céus e comissários de Londres e proferia muitos de seus comentários diretamente para ela. Julia também nunca se cansava do sotaque exótico do homem. Gerber era de Liverpool, dissera ele na primeira refeição, piscando animado para Julia e afirmando que, mesmo assim, era de confiança.

Os maiores encantos de Gerber, entretanto, eram as coisas maravilhosas encontradas em seus cômodos. Havia revistas novinhas em folha com fotos, faixas de cetim que Julia foi autorizada a esfregar no rosto e um jogo de xadrez feito de mármore de verdade. Havia uma fotografia emoldurada de Gerber com o ministro da Fartura e outra com ele de pé em uma fila de HOMENSFARTURA engomadinhos em frente ao Palácio de Cristal. Quando a fome começava no povoado, sempre havia carne enlatada e biscoitos com açúcar de verdade, que Gerber servia com delicadeza a Julia nos utensílios de porcelana chinesa com desenhos de salgueiro da senhora Marcy. A oitava maravilha eram os bolos de frutas enviados pela irmã dele todos os meses em latinhas vermelho-brilhantes. Sempre havia uma lareira acesa no frio da madrugada, e Gerber parecia estar sempre acordado, trabalhando à escrivaninha em sua impressionante máquina de escrever — a primeira máquina que Julia aprendeu a consertar. Ela adotou o hábito de visitá-lo num horário surreal, antes da ordenha das vacas, e ele lhe contava histórias de Londres até ela sentir que ele havia prometido levá-la para conhecer a cidade. Ele mostrava fotografias do complexo de Westminster e contava histórias sobre a ingenuidade e a bondade dos altos oficiais. Ela fechava os olhos e pensava em aviadores enquanto ele a tocava sob as roupas. Nessas horas, ele dizia: "Vamos ver... Vamos ver...". Depois, ele sempre lhe dava comida, e foi ele quem lhe arrumou o cargo de secretária da Liga Juvenil, com as porções extras de comida que vinham junto. Quando ela vislumbrava esperança ou conforto, era em Gerber que pensava. O prazer sexual também foi uma revelação; ele poderia inclusive tê-la ensinado a levitar. Não importava que ela tivesse de fechar os olhos e fingir que ele era um aviador. Não importava que, às vezes, não conseguisse suportar suas mãos em si e tremesse à necessidade de pará-lo. Tudo isso não passava de psicologia, explicava Gerber, que era saudável em uma garota, mas que devia ser restringido. Em anos posteriores, ela não teria lembrança alguma de Gerber lhe tirando a virgindade, só de ter ido ao estábulo depois, e de como ela pôs a mão entre as pernas e ficou desapontada por não ver sangue. Ela ordenhara as vacas e contara ao Grande Irmão uma versão em que teve um horrível sangramento.

Nesse dia, houve momentos em que ver Gerber a enojou e a deixou nervosa. Ela não conseguia acreditar em tudo o que havia acontecido: que tinha visto aquele corpo nu e que o deixara tocar entre suas pernas. Era uma coisa fora da realidade. Mas de novo, antes do alvorecer, ela acordaria empolgada e iria até sua porta. Bateria usando apenas as unhas. Ele a chamaria para entrar, e ela estaria preparada, com sua expressão tão singela que ele, às vezes, até ria. Ele dizia: "O que vou fazer com você?", e, em seguida, "Vamos ver... Vamos ver...".

Também havia manhãs em que ele conversava com Julia como se ela fosse uma amiga. Fazia-lhe confidências sobre suas brigas com a irmã, pedindo-lhe que desse "sua opinião feminina". Falava de sua solidão em Hesham e do preconceito injusto que enfrentava. Quando alocou cotas para suas quatro fazendas, pediu conselhos a Julia, já que ela conhecia o lugar, e a menina deu corda com ares de importância, fingindo saber mais do que de fato sabia. Ela achava tudo isso estimulante; mais tarde, lembrava-se dos comentários sensatos que fizera a Gerber e se sentia poderosa.

Quando mais tarde as cotas se revelaram altas demais para qualquer pessoa preencher e os moradores do povoado começaram a padecer de fome, não ocorreu a Julia que era estranho deixar cotas agrícolas serem organizadas por uma criança. Julia só passou a viver com medo de que os vizinhos soubessem que era ela a responsável. Passou a conviver com a culpa por muito tempo depois de entender que, o que quer que tenha dito, o resultado seria tomarem todos os grãos, todos os litros de leite, contarem nos dedos todas as galinhas, as quais se esperavam que pusessem os ovos diários, que seriam empacotados em embalagens de papelão do Partido e levados por vans do Partido; que até os pomares e as árvores frutíferas seriam inventariados, e sua produção, ao ser colhida, seria removida, e cada funcionário que desse uma mordida em uma pera seria preso por sabotagem.

É claro que houve a promessa de que as necessidades dos moradores seriam atendidas pelo Partido. Para esse fim, abriu-se um novo comissariado, e cupons racionados foram lançados para 115 tipos de mercadorias. No entanto, na maior parte dos dias, o edifício ficava vazio. Os únicos itens que sempre apareciam eram pão e um tipo de sabão duro e inutilizável, e o pão esgotava em questão de horas. Crianças em idade escolar eram dispensadas das aulas quando os caminhões de entrega chegavam, já que os pais não podiam ser dispensados do trabalho e, do contrário, a família perderia suas porções de comida. Todos corriam a esmo para serem os primeiros à porta, e brigas ferozes pelo primeiro lugar explodiam.

Também havia alimentos destinados apenas para crianças; à medida que o ano avançava, isso foi se tornando cada vez mais importante. Alguns dias, os estudantes eram enviados à floresta para colher roseira-brava, que poderia ser fervida para se fazer uma calda nutritiva, ou bolotas, que poderiam ser ensopadas e, em seguida, moídas para produzir uma espécie de farinha. As Ligas Juvenis distribuíam alimentos suplementares — qualquer coisa, desde ovos em pó até groselha seca e uma pasta nutritiva chamada essência de frango, que todos sabiam ser feita de vermes. Em uma semana, houve carne de verdade, numa lata em que havia o rosto de um gato estampado e na qual se lia algo em um idioma eurasiano. Uma garota supôs que aquela carne fosse feita de gatos, mas a opinião dos que acreditavam que gatos eram apenas mascotes prevaleceu, e as crianças comeram sem receio. Toda a comida — as bolotas e a carne de gato — só poderia ser consumida nas instalações pelas próprias crianças. A preceptora apalpava suas axilas e canelas antes de elas saírem, para garantir que ninguém havia escondido comida no próprio corpo. Levar esses "recursos do Estado" para um pai ou uma mãe que estivesse passando fome em casa era considerado roubo.

Houve um tempo em que acampamentos prisionais locais eram um mundo à parte. Espalhavam-se histórias sobre os horrores cometidos nesses lugares e sobre os crimes bestiais que levavam os presos a merecerem tal tratamento. Vez ou outra, crianças engatinhavam até a cerca para ouvir os anúncios divulgados ou cutucar com varas os cães furiosos através dos arames. A própria cerca alta, atada com arame farpado, era um objeto de fascinação, e os meninos competiam para demonstrar uns aos outros como escapariam com facilidade. Às vezes, era possível ver prisioneiros a distância, envolvidos em tarefas incompreensíveis, ou avistava-se uma coluna de novos internos marchando até lá, vindos da estação. Quando era possível chegar perto o bastante para distinguir traços, via-se que eles pareciam de fato desonestos — a pele avermelhada e a aparência suja, os cabelos raspados de qualquer jeito, os rostos magros e sem viço. Alguns tinham um andar arrastado e vacilante, além de uma expressão tonta, e as crianças diziam umas às outras, com propriedade, que esses aí logo morreriam; era a condição denominada "últimos suspiros". Esses prisioneiros não eram os monstros dos anúncios. Não obstante, ninguém os chamaria de homens.

Entretanto, na busca para atender às novas cotas, cada vez mais prisioneiros eram enviados para trabalhar nas fazendas. Eles estavam sempre nas estradas, obrigados a marchar para lá e para cá, com um ar cômico em seus pijamas listrados. Os moradores do povoado aprenderam a diferenciar políticos de criminosos comuns, e estes de POWs. Os POWs eram os trabalhadores favoritos, porque os políticos eram fracos demais para labutas diárias e os criminosos, com frequência, subornavam seus guardas e agiam com impunidade. Na verdade, em geral, os POWs eram paparicados, pois faziam os moradores se lembrar dos próprios filhos e dos cônjuges perdidos para a guerra. Alguns criminosos também eram populares; eram patifes terríveis, todo mundo sabia, mas tiveram vidas sofridas e eram bons para se dar risada. Até alguns políticos eram convidados para tomar chá na cozinha e considerados bons rapazes. O pessoal do povoado começou a compartilhar opiniões sobre quais homens tinham recebido uma prisão justa e quais (a maioria) deveriam ser libertados. Várias casas locais passaram a ser decoradas com desenhos de um jovem POW mostrando imagens de sua Lisboa natal. Quando dois criminosos foram baleados por roubar ração de galinha, os moradores reprovaram a crueldade, sendo que no passado a teriam aprovado. A essa altura, alguns dos próprios habitantes do povoado estavam com a pele avermelhada e escamosa e exibiam a marcha arrastada dos "últimos suspiros".

Com o fim do inverno, os primeiros moradores do povoado começaram a morrer — os velhos, os enfermos, bebês cujas mães ficaram sem leite.

Quando um bebê desaparecia em um campo — presa de cães vadios, dizia a mãe —, muitos suspeitavam que ele tinha sido devorado pela própria família. As Ligas Juvenis haviam parado de receber carregamentos de carne enlatada e essência de frango, e, quando as crianças pilhavam as florestas, a definição de comida se estendia a qualquer coisa que se movesse. A própria Julia passava fome o tempo todo. Havia dias em que uma fatia do bolo de frutas de Gerber era tudo o que ela tinha para comer.

Nessa época, um grupo de garotos do povoado que se aproximavam da idade do alistamento desapareceu na floresta. Alguns criminosos escaparam para se juntar a suas patentes, e o povoado passou a ficar perigoso depois que escurecia. Certa noite, alguém quebrou uma janela na fazenda de Marcy; os larápios entraram, roubaram a pouca comida que encontraram nos armários, quebraram uma mesa no saguão e urinaram na poltrona de Gerber. Os aviadores pensaram se tratar de uma brincadeira e chamaram os invasores de "jovens diabos selvagens", mas Gerber e a senhora Marcy concordaram pela primeira vez ao ficarem abalados e afirmarem de um modo sombrio que aquilo acabaria em violência. De fato, os bandidos se tornaram mais ousados e mais cruéis. Tempos depois, quando as pessoas eram roubadas nas ruas, até suas roupas e seus sapatos eram levados, e as que resistiam levavam surras violentas. Certa vez, uma garota chegou em casa cambaleando, depois de ter sofrido coisa pior. As pessoas diziam se tratar de uma espécie estranha de rebelião: roubar os fracos e desonrar mulheres. Não obstante, quando os bandidos foram, enfim, encurralados e três de seus líderes enforcados em público, a multidão que presenciou a execução fez um silêncio sinistro.

Os outros bandidos não foram baleados, mas, sim, enviados para acampamentos. Alguns acabaram trabalhando nos campos, mais uma vez nos conhecidos pijamas listrados. No passado, os acampamentos eram um inferno além da imaginação. Agora, faziam parte do assentamento vizinho em que algumas amigas de escola de Julia moravam.

Houve um tempo em que era possível considerar esses eventos uma crise que deveria acabar — e, depois, um tempo em que isso não era mais possível. Para Julia, esse período ficou marcado pelos enforcamentos ao ar livre. Ela só se lembrava de uma cena; sabia que tinha havido outras. Todo o público era composto de mulheres e crianças. Algumas mulheres choravam livremente; sabia-se que eram as namoradas dos homens condenados. Os cadafalsos acomodavam apenas três homens, mas naquele dia sete seriam enforcados, e todos tiveram de esperar até alguns corpos serem baixados para dar espaço aos outros. Quando os homens condenados foram obrigados a ajudar nessa tarefa, uma mulher na multidão gritou "Vergonha!". Então, os guardas viraram as armas para a multidão. Parecia muito cruel o último aviador ter de ajudar e, depois, ser enforcado sozinho. Julia se lembrava, em particular, da maneira como os corpos pendiam leves nas pontas das cordas e do vento agitando seus cabelos como se eles estivessem vivos.

Outra lembrança dessa época era da primeira noite em que Julia alucinou de fome. Gerber estava em cima dela, pressionando-a e apalpando-a, algo que ainda podia lhe proporcionar prazer, mas agora o prazer era maligno. Ele pôs a mão no pescoço dela, como fazia às vezes, e o peso sufocante de sua mão grossa e a tristeza exaustiva do medo a subjugaram. Ela se pegou flutuando no teto, olhando embaixo as figuras obscenas se contorcendo. Ela pensou "*A garota está morta de fome...*", achando isso a coisa mais engraçada do mundo. Quando pensou "*Mas o homem vai morrer antes dela...*", a pequena silhueta da moça nua lá embaixo começou a rir e ofegar. A mão do homem se fechou no pescoço dela, e Julia voltou para o corpo, tendo um orgasmo intenso.

Essa lembrança era pior que a lembrança dos enforcamentos. Ela sempre pensava nisso como algo que, na verdade, poderia ter acontecido com outra pessoa.

Nessa época, os Dois Minutos de Ódio diários haviam sido introduzidos na SAZ. Não havia teletelas, logo, a ação envolvia alguém de pé em um campo lendo no *Times* a coluna de ódio do dia enquanto os trabalhadores guinchavam de fúria. Era possível ouvir os gritos e a cantoria final do "G-I!" de uma fazenda para outra, quase nunca sincronizados. Os mais distantes soavam fracos e não convincentes. Isso os estimulava para que fossem mais veementes.

As amigas de Julia tinham inventado um jogo relacionado a esse ato, de ficar rodando com os olhos fechados e cantando "G-I!". Quem durasse mais tempo se tornaria membro do Partido e iria a Londres, que era conhecida como um lugar de tranquilidade e fartura. Na primeira parte do jogo, cada uma das garotas decidia qual seria sua primeira refeição ao chegar à cidade.

Um dia, Julia estava girando, sentindo-se leve e incansável, e continuou muito tempo depois que as outras pararam de cantar. Ao abrir os olhos para o céu claro sem nuvens, um detalhe chamou sua atenção. Levando um susto repentino, ela concentrou a visão em uma fila de prisioneiros a encarando do topo de uma colina. Eram as silhuetas de espantalhos daqueles últimos dias, as roupas pendendo vazias como se não houvesse corpo algum dentro delas. Seus rostos eram amarelos e apresentavam um inchaço estranho. A língua de um dos homens rolava para fora de uma boca sem dentes, vermelho-encarnada, em que as gengivas sangravam. Um homem fazia movimentos repetidos de reverência, com as duas mãos alojadas entre as pernas. Mas não era um homem. Era uma mulher. As silhuetas eram de mulheres esqueléticas, sem cabelos e sem dentes. Naquele instante, uma das garotas gritou. Então, Julia também gritou, ofegante, e todas as meninas correram de pavor. Elas foram perseguidas por um som extraterreno, o riso adorável e melodioso de uma menina bem jovem. Julia olhou ao redor feito louca, mas não conseguiu descobrir de onde aquele som vinha. Só depois, à noite, percebeu que talvez tivesse vindo de uma das prisioneiras.

Essa memória se vinculava a outra, de um dia em que uma dessas mulheres esquálidas surgiu do estábulo com uma forquilha sobre os ombros, curvada e ziguezagueando exausta. Respirava ofegante, pela boca, que pendia aberta; portanto, a ausência dos dentes da frente e as gengivas sangrando eram visíveis. A mulher não tinha a cabeça raspada, mas seus cabelos caíam aos tufos, revelando amplas faixas de couro cabeludo ressecado. Não era uma prisioneira. Era a mãe de Julia. Essa visão encheu Julia de agonia e vergonha, então, ela tomou uma decisão traiçoeira, de fugir de coisas assim — ir para algum lugar onde nunca precisasse vê-las. Ao mesmo tempo, pensou que deveria conseguir comida para a mãe de alguma maneira — com Gerber, ou na floresta —, contando com os escassos recursos de que ela ainda dispunha. Porém, ao analisar essas ideias mais a fundo, cada uma delas se revelou infrutífera. Passou-lhe pela cabeça oferecer a carne de seu próprio corpo para alimentar a mãe.

Houve também uma noite úmida de primavera, muito próxima do fim desse período, em que Julia e Clara, sua mãe, estavam nos campos, a sós, e Clara falou sobre o Grande Irmão.

— Ele não deve ser tão jovem como o mostram, mas aquele é seu rosto verdadeiro — ela disse. — Eu deveria saber. Sempre havia aquelas mesmas cem pessoas nos protestos, antes de tudo isso começar. Na época, ele não era ninguém, não ainda, mas era mais velho do que nós éramos; portanto, chamou a atenção. Certa vez, em um dia quente, eu lhe ofereci uma garrafa de suco de pera, mas não me lembro se ele bebeu.

— Você nunca falou disso antes — comentou Julia.

— Não. Se eu tivesse desejado falar que ele brilhava como o sol e que tudo o temia, eu teria falado. Mas, na época, ele não era ainda o Grande Irmão nem alguém importante. Não era bem essa a questão; pelo menos, era o que eu achava. No entanto, quando eles tinham poder... Bem, os colocavam num trono, e todos lutavam por esse trono. Michael também lutou. — Ela olhou para Julia e acrescentou: — Seu pai.

— Mas é claro que *ele* não poderia ter ganhado. Ele não poderia ser o Grande Irmão.

— Ah, não posso afirmar. Achamos o Grande Irmão tão único, mas poderia ter sido o Michael, e faria pouquíssima diferença. Poderia ter sido qualquer um de nós. Bem, menos eu. — Ela deu uma leve risada. — Não poderia ter sido eu.

— Não poderia ser uma mulher — supôs Julia.

— Não sei, não. Havia uma mulher, Diana Winters. Poderia ter sido ela. Não acho que ainda esteja viva.

— Ela era muito esperta?

— Esperta, sim. Formidável. Icy Winters, era assim que a chamávamos. Tinha olhos verdes muito estranhos, como os de um gato. Seu orientador em Oxford, Kenilworth, certa vez me disse: "Você não tem a sensação de que a senhorita Winters comeria alguém até os ossos?". Achei muito engraçado um homem tão velho dizer uma coisa dessas. Todos nós morríamos de medo de Icy Winters, mas, uma vez, ela me fez um favor.

— Que tipo de favor?

— Fiquei menstruada, e o sangue vazou e manchou minha saia. Ela me avisou e me deu seu cardigã para que eu o amarrasse na cintura. Não parece muita coisa, mas nem todo mundo teria feito isso. Era vergonhoso demais. Winters só disse: "Olhe... Você se manchou de sangue. Pegue isto!".

Julia tentou imaginar a cena — qual teria sido o modelo do cardigã, como era Oxford. O Grande Irmão havia caminhado pelas ruas naquela época. Tinha visto Clara. Tinha aceitado uma garrafa de suco de pera de sua mão, ou lhe dito "Não, obrigado!". Clara não percebera sua grandiosidade. Era estranho pensar em uma pessoa deixando passar algo tão óbvio como aquilo.

Então, Clara disse, mudando o tom de voz:

— O tal do Gerber... gostaria que você ficasse longe dele. Você está dando murro em ponta de faca.

Julia ficou tensa e se afastou, com a sensação de estar sendo invadida em sua privacidade. Sua mãe não tinha o direito de saber disso. Era desagradável. Essa mania de se intrometer na vida de todo mundo... coisas da geração capitalista.

— Ah, você só o odeia porque ele é membro do Partido — Julia disse sarcástica.

— Gosto mais dele que você! — Clara debochou dela. — Mas eu o compreendo, e você não.

— Você não o conhece nem um pouco. Você acha que, pelo fato de ele não ter frequentado Oxford, ele não é inteligente.

— Sei que algumas garotas se sentem atraídas por um velho como ele. Mas, se eles não se casam com alguma de vocês, vocês viram alvo de piadas.

— Eu sei que ele não vai se casar comigo. Não sou burra.

— E o que está acontecendo, então?

— Não está acontecendo nada. Você apenas está cheia de ANTICPENSAR e atitudes antipartido. Toda essa velharia sobre casamento e Oxford... Se as pessoas te ouvissem falando... Se eu contasse a elas o que... — Julia parou de falar, ela estava tremendo.

Clara tocou a cabeça de Julia — não foi bem um afago — e então voltou para a casa. Ela caminhava com um passo arrastado, e seus pés estavam inchados demais e cobertos de feridas, o que a impedia de usar sapatos. Ela os enrolava em trapos e sacos plásticos. O material deixava pegadas bizarras e muito grandes na lama. Julia percebeu, e isso a cegou; então, ela quis chamar a mãe de volta. O que Julia dissera não contava. Era culpa de Clara se ela havia sido cruel. Mas Julia não a chamou. Apenas ficou sozinha de madrugada durante o tempo que conseguiu. Então, ela voltou, pisando instintivamente nas pegadas de Clara, tentando apagá-las com as marcas nítidas de suas botas.

O inverno da fome passou. Chegou a época da colheita, mas não havia sobrado nenhum grão, e os grãos que o Partido tinha prometido nunca vieram. Os campos eram lama e ervas daninhas. Apareceram bandidos novos nos bosques; dizia-se que eles matavam as pessoas para lhe devorarem a carne. O comissariado foi oficialmente fechado, e colocaram correntes pesadas nas portas. As pessoas as decoravam com bilhetes, nos quais se lia "Estamos morrendo!" e "Vocês não têm vergonha?". O gado começou a desaparecer; se alguém acordasse sentindo o cheiro de carne, calçaria os sapatos rápido e correria seguindo o cheiro com a esperança de que dividissem a carcaça. Em consequência, o ritmo das prisões se acelerou, e Hesham e os povoados vizinhos foram rotulados como Área de Criminalidade Endêmica. Todas as estradas fora da SAZ foram fechadas com barreiras improvisadas e caminhões repletos de soldados estacionados nos acostamentos. Também houve dias em que hordas de ativistas do Partido e policiais desceram de jipe para o povoado e passaram de casa em casa, arrastando as pessoas para fora enquanto os outros moradores assistiam a isso. Até HOMENSFARTURA eram presos; dizia-se que em suas patentes havia conspiradores burgueses-capitalistas infiltrados. Sem as depredações desses inimigos, a agricultura socialista teria dobrado a produtividade.

Caminhando a passos largos entre os moradores cinzentos e diminutos, a polícia e os ativistas pareciam corpulentos, saudáveis e imponentes de um modo sobrenatural — como se fossem deuses. Era impossível não os admirar. Às vezes, as pessoas que eles iam prender os saudavam à sua chegada. Outros moradores abusavam dos presos, xingando-os de malditos e parasitas e dando gargalhadas de um modo servil quando um deles levava uma surra. Não era porque acreditavam na polícia. Era porque, se demonstrassem entusiasmo e apoio suficiente, os ativistas do Partido distribuíam pão.

Na noite em que isso acabou, Julia estava atuando na peça da Liga Juvenil. Em um ano comum, a peça fora um dos grandes eventos da primavera. Os aviadores recebiam permissão para a assistir, e a plateia também ficava lotada de VOLUNTAS, que ainda estavam na primeira semana de trabalho. Havia um palco no salão de festas da Liga Juvenil, e, pegando cadeiras emprestadas de todo o povoado, era possível juntar assentos para oitenta pessoas. Chegar a certa idade e receber um papel era um rito de passagem para a juventude local. Era a primeira vez de Julia.

A peça era *O Pecado do Grande Irmão*, uma história em que um Grande Irmão adolescente aprende que a compaixão é, de fato, a maior das crueldades. Julia fazia o papel da Mulher com Doença Contagiosa, que tinha trinta falas e, portanto, era um ótimo trunfo para a filha de um bota. Em *performances* teatrais, as garotas eram autorizadas a usar maquiagem, e o figurino de Julia era uma camisola de algodão não menos simples que suas roupas habituais, mas era branca e tinha um colarinho rendado. Vestida com ela, Julia se achava bonita.

A primeira decepção da noite foi a ausência de aviadores na plateia. Para piorar as coisas, as falas de abertura foram sobrepostas pelo ruído de aviões decolando, e algumas pessoas do público saíram correndo para ver. Pouco depois, ouviram-se disparos, no padrão espaçado e lento que agora todos reconheciam como execuções. Ninguém saiu dali, mas todos se dispersaram, tentando descobrir se os sons vinham da pista de pouso ou do povoado de Hesham. Cada mudança de direção dos ventos trazia cheiros horríveis. Mesmo em um ano comum, isso era um problema; uma fala crucial poderia ser interrompida por um fedor repentino de estrume. Desta vez, o cheiro era de covas rasas. Muitas vezes, Julia respirava pela boca, embora o odor fosse tão potente que se tornava um sabor. Alguns pais e mães compunham a reduzida plateia; sua tosse era puro sofrimento, e eles cheiravam a doenças. Gerber não estava lá. Nem Clara.

Julia dizia ao menino de 12 anos que interpretava o Grande Irmão:

— ... mas estou fraca e com dores. Não pode me ceder uma cama? Oh, por favor, tenha piedade!

— Não, não posso, pois você vai contaminar os trabalhadores — ele respondia. — Você traz morte e pobreza ao povo. Você deve ser odiada. Isso é amor.

Depois da peça, Julia voltou andando para casa, sozinha, com sua camisola inadequada. Estava chovendo, e ela olhou para cima, para os pingos, imaginando que a maquiagem escorreria e ela ficaria com cara de choro. Pensava em comida. Isso era tão involuntário e constante que não contava como pensamento; era mais um processo, como a queda da chuva. Gerber não comparecera à peça. Isso poderia significar que ele não lhe daria comida. Nos últimos tempos, ele vinha sendo rude com ela, e uma vez chegou a bater a porta na sua cara.

A casa estava em silêncio quando ela entrou. Clara estava à mesa da cozinha. Isso, em si, já era incomum; Clara nunca ficava dentro daquela casa. A lata de bolo de Gerber estava à sua frente, sua mão ossuda descansava sobre ela. O fogo estava aceso, coisa que só Gerber era autorizado a fazer, mas ele nunca acenderia uma lareira em abril. O calor na cozinha era desconfortável. Havia um cheiro novo na casa.

Clara pediu à filha que se sentasse, então, contou-lhe que Gerber estava morto.

— Ele sabia que estavam vindo atrás dele, então, atirou em si mesmo. Ele está no sótão. Não suba! — ela disse.

"A polícia chegou e logo foi embora — continuou Clara, e ela observou, dando um riso de desprezo, que eles não ofereceram nenhuma ajuda para que ela se livrasse do cadáver. — Você me achou puritana por desaprovar seu casinho, mas, se eles o tivessem pegado vivo, o homem teria dado seu nome em dois tempos. Ele os teria feito enforcá-la sem pestanejar. Bem, pelo menos uma coisa certa esse homem fez."

Em seguida, ela disse, de um modo bastante claro e impassível, que todos ali morreriam. Aquilo agora era um acampamento, ou pior que isso. Todas as pessoas do povoado já estavam mortas. Eram cadáveres que não tinham onde cair mortos. Então, ela segurou as mãos de Julia e explicou o que deveria ser feito. Clara disse que suas antigas relações a tornaram uma moeda de valor elevado, uma moeda que agora Julia precisava gastar. Fez Julia se lembrar de seu nome de solteira, o mesmo nome de um coronel que lutara do lado errado na revolução. Contou a Julia, pela primeira vez, que esse coronel era seu próprio irmão. Falou à filha sobre os crimes dos quais ele poderia ser acusado e disse que Clara poderia ser vista como cúmplice. Listou os antigos revolucionários que conhecera desde que foram mortos a tiros como traidores.

— Foram eles que me deram as ordens. Eles planejaram esta fome, e eu ajudei a executá-la. Você deve se lembrar disso — ela disse.

Ela também disse a Julia como deveria agir, as emoções que deveria simular, e Julia estava perplexa demais para discutir. Sem dúvida, teria discutido se não estivesse tão perplexa. Mas Clara não lhe deu tempo.

Quando Julia quis fazer objeções, Clara balançou a cabeça e abriu a lata do bolo. Fez Julia comer o último naco do bolo de frutas e recolheu com o dedo todas as migalhas dentro da lata.

— Mortos não comem — Clara disse e riu.

Em seguida, colocou o grosso casaco de lã de Gerber em Julia — mortos não usam casacos — e a levou à delegacia de polícia. Na beira do gramado da delegacia, Clara parou e, com um movimento de cabeça, indicou a Julia que seguisse em frente.

Julia andou sobre o gramado em meio à noite fria e úmida, com o estômago doendo por causa da ausência da refeição habitual. Só depois de chegar à delegacia ela percebeu que havia uma trilha que deveria ter tomado. Olhou para trás a fim de verificar se as botas haviam marcado a grama e viu a mãe tremendo em pé, instável. Clara olhava para as poucas estrelas no céu nublado, abraçando-se para espantar o frio. Atrás dela, as construções baixas do centro do povoado ficaram indistintas em meio à neblina. Clara viu a filha olhando e fez um gesto impaciente: *anda, anda*. Julia se virou depressa e entrou na delegacia. Ela nunca mais viu nada daquilo.

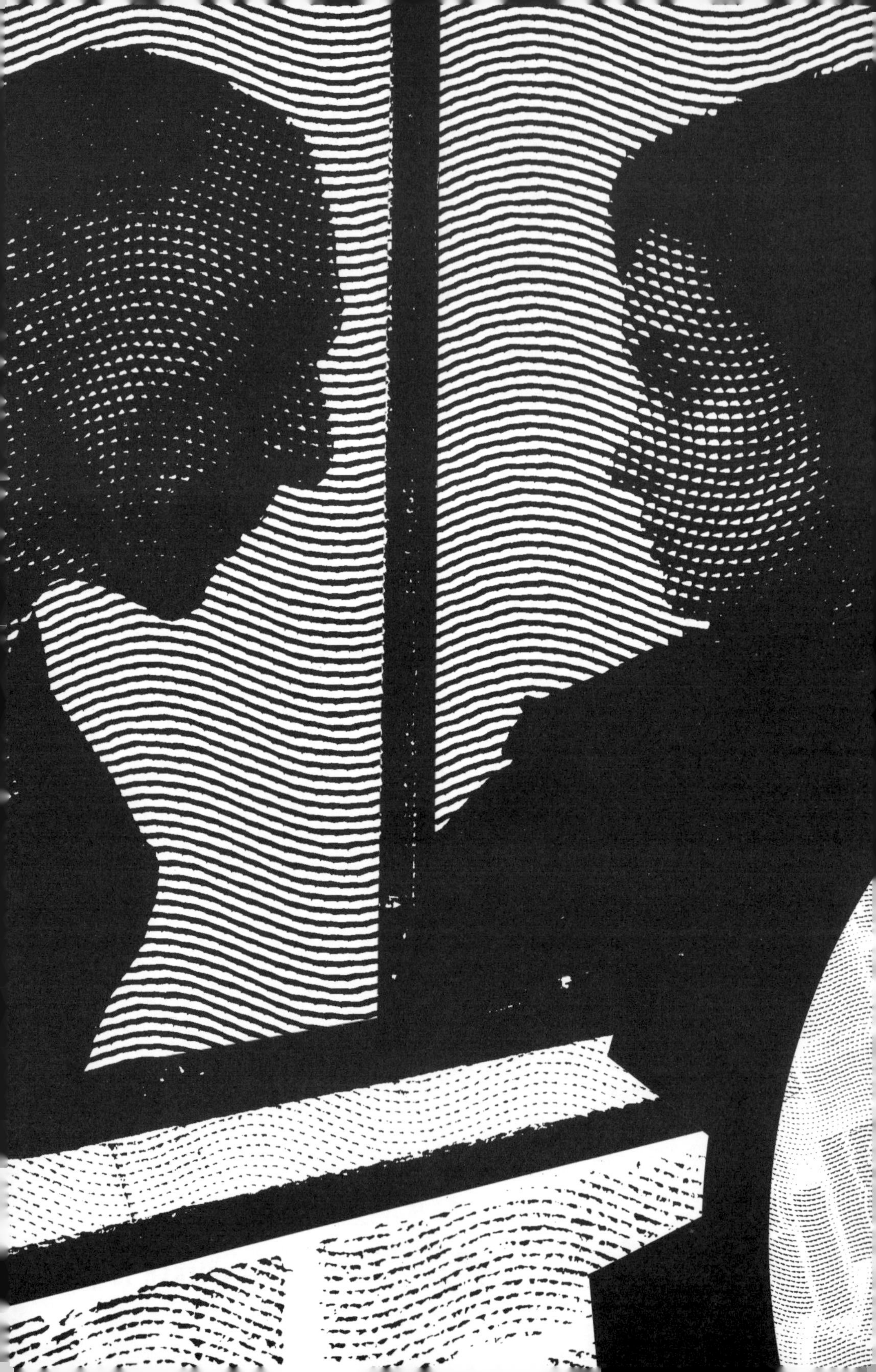

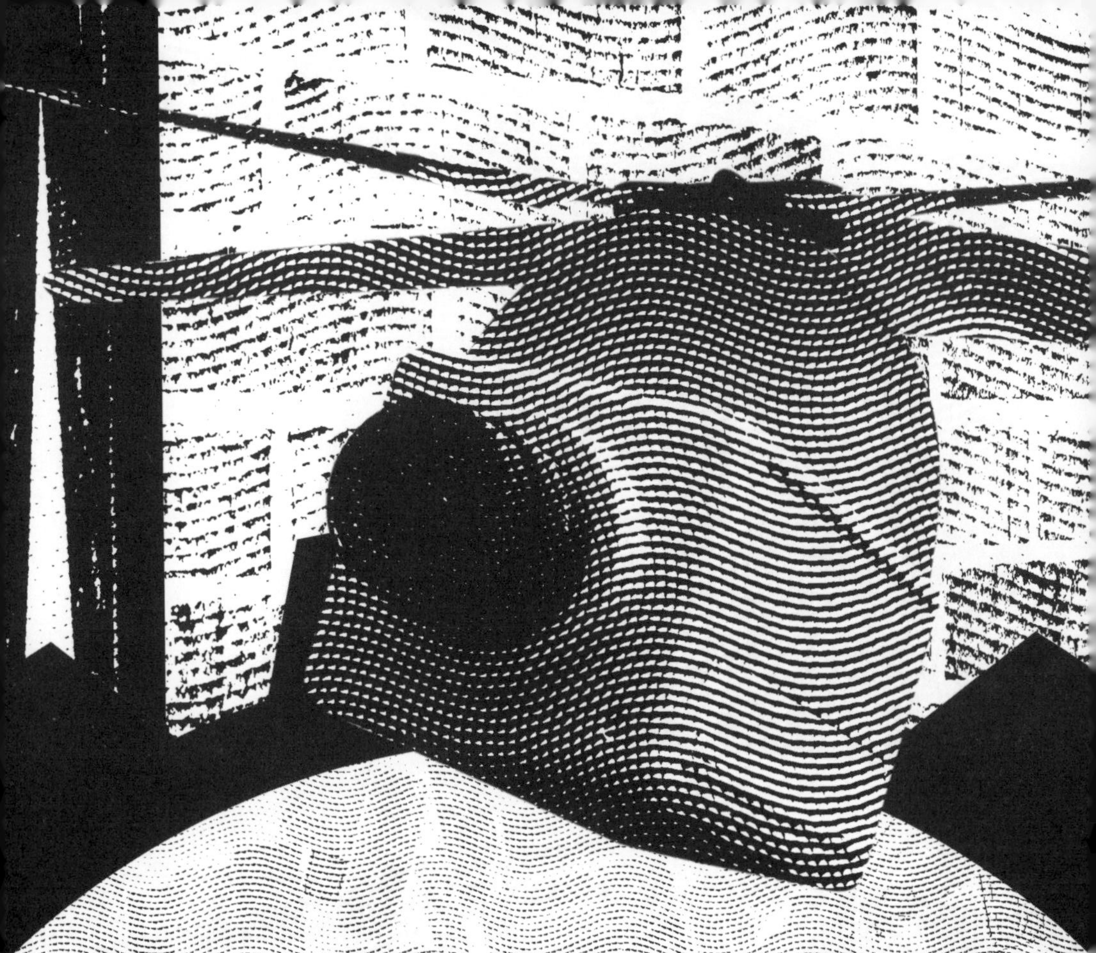

PARTE DOIS

13

Em uma tarde abafada de julho, Julia estava em pé à janela do quarto em cima da loja de Weeks. Atrás dela havia uma cama enorme, composta apenas de cobertores de lã desfiados e um travesseiro manchado e sem fronha. Ela havia pedido lençóis, mas Weeks lhe disse que isso não seria autêntico. Na lareira de tijolos havia um pequeno fogão a querosene com uma caçarola e duas xícaras de alumínio amassadas. Na cornija havia um velho relógio de madeira com ponteiros apontando para as doze horas. A poltrona ao lado da janela tinha uma perna torta; ela se arqueava para um lado e tinha a aparência indefinível e sórdida de um móvel infestado de percevejos. A cama, as cortinas e as emendas da estante de livros também estavam infestadas. Julia espalhou pimenta para afastá-los, mas infelizmente o efeito durou pouco. Em uma mesinha estava o adorado peso de papel de Winston, uma abóbada de vidro com um pedaço de coral dentro. O peso de coral era a única coisa no quarto que sempre estava limpa de verdade.

Na parede em frente à cama havia uma moldura de madeira com uma gravura de uma igreja da era capitalista. A imagem estava manchada e amarelada e tinha a aparência mais *sui generis* de cacareco do ANTICPENSAR. Na verdade, era um tipo engenhoso de aparelho de espionagem, alimentado com microcâmeras, microfones, sensores — tudo o que um espião poderia desejar. Sem dúvida, ele poderia dizer seu peso e tirar sua temperatura, se necessário. Na primeira visita de Julia, Weeks havia falado com a imagem para se certificar de que estava funcionando.

— Podemos ouvi-los e vê-los com perfeição, camaradas — ela respondeu com a voz de O'Brien.

Desde então, ela ficou quieta. Julia fora alertada a não lhe dirigir a palavra e nem olhar para ela, e a nunca prestar atenção especial à coisa, mesmo se estivesse sozinha.

— Bons hábitos — dissera Weeks. — Tudo em nosso trabalho se baseia em bons hábitos.

Julia passava pouco tempo sozinha ali, mas mesmo esse período curto parecia longo. Ela espantava os insetos, lixava as unhas e sentia a falta da voz sociável da teletela, uma solidão que doía como um buraco profundo no dente. Um dia, entediada, ela chegou ao extremo de verificar se o peso de papel cabia na sua boca. Coube, mas ela se lembrou tarde demais de que os espiões deviam estar assistindo, perplexos.

A única janela do quarto tinha vista para um pequeno quintal de paralelepípedos com um mar de telhados gastos ao longe. Uma PROLETA gorducha de rosto corado vira e mexe estava lá, pendurando fraldas para secar — a frequência era tão alta que Julia deduziu que aquele devia ser seu trabalho. A mulher cantava enquanto trabalhava, e sempre a mesma música, uma balada exaustiva que tocava o tempo todo no rádio naquele verão. A letra era assim:

Foi só uma fantasia inútil
que passou como um dia de abril,
mas um olhar, uma palavra e os sonhos despertados
roubaram meu coração, coitado...

A melodia era muitíssimo simples e repleta de sentimentalismo piegas, embora tivesse sido composta por máquinas, como todas as novas músicas. O aparelho compositor de canções, conhecido como versificador, era o orgulho e o júbilo do Departamento Musical da Verdade; sempre que se recorria ao pessoal da Música, eles se gabavam ao demonstrar como os novos modelos poderiam superar qualquer compositor humano em um desafio. De fato, a melodia era incrivelmente potente. Começou-se a imaginar que o versificador era possuído por uma alma nostálgica e saudosa.

Até esse dia de julho, Winston Smith havia visitado Julia no quarto dezenas de vezes. Fora ela quem sugerira isso durante seus encontros em uma rua PROLETA. Era para eles organizarem uma segunda ida à floresta — o País do Ouro, como ele a chamava, mas, quando Julia o afastou com a desculpa de estar menstruada, ele não pareceu apenas ressentido, mas furioso. Ele não tiraria sua casquinha; portanto, ela se tornou sua odiosa inimiga. Julia não teve o menor escrúpulo ao sugerir que as coisas poderiam ser bem diferentes se eles tivessem um lugar fechado para se encontrar — literalmente, qualquer lugar velho que tivesse uma pia e uma cama. E ele não havia falado de um lugar assim? A tal loja no distrito PROLETA... Qual era mesmo o nome? Neste exato momento, um microcóptero apareceu e eles tiveram de se separar. Mas, no dia seguinte, quando se encontraram, ele disse a Julia que falaria com Weeks — ou Charrington, como Winston o chamava. Na época, é claro, ele estava convencido de que a ideia tinha sido sua.

Julia sempre se espantou com a tolerância das pessoas casadas em relação às teletelas em seus quartos, porque elas deviam copular em silêncio sepulcral e forjar expressões de tédio, por temerem que os vigias julgassem o ato como CRIMESSEXO. Mas é claro que essa não era a função de Julia. Ela podia gemer, abrir as pernas para a câmera e tocar a própria xoxota. Podia ficar de quatro, deixar Winston fodê-la como um cão e bater nela. Na verdade, nas primeiras vezes, ela achou estimulante a presença da câmera. Imaginou uma fila de espiões por trás das telas, homens de idades e constituições físicas variadas, hipnotizados de luxúria e com uma dolorosa ereção — uma cena extraída direto das páginas de *Pecadores do Partido Interno: "Minha Teletela está Quebrada, Camarada!"*.

No entanto, com o passar do tempo, Julia parou de pensar nos vigilantes. Acontecera a mesma coisa quando ela chegou a Londres e passou a conviver com as teletelas. No início, se sentiu autoconsciente e importante; vivia em pânico a cada palavra proferida com descuido e orgulhosa de cada comentário pró-Partido. À noite, ela repassava o dia em sua mente, imaginando como os vigias teriam reagido a tudo o que ela fizera. Contudo, em questão de semanas, tudo isso acabou. O que sobrou foram hábitos, uma personalidade que era um compilado de comportamentos que os vigilantes queriam ver.

No quarto, havia uma Julia com apetite insaciável por perversões, que adorava instigar os homens a todo tipo de obscenidade, que achava justa qualquer calúnia em relação ao Partido. Também era uma garota apaixonada; sem dúvida, isso fazia parte do que se desejava. Julia sabia fingir com o instinto de alguém que escondera esses sentimentos a vida toda.

A parte romântica era real o bastante, ao menos com Winston Smith. Weeks fornecera lamparinas, e, sob a luz fraca, Winston parecia impetuoso, estilo pirata, o terrorista de seus sonhos. Ela usava maquiagem e perfume para ele, além de um vestido fino de PROLETA que Weeks lhe dera, cuja saia rodada tornava suas partes íntimas acessíveis de um jeito que deixava ambos atiçados. Quando Winston abria a porta, ela corria para abraçá-lo, ofegante. Quase sempre eles passavam uma hora na cama antes de pensar em fazer outra coisa. Depois, ela tramava fantasias com ele — sobre como se casariam um dia, como se esconderiam como PROLETAS, arrumariam emprego em uma fábrica, viveriam em situação de pobreza conjugal. Às vezes, ela se agarrava a ele com uma verdadeira paixão desesperada, sem se lembrar de fato de quem era e de como eles haviam ido parar ali.

Em seguida, descansando à luz das lamparinas, ela fazia Winston compartilhar suas ideias mais criminosas e o levava a pensar em coisas ainda mais criminosas. Ele gostava disso mais que de qualquer outra coisa; era patente como os seus interesses e os do Amor eram semelhantes. Ele discorria animado sobre a fúria sanguinária que sentia pelo Partido e por seus membros. Incentivado por Julia, Winston falava sobre se juntar à Irmandade e participar de incêndios criminosos, bombardeios, assassinatos. De um modo curioso, descobriu-se que ele acreditava já conhecer um membro da Irmandade Goldsteiniana — o camarada O'Brien. Ele sacou isso ao olhar O'Brien nos olhos; ele acreditava que havia uma compreensão entre ambos.

— Às vezes, sinto um impulso... — disse Winston — ... de ir até O'Brien, anunciar que sou inimigo do Partido e pedir sua ajuda.

Julia teria adorado saber o que O'Brien fez com essa informação, mas ele não falava com ela desde aquele dia no apartamento. Julia ganhou um suvenir daquela visita: uma brochura que O'Brien lhe dera em resposta à sua última pergunta, intitulada "Por que Odiamos?". A capa continha alertas para não circular o material fora do Partido Interno, e dizia que, se caísse nas mãos de uma pessoa não autorizada, deveria ser destruído sem ler. O interior continha quatro páginas de letras miúdas, encabeçadas por quatro lemas: "Verdade é Ódio. Fartura é Ódio. Paz é Ódio. Amor é Ódio". Em seguida, o texto explicava que os nomes dos quatro grandes ministérios eram um chamariz para ignorantes. Verdade não era verdade, amor não era amor — o Partido nunca abraçara esses delírios frágeis. Sequer era verdade, como o Partido Externo foi levado a acreditar, que esses conceitos conviviam em uma relação dialética e DUPLIPENSADORA com seus opostos. Ah, com certeza, era o caso de afirmar que paz era guerra, como qualquer um podia deduzir com base na história — a questão era tão bem compreendida por membros do Partido que não requeria explicações. No entanto, valorizar a "paz" ainda era justificar a guerra afirmando que esta levava à "paz". Na época, o Partido ainda mantinha a paz — esse frágil ídolo de raças frágeis — como um princípio.

Todos os membros genuínos do Partido Interno, muito antes de lhes ensinarem, aprenderam que isso não podia estar certo. Não, esses nomes tinham outro significado, oculto, revelado apenas ao Partido Interno. Cada um era uma face do ódio. "No lugar da voluptuosidade da fartura, da covardia da paz, da dependência do amor, da hipocrisia vazia da verdade, colocamos o ódio. O ódio é a capacidade mais elevada da humanidade. Todos os outros sentimentos também são próprios do reino animal — ira, ganância, amor materno, medo, curiosidade. Só o ódio é humano. Nenhum animal inferior na hierarquia é capaz de acessar seus mistérios. Uma fera selvagem pode sentir raiva momentânea, mas ódio, nunca. É por isso que, em termos morais, ela é uma nulidade; não pode existir nada de bom sem o ódio. Uma pessoa odeia quando o bem dentro de si identifica o mal. O ódio é o bem em funcionamento. E sem funcionamento, sem ação, o bem é o mero cadáver do bem."

"Só o ódio é bom. Essa é a grande revelação do Pensamento do Grande Irmão. Talvez seres humanos do futuro desenvolvam uma faculdade ainda mais elevada, mais pura e mais sem escrúpulos. Por ora, esta é a mais grandiosa do ser humano: odiar e ser guiado pelo ódio."

Julia achou isso terrivelmente impressionante e o leu várias vezes, com prazer. E, não obstante, quando tentava praticar o ódio — odiar uma pessoa —, o melhor que conseguia trazer à tona era chateação ou ressentimento. Tentar demais podia desencadear ataques de afeto — por Winston, por O'Brien, pela lavadeira PROLETA cantando em tom de lamúria ao pendurar as eternas roupas. Acima de tudo, Julia estava atormentada por rompantes de afeição equivocada pelo PENSAPOL Weeks.

Weeks era seu companheiro de trabalho, confidência e tormento. Se ela se sentisse perplexa com o significado do ódio, precisasse de conselho sobre o que esperar de Winston ou apenas quisesse receber algumas mercadorias do Partido, recorria a ele. É claro que o nome correto dele não era "Weeks", embora ele não se incomodasse com o fato de Julia usá-lo. Na verdade, ele não tinha nenhum nome, nenhum eu. Era uma criatura composta de pseudônimos, disfarces, mentiras e perucas. A *persona* Weeks que os Melton conheciam havia morrido alguns meses antes e tinha sido enterrada (ou um caixão cheio de terra tinha sido enterrado) com uns dez PROLETAS assistindo desconfortáveis. Weeks foi substituído pelo velho Charrington, o personagem que Winston conheceu — um sujeitinho delicado, sempre ajustando um par de óculos no nariz e deixando a mandíbula aberta e expondo seus dentes amarelados. Charrington era a nostalgia personificada. Cantava antigas árias com seus botões enquanto escarafunchava suas velharias; conversava com os clientes sobre acontecimentos passados e falava sobre livros antigos. Apesar do seu sotaque PROLETA, ele tinha um quê de nobreza decadente e usava uma jaqueta de veludo ainda incrivelmente elegante, a despeito de sua antiguidade. Charrington nunca era visto ao ar livre e não se aproximava das janelas da loja, pois o envelhecimento artificial de seu rosto não resistiria à luz direta do sol. Sob lamparinas, ele resistia muito bem.

Julia logo percebeu que as suposições dos Melton a respeito da loja tinham fundamento. Na sala do andar de cima, um grupo de aspirantes a goldsteinianos era autorizado a fazer reuniões, mas o número de pessoas sempre diminuía à medida que as prisões eram executadas, e, na sequência, seus integrantes eram substituídos por novos recrutas. Também houve dias em que Julia chegou e sentiu um suave aroma adocicado, de ópio, e Weeks explicou que era o estoque secreto do senhor Charrington nas trocas comerciais. "Em si, isso não deixa nenhum sujeito falastrão, mas podemos acrescentar uma coisa que deixa...", ele dissera. Quanto à loja ser "um bordel do pior tipo", essa era, é claro, a parte de Julia. Havia pior bordel do que aquele cuja cama era supervisionada pela PENSAPOL?

Weeks gostava de conversar com Julia sobre seu trabalho, para o qual ele dava vários nomes imponentes: "a soma de todas as artes", "a vida mais grandiosa", "a mentira verdadeira", "a misericórdia dos condenados". Um dia, explicou a Julia este último — *a misericórdia dos condenados* — enquanto tirava a esmo o pó das estantes.

— Esta loja é um antro de aranhas. Você pode vê-las descansando nas teias. Parecem coisinhas ociosas e inofensivas, mas é só um besouro colocar uma pata na teia e adeus, Camarada Besouro. Mas nossa aranha se importa com a vítima. Ela a envolve na seda e até lhe dá um sedativo para suavizar sua morte. Algumas pensam que o besouro está apenas paralisado e sentem o que acontece com ele enquanto o consomem. Tenho outra opinião. Acho que a droga que o paralisa também o faz ter sonhos agradáveis. Você vai presenciar isso aqui. O criminoso nunca foi tão feliz na vida; ele chegou à terra dourada de suas esperanças. Aquele breve interlúdio na teia... são as horas mais doces do criminoso.

— Ele não vai ficar tão feliz quando for preso — comentou Julia.

Weeks afastou essa ideia com o espanador.

— Não é da nossa alçada, camarada — ele disse. — O que uma aranha conhece do inferno?

Esses discursos eram típicos de Weeks, que adorava comparar pessoas a pragas; não somente a besouros e aranhas, mas a moscas, percevejos, ratos, pombos, germes e o mofo que consumia as paredes. Com frequência, soavam lunáticos e até afetivos; ainda assim, Julia passou a conhecê-los para praticar a arte do ódio. Na verdade, Weeks aprendera a odiar de maneira tão integral que todos os seus humores continham ódio. Odiava Julia mesmo gostando dela com sinceridade; demonstrava esse apreço atormentando-a. Odiava o próprio rosto no espelho turvo e se deleitava em ofuscá-lo. Odiava tudo o que passava por sua porta, com uma atenção que previa todas as suas necessidades. Odiava com mais altruísmo e devoção do que a maioria podia amar.

Ele gostava, sobretudo, de odiar Winston Smith. Descobriu rápido todos os pontos fracos do homem e perguntou, com solicitude, se sua tosse catarrenta não revirava o estômago de Julia ou se ela não tinha notado a úlcera em sua perna. Ela não achava que homens velhos tinham de procurar mulheres velhas? "Ver aquela pelanca descorada ao lado de sua pele jovem... parece um atentado!", ele disse um dia. Ele a pressionava e a instigava a trazer outros homens para o quarto, dizendo que qualquer um seria um belo *upgrade*.

— E vamos precisar das câmeras para outras coisas além do traseiro magrelo do camarada Smith — ele disse.

Julia passou a se arrepender amargamente de ter contado a Weeks as conversas de Winston sobre matar mulheres. Weeks adorava abordar o assunto, perguntando a Julia se ela tinha certeza de que a esposa ainda estava viva, fazendo especulações sobre os corpos desmembrados que Winston largara por toda a Londres e se perguntando quais outras afrontas ele lhes causara antes de darem o último suspiro.

— Pode ter certeza de que o pior ele não te contou. Não, eles sempre guardam as piores coisas para si — disse Weeks.

Ele gostava de informar a Julia que Winston era o monstro da história da bomba contada pela senhora Bale, o homem que passara pelo bebê moribundo e chutara a mão no caminho.

— Oh, sim! Sei tudo o que acontece no meu distrito. Seu Smith é a Besta da Bomba. Meus vizinhos passaram uma semana sem falar de outra coisa — ele afirmou.

Julia quis acreditar que ele estava mentindo, mas, quando perguntou a Winston, ele revelou a verdade. Não conseguia se lembrar do motivo de ter feito aquilo, e parecia achar que as consequências eram pequenas.

— Todos esses horrores! — disse ele, de maneira bastante trágica. — No fim, eles acabam parecendo bem normais.

Ele acrescentou que, sob o Partido, as pessoas não conseguiam mais amar de verdade seus filhos, pois eles não passavam de espiões no ninho.

No encontro seguinte, Weeks perguntou se Winston admitira a culpa. Julia disse, na defensiva:

— Ai, que diferença isso faz, afinal? A mão não sentiu nada.

Ao ouvir isso, Weeks riu de prazer.

— Ah, é a mão do bebê que não sente nada? — ele disse. — E não o homem? Você tem certeza de que esse conceito é correto?

Weeks tinha uma teoria de que um homem sempre se assemelharia àquilo que ele mais temia, e ele ficou satisfeito em saber que Winston tinha um medo mórbido de ratos.

— Oh, sim! Um belo rato! Vê-se nos olhos. Não uma ratazana, mas as espécies de pelos bonitos, cobaias para uso em experimentos — disse ele, certa feita.

Outra vez, Weeks falou do apelo fatal que sua loja exercia sobre homens que tinham doenças mentais, vangloriando-se de que todo MALPENSAR sentia uma atração irresistível por aquele local. Alguns ficavam meses lutando com essa comichão, sabendo por instinto que a loja os condenaria.

Mas eles eram atraídos até ali diversas vezes, até que acabavam tendo de escolher entre a loja e a loucura.

— Então, por fim, ele entra. Olha por todos os lados. E vai direto àquela mesa... — disse Weeks indo até uma pequena mesa no canto, que tinha uma pilha de cacarecos um pouco melhores: caixas de rapé envernizadas, broches de ágata, um cavalo de porcelana chinesa com uma perna quebrada.

Ele deixou a mão descansar entre os tesouros duvidosos e olhou para Julia, sorrindo.

— Ah, sim, os narizes deles os trazem até aqui — ele disse. — É um banquete que montei especialmente para eles, que sentem o cheiro e não se seguram. Eles precisam comer, embora saibam que está envenenado. Um rato faz isso, você sabe. Ele pega uma isca envenenada, embora trema de horror. Seu intelecto sabe que a carne o matará, no entanto, o instinto bruto o faz comer.

Weeks ergueu um broche de ágata até a boca e fez uma cara de rato roendo. Ela conseguiu ver o nariz pontudo e os pequenos olhos brilhantes, o apetite e o horror. Então, ele parou com aquilo tudo e disse:

— É claro que estou falando do Smith.

Uma das maiores crueldades de Weeks era nunca deixar Winston saber das reuniões dos goldsteinianos na loja. Winston nunca seria bem-vindo em nenhum círculo revolucionário, nunca teria amigos afins ou esperança, que sempre seria por demais fugaz. Não, para ele, o velho Charrington era uma criatura impotente que vivia e respirava histórias antigas. Winston adorava ouvir Charrington rememorar as lembranças de Londres nos anos 1940 — época em que o verdadeiro Weeks ainda não tinha nascido. Muitas vezes, Winston também ficava contemplando a imagem da igreja no quadro pendurado no quarto — sem saber, é claro, que estava olhando os rostos de uma fileira de espiões da PENSAPOL —, e nesses momentos ele repetia um verso que o velho Charrington lhe ensinara:

> Laranjas e limões, dizem os sinos de São Clementim;
> você me deve três tostões, dizem os sinos de São Martin.
> Aí vai uma vela para sua cama iluminar,
> aí vai um cutelo para sua cabeça cortar!

A canção era supostamente muito antiga, e havia uma brincadeira que a acompanhava, em que crianças davam as mãos e erguiam os braços para o ar enquanto uma delas ficava em uma posição mais baixa que as outras, até os braços descerem e "cortarem" a cabeça da vítima. Acontece que Julia conhecia a canção e pôde contribuir com mais um verso: *"Meu dinheiro é pra quando?", dizem os sinos de Bailey, o carcamano*. Isso deixou Winston mais interessado do que em qualquer outra coisa que ela já fizera. Ele exigiu saber onde Julia aprendera aquilo, mas ela desconversou inventando a história de um velho avô sábio, sumido muito tempo atrás. A última coisa que ela queria fazer com Winston era ficar lembrando dos tempos de escola na SAZ.

Julia suspeitava de que o verso asqueroso não fosse mais antigo que os Dois Minutos de Ódio. Na verdade, imaginava que era obra de Mamie Faye, do Ministério da Verdade. Ela sugeriu isso a Winston, mencionando a semelhança com o clássico poema de Mamie Faye "Enforque-os", que remetia às execuções de "Rutherford, Aaronson, seu tio e Jones". No entanto, além de Winston descartar essa teoria, ela lhe trouxe uma lembrança sombria de ter visto os verdadeiros Rutherford, Aaronson e Jones no Chestnut Tree Café. Eles tinham acabado de ser soltos pelo Ministério do Amor, mas logo seriam presos de novo e enforcados. Winston falou à exaustão sobre o comportamento lamentável dos homens enquanto bebiam seu gim sabor cravo, tremendo quando ele disse que Rutherford e Aaronson tiveram seus narizes quebrados. Também ficou perplexo porque a teletela havia zombado deles em uma canção e, em seguida, Rutherford começara a chorar. A música era assim: "*Debaixo da ampla castanheira, eu vendi você e você me vendeu...*" — bem inofensiva, pensou Julia, em comparação com o poema de Charrington, mas Winston a repetiu várias vezes, como se fosse o ápice do horror.

Quando Winston falava dessas coisas, Julia era tomada por uma estranha exaustão que a subjugava como uma enchente. Era um tédio ou uma desolação esmagadora, um tipo de impotência fervilhante. Às vezes, de uma hora para outra, ela apenas caía no sono. Porque ela sabia o que tudo isso significava. Winston seria levado para o Ministério do Amor e torturado, transformado em uma coisa arruinada e chorosa se arrastando pelo chão, exibindo ossos quebrados e soltando espuma rosa de uma boca banguela, então, por fim, seria levado embora e assassinado a tiros. Essas imagens lhe ocorreram, e o quarto perdeu a vida e se tornou irreal. Julia dormiu e só acordou quando Smith estava se vestindo para sair. Quando ela se levantou para beijá-lo, todos os seus membros estavam fracos, e seu rosto parecia estranho e entorpecido. Muitas vezes, ela tinha espasmos no olho em momentos assim, mas, por sorte, ele era o mais desatento dos homens e nunca reparou. Mais tarde, lavando-se na cozinha escura da loja, ela se sentiu imortal, solitária, estranha, tão digna de pena que era como estar apaixonada. Ao secar o rosto com um pano malcheiroso, ela acreditou em tudo isto: que era má; que era vítima; que O'Brien estava certo e que ela era um "diamante"; que as pessoas eram animais e o que faziam não era mais importante que o zumbido de moscas. Certa vez, vasculhou as gavetas em busca de uma corda ou uma lâmina afiada, pensando em dar fim à própria vida, e chorou ao não encontrar nada. Ela não sabia mais o que fazer para voltar a si.

Contudo, quando retornou ao ruído vívido e falso do alojamento, sentiu tanta falta da escuridão! Ela nunca havia sido tão real.

E, assim, ela sobrevivera ao mês de junho, ainda viva no quarto abarrotado de cheiro estranho, ainda encontrando picadas de percevejo no traseiro, ainda esperando a lavadeira parar de cantar. Não conseguiu encontrar Syme — a seção de Pesquisas estava fazendo turnos de vinte e quatro horas, dando os toques finais na décima edição do dicionário de NOVILÍNGUA —, mas entregou um bilhete a Parsons, que visitou o quarto e a fodeu com muita ansiedade, espiando as paredes como se uma teletela pudesse brotar atrás de si, mas ainda assim terminou em trinta segundos. Depois, sentou-se na cama e se repreendeu por ter traído a esposa, o Partido e "tudo o que havia de melhor no velho Tom Parsons". Jurou nunca mais voltar. Ela *era* uma doce confusão — era assim que ele sempre se expressava —, mas nunca se safaria disso, não agora que seus filhos estavam crescidos o bastante para farejá-lo.

— Eles recebem um treinamento muito bom nos Espiões. São crianças com olhos de águia. Cheios de entusiasmo! É, as crianças mantêm a gente na linha, isso, sim — disse ele.

Em seguida, ficou uma hora falando dos azarados que seus filhos haviam denunciado, aparentemente horrorizado; ora exultante, ora orgulhoso. Ela tentou fazê-lo falar mal dessa prática, mas para ele não existia nada além de canalhas e do Partido, de "uma doce confusão" e "um treinamento muito bom nos Espiões". Lá fora, a música continuava. Ele saiu, e Winston entrou e saiu, e outro dia chegou. Houve a Ficção, houve a volta ao alojamento, e uma noite Vicky encarou Julia pelo espelho enquanto esta lavava o rosto. Julia sentiu um amor-relâmpago por Vicky, então, se afastou com um esgar: "*Me deixa! Não vê que não sou nada de bom?*". Houve a Ficção de novo, houve a ida ao Weeks de ônibus, tirando uma soneca oportuna em seu assento enquanto os PROLETAS reclamavam da escassez por todos os lados: definitivamente, era impossível encontrar feijão. Houve Vicky em sua mente, houve Winston dizendo "Somos nós os mortos!", e Julia caindo em sono profundo, em fuga. Parsons chegou e saiu, e ela desceu para a cozinha a fim de se lavar e chorar. Encostou em uma parede e devaneou, imaginando um propósito maior, num mundo onde ela fazia o que era certo. Lembrou-se, como se fosse um fato conhecido havia tempos, de que o Grande Irmão a amava — só ele. Era o que ela aprendera na escola, e de certa maneira era verdade. Devia ser verdade. Ergueu o rosto para a pequena fenda na janela, bem quando os relógios nos distritos do Partido indicavam dezenove horas, distantes e monótonos, portentosos, como se o oceano à distância soasse. Em um minuto, ela entenderia. A sensação se insinuava no quarto cheirando a umidade. Em um instante, ela consideraria perfeitos os ensinamentos do Partido. O'Brien, que era muito mais inteligente do que ela, os compreendia e acreditava neles. Os aviadores até contavam suas piadas, mas haviam morrido pela Oceania e pelo Grande Irmão. Haviam matado pela Oceania e pelo Grande Irmão, sem sombra de dúvidas nem perguntas fatídicas. A sensação estava ali, e talvez a veracidade dos ensinamentos do Partido não importasse. "O que era a Verdade?" Não era nada, ou nada útil. Um avião era sólido, não verdadeiro.

E chegou o fatídico dia de julho. Ela estava em pé à janela, suando de calor. Atrás dela, na cama, estava Stanley Ampleforth, da seção de Poesias, um homem esguio, alto, de cabelos loiro-escuros; desta vez, não amorfo nem lânguido como no passado. Ele estava prosperando na teia.

Ela havia convidado Ampleforth três semanas antes, quando, desesperada para encontrar Syme, dera a Ampleforth o bilhete que deveria entregar a Syme. O bilhete só especificava um lugar e um horário, mas Ampleforth o recebeu com a expressão de alguém que testemunhava um milagre esperado havia muito tempo. Ele chegou no horário marcado e foi facilmente persuadido a entrar na loja de Weeks, indo de imediato até a mesa fatal e sendo convencido pelo velho Charrington a comprar um pequeno cachimbo entalhado. Julia o levou para o quarto de cima. Seu semblante brilhou por antecipação, mas, quando ela acertou seu rosto, ele caiu tropeçando. Ele se encolheu perto da porta e gaguejou de forma miserável dizendo que não era sua intenção.

— Oh, eu temia que você pensasse nisso... — ele disse. — E você tem todo o direito de esperar... Você é tão linda, e, se eu não fosse essa desgraça... Eu não gostaria de morrer sem me apaixonar. Mas eu posso amar? Bem, você está vendo o que eu sou.

— Mas por que você veio? Você é goldsteiniano? — Ela perguntou do modo mais gentil que pôde.

Ao ouvir isso, ele pareceu ainda mais horrorizado.

— Goldsteiniano? Claro que não! — ele disse.

— Eu não entendo... Por que diabos você veio, se não foi por isso?

O que ele pensou que eles iam fazer ali, descobriu-se, era poesia: a poesia antiga, perdida, que ele e seus colegas reescreviam para remover o MALPENSAR. Ampleforth vinha guardando os poemas originais na memória havia anos, anotando versos em pedaços de papel que ele escondia nos sapatos e lia para si mesmo quando tinha certeza de que ninguém o via. Ele sempre tivera esperança de que alguém pudesse descobrir seu segredo, para poder compartilhar os velhos poemas perdidos.

— Não digo que as reescritas que fazemos não sejam necessárias — ele disse. — Sem dúvida, essas coisas são perigosas. Elas fazem a mente divagar por caminhos insalubres. Talvez eu sinta algo por elas... e sinto, mas entendo por que devem ser suprimidas. Ora, meu poema favorito de todos tem imagens degeneradas, glorificação da horda capitalista e um retrato positivo de uma criada abissínia, que naturalmente é eurasiana. Pense numa criança lendo isso! Sim, um poema desses é um veneno mortal para a mente, elaborado de modo exato para distorcer e corromper, e seu autor é um criminoso. Não é de confiança! — Então, ele piscou para Julia e perguntou, tímido: — Gostaria de ouvi-lo?

Logo depois, lá estava Ampleforth empoleirado na cama infestada de percevejos, entoando palavras sem sentido sobre Kubla Khan,[8] um domo de prazer e cavernas de gelo, e "Faz-lhe à volta três círculos no piso e cerra os olhos com temor sagrado!". Para Julia, parecia ser um monte de miados. Não obstante, ela bateu palmas e fez cara de entusiasmada, e Ampleforth empertigou-se e se tornou bem ousado. Agora, ele sugeria que tais poemas podiam ser salvos, distribuídos apenas entre pessoas maduras no âmbito político, é claro — mas será que eles podiam mesmo ser salvos?

— Acredito no meu trabalho no Ministério — ele disse —, mas, quando acabarmos... será uma borboleta sem asas. Ele deve ser feito, mas... é uma borboleta sem asas!

Ele voltou muitas vezes seguidas. A cada visita, parecia menos derrotado e menos amorfo. Seria possível dizer que ele ganhara ossos. Seus ombros ainda eram curvados e seus olhos azuis, reservados, mas sua expressão era clara e vívida. Ele era a borboleta com asas. O velho Charrington lhe vendeu dois cadernos de anotações, e ele ficava deitado na cama de barriga para baixo transcrevendo versos de sua memória concisa enquanto Julia lhe trazia chá e nacos de chocolate do Partido Interno. Seus pés, metidos num par de chinelos de veludo que ela encontrara, chutavam o ar ao ritmo dos versos. Também havia momentos em que ele se dispersava e os recitava, fechando os olhos de luxúria. Então, ele a deixava segurar sua mão. Chamava o quarto de sua Xanadu,[9] sua Arden,[10] e a ela, sua criada abissínia. Era como o comentário de Weeks sobre o besouro na teia; essa era sua vida mais doce.

Então, certo dia, ele franziu a testa olhando o caderno, pressionando o lápis de um jeito ansioso contra o queixo.

8. Poema de Samuel Taylor Coleridge (1773-1834), composto em homenagem ao líder mongol Kublai Khan, neto de Gêngis Khan, após um pretenso sonho psicodélico fomentado por ópio. (N. da T.)

9. Capital de veraneio do referido imperador mongol do poema de Coleridge. (N. da T.)

10. Floresta que aparece em obras de William Shakespeare (1564-1616), por exemplo, muitas vezes, contendo idealizações da natureza e até mesmo da condição humana. (N. da T.)

— Eu queria comentar, mas estava com medo. Você tinha perguntado se eu ainda via o Syme — ele disse.

— Hã? — disse ela, virando-se da janela, sonolenta.

— É... Eu não tive coragem de contar antes. Mas o estranho é que Syme se foi.

Julia franziu a testa.

— Se foi? — ela perguntou.

— Isto é, não só se foi. Ele disse que estava indo, isso é o bizarro. Pensei em contar a você, mas tive receio.

— Então, sumiram com o Syme?

— Sumiram, não.

— Ele se foi, mas não sumiu... Como assim?

— Ah, talvez tenham sumido com ele. Não se sabe ao certo. Mas ele disse que iria embora e, no dia seguinte, tinha ido. Tiraram o nome dele de todos os cronogramas.

— Não entendo o que você quer dizer. Tiraram o nome dele de todos os cronogramas... É exatamente isso o que eles fazem quando dão sumiço em alguém.

— Mas eles fariam o mesmo se ele tivesse ido embora.

Em um instante, Julia percebeu o que ele queria dizer e sentiu uma urgência quase incontrolável de silenciá-lo. Quis cobrir a imagem, arrastá-lo para fora do quarto. Aquilo, o Ministério do Amor não podia saber. No entanto, ela só perguntou atônita:

— Se tivesse ido embora? Como "ido embora"?

— Ido embora da cidade. Para onde o Partido não pode encontrá-lo. Fugido.

— Onde o Partido não pode encontrá-lo? Onde fica esse lugar?

— Bem, um homem pode fugir para a Eurásia ou...

— Eurásia!

— Não quero dizer que foi isso o que aconteceu. Também pode haver lugares bem desertos na própria Pista de Pouso Um.

Aquilo foi um golpe e tanto para Julia. Ela quis argumentar dizendo que na SAZ havia lugares ermos onde as pessoas podiam se esconder por um tempo, mas quem fazia isso só conseguia sobreviver de roubos, e, mais cedo ou mais tarde, essas pessoas eram caçadas. No entanto, logo depois, ela pensou na Eurásia e se lembrou do barco que vira do avião de Hubert. Contrabandistas! Eles precisavam ir e vir da Eurásia o tempo todo. Pagando bem...

— Quando ele me contou — prosseguiu Ampleforth —, estávamos na estrebaria atrás do centro comunitário, fumando na frente do ônibus, e eis que de repente ele murmura na minha orelha: "Estou indo embora da cidade!". Simples assim. Então, chegou outro sujeito e se juntou a nós, e não tive chance de fazer mais perguntas. Bem, disse a mim mesmo que aquilo não era nada, que eu devia ter entendido mal, mas aí ele foi embora. O nome dele em todos os cronogramas foi... apagado.

— Mas isso deve ter sido coisa do próprio Syme!

— Ah, não me admira. Ele era quase um herói quando prestava serviços militares, sabe? Um olheiro.

— Eu não sabia.

— Por um tempo, tive certeza de que ele me denunciaria. Não é engraçado pensar nisso agora? Ele sempre foi um diabo para a NOVILÍNGUA e os enforcamentos. Na semana em que ele foi embora, andou por aí dizendo que logo, logo a ideia de liberdade seria abolida, e que as pessoas sequer conseguiriam pensar nela... ele disse que não conseguiriam pensar em nada, já que não haveria pensamentos. E ele deu a entender que gostava dessa hipótese!

— Eu não me importaria em não conseguir pensar — disse Julia.

— Você não está falando sério... Está? — perguntou Ampleforth, distraído. — Sabe... se eu acreditasse que minhas malditas pernas fossem capazes de me carregar, até que pensaria em segui-lo. Aí, uma ou outra coisa disto aqui... — ele ergueu o caderno de anotações — ... poderia ser salva.

— De verdade, eu não quero mais pensar — disse Julia. — Não quero.

— Eu disse que acredito em meu trabalho no Ministério. Bem, é mentira... Não acredito. Nem um pouco! Eles são uns vândalos putrefatos... essa é a verdade. Mesmo quando não há nada de errado em um poema, eles mudam palavras aqui e ali, e depois mais... só para deixar feio o que é belo, para fazê-lo cair feito um martelo no cérebro, para transformar a borboleta em uma barata. Não, se eu pudesse salvar apenas um desses poemas, não me importaria em morrer por isso!

Uma exaustão sombria acometeu Julia. Ela viu Ampleforth arruinado e sem dentes, arrastando-se pelo chão do Chestnut Tree Café. Ela o viu levando um tiro na nuca e sendo arrastado pelos pés.

Ela olhou para o relógio e fez uma careta dizendo:

— Ah! Que chato! Acabei de ver as horas! Eu tinha tanta esperança de ouvir outro poema!

Naquela noite, Julia sonhou com a Eurásia. Ela e Vicky estavam em um barco contrabandista, aninhadas em seu casco úmido. Julia prometera recitar alguns poemas de Ampleforth para pagar os remadores, mas não conseguia se lembrar de um único verso. Em vez disso, recitava a quinta BOAHISTÓRIA do Pensamento do Grande Irmão, mas sabia que eles logo sacariam a farsa. Para piorar as coisas, ela misturava as palavras, e Vicky estava enojada por causa de sua estupidez.

Então, sabe-se lá como, O'Brien apareceu no barco, com remos nas mãos, peito nu, músculos trabalhando. Olhou para Julia com ares de mestre. A luz do luar destacava seus traços masculinos. Os outros remadores tinham ido embora. Vicky também. Ela estava a salvo na costa eurasiana, onde não podia ver o que Julia e O'Brien faziam no barco. Ninguém podia, em lugar algum. Eles pularam no mar, e só havia o luar reluzindo sobre seus corpos nus.

14

À medida que julho avançava, a cidade era tomada por um calor escaldante. As ruas dos bairros PROLETAS se enchiam de colchões ao anoitecer, pois as pessoas fugiam do calor e dos insetos no interior das casas, e todos os dias uns dez homens PROLETAS eram agredidos por patrulheiros por andarem sem camisa. Pessoas de todas as classes se reuniam ao redor de fontes para molhar braços e rosto. Banhos públicos tinham filas tão compridas que qualquer um tão ocupado quanto Julia não podia nem pensar em ir, e a pilha de cupons para banho que Weeks havia lhe dado não serviram de nada. Ela devia se esfregar na pia com uma flanela como qualquer garota do alojamento.

Como todo mundo, ela foi pega pelo frenesi das preparações para a Semana do Ódio. A Ficção dera uma pausa na produção de romances para trabalhar vinte e quatro horas elaborando relatórios sobre as atrocidades eurasianas. Depois do trabalho, havia um sem-número de comitês para organizar as demonstrações necessárias, as paradas militares, os comícios, as palestras, os shows de marionetes, as exibições de esculturas de cera e até uma encenação de batalha naval no Tâmisa. Como mecânica, Julia era muito requisitada para a fabricação de soldados autômatos eurasianos, que poderiam apontar uma arma do alto de um carro alegórico. Naquele ano, a Ficção também ganhara a honra de produzir a efígie de Goldstein para a Festa do Ódio oficial do Ministério da Verdade, e dedicaram-se intermináveis reuniões obrigatórias para aperfeiçoar os detalhes de seus traços.

O Women's 21 teve uma tarefa mais árdua; para a Festa do Ódio de seu bairro, elas deviam produzir um boneco razoável do vira-casaca Attlee. Embora Attlee fosse sempre mencionado nas listas de traidores, seus traços eram mostrados apenas durante a Semana do Ódio, quando ele era queimado em forma de efígie. As lembranças das garotas dos Attlees anteriores eram conflituosas até em questões como o uso ou não de barba pelo boneco, e se ele era gordo ou magro. Todas discutiram até de madrugada, então, foram para a cama tarde e de mau humor, e o dia só foi salvo quando Edie apareceu correndo e cantarolando com um exemplar do *Correio*; ele continha, na primeira página, especificações impressas para todos os bonecos tradicionais da Semana do Ódio.

As ruas viravam um caos antes do Ódio, e, naquele ano, a confusão começara cedo. Em três semanas, fachada sim, fachada não ficava pintada de lemas desejando morte a várias pessoas, de Goldstein a "falsos botânicos". O cartaz do Ódio desse ano, exibindo um soldado eurasiano ameaçador, foi colocado em todas as partes, e em todas elas foi lealmente desfigurado: a cabeça do soldado foi rasgada, ou ele recebeu olhos pretos e dentes esburacados, ou então se acrescentava um balão de fala que dizia "Sou um covarde imundo!". Em distritos PROLETAS, todos esses cartazes acabaram com rasgos na virilha, porque os jovens desenhavam pênis minúsculos neles e cidadãos mais maduros os rasgavam.

A Semana do Ódio era sincronizada, por tradição, com a *blitz* regular do verão, mas isso também havia começado algumas semanas mais cedo. Bombas caíam com mais frequência, matando mais pessoas, e as notícias de última hora eram só cadáveres e destruição. Em Stepney, um cinema foi destruído no meio da programação noturna, e centenas de pessoas morreram queimadas. Isso gerou um imenso funeral itinerante, que se transformou em uma marcha de protesto. Julia correu até o local de bicicleta e achou mais prudente fugir quando rapazes PROLETAS na retaguarda começaram a jogar terra nela. No dia seguinte, outra bomba caiu em um terreno baldio usado como parque de diversões, e várias dezenas de crianças foram despedaçadas. Naquela tarde, dos andares superiores da Verdade, foi possível ouvir o som dos protestos, um uivo sobrenatural como os gritos vindos de uma arena aberta. Nesses dias também houve imensas explosões que eram ouvidas a distância, rugidos tempestuosos de demolição que duraram muitos minutos. Uma das explosões ocorreu de manhã cedo, seguida de uma névoa que escureceu a cidade e pintou o sol nascente de vermelho-pálido. Alguns diziam que a era das bombas atômicas havia retornado, mas nos programas das teletelas não se pronunciaram a respeito.

Dia e noite, ruas principais eram tomadas por marchas e passeatas, tanto espontâneas quanto planejadas. Em seu trajeto de um lugar para outro, Julia se juntava a protestos contra — bem, nem sempre ela se importava em saber contra o quê — nos quais ela bradava com prazer alguns lemas e agitava qualquer panfleto que colocassem em sua mão. Quando escolheram uma loja para ser destruída pelos chefes do partido, ela atirou tijolos pelas janelas com entusiasmo. Se lhe entregavam um livro, ela ficava feliz em jogá-lo na fogueira. Quem é que não gostava do som doce e estridente de vidros se quebrando? Quem não gostava do forte odor de gasolina e do brilho do incêndio? Garrafas de gim também eram entregues a Julia em todos os lugares a que ela ia — as porções racionadas de gim haviam sido triplicadas por um período —, portanto, assim como todo mundo, ela passava o dia inteiro bêbada ou meio embriagada. Como todo mundo, ela cantava a nova Canção do Ódio ao percorrer as ruas. A música tinha sido simplificada em relação aos anos anteriores, logo, agora mal tinha uma melodia ou letra. Era assim:

Morte ao MALPENSAR, morte, morte, morte!
Morte ao PROPRIPENSAR, morte, morte, morte!
Morte à Eurásia! Morte! Morte! Morte!

O ódio em si ainda a iludia. Na multidão, o que ela sentia era a excitação da turba, o prazer físico de gritar e agitar os punhos que era parecido com a diversão da dança. A maioria das outras pessoas parecia sentir o mesmo. Elas causavam destruições e cantavam com sorrisos beatificantes, passavam os braços sobre os ombros umas das outras, riam alto das piadinhas mais singelas. Acreditavam que goldsteinianos deveriam ser enforcados e, com alegria, iam assistir a uma execução, torcendo quando os outros torciam, mas em seguida iam para casa, ansiosos pelo jantar sem se sentirem preocupados ou culpados, em particular.

Entretanto, vez ou outra, Julia encontrava uma pessoa autêntica, um homem ou uma mulher que guinchava lemas de ódio com o rosto distorcido por uma fúria verdadeira. Essa gente estava insatisfeita com o aumento da violência e murmurava coisas sobre o verdadeiro acerto de contas que estava por vir. Para elas, era impossível não sofrer ao pensar que existia um inimigo. Instintivamente, elas faziam por onde odiar ainda mais o inimigo e convencer os outros a odiá-lo mais ainda. Se um membro do Partido era displicente demais em seu ódio, elas viam isso como um crime moral monstruoso. Apenas pensar nessas coisas já as fazia perder o controle, e lágrimas lhes vinham aos olhos à medida que cenas violentas lhes passavam pela cabeça, em que as atrocidades do inimigo se misturavam aos castigos sangrentos que ele sofreria. Certa vez, Julia ouvia, sem prestar atenção, uma dessas pessoas, e isso a deixou sobressaltada e a levou a retrucar, sonolenta:

— Então, você acha que devemos queimar os filhos dos goldsteinianos vivos?

— Não! — o homem disparou. — *Eles* querem queimar os *nossos* filhos! A questão é que isso não é do nosso feitio! Mas, já que pergunta, os filhos deles também não são tão inocentes assim. Se fosse para dispor da prole deles... não digo queimá-la, mas nos livrar do inimigo, se necessário, então, que fosse pelo fogo. Sim, queimá-los, se necessário. Queimar seus filhos! Queimá-los vivos!

Em meio a esse tumulto, Julia foi fazer o tratamento de INSEMART. Sua menstruação desceu mais fraca do que deveria, e seus seios estavam doloridos e inchados. Ela chegou, inclusive, a ter crises de enjoo ao tomar o ônibus. Havia motivos para ter esperanças de um alarme falso. Ela já tivera esses sintomas duas vezes. Nas duas ocasiões, havia feito INSEMART, mas os ciclos foram insuficientes e, no fim, ela foi mandada embora com suplementos vitamínicos, informativos sobre hábitos saudáveis e ligeiros comentários sobre seu útero "INCAMARADA". Entretanto, não poderia arriscar. Quando perguntara a Weeks o que fazer se estivesse grávida, ele respondera, a sangue-frio, que isso não fazia a menor diferença.

— Mas como vou explicar isso? — perguntou Julia. — É essa a questão.

— Explique como quiser.

— Então, você não pode... Quero dizer... Não há meios de prevenção?

Ele ficou impaciente e balançou a cabeça.

— Oh, não, não contrabandeamos essas coisas — ele disse. — Que pergunta! Não, espero que não sejamos tão degenerados assim.

Na entrada da clínica, as coisas estavam apenas um pouco mais decadentes do que antes: o cartaz "BEM-VINDAS, PURAS MÃES DA OCEANIA!" estava mais encardido e desbotado, o chão, mais lotado de moribundos, as crianças foram postas do lado de fora para entregar flores de papel aos pacientes mais abatidos e magros. O interior, contudo, era outro mundo. A sala de espera era climatizada, como um ministério. Havia cadeiras confortáveis, e as janelas davam para os gramados bem-cuidados do Parque Prudência Socialista. Em uma parede, um mural mostrava o Grande Irmão embalando uma criança loira nos joelhos enquanto outra, em pé, ria ao seu lado com um cavalinho de brinquedo na mão. Um carrossel de folhetos fazia propaganda do Programa de Seleção de Pais INSEMART — descrevendo os benefícios à saúde causados pela partenogênese e as vidas felizes que as crianças INSEMART levavam em lares governamentais. Depois que Julia estivera ali pela última vez, um novo folheto fora acrescentado à vitrine. Na capa, o Grande Irmão estava ao lado de uma mulher recatada e radiante no fim da gravidez, a mão dele descansava de um jeito paternal em seu ombro. Abaixo, lia-se: "GRANDE FUTURO – UMA NOVA RAÇA PARA UM AMANHÃ MELHOR!".

Havia umas vinte garotas na sala de espera, com variadas expressões de poucos amigos: algumas furiosas, outras, cabisbaixas, a maioria olhando atônita para o nada. Algumas pareciam jovens demais para estar ali, e outras já estavam visivelmente grávidas. Julia sempre se perguntava se essas pacientes barrigudas eram autorizadas a continuar a farsa ou se eram mandadas embora para sofrer a pena por sua falta de castidade. Todas as pacientes eram do Partido Externo. Mulheres do Partido Interno não eram elegíveis para INSEMART: todas elas se casavam e criavam os próprios filhos em casa; sua influência positiva sobre eles era considerada mais valiosa que a pureza. Mulheres PROLETAS, é desnecessário dizer, não eram bem-vindas ali. Elas não podiam ser puras.

Julia entregou seu cartão do Partido, a carteira de sócia da união, sua permissão de residência em Londres e o passaporte à enfermeira, que se virou para um FALAESCREVE na parede, leu todos os números relevantes para ele e, então, devolveu os documentos e disse a Julia que ela devia esperar os resultados de sua classificação.

— Classificação? Isso é novo? — ela perguntou.

— Sim, começou esta semana. Já esteve conosco antes?

— Terceira vez. Nunca deu certo, infelizmente.

— Oh, que vergonha. Eles não gostam de desperdiçar material bom com ventres traiçoeiros. Mas três não é tão ruim. Recebemos garotas com dez ciclos malsucedidos, e elas ainda querem tentar em prol do Grande Futuro (GF).

— Grande Futuro? — Julia se virou e deu uma olhadela nos folhetos com a apreensão que as iniciativas do Partido sempre despertavam.

— É o novo programa — disse a enfermeira. — A médica vai colocar você a par. Mas não se aflija se não for qualificada. Aqui, todos os pais são excelentes. Todos são membros do Partido Interno com saúde de ferro e todos os dentes.

— DUPLIPLUSBOM — disse Julia, distraída. — Isso é muito reconfortante.

O FALAESCREVE zuniu. A enfermeira pôs o receptor na orelha. Diante do fraco grasnido da voz do outro lado da linha, seus olhos se viraram para Julia com o respeito renovado. Ela desligou dizendo:

— Bem, tenho notícias! Você já foi aprovada para o GF. Nunca vi isso acontecer tão depressa. — Ela deu um sorriso quase animado. — Bem! Você pode entrar direto. Siga-me.

Julia seguiu a enfermeira e passou por uma porta giratória dupla com um sentimento irritadiço de autoconsciência. A sensação era de que todo mundo à espera sabia que ela trabalhava para a PENSAPOL. Que outro motivo haveria para Julia ser tão favorecida? Ao mesmo tempo, ela sentia um medo crescente. O que era o Grande Futuro? Seria possível recusar? *Uma Nova Raça para um Amanhã Melhor*... O que era aquilo? Será que o Partido estava fabricando monstros científicos?

Com essas ideias infelizes, ela foi levada às pressas para uma salinha onde havia uma maca ginecológica familiar e prateleiras organizadas com instrumentos assustadores. A enfermeira lhe deu um avental e a deixou sozinha com a teletela, que estava presa no teto sem transmitir nenhuma programação no momento; a imagem de incentivo à concepção só seria transmitida quando o procedimento começasse. Julia se trocou e se empoleirou na maca, tentando posicionar o traje exíguo de modo a não ficar obsceno, e então a médica entrou sem bater. Era uma mulher robusta, com rosto pálido e cansado, que de imediato deu início a um discurso claramente memorizado de felicitações:

— Com o Grande Futuro, você deve ser uma verdadeira noiva do INGSOC, um dos puros receptáculos de uma raça superior...

Julia ouvia com atenção, mas nada revelava a natureza dessa raça superior ou o que era feito dos receptáculos. Sua mente divagava, imaginando bebês venenosos, bebês imensos que dividiam suas mães ao meio, bebês com garras perversas que rasgavam a barriga das mães para sair, quando, por fim, a médica disse, com a voz tremendo de emoção:

— ... e você pode usar o distintivo que a identificará como a portadora da maior das virtudes: a chance de conceber o filho do Grande Irmão.

— O quê? — disse Julia. — O filho... do Grande Irmão?

— Sei que parece bom demais para ser verdade. Mas você ouviu direito. Você vai conceber o filho dele.

— Mas... Como assim... como o "filho dele"?

De um modo discreto, a médica baixou a voz.

— O sêmen é dele. Em termos factuais, no âmbito biológico, seu filho será do Grande Irmão.

Julia foi visitada por uma imagem inoportuna do Grande Irmão sentindo prazer posicionado sobre um balde. Ela cerrou os dentes para evitar um ataque de risos nervosos.

A médica pôs uma mão em seu ombro para confortá-la.

— Muitas moças ficam emotivas. Não precisa se sentir constrangida. Eu vou deixá-la se recompor. Estaremos prontos para você em cinco minutos.

A médica saiu. Quando Julia se viu sozinha, o espasmo do riso passou totalmente. Ela foi surpreendida por uma onda de emoção e ficou arrepiada, olhando pela sala como se quisesse garantir que aquilo era real. Através das paredes, ela ouviu passos e vozes abafadas. Ainda era o mundo; ela era ela. Mas isso... poderia de fato ser a semente do Grande Irmão? É claro que o Grande Irmão tinha um corpo, que devia produzir sêmen; não havia nada absurdo nisso. Na verdade, havia certa tristeza, a mácula mortal de todas as coisas terrenas. Ela voltou a imaginar o Grande Irmão se tocando, com os olhos fixos em... era no futuro ou em Julia? Desta vez, a visão veio acompanhada de uma angústia estranha, que lhe fazia recordar alguma coisa solta em sua mente, e ela percebeu por que estava tão abalada. Era porque, quando criança, ainda na SAZ, muitas vezes caíra no sono fantasiando com o Grande Irmão.

Numa situação, ela havia ganhado, sabe-se lá como, uma audiência particular no Palácio de Cristal. Por trás das paredes de vidro havia árvores e campos movidos pelo vento e as nuvens violeta do pôr do sol. Às vezes, o recinto era uma estufa repleta de todas as variedades de rosas perfumadas. Outras, um salão cristalino com um piano reluzente e sofás de veludo. O Grande Irmão sempre se sentava a uma mesa imensa, e Julia ficava em pé à sua frente, sozinha. Ela estava lá para lhe contar o que de fato andava acontecendo, para lhe falar de todos os males e das injustiças que o Partido Interno escondia dele — que deviam ser escondidos, senão, eles não vingariam.

Enquanto Julia falava, o Grande Irmão ouvia com atenção. Seus belos olhos negros brilhavam. Quando ela acabou, ele pegou o telefone, um lindo aparato de madeira, e convocou seus ministros para uma reunião de emergência. Tudo seria posto em pratos limpos, e os malfeitores seriam punidos. O Grande Irmão *sabia*.

Então, quando os expurgos chegaram à base aérea e os moradores do povoado tiveram que assistir aos enforcamentos dos pilotos, Julia se deitou na cama e contou ao Grande Irmão. Ela disse a ele quando as cotas subiram até cada grama de comida das fazendas ser levada embora, e contou que qualquer um que guardasse alimentos era baleado. Julia falou ao Grande Irmão sobre o dia em que a senhora Marcy foi presa, e também que ele *precisava* perdoá-la; mesmo que Julia não perdoasse, ele precisava, pois também era o Grande Irmão da senhora Marcy.

Então, deitada, ela se masturbava ao se imaginar fazendo sexo com ele. Mesmo antes de saber de fato o que era transar, ela se imaginava transando com o Grande Irmão naquele grande salão de vidro, onde todos poderiam ver. Ele se erguia de trás da mesa para tomá-la em seus braços de homem. Ela era a nobre filha do povo que arriscara sua vida para falar a verdade. O que seria mais natural do que ele reconhecer Julia como sua prometida? Ele a puxava para si. Seus lábios se tocavam. Suas mãos fortes tiravam as roupas dela com habilidade, e a transa era inigualável. Ele a conhecia do fundo de sua alma e podia fazer o que quisesse sem ter de implorar nem ludibriá-la. Em toda a Oceania, só ele era homem. Só ele era capaz de sentir amor verdadeiro.

Isso era o que a jovem Julia fazia, enquanto seus vizinhos morriam de fome, eram enforcados e mortos a tiros. E isso continuou até... Quando foi que parou? Ela sabia que havia feito isso no Women's 21 pelo menos uma vez. Aquilo continuou durante anos.

Agora, uma voz sorrateira em sua mente sugeria que o Grande Irmão de fato *não* sabia o que estava acontecendo, que o Partido Interno o mantinha na ignorância. Na verdade, Julia poderia conhecê-lo agora. Ela seria do Partido Interno — O'Brien havia prometido. Ela poderia ter um bebê do Grande Futuro. Talvez fosse esse um dos motivos por que ela sonhara aquilo. Talvez fosse ela a pessoa que iria abrir os olhos do Grande Irmão. Tudo o que ela havia feito de errado poderia ser corrigido.

Ao pensar em tudo isso, ela percebeu que estava chorando e disse a si mesma, em desvario: "Que bobagem! Como você pode acreditar nessa besteira? Você tem 26 anos, reflita!".

A médica voltou e pareceu constrangida, mas não surpresa, por encontrar Julia chorando. Em uma das mãos, ela segurava uma seringa grossa de plástico, exatamente como um pinto estreito, com um bulbo vermelho na ponta que infelizmente se parecia com um testículo detonado. Julia quase achou graça disso, mas toda aquela sensação tinha ido embora. Ela enxugou o rosto com o colarinho do avental e tentou sorrir com bravura para a médica; então, foi orientada a se deitar e colocar os tornozelos nos suportes de couro. Nunca esteve tão aliviada como no momento em que a teletela no teto foi ligada.

De certa maneira, foi uma decepção — o programa sobre fertilidade era o mesmo que Julia já tinha visto duas vezes. Começava com uma edição de crianças felizes em um orfanato, marchando em fila, cantando hinos patriotas com sorrisos radiantes e arrumando camas em um dormitório confortável. O *zoom* da câmera mostrava os cobertores grossos e os travesseiros brancos rechonchudos. Desta vez, os garotos marchavam com uniforme de soldado enquanto as garotas cantavam hinos patriotas, também com sorrisos radiantes. A voz do Grande Irmão aparecia sobreposta, agradecendo à espectadora pelo sacrifício e prometendo uma vida digna para seus filhos. Em seguida, o filme voltava para o jardim verdejante do orfanato, onde um garotinho apanhava uma bola, e a câmera se virava para mostrar quem a atirara: o Grande Irmão. Ele se virava para a espectadora com um sorriso sério, expressando os problemas que haviam enfrentado juntos e agradecendo sua confiança nos frutos dessa luta. Então, ele dizia:

— Seu corpo é o futuro da Oceania. Você trará nossa vitória.

Enquanto isso, Julia fechou os olhos e o tubo de plástico deslizou para dentro dela. Ela esperou para sentir o esperma entrando, meio na expectativa de que houvesse uma sensação diferente — uma queimação ou um prazer incontrolável —, mas, como de costume, não sentiu nada de mais. Havia apenas a fria persistência do tubo gelado, movendo-se rápido para os lados conforme era manipulado; em seguida, a sensação distante, escorregadia, quando foi removido.

Seguindo instruções da médica, ela ficou deitada de costas, abraçando os joelhos contra o peito, por vinte minutos. Tentou fazer uma cara séria enquanto o filme do Grande Irmão e das crianças felizes era transmitido vezes seguidas. Nesse meio-tempo, seus pensamentos davam voltas e retornavam. Ela pensou que a gravidez poderia matá-la e que, sem dúvida, a deixaria muito doente. Pensou na ideia absurda de ter um bebê que poderia ser filho do Grande Irmão ou de Tom Parsons; nos anos em que tivera sonhos de trepar com o Grande Irmão e nos homens com quem ela de fato trepara, e em quantos foram mortos pelo Partido. Imaginou um Partido do futuro, em que todo mundo tinha a cara do Grande Irmão, em que Grandes Irmãos enforcavam e torturavam Grandes Irmãos e enviavam Grandes Irmãos para morrer na guerra. Quando Julia foi autorizada a se levantar e se vestir, e cambalear de volta para o dia sufocante, ela sentiu uma melancolia enlouquecedora.

Eram cinco e meia da tarde. Ela foi andando para o alojamento, seguindo por vielas para evitar as demonstrações do Ódio. Mesmo ali havia lixo e vidro quebrado por toda parte. A nova moda era lambuzar os onipresentes cartazes O GRANDE IRMÃO ESTÁ DE OLHO EM VOCÊ! com sangue de feridas resultantes das brigas, a fim de mostrar que se havia sangrado pela Oceania e se estava ávido por mais sangue, e as manchas conferiam ao Grande Irmão a aparência macabra de um ídolo que se alimentava de sacrifícios. Quando Julia chegou aos Socialistas do Círculo Industrial, o som bizarro de milhares de pessoas gritando vinha de arredores próximos; em seguida, dois homens PROLETAS vieram correndo de uma rua lateral com sorrisos pavorosos e tacos de críquete nas mãos. Eles brandiram os tacos em direção a Julia, que de imediato bradou "Morte à Eurásia!" e recebeu em troca um "Viva!", não uma surra. Pouco depois, um rangido terrível veio de um beco, abalando os nervos de Julia. Era um carrinho de mão, empurrado por duas mulheres do Partido Externo, cada uma segurando uma das alças. Dentro do carrinho havia uma terceira mulher, com os braços cruzados sobre o peito e um pé enfaixado para fora, à sua frente. Ela gritou para Julia animada:

— Pisei num caco de vidro!

E as outras mulheres riram, como se parabenizassem a si mesmas.

No Womens' 21, Julia foi direto para o salão comunitário, na esperança de ficar um tempo sozinha com um gim e o programa musical. Então, se irritou ao encontrar duas garotas já aboletadas em sua mesa favorita. Ficou mortificada ao perceber que uma delas era Vicky.

Desde a noite no Antissexo, Julia e Vicky vinham se evitando discretamente. No alojamento, no centro comunitário, no Antissexo, elas se esgueiravam para lados opostos do recinto. Quando faziam dupla para lavar roupas, falavam o mínimo sobre coisas do Partido e evitavam se olhar nos olhos. Uma vez, em uma marcha da PUREZA, foram escaladas para carregar as duas pontas de uma mesma bandeira. Então, a tensão do tecido nas mãos de Julia pareceu carregada e vulnerável. Enquanto cantava as canções de luta, ela sabia que Vicky estava ouvindo sua voz rouca e pueril. Continuou querendo observar tudo e, embora não cedesse ao afã, esqueceu-se de olhar para onde estava indo e tropeçou algumas vezes, de modo que a bandeira se inclinou e quase caiu no chão. Por fim, ela a entregou a outra pessoa. Ao se afastar, viu uma expressão de questionamento e mágoa nos olhos de Vicky. Ela fez uma careta engraçada e pôs a mão na barriga, como se quisesse sinalizar uma indigestão. Vicky sorriu aliviada, e elas voltaram a se evitar com vigor renovado.

Vicky estava sentada de frente para Oceânia, que dera à luz seu bebê INSEMART havia dois meses e ainda estava inchada e pálida, com um tom amarelado, como bonecas de cera descoradas. As duas garotas tricotavam meias para os soldados,[11] mas as agulhas estavam imóveis, e elas, inclinadas para a frente, tão absorvidas na conversa que não notaram Julia entrando. Julia ouviu o nome

---

11. Referência ao programa Socks for Soldiers, iniciado em 1914, em que mulheres tricotavam meias para combatentes do *front* a fim de que eles sempre tivessem esses artigos limpos e novos, pois suas meias ficavam logo gastas e seus pés se enchiam de feridas. (N. da T.)

Whitehead; depois, algo sobre o complexo Westminster e autorizações. Não foi de surpreender; Oceânia sempre tentava tirar informações de Vicky sobre histórias do Comitê Central. Vicky as fornecia de modo submisso, mas qualquer menção a Whitehead era dolorosa para ela, então, nesse momento, ela ficou com uma expressão oprimida que era incompatível com sua pele viçosa.

Julia ficou observando por alguns instantes, desejando muito encontrar sua própria meia para soldados que tinha sido abandonada havia muito tempo e esquecer seus problemas. Entretanto, no momento seguinte, essa vontade foi sobrepujada por outra mais potente, e ela se pegou dizendo:

— Olá! Adivinhem só onde estive. Nem tentem... Vocês nunca vão adivinhar.

Ao ouvir a voz de Julia, Vicky teve um terrível sobressalto. Disse algo parecido com um cumprimento; em seguida, voltou a olhar fixo para o tricô.

Oceânia se animou.

— Julia! Chegou cedo! Olá! — ela disse.

— Olá. E então? Quais são os palpites?

— Você disse que não era nem para tentar — murmurou Vicky.

Oceânia riu.

— Eu não vou adivinhar, certeza — disse ela.

— Muito bem, vou dizer o que é — Julia falou, indo se sentar. — Acabei de fazer um tratamento INSEMART e...

Vicky olhou para cima chocada.

— INSEMART! — ela quase gritou.

— Oh... — Oceânia levou a mão à barriga. — Ah... Parabéns! DUPLIPLUSBOM.

— Sim, pensei em tentar de novo — disse Julia, consciente. — E vale a pena, sabe? Agora, eles têm um novo programa. Vocês ouviram falar do Grande Futuro?

— Tem a ver com cupons melhores? — perguntou Oceânia. — Na minha vez, os cupons nem sempre funcionavam. Você podia ganhar todos os cupons de doces que quisesse, mas a loja não os entregava.

— Não — respondeu Julia. — Não é nada disso. É um novo programa em que, se você se qualifica, eles te dão... é... em vez da coisa de um sujeito qualquer... isto é, o material...

— Os bebês INSEMART agora serão do Grande Irmão — disse Vicky, com uma voz estranha, formal. — Não se fala de outra coisa lá no Comitê Central.

— Oh! — exclamou Oceânia, e a mão na barriga teve um espasmo. — Todos os bebês serão dele? Do Grande Irmão?

— Nem todos — respondeu Julia. — Nem *todas* as garotas os recebem. Mas... bem, acabei de fazer o tratamento.

— Sim, é uma honra e tanto — comentou Vicky. — Não quis dizer que não era.

— Espere aí, eu sei! — disse Oceânia. — Teve uma apresentação na Casa Antissexo. Ah, minha nossa... É de verdade? Isto é, claro que é de verdade. Eles nem teriam contado para a gente se não fosse. O filho do Grande Irmão! Que maravilha!

— Sim — disse Vicky, voltando-se para a meia e franzindo a testa. — Temos muita, muita sorte.

— Julia, se existe alguém que merecia entrar nesse programa, esse alguém é você — disse Oceânia, séria. — Você é uma camarada tão boa... Não consigo imaginar ninguém mais BEMPENSANTE do que você. E, se você conseguiu, será que eu não conseguiria? Andei pensando se conseguiria voltar a encarar a INSEMART. Mas só se fosse do Grande Irmão...!

Julia foi tomada por uma onda de torpor que lhe atravessou a garganta e a cabeça. No instante em que imaginava o que poderia acontecer, para seu horror, ela começou a chorar.

— Oh! — exclamou Vicky, soltando o tricô. — Qual é o problema?

— Desculpe! — disse Julia. — Eu nunca choro, e é a segunda vez hoje. Sério, eu nunca choro.

— É verdade — concordou Oceânia. — Você nunca chora. Ah, você deve estar tão feliz!

— Vou pegar um chá para você — disse Vicky. — Fique aí. Vou atrás da Atkins. Ela deve ter chá.

Vicky saiu correndo. Oceânia se inclinou para a frente e segurou a mão de Julia, com um sorriso empático.

— Me diga uma coisa... Você está sentindo muito enjoo? Ou isso é BAIXOPENSAR?

— Mal sinto enjoos — respondeu Julia. — Bem, no ônibus, eu tive um pouco.

— Então, é BAIXOPENSAR. Ou seja, é mau humor?

— Acho que sim.

— Bem, é a química, nada do que se envergonhar. O doutor Louis me explicou. Não é MALPENSAR de jeito nenhum, só um sinal de que a INSEMART deu certo. Você deveria falar com o doutor Louis. Ele sempre me ajudou muito. Não só com remédios, mas com conselhos também.

— Remédios? — perguntou Julia.

— Sim, os mesmos que eles dão para Antissexo. Dois coelhos com uma cajadada só, diz o doutor Louis. Não gostei deles, me dão enjoo. Mas algumas garotas confiam neles de olhos fechados.

Julia fez cara de empatia enquanto todo o resto lhe parecia sem importância.

— Ah, é? E você tem algum sobrando?

— Acho que sim. Ele me deu vinte comprimidos, e não acredito que eu tenha tomado mais que três.

— Deixe-me lhe perguntar uma coisa... E se eu tomar os seus?

— Os meus? — Oceânia pareceu meio sem jeito. — Não sei, não. Fui eu quem os recebeu, entende?

— Olha o chá! — cantarolou Vicky, voltando de sua ida até Atkins.

Julia disse a Oceânia:

— Mas me parece um desperdício.

— Não sei — retrucou Oceânia. — Só quis dizer que o choro faz parte da química. É uma consequência natural da gravidez. Nossas ancestrais choravam para que o macho cuidasse da fêmea.

— Sim, eu entendo — disse Julia. — Só pensei... Já que você não está usando os remédios, que eu poderia experimentar. Mas, se você acha errado, não faz mal.

Vicky olhou para uma delas, depois para a outra.

— O que está acontecendo? — ela perguntou.

— Só estou dizendo para ela que chorar é natural nessa condição — comentou Oceânia. Não é MALPENSAR.

— MALPENSAR? — repetiu Vicky. — Quem pensaria uma coisa dessas?

A porta se abriu de novo e Atkins irrompeu com uma bandeja de utensílios para chá, sorrindo com alegria para todas elas. Ela disse:

— Que dia! Que dia! Nossa Worthing vai ter um bebê do Grande Futuro, e a pequena Vicky Fitzhugh...

— Ah, não! — Vicky gritou. — Podemos não falar disso?

— Isso o quê? — perguntou Julia.

Oceânia bateu palmas.

— Oh, a Julia não sabe! — ela disse.

— A Camarada Worthing não sabe? — perguntou Atkins, com cara de alguém que tinha sido convidado para uma refeição farta. — Como assim... Vocês ainda não contaram para a Worthing?

— Acho que é você quem deve contar — comentou Vicky. — Mas... Mesmo assim...

Atkins dispôs a parafernália do chá e se virou para Julia.

— Imagina só... Nossa pequena Vicky Fitzhugh, que todas nós julgávamos uma criança agitada, reprimida e vista como tolinha... bem, essa mesma Vicky Fitzhugh vai se casar com um homem do Partido Interno! — disse Atkins.

— Sim — disse Vicky, mal-humorada. — É isso.

— E não é qualquer homem do Partido Interno! — disse Atkins.

— Oh, não vai me dizer que é... — Julia tentava adivinhar.

— Ela vai se casar com o presidente Whitehead — interrompeu Oceânia. — Não era para todo mundo saber. Ele só fez o pedido ontem.

— É para guardar segredo! — disse Atkins, contente, tocando a própria cabeça.

— Não me importo que *você* fique sabendo, de verdade — Vicky disse a Julia. — Se não acontecer, não vou sentir vergonha.

— Não acontecer! — Atkins riu. — Olha a noiva nervosa! Um homem daqueles mudar de ideia!

— As autorizações ainda estão para sair — disse Vicky. — James não acha que vai haver algum problema com isso, mas...

— James! — interrompeu Oceânia, com enorme satisfação. — Com que facilidade você fala o nome dele.

— Então, você vai embora do alojamento — disse Julia.

— Espero que sim — disse Oceânia. — Imagine morar em um alojamento sendo casada com um membro do centro comunitário! Ela vai se mudar para o complexo Westminster, é claro.

— Nós perdemos, o Partido ganha — disse Atkins. — E, então, quem quer chá? Fiz o bastante para todas.

Foi uma hora depois, quando todas as garotas estavam em casa, em meio aos ruídos, reunidas no salão comunitário para assistir à transmissão noturna, que uma mão encontrou a mão de Julia embaixo da mesa. Tiger tinha acabado de roubar uma das meias do programa para os soldados e, para diversão geral, fora perseguida, e todas tagarelavam empolgadas sobre a premente necessidade de uma malharia no *front*, dizendo que um exército que marchava com meias e bolhas infectadas era tão mortal quanto as balas. Em meio à comoção geral, essa mão encostou na mão de Julia, tornando-se mais ousada em seguida e agarrando seus dedos. Julia ficou imóvel, olhando entediada para a teletela. Sentiu-se incomodada, mas seu corpo se encheu de prazer. Teve de se esforçar para não sorrir. Que peste Vicky se tornara! Como era tola! Como se as duas não tivessem preocupações suficientes!

No entanto, em seguida, como se fosse atingida por um pequeno choque de confusão, ela sentiu um pacotinho sendo colocado em sua mão. Quando a outra mão se afastou, Julia o segurou entre os dedos e reconheceu o papel encerado e o volume de remédios dentro. Então, Oceânia se inclinou e sussurrou:

— Aí estão. Será que você consegue um pouco daquele chocolate gostoso?

Às pressas, Julia reorganizou as ideias. Sem tirar os olhos da teletela, ela murmurou:

— Moleza. Olhe embaixo do seu travesseiro hoje à noite.

Os remédios mudaram tudo para melhor. Julia os usava apenas no Weeks, e só quando o trabalho ficava insuportável. Quando ela tomava um comprimido daqueles, ele transformava as cerimônias em um jogo inofensivo. Mesmo sem tomar, sabia que podia fazer tudo parecer menos sombrio e desesperador. Era como se fosse uma história de terror de um livro que ela podia fechar quando quisesse. Com o clima dinâmico proporcionado pelo medicamento,

Julia também se aventurou a levar seus homens a vícios novos e mais interessantes, conduzida por seu senso do que o Amor desejava. O primeiro foi Tom Parsons. Um dia, Julia o fez recordar da vez em que ela dissera ser capaz de chegar ao clímax sete vezes, como uma francesa, e se ofereceu para ensinar o truque a ele. Parsons ficou meio travado quando ela lhe disse que o segredo era dizer "Abaixo o Grande Irmão!" em seu ouvido. Não era um pedido original – era algo de que uma antiga paixonite gostava. Não causava nada em Julia, exceto por ser calculado para aplacar o Amor.

No início, Parsons murmurou a frase sem emoção, como se não soubesse o que as sílabas significavam. O efeito salutar foi fazê-lo demorar mais para gozar, e logo Julia conseguiu emitir gemidos genuínos. Com esse incentivo, ele disse a frase mais alto até esbravejá-la bem na cara de Julia. Quando ele chegou ao orgasmo, apertou-a com violência contra si; depois, se afastou e desatou a chorar. Sentou-se na beira da cama, como fazia quando falava das proezas das denúncias feitas pelos filhos, mas desta vez não disse nada. Sua expressão era de espanto e vazio. Minutos depois, ele se vestiu e saiu, ainda chorando, sem ter dito sequer uma palavra.

No entanto, ele voltou alguns dias depois e repetiu seu "Abaixo o Grande Irmão!", chorou e se sentou, sentindo-se carente. Essa se tornou a rotina deles. Logo Julia passou a menosprezar isso. Ela tomava o remédio antes que ele chegasse, e assim conseguia aturar sua cara de espanto e súplica, além da conversa terrível sobre os filhos, e ainda levá-lo para a cama como se fosse só sexo, como se ela não o estivesse matando.

Nas visitas de Ampleforth, Julia deixava seus chinelos de veludo ao lado da cama, a postos. Quando ela os colocava, ele perdia sua autoanulação decadente e se tornava o Ampleforth da alcova, um homem alto e de rosto bonito de 30 anos, que se esparramava recitando poemas e exultava a beleza deles com maestria e inteligência. Julia lhe fazia chá com açúcar de verdade, e ele sempre lhe dava alguns dólares para que ela não ficasse de bolso vazio. Ficava ansioso se Julia chegasse perto demais, portanto, em geral, ela ficava fumando na poltrona enquanto ele, deitado na cama, escrevia seus poemas ou os lia em voz alta. Assim ele flertava, fazendo comentários tímidos sobre sua beleza, chamando-a de "minha criada abissínia" e comparando-a com a Eva de Milton.[12] Quase no fim de cada encontro, ele lhe permitia segurar sua mão uma vez. Isso parecia deixá-lo bem exaltado. Ainda assim, quando ela a soltava, ele parecia profundamente agradecido, estirando e observando os próprios braços como se estivesse aliviado por descobrir que ainda estava inteiro.

Ainda que ele não fosse seu tipo de homem, ela passou a amá-lo com afeição. Até começou a pensar se seria interessante se agarrar a ele, nua, enquanto o homem declamava seus poemas, beijar seu pescoço e dar gemidos diferentes de prazer. E mais: ela sabia que o Ministério do Amor gostaria dessa atitude. Era a cara deles gostar disso.

Então, certo dia, quando chegou o momento de tocar a mão dele, Julia a segurou com uma nova sensibilidade. Em seguida, com cuidado, quase de maneira furtiva, ela colocou a outra mão no joelho dele. A expectativa era de que o homem resistisse, afastando-a com alguma desculpa do tipo "não foi essa a minha intenção". Mas ele se limitou a prender a respiração, encarando-a, enquanto ela lhe baixava o zíper devagar e deixava sua mão passar por baixo das roupas dele. Quando ela ficou em pé para tirar o próprio macacão, ele esperou assentindo, mudo, mirando os olhos nela, depois afastando-os com medo. Ele era como um animalzinho que para de se debater nas mãos de alguém e cai duro ao descobrir que não consegue escapar. Mas, de um modo natural, era assim que esses bichos eram domados, e muitas vezes eles eram mais felizes por isso. Quando Julia pôs a mão dele sobre os seus seios nus, ele os acariciou concentrado e apavorado; quando ela buscou o pau dele, descobriu que já estava duro — uma bela pica grande que conhecia seu papel, ainda que seu dono não conhecesse. Tomada de ousadia, ela o orientou a se deitar de costas e montou nele.

Ao longo desse processo final, o semblante de Ampleforth se tornou uma máscara de sofrimento. Sua respiração ficou estranha, superficial, suas narinas tremeram. Seus punhos se cerraram de uma forma pueril. Julia agradeceu com fervor quando ele terminou, tendo um pequeno espasmo nos músculos das nádegas e do rosto, a que ele parecia resistir com todas as outras partes do corpo. Ela pensou numa coisa maluca: *Eu o matei*. Instantes depois, ele lutou para se livrar dela, gritando:

---

12. John Milton (1608-1674), autor do famoso poema épico *Paraíso Perdido*, considerado uma das grandes obras-primas de todos os tempos. Nesse poema, após serem expulsos do Paraíso, anjos planejam vingança nas chamas do Inferno liderados por Satanás, visando corromper a nova criação de Deus: o ser humano. (N. da T.)

— Oh, lamento tanto! O que foi que nós... Ah, que horror! Mil desculpas!

— Stan... Oh, Stan, o que foi? — disse ela.

— É abominável! Tratar você como... Oh, vamos ter que nos casar? É o que precisamos fazer? O que podemos fazer? Oh, que desprezível!

Ela o encarou, sem saber o que dizer; ele estava abatido. Foi visitada por uma lembrança de si mesma na clareira, estirada na grama úmida, abrindo as pernas para se exibir ao sol. Um homem ria, andando por trás da cabeça dela e coçando o peito. Tinham feito sexo, só uma vez.

Enquanto isso, Ampleforth gaguejava dizendo que havia tentado aquilo antes e achou que não era para ele. Não que não pensasse a respeito. Ficava acordado de madrugada pensando. Mas, se chegava a tocar em uma mulher, sentia como se todas as pessoas que sempre respeitou estivessem no recinto, zombando com repulsa de suas estripulias indecentes.

— Eu tinha aquela sensação de quando uma mulher se esfrega em mim quase que por acidente — disse ele. — Eu reajo, sabe... e depois me sinto terrivelmente asqueroso. É como se eu fosse uma criança que se sujou. Uma vez, me sujei na escola, e acho que... Oh, você não vai querer ouvir isso! Ah, querida, sou um baita estúpido infeliz!

Aquele foi o último dia de julho. O primeiro dia de agosto era um dos dias de Winston. Ela havia chegado uma hora antes e estava enrolando na cama depois de tomar o quarto e último comprimido do remédio dado por Oceânia quando ouviu os passos dele subindo a escada. Ele também estava adiantado, e seus passos pareciam apressados; em razão do prazer causado pela medicação, ela sentiu um arrepio de medo. Ela ficava muito sensível a coisas do tipo, a qualquer mudança de rotina, qualquer urgência, por causa do remédio. Quando ele abriu a porta, ela já estava em pé.

— Meu querido! — ela disse. — O que foi?

Winston parou na entrada, com um sorriso largo. Quando percebeu que ela não retribuiu ao sorriso, ele riu e deu um salto à frente para abraçá-la. Ela se contorceu em seus braços, infeliz, dizendo:

— Ah, me solta! Olha... se for necessário... Mas o que foi?

— Enfim, aconteceu! Chegou! Falei com O'Brien. É tudo verdade!

Ao ouvir isso, ela ficou tensa. Seu primeiro impulso foi falar que ele não podia conversar com O'Brien. Se alguém deveria fazer isso, era ela. O'Brien não era assunto de Winston.

Então, ela sentiu um novo arrepio.

— Você foi falar com O'Brien? Você fez isso? — ela perguntou.

Ele a soltou e continuou sorrindo diante dela.

— Não. Aí vem o melhor da história! Foi O'Brien que veio até mim — ele respondeu.

O que aconteceu foi o seguinte: Winston estava descendo o extenso corredor que ia da seção de Registros para a seção de Pesquisas. No exato lugar em que Julia lhe dera o bilhete, Winston se deu conta de que havia um grandalhão andando atrás dele. De modo instintivo, ele reduziu a marcha. Ele não gostava da sensação de uma pessoa se esgueirando atrás dele. Naquele momento, O'Brien — era ele, o próprio — deu uma leve tossida, como se estivesse prestes a falar. Chocado ao ver quem era, Winston percebeu que se virou para cumprimentar O'Brien como se fosse uma situação corriqueira. Seu coração batia forte no peito.

O'Brien começou falando de um artigo que Winston havia escrito para o *Times*. Era uma sátira feita às pressas para encher linguiça, e não poderia ter impressionado um homem como O'Brien. Disso, Winston tinha quase certeza. Mas O'Brien o elogiou com toda a pompa, dizendo que sua NOVILÍNGUA estava escrita com bastante elegância; um amigo de Winston, sem dúvida um especialista, comentara a respeito — O'Brien havia se esquecido do nome do sujeito.

— E o mais impressionante é que o único nome possível seria o do Syme. Você se lembra do Syme? Posso dizer o nome dele aqui... — disse Winston a Julia.

— Ah, lembro, sim. E bem — ela disse.

— Então, você também sabe que sumiram com ele.

— Foi ele? Tem certeza?

— Quase. Ele desapareceu, e seu nome sumiu de todas as listas, todas as rotas, naquele mesmo dia. Vai fazer um ou dois meses. Bem, falar de uma IMPESSOA no Ministério, ainda que de modo indireto! Você sabe o que isso significa.

— É PENSACRIME.

— Não só isso — afirmou Winston. — Ele estava compartilhando um PENSACRIME comigo, que eu poderia ter reportado. Por esse ato em si, agora sou cúmplice dele. Mesmo que nada mais acontecesse, estaríamos unidos por isso.

— Talvez você precise reportar — comentou Julia.

— Mas aí é que está... — ele ignorou o que ela havia dito e continuou: — Ele me disse, em seguida, que tinha encontrado duas palavras no artigo que agora são obsoletas e perguntou se eu já conhecia a nova edição do dicionário de NOVILÍNGUA. É claro que eu não conhecia... ela não tinha sido lançada ainda. Pois bem!

— Ele tinha uma.

— Isso mesmo! Ele perguntou se eu gostaria de dar uma olhada nela. Ele falou "Talvez você possa pegá-la no meu apartamento!". No apartamento dele... Percebe? Então, ele ficou embaixo de uma teletela para anotar o endereço. Ele dava mostras de não ter nada para esconder, entendeu? Estou com o bilhete aqui.

— Ah... Não preciso ver, obrigada — disse Julia.

— Mas a caligrafia... Não, você precisa ver, sim. É um colírio para os olhos.

Ele encontrou o pedaço de papel em um bolso do macacão e sentou-se na cama ao lado dela para mostrá-lo. Julia sentiu repugnância ao ver o endereço conhecido, a letra elegante com seus volteios e floreios. Então, ela desviou os olhos, dizendo:

— Bem, não devo ir, afinal. Talvez seja melhor se eu...

— Como assim, não ir? — ele disse. — Mas é claro que você vai! — Winston franziu a testa, de um modo petulante. — Ora, não está vendo o que isso significa? Foi sobre isso que conversamos o tempo todo!

— Mas ele não pediu que eu fosse, querido.

— Não acho que isso importará, não quando ele souber que você é uma de nós. Não, não quero saber de você nos bastidores. Vamos participar da revolução juntos.

— Ele só se ofereceu para te emprestar um livro. Você não sabe...

— Nunca tive certeza maior em toda a vida. — Winston ficou em pé, inquieto. — Não é só o livro... Se fosse só isso! É a mente sagaz de O'Brien.

Dá para saber só de olhar que ele não acreditou em todas as baboseiras e nas mentiras. Um homem desses! Sabe, enquanto eu vinha para cá, fiquei imaginando-o cantar a Canção do Ódio: "Morte ao PROPRIVIDA, morte, morte, morte! Morte aos falsos botânicos, morte, morte, morte!". — Winston imitou a voz de O'Brien e deu alguns passinhos da dança que acompanhava a Canção do Ódio, uma marcha simples com um chute em cada passo, enquanto imitava a postura espadaúda de O'Brien.

Julia não conseguiu segurar o riso, e Winston também riu triunfante.

— Aí está! — disse ele. — Você entendeu! É um absurdo. Foi um milagre ele ter passado despercebido todo esse tempo.

De repente, Julia achou que Winston poderia estar certo. Afinal, se O'Brien fosse um Irmão, ele ainda deveria fazer o trabalho do Ministério do Amor como antes. Deveria recrutar pessoas como Julia, e não lhes diria, aos sussurros, "É claro que sou um goldsteiniano de verdade!". Não, ele faria seu papel com uma fidelidade perfeita. De todas as pessoas, O'Brien era mais que capaz dessa farsa. Analisado por esse aspecto, tudo se encaixava; se ele fosse um rebelde clandestino, faria sentido usar sua posição no Ministério do Amor para encontrar novos recrutas. Talvez estivesse observando Winston esse tempo todo para ter certeza de que ele era seu homem. Talvez sua intenção fosse fazê-lo se voltar contra o Partido. E Ampleforth, quem sabe... embora fosse mais difícil acreditar no caso do pobre Tom Parsons.

— Mas ele não me convidou — Julia disse, então, menos convicta.

— Oh, querida! Oh, sua tolinha! Esta é a revolução real! Não dá para recuar agora! — Ele disse rindo, empolgado com essa ideia, e foi buscar seu peso de papel.

Por um instante, passou pela cabeça de Julia a loucura de que ele a ameaçaria com o objeto. No entanto, ele o aninhou no peito e disse:

— Reflita! Enfim, é real! Você ri, mas eu não estou nem assustado. Sempre soube que deveria morrer, e agora é como se isso já tivesse acontecido. Eu sou o morto! Não se pode assustar os mortos!

15

De volta ao apartamento com luzes discretas, carpetes felpudos e fragrância primaveril. De volta ao empregado enigmático, Martin, que estava ali quando a porta do elevador se abriu; mais uma vez, ele mostrou o caminho com a imparcialidade de uma máquina. Toda aquela limpeza voltou a envergonhar Julia, que mais uma vez ficou nervosa por causa da maneira como o carpete abafava o som dos passos. Ela reparou em detalhes novos: uma coleira de couro na parede, que devia pertencer a um cachorro de estimação, uma pequena árvore em um vaso, um quadro com uma paisagem bucólica que mostrava um lago reluzente e um pônei sob um carvalho frondoso. De volta à sensação de reconhecer o lugar onde deveria ter vivido, o lar da plenitude e da realidade, de pessoas devidamente compreendidas. Lá estava a ideia que vinculava isso a O'Brien, e seu coração se pôs aos pulos quando ele entrou.

Desta vez, Winston estava ao lado dela. Ele olhava ao redor desconfiando de tudo, quase sentindo uma aparente repulsa por Martin. No entanto, quando ele viu O'Brien, sua expressão mudou. Seu olhar se tornou suave e inebriado, a boca ficou meio aberta. Sabia-se que desistiria de tudo por qualquer coisa que aquele homem escolhesse para ele. Dando nome aos bois, ali estava o amor: o verdadeiro amor. Pela primeira vez, ela teve a certeza de que ele nunca a amara, e sentiu-se aliviada.

Weeks só lhe dera duas instruções. Primeiro, ela deveria demonstrar surpresa quando a teletela fosse desligada. Depois, quando O'Brien perguntasse aos dois se eles estariam dispostos a se separar, Julia deveria dizer, convicta, "Não!".

— Você só vai dizer isso — acrescentou Weeks. — Preste atenção.

— Uma palavra só? Smith não vai achar estranho? — disse Julia.

Weeks sorriu insatisfeito.

— Pelo contrário — ele disse. — Ele vai ficar bem incomodado quando você disser essa palavra.

Essa lembrança a deixou confiante. Ela não era, como da última vez, o objeto da decepção, mas, sim, uma das pessoas que causavam a decepção. Havia a ousada sensação de participar de um conluio e a noção estável de segurança. Ela fizera o trabalho que lhe haviam confiado e voltava com o sacrifício solicitado. Até a culpa em relação a Winston se foi. Ele nunca tinha sido feliz nem se encaixado no ambiente que o cercava; nunca havia considerado nenhum outro ser humano com respeito. E ele sabia que o resultado seria tortura e prisão. Nesse quesito, ela nunca o enganara. Não, ela lhe dera o que a alma dele desejava.

O'Brien se sentou a uma mesa cheia de papéis empilhados, analisando com atenção um bilhete que segurava em uma das mãos. Os contornos de seu rosto grande e feio ficaram grotescos sob a luz esverdeada de uma lâmpada acesa perto de seus olhos. Sob aquela luz, também seu macacão preto parecia feito de algum opulento tecido capitalista: cetim, gaze, zefir — qualquer coisa própria dos tempos perversos em que a magia ainda imperava no mundo. Ele não tirou os olhos do bilhete quando Winston e Julia entraram. Isso também gerou uma impressão de encantamento, embora não fosse possível dizer se O'Brien era o feiticeiro ou o alvo do feitiço.

Julia acreditou que, desta vez, ele os cumprimentaria, mas, quando o homem se mexeu, foi para exibir sua NOVILÍNGUA, dirigindo-se a Winston, e ditá-la em rápido *staccato*:

— Itens um, vírgula, cinco, vírgula, sete aprovados TODAMENTE parar sugestão contida item seis DUPLIPLUS ridículo beirando CRIMEPENSAMENTO cancelar parar BOACONSTRUÇÃO não planejada ANTEOBTENÇÃO estimativas MAISCOMPLETAS de despesas gerais maquinário parar fim da mensagem.

Em seguida, ele pôs o bilhete de lado e se levantou com uma expressão glacial. Julia percebeu bem a tempo que ele estava indo em direção à teletela. Quando ele apertou o botão e a tela ficou preta, Julia deu um grito agudo de surpresa.

— Você pode desligá-la! — Winston disse, em êxtase.

— Sim — disse O'Brien. — Podemos desligá-la. Temos esse privilégio.

Agora, ele encarava Winston com sua cara feia desprovida de expressão. Em contrapartida, Winston era puro brilho. Se O'Brien viesse tocá-lo, acreditava Julia, ele desmaiaria. Ela também sentia a potência da presença de O'Brien, apreciava a forma como seu corpanzil impunha autoridade. Ela o seguiu com os olhos, aguardando com ansiedade que ele falasse. Embora tivesse consciência de que não devia esperar atenção de sua parte, ela se sentiu rejeitada pelo fato de ele não ter olhado para ela.

A expressão de O'Brien se alterou de um modo sutil. Não era um sorriso, mas a brevíssima ideia de um sorriso.

— Eu falo ou vocês falam? — ele perguntou.

— Eu falo — disse Winston, agradecido. — Aquela coisa está desligada de verdade?

— Sim, está tudo desligado. Estamos a sós.

— Viemos aqui porque... — A voz de Winston ficou embargada. Ele olhou de soslaio para Julia e, então, continuou: — Acreditamos que exista algum tipo de conspiração, alguma espécie de organização secreta trabalhando contra o Partido, e achamos que você está envolvido nela. Queremos participar dela e trabalhar por ela. Somos inimigos do Partido. Não acreditamos nos princípios do INGSOC. Somos PENSACRIMINOSOS. Também somos adúlteros. Estou contando essas coisas porque queremos nos colocar em suas mãos. Se você quiser que nos incriminemos de qualquer outra maneira, estamos prontos.

Era possível perceber que ele havia carregado essas palavras no coração durante meses, que as ensaiara feito um poema. Ao pronunciar determinados termos — *PENSACRIMINOSOS*, *adúlteros* —, sua voz se tornou grave e desafiadora. Contrariada, Julia reagiu em pânico, todos os pelos de seu corpo se arrepiaram. Ao mesmo tempo, ela teve um sobressalto por conta de uma presença repentina surgindo atrás de si. Era Martin, o empregado de semblante rígido, que entrara sem fazer barulho. Ele carregava uma bandeja com copos finos e uma jarra contendo um líquido grená.

— Martin é um de nós — disse O'Brien. — Traga as bebidas aqui, Martin. Coloque-as na mesa redonda. Temos cadeiras suficientes? Podemos nos sentar e conversar à vontade. Traga uma cadeira para você, Martin. São negócios. Pode parar de ser empregado nos próximos dez minutos.

O'Brien serviu todo mundo enquanto Martin se deslocava, organizando as cadeiras. O clima da reunião agora era o de um bando de conspiradores animados. Uma sensação de irrealidade tomou conta de Julia. Será que O'Brien era goldsteiniano, afinal? Martin seria seu cúmplice? Mas a cena era, sem tirar nem pôr, a dos sonhos de Winston. Quando eles se sentaram, ele pareceu maravilhado e satisfeito consigo mesmo, como uma criança paparicada no próprio aniversário.

— Isto é vinho — disse O'Brien, estendendo os copos. — Vocês leram a respeito em livros, claro. Receio que pouco dessa bebida chegue ao Partido Externo. — O leve sorriso nos seus lábios desapareceu quando ele disse: — Acho que é apropriado começarmos com um brinde. A nosso líder, Emmanuel Goldstein.

— Então, existe uma pessoa chamada Goldstein? — Winston perguntou ansioso.

— Sim, essa pessoa existe — respondeu O'Brien. — E ele está vivo. Onde, não sei.

Julia sentiu um rápido choque diante da confirmação, antes de perceber que não era uma confirmação, apenas outro elemento da fantasia de Winston. Ela bebericou o vinho; em seguida, o virou depressa goela abaixo, meio decepcionada com o sabor. Ela o tomara uma vez, com Gerber, e o achara muito refinado. Desta vez, o sabor era apenas de suco estragado.

— E a conspiração... a organização? É real? — Winston perguntou. — Não é apenas uma invenção da PENSAPOL?

— Não! É real — respondeu O'Brien. — A Irmandande, como a chamamos. Você nunca vai aprender muito mais coisas sobre a Irmandade além do fato de que ela existe e que você pertence a ela. Vou retomar esse assunto agora. — Ele fez uma pausa, aparentemente tocado por uma reflexão, e olhou de relance para seu relógio de pulso. — Até para membros do Partido Interno é imprudente desligar a teletela por mais de meia hora. Vocês não deviam ter vindo juntos, e deverão sair separados. Você, camarada — ele olhou para Julia pela primeira vez —, deve sair primeiro. Temos uns vinte minutos à sua disposição. Você deve entender que vou começar fazendo algumas perguntas.

Julia sentiu uma pontada de decepção. Uma parte dela havia nutrido a ideia de que O'Brien a deixaria por último para que tivessem uma conversa franca. Até chegou a pensar que ele a levaria para a cama. É claro que nada disso aconteceria, e, sem querer, ela se sentiu insultada. Mas O'Brien havia começado o interrogatório. Ela se forçou a participar.

O'Brien fez as perguntas num tom de voz informal, como se eles já tivessem passado por isso várias vezes e não significasse mais do que preencher um formulário de rotina em um FALAESCREVE. As perguntas também se dirigiam a Julia, mas Winston respondia por ambos. Nem O'Brien nem Winston pareciam considerar que ela poderia responder. Os olhos confiantes de O'Brien pousaram em Winston. Eles pareciam dizer "*Você sabe que é o meu homem. Já deixamos isso bem claro entre nós...*". Winston sentou-se bastante empertigado e, com uma postura corajosa, olhou O'Brien nos olhos, adaptando seu tom de voz ao dele, respondendo com prontidão e sem emoção evidente. Apenas uma tensão em suas pernas deixava patente seu nervosismo.

O interrogatório continuou.

— Em termos gerais, o que vocês estão preparados para fazer?

— Tudo aquilo de que formos capazes.

— Estão preparados para dar a própria vida?

— Sim.

— Estão preparados para cometer assassinatos?

— Sim.

— Para cometer atos de sabotagem que podem causar a morte de centenas de inocentes?

— Sim.

— Para entregar seu país a poderes estrangeiros?

— Sim.

— Estão preparados para trair, fingir, chantagear, corromper mentes infantis, distribuir drogas viciantes, estimular a prostituição, disseminar doenças venéreas... para fazer qualquer coisa que possa causar desmoralização e enfraquecer o poder do Partido?

— Sim.

— Se, por exemplo, jogar ácido sulfúrico no rosto de uma criança servir aos nossos interesses... Vocês estão preparados para fazer isso?

— Sim.

— Estão prontos para perder a identidade e passar o resto da vida como garçons ou estivadores?

— Sim.

— Estão preparados para cometer suicídio se e quando ordenarmos que façam isso?

— Sim.

À medida que aquilo continuava, sempre no mesmo tom linear, a sensação de surpresa de Julia se transformava em indignação. Ela reconheceu: era a lista de crimes que O'Brien afirmara que os seguidores da Verdade cometeriam de bom grado em nome dela. Ele prometera que um dia ela ouviria da boca de um próprio Irmão uma concordância com esses crimes; ali estava a promessa cumprida. Mas como Winston conseguia concordar de modo tão descarado com aqueles horrores? E por que ele achou que poderia concordar em nome dela — como se ele pudesse escolher se Julia jogaria ou não ácido no rosto de uma criança! E também havia o absurdo de O'Brien fingir levar a sério as respostas de Winston, sendo que ele não tinha a menor capacidade de fazer as coisas menos piores. Espionagem, nem pensar; até mesmo um emprego de estivador estava além de suas habilidades. Ele era um auxiliar de escritório que tinha medo de ratos. Sequer conseguia comprar seus próprios itens no mercado ilegal! Assassinato, chantagem, suicídio — ele não tinha a menor ideia do que essas palavras de fato significavam. Ela se conscientizou, como nunca antes, de que o PENSACRIME não tinha nada a ver com crime. Não era sequer um prelúdio de crimes reais.

E por isso ele seria condenado? Também seria possível executar um menino de 6 anos por ele dizer que gostaria de ser pirata? Na verdade, a cena toda berrava "infância" — o lado maligno, Mamie Faye da infância. Julia se lembrou dos versos horríveis que Winston tanto adorava: *Aí vai uma vela para sua cama iluminar, aí vai um cutelo para sua cabeça cortar!*

Enquanto Julia pensava nisso, O'Brien olhou de um modo discreto para ela. Isso a deixou alerta a tempo de ouvi-lo dizer:

— Vocês estão preparados... *vocês dois*... para se separarem e nunca mais se reverem?

Atenta, ela deu um pulo e deixou escapar:

— Não!

Como Weeks havia previsto, Winston reagiu a essa única palavra com uma expressão de chateação. No entanto, ao ver o rosto dela, ele hesitou, e seus olhos se sensibilizaram. Só nesse momento ela compreendeu o próprio papel na encenação. No sonho de Winston, sua mulher concordaria com qualquer torpeza moral, desde que ele assim desejasse. Por ele, ela sofreria qualquer tipo de morte e cometeria qualquer crime, quase sem nenhum motivo próprio. Será que ela causaria a morte de centenas de pessoas? Ela queimaria o rosto de uma criança? Por ele, de imediato.

Mas abrir mão de Winston Smith... Ah, não, aí já seria muito sacrifício! Essa tinha sido a situação que ela acabara de encenar.

Winston estava diante de um dilema. Sim, ele era o terrorista sem escrúpulos... mas não era também o amante apaixonado? E, se concordasse em desistir de Julia depois que ela desafiou O'Brien e se recusou, ele não pareceria um covarde? Sua expressão se contorceu em meio a uma dor estranha.

Por fim, ele cuspiu:

— Não!

Assustado, ele voltou a olhar para O'Brien.

O'Brien meneou a cabeça, sério.

— Vocês fizeram bem em me contar — ele disse. — É necessário sabermos de tudo. — Então, ele se virou para Julia e disse: — Você compreende que, mesmo se ele sobreviver, será como uma pessoa diferente? Podemos ser obrigados a dar a ele uma nova identidade. Seu rosto, seus movimentos, o formato das mãos, a cor dos cabelos... até a voz pode ser diferente. E você mesma pode se tornar uma pessoa diferente. Nossos cirurgiões podem modificar pessoas a ponto de deixá-las irreconhecíveis. Às vezes, é necessário. Vez ou outra, até amputamos um membro.

Ela começou a perguntar qual era o propósito da amputação, então, se lembrou de que não deveria falar e mordeu a língua. O'Brien fez um aceno de cabeça como se ela tivesse concordado com seus termos e falou:

— Bom. Está decidido.

O clima ficou mais descontraído. Martin foi dispensado. O'Brien distribuiu cigarros. Julia fumou e sentiu o cansaço tomar conta de si. Sua parte estava feita, e logo ela seria liberada. Talvez Winston fosse preso de imediato e a farsa bizarra terminasse. Enquanto se esforçava para não dormir, alguma coisa lhe aporrinhava a cabeça, algo na cena meio coreografada, a coordenação entre O'Brien e Martin. Havia algo importante ali, mas a exaustão não a deixava pensar.

Enquanto isso, O'Brien começou a andar pela sala, com uma das mãos no bolso do macacão elegante e a outra gesticulando com o cigarro.

— Vocês entendem que vão lutar sem saber por que... — disse ele. — Vocês sempre estarão no escuro. Receberão ordens e obedecerão, sem saber por quê. Mais tarde, enviarei um livro por meio do qual vocês aprenderão a verdadeira natureza da sociedade em que vivemos e a estratégia pela qual a destruiremos. Depois de lerem o livro, vocês serão membros plenos da Irmandade. No entanto, entre as metas gerais pelas quais lutamos e as tarefas imediatas do momento, vocês nunca saberão de nada. Afirmo que a Irmandade existe, mas não posso dizer se ela tem cem membros ou dez milhões. Com base em informações pessoais, vocês nunca serão capazes de afirmar se ela tem mais que dez pessoas. Vocês terão três ou quatro contatos, que serão renovados de tempos em tempos à medida que eles desaparecem. Como este foi o primeiro contato de vocês, ele será mantido. As ordens que vocês vão receber virão de mim. Se acharmos necessário fazer alguma comunicação, será por intermédio de Martin. Quando, enfim, vocês forem pegos, terão de confessar. Isso é inevitável. Mas vocês terão pouca coisa para confessar além das próprias ações...

Julia acordou em pânico ao perceber que havia cochilado. O'Brien estava em uma parte diferente da sala, e Winston havia se inclinado para a frente, ofegante. Por sorte, parecia que ninguém havia reparado. Ela ainda estava com o cigarro na mão, e a cinza do cigarro nem tinha aumentado tanto. Talvez tivesse cochilado apenas alguns segundos.

A grande diferença era que ela havia despertado consciente de sua dúvida. A cena coreografada era parecidíssima com a que lhe foi exibida quando ela entrou naquela sala pela primeira vez. Se estava claro que O'Brien encenava as utopias de Winston Smith — a sociedade secreta de homens temerários, o destino poético que os aguardava —, também não era verdade que ele havia encenado as fantasias de Julia? O que ele havia contado? Que ser um Herói da Família Socialista não era um ato de covardia, mas de bravura; que ela estava destinada a se juntar ao Partido Interno por conta de suas qualidades especiais; que suas proezas sexuais não eram uma fraqueza, mas um sinal de superioridade aos olhos do bando. Ele até a chamara de prostituta — muitas vezes, a própria Julia se deu esse nome, desfrutando-o como um excitante dispositivo de vergonha.

— Quando, enfim, vocês forem pegos — dizia O'Brien, agora num tom solene —, não receberão ajuda alguma. Nunca ajudamos nossos membros. No máximo, quando é absolutamente necessário silenciar alguém, vez ou outra, conseguimos jogar uma lâmina de barbear contrabandeada na cela de um prisioneiro. Vocês terão que se habituar a viver sem resultados e sem esperança. Trabalharão por um tempo, serão pegos, confessarão e, então, morrerão. Esses serão os únicos resultados que vocês verão. Não existe a menor possibilidade de alguma mudança perceptível acontecer enquanto vivermos. Os mortos somos nós.

Quando O'Brien disse isso, Julia pensou que até Winston suspeitaria de que havia algo errado. "Os mortos somos nós!" era o lema favorito de Winston. Era para ele ter percebido que O'Brien o espionava, que O'Brien o imitava. Em pouco tempo, ele estaria olhando ao redor, vendo raptores no lugar de amigos.

No entanto, não aconteceu nada do tipo, assim como nada ocorreu quando a encenação foi direcionada a Julia. Ah, ela ficou aterrorizada, é claro. Mas também não foi seduzida? Lembrou-se de si mesma perguntando, com seriedade, "O que é o ódio?" e aguardando a resposta de O'Brien. Na verdade, nas últimas semanas, ela vinha tentando odiar. Levara a tarefa a sério, como se o Ministério do Amor estivesse monitorando seu aprimoramento espiritual.

Agora, ela via que tudo era encenação. Ninguém ligava para o que ela sentia, pensava ou era. Ninguém sequer se importava com o fato de ela ter cometido CRIMESSEXO ou comprado coisas no mercado ilegal. Nada que ela fazia tinha significado para aqueles homens. Ela podia acreditar em cada princípio do INGSOC e executar todos os seus mandamentos, podia até fazer o trabalho do Ministério do Amor, e ainda assim seria assassinada quando fosse conveniente — como Margaret fora, e Essie; como Gerber tinha sido condenado não por conta de algo que tenha feito, mas porque os HOMENS-FARTURA eram considerados uma classe de bodes expiatórios. Oh, como tinha sido tão fácil fazer Julia se esquecer de experiências de toda uma vida?

Winston, por sua vez, continuava enfeitiçado e extasiado à medida que O'Brien repetia para ele suas próprias frases. "Nossa única vida real está no futuro. Tomaremos parte dela como um punhado de pó... pode levar mil anos... diante da PENSAPOL, não há outro caminho". Julia também demonstrava atenção extasiada, enquanto pensava "*Não faz diferença. Ninguém se importa com o que eu sou. Não faço diferença...*". Até o cigarro na mão foi esquecido. Ela vivenciava a sanidade pela primeira vez depois de meses, e achou-a insuportável. Ela matara Winston. Matava-o todas as vezes em que ele tentava amá-la. Ela também seria morta, em um momento inesperado. Tudo isso ela sabia, mas se recusara a saber. Era sua própria vida.

Por fim, O'Brien voltou a consultar o relógio de pulso e disse a Julia:

— Está quase na hora de você ir, camarada. Espere... A jarra ainda está na metade. — Ele serviu mais vinho a ela e ergueu sua taça. — Brindamos a quê, desta vez? — ele perguntou a Winston. — À confusão da PENSAPOL? À morte do Grande Irmão? À humanidade? Ao futuro?

Winston refletiu e, então, com a voz embargada de emoção, disse:

— Ao passado!

O'Brien concordou com a cabeça, sério, e por fim disse:

— O passado é mais importante.

Julia não conseguiu suportar isso. Bebeu o vinho de um só gole e, ao se levantar para ir embora, O'Brien a fez parar e lhe entregou um remédio.

— É importante não sair cheirando a vinho — disse ele. — Os ascensoristas são muito observadores.

Ela o pegou sem falar nada e saiu, ainda segurando o remédio, agradecida por O'Brien não ter insistido para que ela o engolisse na frente dele. Depois de fechar a porta atrás de si, ela pôs a mão no bolso e esmagou o remédio no tecido. É claro que era improvável que fosse um veneno, mas ela não confiava em ninguém ali.

O elevador a esperava. Martin estava em pé ao lado da porta aberta, com aquela cara de paisagem que lhe era familiar. Quantas vezes ele havia testemunhado esse ritual? Quantos Winstons reluziram de gratidão diante das mentiras de O'Brien? Quantas mulheres tinham feito o papel de Julia? E onde estavam essas mulheres agora?

Lá fora, o sol havia baixado. Milhares de luzes do distrito do Partido Interno brilhavam em mil janelas intactas. Do outro lado da rua, uma única janela mostrava um par de cortinas de veludo cor de esmeralda, amarradas no meio por cordas douradas. Havia uma sala espaçosa, em que uma luz discreta iluminava um piano estalando de novo. Havia duas poltronas azul-claras, uma de cada lado, como se aguardassem a canção do piano, e as paredes continham fileiras de estantes cheias de livros com capas de tecido. Até o teto era ornamentado de flores esculpidas em gesso, e o piano tinha seu próprio tapete para se apoiar. O mais estranho de tudo era que não havia ninguém na sala. Toda aquela beleza e nenhum espectador. O piano recebia, sozinho, um dispendioso fluxo de energia elétrica, uma luz que alguém havia trabalhado para produzir. Era possível ver as horas da vida de um estranho se derramando de forma inútil sobre o silencioso piano.

16

Dias depois da reunião na casa de O'Brien, Julia não viu nem sinal de Winston. A Semana do Ódio havia começado, e todas as horas de vigília eram usadas para marchar, gritar, cantar, queimar, destruir. Ela vivia nas ruas, e as ruas eram um delírio. O que ela sentia não era ódio, mas seu sentimento a fazia se misturar à multidão e se sentir múltipla, como uma divindade. Era como se a turba se revoltasse e gritasse contra o tratamento que Julia recebera, como se as pessoas se enfurecessem e quebrassem janelas por desespero diante da morte iminente de Smith.

Então, a Semana do Ódio passou, sem grandes consequências além da mudança do nome do inimigo.

Isso aconteceu em meio ao grande Comício do Ódio que selou as comemorações da semana, no qual todas as pessoas em Londres se amontoaram em parcos metros quadrados e emitiram uivos orgíacos em uma série de discursos. Todos os anos, dezenas de pessoas eram pisoteadas até a morte, e todos os jornais publicavam esse fato como evidência do furor público. Julia decidira ficar de fora e se escondera dentro dos destroços de um carro de som, tirando uma soneca perto de um motor que havia consertado uns dias antes, naquela semana. Ela havia tomado o terceiro comprimido dos medicamentos de Oceânia, e a gritaria do lado de fora parecia um mar no qual ela estava à deriva enquanto sonhava em cair no sono em lugares variados. Muito tempo depois de escurecer, ela acordou e saiu cambaleando sonolenta; então, ela viu alguns grupos de pessoas que passavam às pressas colocarem cartazes que diziam "Lestásia: a Eterna Inimiga!" por cima do cartaz onipresente do soldado eurasiano da semana anterior. Foi andando trôpega até a teletela mais próxima e logo obteve as informações necessárias. A Eurásia, a eterna inimiga de ontem, agora era uma excelsa aliada — sempre fora. A Lestásia sempre havia sido o poder maligno que visava destruir o modo de vida das pessoas.

Tudo isso não afetou Julia nem um pouco, exceto o fato de ainda não poder ver Winston. O pessoal da seção de Registros passou dias e noites trabalhando, substituindo por "Lestásia" todas as menções à "Eurásia" e vice-versa. Cada livro, jornal e teletransmissão, até mesmo cartas arquivadas de personagens revolucionários mortos muito tempo antes, foram afetados. Parsons e Ampleforth também foram escalados para a tarefa. Pela primeira vez em meses, Julia tinha tempo livre.

Naquele domingo, ela aproveitou essa vantagem para fazer um passeio com a Liga de Juniores Antissexo. Ela queria passar um dia brincando de vida antiga, cantando hinos patriotas desafinados e rindo de piadas inofensivas, ou seja, ser aquilo que não era mais. A saída começou com os comícios habituais na rua, em que os jovens agitadores e fanáticos intolerantes se revezavam no megafone. Os outros se encostavam nos ônibus, disfarçando bocejos enquanto um fanático após outro especulava sobre novas cirurgias que poderiam deixar as pessoas incapazes de fazer sexo, falavam com asco das "gosmas insalubres" que saíam dos corpos humanos e cantavam louvores ao Verdadeiro Vegetarianismo — que não significava apenas abolir o consumo de carne, mas também exterminar todos os animais por causa de sua vida obscena. Aquele dia foi de comemoração para os Verdadeiros Vegetarianos; durante a Semana do Ódio, foi lançado um novo edital que proibia a guarda de animais domésticos, ou, na linguagem do decreto, "bestas parasitas". Algumas pessoas da multidão haviam perdido cães ou gatos; muitas outras gastaram uma fábula com suborno para conseguir ficar com eles. No Women's 21, houve um rebuliço para registrar Comissário e Tigre como controladores de pragas e passar lubrificante em todas as palmeiras necessárias, e ainda assim os gatos não puderam mais ser deixados do lado de fora, para que ninguém os matasse e entregasse suas caudas em troca da recompensa. Assim, a tendência dos ouvintes era se inquietar e cerrar a mandíbula. Não obstante, cada orador era aplaudido com entusiasmo, com gritos de "Ouçam, ouçam!" quando eles paravam de falar para serem elogiados.

Durante os discursos, Julia teve tempo de se certificar de que nenhuma de suas amigas antigas estava lá, ou nenhuma com exceção de Vicky, que chegara tarde com uma turminha de outras garotas de Westminster — assistentes e secretárias do Comitê Central e da Câmara de Deputados. Essas aí nem se davam ao trabalho de aplaudir os oradores, exceto quando alguém do seu grupo pegava o megafone, momento em que elas, de imediato, começavam a gritar e bater palmas, extasiadas. Vicky parecia abatida e inquieta no meio delas, e Julia ficou pensando em ir até ela, mas mudou de ideia logo em seguida.

Por fim, os motoristas começaram a buzinar e todos recolheram com animação seus itens de piquenique e se amontoaram nos ônibus. Julia ocupou um deles; Vicky e as Westminsters, outro. No trajeto, Julia foi atormentada pelo enjoo que a acompanhava nas últimas semanas. Ela encostou a testa na janela e fingiu cochilar, engolindo várias vezes a saliva que se acumulava na boca. Tentou pensar na gravidez, mas, em vez disso, foi assolada pelos pensamentos em O'Brien e Smith. O teatro encenado por O'Brien ficava voltando à sua mente, com sua patifaria e seu *glamour* masculino. Tanto esforço só para culpar um condenado o máximo que conseguia. Com certeza, O'Brien não era tão ingênuo a ponto de acreditar que Winston Smith era uma ameaça ao Estado, nem o Ministério do Amor podia acreditar nessa baboseira. Não! Eles deviam saber que era mentira, e só entravam nesses jogos cruéis por... por quê?

No entanto, ela não podia afirmar que não compreendia. Foi o instinto que a levou a procurar Tom Parsons e o coagir a dizer "Abaixo o Grande Irmão!" e a convencer o pobre Ampleforth a fazer sexo. Depois de definidas as regras do jogo, as pessoas davam o melhor de si para vencer. De fato, quando Smith, Parsons e Ampleforth fossem pegos, o que viria a seguir se não mais noites com mais homens condenados, que agiriam conforme sugestões de Julia, para depois serem torturados e assassinados por qualquer coisa que fizessem? E ela também acabaria morrendo do mesmo modo — pois ela sabia, sem tirar nem pôr, que todas as promessas de O'Brien eram mentirosas. Era possível ter esperança de viver meses ou anos em segurança, ao preço da condenação de dezenas de outros. Então, ela também morreria.

Quando, enfim, o ônibus parou, ela se sentiu desesperadamente agradecida e, capengando, só conseguia pensar em ar fresco e solo estável. No início, até caminhar a deixou enjoada, e ela se demorou atrás do grupo fingindo interesse por borboletas. Peggy, sua antiga parceira de panfletagem, a acompanhou, contando uma história infinita sobre a perda de um cupom para livros que foi devolvido por um homem que — adivinha! — era seu primo. Aos poucos, Julia percebeu onde elas estavam. Era o mesmo caminho que ela tinha feito no dia em que encontrou a clareira com Lou; o lugar que Winston chamava de País do Ouro.

Nesse exato instante, o líder do passeio pediu que eles fizessem uma pausa para comer. Como quase sempre acontecia, toda aquela verborragia os atrasara, e por isso o passeio seria encurtado. Os que não tinham feito discursos começaram a reclamar. Eles não se importariam, é claro, se os discursos fossem de fato partidários, mas... agora, encontravam motivos para culpar cada orador por algum erro de doutrina. Ouvindo por alto, os oradores sussurravam para os amigos que essas críticas se embasavam no MALPENSAR. Todos lançavam olhares suspeitos uns para os outros, e o clima ficou pesado. Para piorar as coisas, descobriu-se que o piquenique só continha itens de terceira categoria. O pão e o queijo eram um ranço só, e o "suco de maçã" SAÚDESOC não tinha nem cheiro de fruta – e deixava um gosto residual de fel. Só o cheiro da comida já causou náuseas em Julia, e ela foi acometida por uma sensação de desgraça. Até esse curto feriado ia ser arruinado. Peggy havia saído de perto dela e foi se sentar em um cobertor ocupado por reclamões mais enérgicos, então, pela primeira vez em um passeio, Julia se viu sozinha.

Por isso, ela acabou largando suas coisas e indo até o cobertor onde Vicky estava sentada com as Westminsters. Claro que não seria possível dar atenção apenas a Vicky; isso seria correr o risco de *PENSAPAR*. Consciente disso, Julia ergueu sua bolsa de piquenique vazia e disse, de maneira meio inclusiva:

— Pensei em sair para procurar cogumelos. Tem alguns muito bons por aqui.

Confirmando as expectativas de Julia, o esnobismo das Westminsters as impediu de pensar em se juntar a ela. Entretanto, Vicky disse:

— Oh, era bem isso que eu queria! — Então, ela se pôs em pé, desengonçada, enquanto as outras bocejavam e olhavam Julia de soslaio.

Quando elas partiram, o enjoo de Julia já havia passado, e ela caminhava com um prazer e um dinamismo que não sentia havia meses. Agora, parecia claro que, além de toda a tristeza e a preocupação daqueles dias, ela andara pensando em Vicky, exaltando-a, talvez até remoendo uma paixonite por ela. Vicky era do Comitê Central; era a juventude preservada; tinha sido uma boa camarada em momentos de perigo. Também houve a história do bebê e de Margaret, que fizera Vicky cair no conceito de Julia, mas agora a tornava uma alma gêmea. Julia também estava atolada no crime e caminhava para a perdição com os dois olhos abertos.

Elas andavam em silêncio, e o silêncio estava carregado por essa sensação, que conferia certa solenidade à luz do sol e ao calor modorrento de agosto. Ao ouvir o som do riacho, Julia correu, empurrando os galhos desajeitados e se esquivando deles. Vicky foi atrás. Aquilo também era estranho e intimista, até porque elas não conversavam nem riam. Na margem, Julia se virou para encarar Vicky, que estava parada a vários passos de distância dela, com o rosto corado. Nenhuma delas sorriu.

— Pensei neste lugar aqui — disse Julia.

— Sim — concordou Vicky. — Deve haver cogumelos aqui.

Julia tinha se esquecido dos cogumelos. Ela olhou para as margens e as árvores ao redor, mas não avistara nada.

— Oh. Achei que a umidade... — ela disse.

Vicky se aproximou, olhando ao redor, como Julia.

— Talvez alguém tenha chegado primeiro. Este lugar tem todo o jeito de ter cogumelos — disse Vicky.

— Mas a água parece maravilhosa. Não seria ótimo dar um mergulho? — disse Julia.

— Bem, sim, seria... se fosse uma excursão para nadar — retrucou Vicky. — Agora, não seria possível.

Vicky olhou por cima do ombro, sorriu para Julia e continuou a andar pela margem, pisando em algumas folhas enlameadas e se agachando sob um galho baixo. Julia foi atrás dela, sentindo-se emotiva e um pouco mal-humorada. Ela não tinha intenção de dizer que elas deveriam entrar na água. E por que Vicky estava na dianteira agora, sendo que Julia era a mais velha e a ideia tinha sido dela?

Por fim, Vicky se encorujou em um lugar onde o riacho batia nas pedras, fazendo barulho. Julia se acocorou ao lado dela. Procurou peixes na água, mas ali era raso demais. Parte de sua mente se lembrava de nadar, de como era possível abrir os olhos embaixo da água e ver as pedrinhas paradas no fundo, como coisas preservadas em vidro.

— Posso confiar em você? — Vicky perguntou de repente. — Posso confiar cem por cento em você?

Tudo parou. Julia ainda olhava para a água, mas sentiu que sua expressão tinha ficado bem estranha. Se ela dissesse "não", estragaria o dia, e qualquer coisa que existisse entre elas estaria por um fio. A curiosidade também a atormentaria — embora o objeto de confissão de Vicky pudesse ser apenas uma declaração de amor. Pior: a própria Julia causara essa calamidade. Tinha sido precipitado convidar Vicky para andar e totalmente imperdoável mencionar entrar na água. Como não considerar isso um flerte? E, se ela dissesse "Sim, você pode confiar em mim!", num piscar de olhos — Julia se conhecia —, elas estariam se beijando e rolando entre as folhas caídas. Em geral, não havia mal nenhum em coisas do tipo, sequer um risco de gravidez. Mas havia o Weeks. Havia O'Brien. Nada que Julia fizesse escaparia ileso.

Quando Julia olhou para Vicky, viu a expressão pálida e alterada da menina. Viam-se os contornos de sua beleza amadurecida: a mandíbula forte e a pequena boca rosada; os olhos emoldurados de um modo elegante, um tanto próximos, conferindo-lhe um ar de terna concentração. Com aquela pele clara, ela parecia a garota dos antigos maços de cigarro Valkyrie.

— Sim — respondeu Julia, por fim. — Você pode confiar em mim.

Vicky sorriu e relaxou, como se um perigo terrível tivesse passado. Então, ela disse:

— Você sabe que estou no Comitê Central.

Julia foi pega tão desprevenida que passou vários segundos tentando adivinhar o que o Comitê Central tinha a ver com fazer amor. Em seguida, disse, pisando em ovos:

— Sim, é claro.

Nervosa, Vicky puxou o punho das mangas do macacão, cobrindo as mãos.

— Bem, às vezes, fico sabendo de coisas lá. Só por estar no recinto, sabe... — ela disse.

— Ah, é? Que tipo de coisas? — perguntou Julia.

— A maioria não tem nada de mais. Quem está a favor e quem está fora. Alguma coisa a ver com as cotas. Eu não estou espionando, pelo menos não tenho essa intenção. Mas ouço as conversas por alto, ou, às vezes, preciso ler as primeiras páginas de um arquivo para saber onde ele deve ser guardado. Minha autoridade é zero, então, ninguém pensa nada a respeito de mim. E, de qualquer modo, sou noiva do Whitehead.

Ela disse essa última parte sem rodeios. No entanto, por dentro das mangas do macacão, ela havia cerrado os punhos.

Julia desejou de todo o coração ter dito a Vicky para não confiar nela. A última coisa que ela queria em seu dia de folga era ouvir fofocas do Comitê Central ou, pior, algum segredo de que não deveria saber. Qual era a vantagem de saber dessas coisas?

Vicky pareceu intuir o que Julia pensava, pois comentou, de repente:

— Sei que pode parecer que estou revelando segredos... segredos perigosos... só para me sentir importante. Mas você vai perceber que existe um motivo pelo qual preciso lhe contar. O que eu quero perguntar pode não fazer sentido algum, a não ser que você saiba algo sobre os Mapas.

A menção a uma pergunta a ser feita só deixou Julia mais inquieta. Mesmo assim, ela perguntou:

— Mapas?

— É. Tem uma sala no Comitê Central com mapas em todas as paredes. É onde eles fazem reuniões sobre a guerra. É claro que eu não participo, mas, às vezes, levo café, e é meu trabalho limpar tudo depois. E, você entende, os mapas deles não são como os que conhecemos. Eles mostram todas as ruas dos distritos do Partido Interno, todas as cidadezinhas fechadas nas Zonas Semiautônomas, todas as estradas militares entre essas cidades. Se alguém quiser saber onde fica cada uma das pistas de pouso, é só olhar no mapa. Bem, não vejo por que saber disso, e nunca dei tanta atenção a isso, como você pode imaginar. Mas nessa sala, no mapa grande da Pista de Pouso Um, tem lugares que mudaram.

Julia franziu a testa.

— Como assim, mudaram? — ela perguntou.

— A cor deles mudou, é isso.

— Mas a cor de um lugar no mapa... bem, não é a cor verdadeira dele, é?

— Não. Mas que significa algo, significa. Se a Oceania é vermelha e a Eurásia é azul... bem, isso importa quando o vermelho expulsa o azul. Mostra que a Oceania conquistou território.

— Então, é isso? A Oceania conquistou mais território? — perguntou Julia.

— Não — respondeu Vicky. — Que sentido isso faz para nós? Eu não deveria nem reparar.

Essa afirmação contradizia de modo categórico tudo o que um membro do Partido deveria sentir, e, mesmo sem querer, Julia ficou surpresa. Vicky percebeu que ela havia interpretado mal sua expressão, então, disse:

— Não se preocupe. Ninguém pode ouvir a gente aqui. Conheço bem este lugar. Estive várias vezes aqui com o Whitehead.

— Com o Whitehead? Aqui?

— Sim, por aqui. Tem uma clareira onde costumávamos nos encontrar, e nadávamos nesse riacho. Ele gostava de me ver nadando, sabe-se lá por quê. Ele molhava os pés.

Vicky contemplou a água com uma expressão de revolta. Julia estava louca para saber se a tal clareira era a clareira dela, mas não quis perguntar. Isso só levaria a perguntas desconfortáveis cuja resposta era Winston Smith.

Vicky prosseguiu:

— Ora, o tempo todo em que estive no Comitê Central, a Pista de Pouso Um era pintada de vermelho para a Oceania. Mas não muito tempo atrás a Zona Autônoma de Shetland começou a conter faixas pretas. E uma fronteira da Zona Econômica dos Escoceses do Leste... também era vermelha com faixas pretas.

— Faixas pretas. Seria um indicativo de bomba atômica?

— Foi o que pensei no início. Ou uma epidemia, uma inundação... algo do tipo. Mas, então, alguns meses atrás, vi que elas tinham aumentado. As faixas pretas se espalharam Escócia adentro. Algumas semanas depois, elas tinham aparecido no Sul, na Ilha de Wight. Depois, só continuaram avançando. Por um período, os cartógrafos as expandiam com caneta. Não havia tempo para imprimir mapas novos.

— Ainda assim, podiam ser bombas atômicas. Você se lembra das imensas explosões, algumas semanas atrás?

— Não, foi antes disso — retrucou Vicky, impaciente. — Tenho certeza de que não é isso. E, escute... esses mapas não estão mais lá. Todos foram substituídos por mapas sem faixas. E os cartógrafos que trabalharam nos mapas foram embora.

— Foram embora?

— Sumiram com eles — disse Vicky, com frieza. — Ninguém fala deles agora. Há novos cartógrafos, e todo mundo age como se eles sempre tivessem estado ali.

— Mas o que será que isso significa? — perguntou Julia.

— Ué, está claro. Essa área foi conquistada.

— Como "conquistada"? Está dizendo que perdemos parte da Pista de Pouso Um?

— Isso mesmo.

— Espere, onde estão essas faixas? Até onde elas foram? Estão perto de Londres?

— Não estavam quando olhei na última vez. Só que elas vinham direto pelo norte da Inglaterra. E, claro, não sei dizer o que pode ter acontecido desde que os cartógrafos se foram.

Julia ficou remoendo aquilo. A paz e a exuberância da cena ao redor fazia a situação parecer impossível. Mas é claro que poderia haver tropas e tanques logo atrás das árvores, fora do campo de visão. Metade de Londres já deveria ter sido tomada. Qualquer coisa era possível quando não se sabia a verdade.

— E tem mais... — disse Vicky. — Agora, há tropas vigiando todos os prédios principais de Westminster, além de frotas de microcópteros armados nos telhados. Eles também começaram a empilhar sacos de areia em torno de alguns prédios, mas depois pararam. Acho que eles perceberam com o que ficou parecido. O distrito não era bombardeado desde a década de 1950.

— Então, você acha que a Eurásia... ou melhor, a Lestásia invadiu a Pista de Pouso Um? — perguntou Julia.

— Não — respondeu Vicky se inclinando para ficar mais perto dela e dizer, com veemência: — Sabe... Não acredito que exista Eurásia ou Lestásia, não da maneira como nos contaram. Se elas existem, acredito que não nos dão a mínima. Não é contra elas que estamos lutando.

— E contra quem estamos lutando, então?

— Contra os rebeldes. Você sabe... seguidores de Goldstein.

Ao ouvir aquilo, toda a animação de Julia desapareceu. Uma misto de decepção e ódio percorreu seu corpo e ela bradou:

— Ah, não, não me diga que você também caiu nessa!

A cara de Vicky foi parar no chão.

— O que você quer dizer? — ela perguntou.

— Goldstein! O poderoso Goldstein! A Eurásia não existe, mas Goldstein, sim? E ele está conquistando a Pista de Pouso Um?

— Mas não precisa ser o Goldstein! Só quis dizer que há uns rebeldes...

— E o pessoal do Comitê Central falou sobre os rebeldes? Foi isso que você ouviu por alto?

— Não dessa forma. Quando falam sobre eles, se referem a eles como bandidos. Foi assim que eu soube que não era a Lestásia.

— Mas... olha só! Bandidos! — A voz de Julia era triunfal, mas ela sentia uma tristeza vil por todo o corpo. — As áreas estão infestadas de bandidos, só isso.

— Mas dá no mesmo — insistiu Vicky. — Bandidos *são* rebeldes, não são?

— Ah, para o Comitê Central, sem sombra de dúvida. Quem não é? Você acabou de dizer que não acredita na Lestásia. Desenhe uma faixa preta aqui... outra área rebelde.

— Bem... Quanto a isso, eles teriam razão — comentou Vicky. — Sou uma rebelde, ou pretendo ser.

— Como? Você não está pensando em se juntar aos bandidos, está?

— Claro que sim. Já me juntei, mas não poderia ir embora sem pedir para você...

— Pedir para mim?

— Pedir para você vir. Não está entendendo? Ah, Julia, você também precisa vir.

Isso fez Julia ter um ataque de pânico.

— Não seja tola — disse Julia. — Tire tudo isso da cabeça. Sou de uma SAZ... Não, é claro que você não sabia. Como poderia? Mas havia bandidos lá quando eu era garota, e posso afirmar que, de rebeldes, eles não têm nada.

São criminosos foragidos e meninos fugindo do alistamento. Eles fazem muitas coisas erradas, mas não é uma guerra. É... ah, roubar pessoas nas estradas e estuprar mulheres... o estilo deles é esse.

— Sei que existe essa espécie de bandido! Não sou criança. Mas não acredito que esse tipo de coisa seria colocado em mapas. E também tem os sacos de areia.

— Sacos de areia? Isso prova o quê?

Vicky sacudiu a cabeça com uma expressão de desespero.

— Ai, como é que eu consigo te convencer? — ela disse.

Julia teve aquela vontade que era tão recorrente quando ela estava na presença de Vicky: a de sacudi-la segurando-a pelo pescoço. Por que ela — e Winston, e tanta gente — estava decidida a dar fim a si mesma?

Julia perguntou, no tom mais racional que conseguiu:

— Mas, Vicky, por que alguém como você pensaria em tomar uma atitude tão desesperadora? Whitehead é tão ruim assim? Pense... Você poderia ter um apartamento tão bonito.

— Um apartamento! — Vicky riu incrédula.

— Bebês, então.

— Oh, você não sabe de nada! Não sabe o que eles são. Sabe o que o Whitehead me disse quando contei a ele que me juntei ao Antissexo? Ele aprovou, e disse que seria maravilhoso. Eles não acreditam em nada disso! É tudo uma farsa. E quando ele percebeu que eu falava sério, quando viu que eu não ficaria mais sozinha com ele... foi aí que ele me pediu em casamento. E fez isso na frente de todos os outros, então, eles aplaudiram, falaram sobre meu dever para com o Partido, e eu não consegui dizer "não". Não me admiraria se eles não tivessem sido instruídos pelo Whitehead. Tudo isso para me mostrar que eu não podia escapar! E você pensa... todo mundo pensa... que terei uma vida boa. Mas sabe que quase nunca encontro um homem do Comitê Central que tenha uma esposa de mais de 30 anos? Assim que começam a perder a beleza, as esposas se tornam PENSACRIMINOSAS. Eles mandam as próprias mulheres para o Ministério do Amor... aquele abatedouro! E, com muita frequência, as crianças vão para um orfanato. É assim que as coisas são. — Vicky estendeu sua mão e agarrou a mão de Julia. — Você está tão estranha... Você não entende? Ai, Julia, não está vendo por que *preciso* ir embora?

— Mas nem todos devem ser assim — Julia disse baixinho.

— Alguns não são, eu acho. Mas o Whitehead não é um deles. E o que importa, diante de tanta podridão? Ah, você não imagina como eu os odeio! Não está vendo...? Ir embora é nossa melhor chance. Serei enfermeira lá. Sempre quis ser. E você... Você é mecânica. Sem dúvida, eles precisam de mecânicos. E, se houver rebeldes, ou mesmo se houver uma chance de existirem, teremos de ajudá-los. Que tipo de gente somos nós se não ajudarmos?

Julia ficou perplexa, sentia-se gelada até os ossos. A mão de Vicky ainda apertava a sua, era muito macia contra a pele áspera de Julia, um contraste. Os olhos azuis da garota brilhavam exaltados. Julia teve uma sensação pavorosa, inacreditável, de perda de equilíbrio, uma louca guinada de esperança que alterou tudo. O sol reluzia. Milhões de folhas farfalhavam animadas sob o céu claro e azulado. Ela olhou para a água, que jorrava como uma luz displicente, e, por um instante de glória, acreditou. Os rebeldes estavam ali, ou *deveriam* estar. Vicky a queria junto dela. É claro que ela iria.

Entretanto, ela se lembrou das palavras de Winston: "Esta é a revolução real! Não é possível recuar agora!". Lembrou-se do sorriso de O'Brien quando ele perguntou a Winston: "Eu falo ou vocês falam?". Lembrou-se de Winston e O'Brien dizendo, com muita satisfação: "Os mortos somos nós!". Então, ela disparou:

— Você não pode. É tudo um embuste. Não existe Irmandade alguma. Não há nada... Apenas alguns rapazes fugindo do alistamento. Você não pode ir.

Vicky deu um suspiro e insistiu:

— Mas, Julia...

— Não! De qualquer modo, você não pode me contar isso. Não deve. Vou dizer uma coisa... Sou da PENSAPOL. É isso! Então, você entende que não deve contar essas coisas para mim?

Vicky olhou fixamente para Julia. Ela esboçou um sorriso, pensando que fosse uma piada. Então, sua expressão mudou de novo. Ela estava mortalmente pálida.

— É... Você entendeu — disse Julia, soltando a mão de Vicky. — Eu saberia, se houvesse alguma rebelião. Não há nada. É tudo um maldito truque, sem dúvida. Eles a incentivarão a se expor e aí a matarão. Eu mesma fiz isso!

Oh, sou uma maldita, uma péssima pessoa, e aqui está você, confiando em mim. Entende? Você não sabe o que a espera.

— Não é verdade — disse Vicky, baixinho. — Você não deve fazer parte disso. Só está com medo de mim, por isso está inventando uma história.

— É verdade. É, sim! É por isso que você não deve falar sobre isso para mim nem para ninguém. Não deve confiar em ninguém. Ninguém! E você precisa tirar essas coisas da cabeça.

— Mas... É verdade? Você é da PENSAPOL? Oh, por favor, não minta. Diga que não é verdade.

— É verdade.

— Mas então... foi por isso que você veio se sentar na minha cama naquela noite? Quando eles transmitiram o programa sobre nossa amiga batata? Você já era da PENSAPOL?

Julia cruzou os braços.

— Não. Naquela época, ainda não — ela disse.

— Sabe... — disse Vicky. — Eu sempre penso no meu bebê... *meu bebê*, isso eu posso dizer na sua frente. Bem, eu penso nele como penso em nossa amiga batata. E penso em você vindo até minha cama, em como você me perdoou quando ninguém mais o fez.

— Vicky, não! Reflita. Como pode me dizer essas coisas, considerando o que eu sou?

— Eu não me importo! Está me ouvindo? Eu te amo mesmo assim.

— Não! Você *não pode* me amar. Não deveria! — disse Julia.

— Vou perdoá-la como você me perdoou. Em que sentido sou melhor que você? Mesmo que seja verdade, não sou melhor de jeito nenhum — disse Vicky. — Eu matei meu bebê! Deixei a Margaret morrer por causa de coisas que eu fiz.

Era nisso que Julia vinha pensando havia semanas, mas ela disse:

— Você não deve pensar assim. Foram eles que obrigaram você a...

— Ah, que besteira! — Vicky a interrompeu. — Quem são *eles*? Sou do Comitê Central. Você, da PENSAPOL. *Eles* somos nós! É por isso que devemos nos mandar. Ah, você *não vem*?

— Pra onde? Ficar com bandidos? O que ganharíamos com isso, além de estupro?

No instante seguinte, Vicky explodiu em soluços. Com delicadeza, Julia passou o braço por trás dela, e Vicky deixou sua cabeça repousar sobre o ombro de Julia, chorando baixinho e desesperada. Apesar das lágrimas, o peso quente de sua cabeça causava uma sensação maravilhosa e muito reconfortante. Julia inalou o aroma de juventude, sabonete e suor de medo, e sentiu que a crise havia passado. Era preciso convencer Vicky. Elas estariam a salvo; o progresso já tinha sido alcançado. Ela acariciou os cabelos de Vicky, murmurando em voz baixa:

— Sim, por favor, não faça isso. Não faça nada. Você não vai...

E, então, não pareceu nada de mais, não fez nenhuma diferença marcante, quando Vicky se virou e a beijou na boca.

Assim, foi fácil Julia dizer a si mesma "*Vamos nos beijar e Vicky vai ficar! Eu vou salvá-la!*". Essa justificativa estava em suas línguas se tocando com medo, no suspiro de prazer de Vicky. Julia também amava Vicky — essa era a verdade. Não era falso. Seu corpo relaxou e se deixou levar, como se, enfim, ela tivesse entrado nua na água e deixado sua força carregá-la a seu bel-prazer. Vicky estava com o gosto daquele suco de maçã ruim na boca, mas isso também não passava de um lembrete de que ela levava a mesma vida que Julia. Essa era uma pessoa que ela conhecia. Era a vida de alguém real em seus braços. Vicky a perdoou, e se isso fosse possível... Ela se lembrou dos antigos exilados dançando ao som do gramofone, da chuva pesada nas janelas, e de si mesma espiando, entre uma pilha de casacos, o homem anarquista dançando com a esposa, devagar demais para o ritmo da música, e, sob o toque das mãos dele, ela mudou. Ele também mudou, e todo mundo lhes deu espaço.

No entanto, por trás disso, veio a lembrança do Ministério do Amor.

De repente, Julia empurrou Vicky, toda confusa. Vicky gritou e tentou agarrá-la, mas Julia se desvencilhou. Ficou em pé, sentindo-se estranha e sem fôlego, como se tivesse precisado de todas as forças para se livrar dos braços de Vicky.

— Não vou contar a ninguém sobre isso. Eu juro! — ela disse.

Vicky ficou olhando para ela; a princípio, incapaz de entender que algo tão terrível pudesse acontecer. Em seguida, ela gaguejou:

— Mas você precisa vir. Tem os rebeldes e tudo o mais.

— Não podemos — disse Julia. — Não podemos fazer nada a respeito disso. Você não entende?

— Não! Você precisa pensar nisso. Tem que mudar de ideia.

Ao ouvir isso, Julia apanhou sua sacola de piquenique do chão e retomou o caminho por onde elas tinham vindo. Enquanto caminhava, ela percebeu, com horror, que Vicky não a seguia. Sua garganta doía em virtude da necessidade de chorar, e essa sensação de engasgo persistiu mesmo depois de as lágrimas começarem a cair. Foi topando com os galhos, arranhando-se. Teve a sensação de que devia se apressar. Se não corresse, não haveria volta.

Ao ouvir Vicky vindo atrás dela em meio a um forte som de galhos quebrando, Julia desacelerou os passos. O horrível nó na garganta passou. Ela se sentiu leve. Vicky a alcançou e tocou seu cotovelo. Julia se virou e a olhou com certa inquietação e medo, mas Vicky apenas disse:

— Não chore. Por favor, não chore.

— Não, eu não vou chorar — disse Julia. — Não vou.

— Se você pensasse... mas tudo bem, não vou incomodá-la — disse Vicky.

Elas continuaram andando, Vicky atrás de Julia, a um passo de distância. Logo Julia parou de chorar. Ela não tentou olhar para Vicky, olhava apenas para as árvores e o céu, como se não fosse voltar a vê-los. Abraçou-se enquanto caminhava. Embora o dia estivesse quente, ela sentia um frio terrível.

Apenas quando chegaram às pastagens e avistaram o grupo principal foi que Julia percebeu que elas não tinham colhido nenhum cogumelo. As Westminsters já estavam em pé, limpando os utensílios do piquenique. Elas se viraram quando viram Julia e Vicky chegando. De repente, passou pela cabeça de Julia que Vicky poderia dizer coisas inadequadas, entregando o jogo, falando que elas não tinham ido buscar cogumelo algum. Às pressas, ela deu um passo à frente, segurando a sacola vazia, e bradou de modo jovial:

— Sem sorte!

Atrás dela, Vicky acenou e repetiu:

— Sem sorte! Que baita azar!

17

Enfim, veio a confirmação: Julia estava grávida. Todas as enfermeiras da INSEMART se reuniram na sala de exames para cantar "O Nascimento de um Socialista". A médica deu de presente a Julia um distintivo "Mãe do Grande Futuro": um grande medalhão de bronze com a estampa do rosto de um bebê, adornado com uma fita de veludo vermelho. Ela recebeu três carnês com cupons extras para doces e foi convidada para assistir a uma telefita do Grande Irmão em que ele agradecia a suas respeitáveis camaradas por serem os receptáculos de uma raça purificada. Enquanto assistia àquilo, ela ficou pensando em fugir com Vicky, por fim. Elas iriam até bem longe, para a Eurásia – ou Lestásia, já que agora a primeira era inimiga. A ideia se tornou um caos de imagens: ela e Vicky em um barco de contrabando; ela e Vicky na mira de um revólver, detidas por bandidos; Vicky rindo ao contar à polícia cada palavra comprometedora que Julia dissera. Por fim, lembrou-se do quase-bebê de Vicky na privada, arroxeado, morto e terrivelmente minúsculo, como se tivesse morrido por meio de uma sucção. Seu coração começou a bater com tanta instabilidade e rapidez que ela achou que fosse morrer.

A telefita terminou com uma bandeira da Oceania esvoaçando atrás de uma fileira de belas mulheres, todas grávidas, sorrindo e cumprimentando o espectador. Quando a tela ficou preta, Julia perguntou, meio tonta:

— Então, é verdade que o filho é do Grande Irmão?

Todas as enfermeiras começaram a aplaudir.

— Isso mesmo. E você terá um certificado — disse a médica.

— Um certificado — repetiu Julia. — MAISBOM.

Uma enfermeira bem jovem abraçou Julia por impulso, dizendo:

— Oh, sim! Eu também desejaria isso!

Quando Julia ficou em pé, sentiu-se surpresa por não haver nenhuma sobrecarga perceptível. De certa maneira, sua expectativa era sentir o peso do bebê, agora que estava confirmado. A enfermeira jovem a levou para fora. Era uma garota ruiva com dentes tortos, todos dispostos em um largo sorriso. Quando elas entraram na sala de espera, os modos triunfais da enfermeira fizeram todas as mulheres sentadas olharem para cima.

— Camaradas! Queiram parabenizar nossa mais nova Mãe do Grande Futuro! Vida longa ao Partido! Vida longa ao Grande Irmão! — a enfermeira disse.

Ao ouvir isso, todas as mulheres se puseram em pé bem rápido, aplaudindo e vibrando, com expressões animadas. Julia sentia horror e júbilo ao mesmo tempo, sendo que este último parecia ameaçador, e o primeiro, um tipo de lucidez. Seu semblante se transformou, se modificou e, de um modo involuntário, adotou a mesma expressão animada. Ela se desviara, cometera crimes, mas agora estava salva, perdida, continuaria viva, mas com um filho; não, o filho seria levado embora — sem um filho.

Depois, houve uma papelada para preencher, além de instruções que ela devia decorar e repetir. Ela recebeu vitaminas e pacotes de proteína em pó, e orientações de uso. O tempo todo, sentiu aquele sorriso se estreitando em seu rosto. Ela o via em todas as caras ao redor. Quase pareciam rir do ar. Quando a liberaram pela porta da rua, havia transcorrido uma hora e ela estava cansada de tanto sorrir.

Quando a porta se fechou atrás dela, uma voz em sua cabeça disse, pragmática: "Mas é tudo uma piada. Toda mulher ali sabe que a maioria dos bebês INSEMART é bastarda. Que hipócritas!". Ao pensar nisso, o horror se aplacou um pouco. Ela olhou ao redor, para a rua silenciosa. O sorriso nos seus lábios era quase natural. Ela se lembrou de que, pela primeira vez desde o início da Semana do Ódio, deveria ver Ampleforth naquela noite, e se sentiu melhor. Apesar de seus defeitos, Ampleforth nunca teria aquele sorriso.

Ela ainda tinha dois comprimidos do medicamento dado por Oceânia, e decidiu ir para o quartinho mais cedo. Tomou o ônibus e ficou surpresa quando um homem se levantou para lhe ceder o assento. Então, viu os sorrisos por todos os lados e se lembrou do novo distintivo. Quando ela se sentou, todos os passageiros começaram a perguntar se aquele objeto indicava aquilo em que eles estavam pensando e se o programa Grande Futuro era verdade. Todos eram PROLETAS, e seu entusiasmo era muito genuíno. Em geral, os PROLETAS detestavam o Partido, mas amavam o Grande Irmão sem reservas, acreditando que ele era a única defesa que eles tinham contra as depredações dos "azuis". Desta vez, disseram que era bizarro imaginar todos os Pequenos Irmãos correndo por aí, mas sorriram felizes com a ideia e falaram que os malandrinhos detonariam os "LESTASIANOZINHOS" maltrapilhos. Enquanto eles se alvoroçavam ao redor de Julia, ela pousou a mão sobre a barriga, numa tentativa de descansar. Estava lá — estava lá de verdade. E, agora, ela sentia um rompante de alegria, um arrepio tão louco que ficou contente por estar sentada. Sim, com toda a probabilidade, o filho era de Parsons ou de Smith. Mesmo assim, seria uma cria real do Partido. Viveria em um reino imaculado, acarpetado, com um cachorro de estimação e um piano de cauda. E, supondo-se que, por um golpe de sorte, o bebê fosse de Ampleforth... será que ele seria capaz de ler poesia antiga? Ou, se fosse de Smith... ele teria todo o poder e a dignidade pelos quais Smith ansiava de forma tão explícita? Claro, Parsons já tinha filhos, duas pestes do diabo — ela os conhecera em um piquenique do Ministério da Verdade, onde colocaram fogo na saia de uma criada PROLETA e justificaram o ato afirmando que a mulher fizera uma careta quando "Governe, Oceania!" começou a tocar no rádio. Mas será que as pestes seriam pessoas diferentes se tivessem crescido em um orfanato do Partido Interno? Julia ouvira dizer que as crianças de lá andavam de pônei e nadavam em um lago todos os dias. E muitas eram adotadas por pais e mães do Partido Interno que não podiam ter filhos biológicos. Sem sombra de dúvida, um filho do Grande Irmão seria adotado logo.

No entanto, sabe-se lá como, Julia percebeu que não estava mais sorrindo e que havia lágrimas traiçoeiras em seus olhos. Perspicaz, a mulher no assento ao lado dela lhe deu um tapinha no braço e disse:

— Não faz mal, meu bem. Um dia, você terá seus próprios filhinhos. Mostre-me sua mão.

Julia a mostrou de imediato. Em seguida, todos se espremeram para espiar por cima do ombro da mulher enquanto ela identificava quatro filhos nas linhas da mão de Julia — dois deles, "guardiões", um menino e uma menina.

— Pronto, aí está! — concluiu a mulher triunfante, soltando a mão de Julia. — Ainda não acabou.

— É bom você descer na próxima parada — disse um homem, prestativo. — Depois dela, vêm as ruas PROLETAS.

— Ah, não — disse Julia. — Vou a uma loja no distrito PROLETA, daqui a duas paradas. Conheço bem as ruas. Não há perigo nenhum.

— Perigo nenhum! — disse o homem, como se fosse uma afirmação extraordinária.

— Perigo nenhum! — ecoaram os outros.

Todos ficaram surpresos diante da falta de preocupação de Julia, então, começaram a se revezar para contar histórias de crimes que agora assolavam o distrito e da juventude delinquente que havia perdido todo o medo do Partido e corria solta, capaz de cortar sua garganta tão rápido quanto dava bom-dia. E essa jovem camarada, grávida do bebê do Grande Irmão! Dizia "Perigo nenhum!". Conhecia as ruas! Estava para nascer quem conhecia melhor as ruas!

Às pressas, Julia desceu na parada recomendada para se poupar de chegar ao Weeks com uma guarda de honra de PROLETAS resmungões. Assim que o ônibus se perdeu de vista, ela removeu depressa o distintivo e o escondeu em sua sacola de ferramentas.

Andando até Weeks, percebeu, com desconforto, que o breve trajeto no ônibus a deixara enjoada. Sentiu-se comovida e estranha pelo fato de o bebê já estar causando problemas, por ele já ser uma pessoa que se destacava sobre outra e provocava incômodos. Ela achou que podia ser um menino (Grande Irmão, afinal), e havia tirado o nome John de algum lugar. Era o nome de dois dos aviadores mais vistosos — dois Johns que, no passado, moraram na mesma época na casa da senhora Marcy, fazendo barulhos em um violão que nenhum dos dois sabia tocar e ensinando os filhotes de gato a montar em seus ombros. Um dos Johns andava pelo quintal cheio de gatinhos a tiracolo, cantando desafinado uma velha canção espanhola de guerra, enquanto o outro fazia um acompanhamento fora de tom. Eles eram bem bonitos: cabelos pretos, tórax largos, corajosos como almirantes e jovens como um botão de flor bem fechado. Haviam habitado os sonhos de Julia antes que esses sonhos pudessem ser chamados de obscenos, quando os aviadores ainda eram metade amor, metade figura paterna. Sim, o nome era John. Um dos Johns sobrevivera — havia perdido uma perna e sido dispensado por invalidez —, portanto, o nome também trazia sorte.

Uma corrente de amor a inundou e a fez tropeçar enquanto caminhava. Ela estava gerando um bebê do Partido Interno, um bebê valioso o bastante, que deveria ficar a salvo. Ao mesmo tempo, Julia percebeu que, enquanto ele vivesse dentro dela, ela também estaria a salvo. Melhor ainda: ela poderia ser dispensada de seus deveres no quartinho do Weeks. Sem dúvida, não era adequado uma mãe do Grande Futuro fazer esse tipo de trabalho.

Por um breve momento, ela pensou em ir direto ao apartamento de O'Brien para lhe dar a notícia. Ela poderia explicar o que havia acontecido e pedir sua opinião, que talvez fosse a de que o filho do Grande Irmão não deveria se expor a crimes e obscenidades. Ao pensar nisso, Julia sentiu um desejo fervoroso de voltar a ver o apartamento de O'Brien, a lâmpada que fazia uma sombra verde, o quadro do pônei marrom sob o carvalho... e de ter O'Brien lhe ouvindo e, enfim, conversar com uma pessoa influente...

Ao acordar desse devaneio, ela percebeu que, por um velho hábito, tinha andado até o mercado no fim da rua da senhora Melton. No entanto, o local havia mudado tanto que estava quase irreconhecível. Se já era simples da última vez em que esteve lá, agora, mal se podia chamar aquilo de mercado. As tendas do governo não estavam mais ali, assim como as costureiras e bordadeiras com seus carretéis de linhas coloridas. No lugar delas, um monte de gente havia espalhado cobertores no chão e mascateava cacarecos — tesouras, roupas velhas, uma caçarola amassada, pilhas de papelão. Ainda pior era um par de mesas gastas com um cartaz no qual se lia "PORQUINHOS", sobre o qual pendiam dezenas de carcaças com formato inconfundível de ratos assados. Saltava menos aos olhos, mas era tão assustadora quanto, a ausência de patrulheiros. O normal era haver dois ou três no mercado, vigiando as barracas do governo e subornando os comerciantes ilegais. Agora, essa ausência causava a sensação de presença. Julia tremeu ao pensar que havia caminhado atordoada em meio àquelas ruas que tinham sido transformadas.

Apesar disso, as conhecidas soleiras enfileiradas fizeram Julia sentir uma pontada de nostalgia. Desde que começara a trabalhar no Weeks, ela não fora mais ver os Melton. Não era necessário — ela recebia todo tipo de mercadoria do Partido Interno, era só pedir. Mas lhe ocorreu que seria bom ver os velhos amigos. A bela Harriet já deveria estar casada, ou fazendo os preparativos e louca para mostrar seu macacão de casamento. Por cortesia de Weeks, a sacola de Julia estava cheia de café e açúcar; as guloseimas eram para Winston, mas eram do tipo que aqueceria o coração da senhora Melton. É claro que Julia teria de abrir mão de ficar deitada na cama em meio ao feitiço de amor dos remédios — mas ela pensou: será que a senhora Melton vendia esses medicamentos? Era o tipo de coisa que ela devia ter escondido no fundo de algum armário.

Com essa ideia agradável em mente, Julia correu até a porta da senhora Melton e bateu. Dentro da casa, ouviu pessoas discutindo e passos impacientes se dirigindo à entrada. Aquilo era maravilhosamente familiar, e Julia sorriu ao se preparar para a grosseria da senhora Melton. De fato, quando a porta se abriu, Julia viu que a senhora Melton não tinha mudado nada: as mesmas veias avermelhadas adornavam seu nariz; a mesma constituição robusta preenchia a mesma calça simples. Inclusive, ela estava usando o mesmo lenço de cabeça "A Pista de Pouso Um Entende de Construção!" da última vez em que Julia a viu.

Ao ver que era Julia, a mulher franziu a testa e disse:

— Ah, é você, né?

Depois, espiou pela rua como se uma pessoa mais interessante pudesse aparecer. Talvez tenha havido uma pausa mais longa, uma relutância mais convincente, antes de ela deixar a porta semifechada para destravar a corrente dizendo:

— Já que está aqui, é melhor você entrar.

A senhora Melton indicou o caminho para a conhecida sala de estar, com suas poltronas surradas e suas pilhas de itens variados. Enquanto se dirigiam até lá, ela entreteve Julia com a lamúria usual sobre como os tempos estavam difíceis, as mercadorias, escassas, e as pessoas, indispostas a pagar o que elas valiam. Mas um novo lamento havia surgido: os clientes também estavam escassos.

— Achei que nunca mais a veria de novo. Não tem tanta gente do velho grupo do Partido que ainda vem. Escute... Espero que você não tenha vindo buscar aqueles cigarros de que gosta. Essa mercadoria acabou.

— Ah, é? — perguntou Julia, de maneira polida. — O que aconteceu?

— O que aconteceu? O que não aconteceu? Agora, o que tenho é um pouco do delicioso chá do Partido Interno. Isso você pode tirar das minhas mãos, se quiser.

— Chá? Hoje, não. Eu não estou com vontade.

— Chá ainda tem, e é uma mercadoria boa para vender. Mas fique à vontade. Tenho pouca coisa a mais do tipo. Se você tiver algumas mercadorias, ficarei satisfeita.

— Bem, talvez eu tenha... — Julia deslizou a mão até a sacola de ferramentas. — Mas minha expectativa era de que você tivesse um certo tipo de remédio. Talvez você o conheça. Nós o chamamos de remédio Antissexo.

A senhora Melton franziu o cenho e analisou Julia com mais atenção.

— Ah, isso... bem, posso conseguir. Há pouquíssima coisa que não posso arranjar. Mas não posso vender esses remédios para qualquer um, pois eu ouço falar que seus fornecedores morreram pelas próprias mãos. E com muita frequência o Partido ia atrás deles, para descobrir o motivo pelo qual faziam isso. O Partido não gosta dessas coisas. É o tipo de coisa que desperta o interesse de um comerciante. Eles a chamam de "auxílio à fuga" e "conspiração", e só o Grande Irmão sabe do que mais. Entenda, não vale a pena o risco. Sobretudo quando é alguém como você, que nunca viu a menor utilidade nesses medicamentos. Eu me pergunto por onde você andou durante esses meses e se não está metida em alguma encrenca. Esse é meu ponto de vista.

Julia meneava a cabeça, como se conhecesse bem essas considerações.

— É uma vergonha, já que posso pagar um preço bem bom — ela disse. — E não estou metida em nenhuma encrenca. Olhe aqui... — Ela remexeu o bolso e tirou o distintivo do Grande Futuro. — Você sabe o que é isto?

A senhora Melton não mudou sua expressão, mas sua postura de repente ficou bem empertigada. Suas mãos se reorganizaram.

— Sim, posso dizer que sei — ela disse, por fim.

— Recebi hoje — disse Julia. — Então, veja... Não estou metida em nenhuma encrenca, mas tenho sentido muito mal-estar.

— Sim, você vai precisar do remédio para curar dores e feridas. Não há nada de errado nisso. — Então, de um jeito ardiloso, ela olhou para Julia e disse: — E, se estiver disposta a me dar esse distintivo em troca dele, vai me servir muito bem.

Julia fechou a mão sobre o distintivo.

— O quê? Isto? — ela perguntou.

— Ora, veja... para você, ele nem é tão útil. É só um enfeite. Você recebeu a prova de que é o que ele afirma, então, o distintivo não passa de um exibicionismo inútil. Mas há outras pessoas que podem fazer bom uso desses objetos. E uma coisinha dessas... bem, é fácil dizer que você a perdeu.

Por um instante, Julia se sentiu tentada. O afã de agradar à senhora Melton era forte, e era verdade que esses distintivos se perdiam com muita frequência. No entanto, uma intuição fez sua mão tremer e voltar a colocar o distintivo no bolso.

— Não, é melhor não. A ideia de perdê-lo não me agrada. Porém, tenho um pouco de café e açúcar do Partido Interno, se forem úteis para você.

A senhora Melton continuava olhando para o bolso de Julia.

— Bem, café e açúcar me caem muito bem. Mas, se mudar de ideia, eu...

Naquele instante, uma grande explosão abalou a casa. A senhora Melton deu um pulo para trás e falou um palavrão quando um estrondo tremendo veio de longe e passou voando, sacudindo as janelas. Uma vasilha de alumínio escorregou de uma prateleira e caiu no chão, rolando barulhenta sobre o piso de linóleo. No silêncio que se seguiu, a lâmpada desencapada que pendia apagada do teto balançou para a frente e para trás no fio. Então, passos pesados desceram as escadas e Harriet apareceu no corredor, usando uma calça velha remendada e uma camisola sem formato, com os cabelos vermelhos bagunçados como se ela tivesse acabado de acordar.

— Malditas bombas! — Ela gritou com raiva. — Os bastardos vão matar a gente! Quanto tempo nós... — Então, ela viu Julia e parou, cerrando os olhos. — Você! O que você quer aqui?

— Harry! — disse a senhora Melton. — Chega. Agora, vá até onde está o senhor Tyler. A camarada Worthing está aqui para pegar o que ele vende.

A expressão de Harriet se iluminou com um sorrisinho maroto.

— Ah, é isso? — ela disse. — Eu deveria saber que acabaria assim.

— Agora, chega! Vá! — ordenou a senhora Melton.

Harriet bufou e foi embora. Bateu com força a porta da frente ao sair, e a casa sacudiu mais uma vez.

A senhora Melton suspirou.

— Não ligue para ela. O tal do Freddie a dispensou e ela fez uma cena. Deu um escândalo no centro comunitário enquanto eles tomavam chá e o chamou de tudo quanto é nome. É claro que todos os policiais estão em cima dela agora. Não é seguro ela sair do distrito, e ela não se sente nem um pouco mal com isso.

— Ela não pode sair do distrito? Como vai conseguir arranjar um marido do Partido?

— Ela não vai — respondeu a senhora Melton. — Acabou-se. De todo modo, agora não é hora, né?

— Como assim?

— Oh, quando ela era menina e vi que seria uma mulher bonita, claro que pensei em um marido do Partido Interno para ela. Não havia muitas garotas se casando com azuis, mas acontecia. E essas garotas tinham casas legais e filhos parrudos. O dinheiro voltava para as famílias, e elas se mudavam para as partes do distrito mais próximas da fronteira, onde as bombas não chegam. Mas olhe para o seu Partido agora! Somem com um, somem com outro, e os demais estão num acampamento. O amigo dela, Freddie... metade dos amigos dele se foram, ficaram um mês lá. Das famílias do Antigo Partido, todos os homens se foram. Foi isso que o impediu de se casar com ela. Ele não ia se casar com uma PROLETA para depois sumirem com ele para compensar esse ato.

— E, como se não bastasse, nosso lado está causando cada vez mais problemas — ela prosseguiu. — Uma garota como Harriet... Bem, tivemos de espalhar que ela largou o Freddie, para que não recebesse críticas dos caras da área. Não sei se você se lembra da senhora Bale, que mora por aqui... Bem, agora, suas opiniões são tidas como bem moderadas...

— Se quer saber... O fato de você ter vindo aqui... — a senhora Melton continuou. — Bem, eu sempre gostei de você. Harriet também, e tudo o mais, quando você não tem esses ataques de chatice. Mas seria mais prudente você não voltar, e seria mais sensato eu não abrir a porta para você. Se um dia quiser se livrar do distintivo, minha porta estará sempre aberta. Mas, por qualquer outro motivo... fique longe. Isso porque olho ao redor e vejo o que vejo, e afirmo: são outros tempos.

A porta bateu de novo e Harriet entrou na sala pisando duro, continuava bonita e vibrante, mesmo com aquelas roupas desleixadas. Ela atirou um saco de papel nos pés da mãe e depois subiu correndo as escadas, sem dizer nada.

A senhora Melton pareceu não notar a grosseria. Ela apenas se inclinou para pegar o saco e o segurou a fim de mostrar a Julia o número 25 desenhado nele.

— Conte se quiser, mas nunca o vi trapaceando. Agora, me deixe ver esse café...

A caminhada de volta ao Weeks não levou nem um minuto. Foi estranho pensar em como ela esteve tão perto da casa da senhora Melton todo aquele tempo. À noite, a loja ficava fechada. Pela janela, Julia avistou a silhueta de uma lâmpada movendo-se entre os cacarecos amontoados na parte de trás. Uma sombra tremeluzia, expandindo-se e encolhendo. Enquanto ela observava, a sombra revelou um braço bem comprido passando pelo teto, como se procurasse algo, e em seguida retraindo-se de forma abrupta. Julia usou sua chave e entrou, sentindo-se mais calma. Tinha sido sua última vez na casa dos Melton; talvez fosse sua última vez ali também.

Weeks trabalhava em uma mesa nos fundos. Ainda usava a peruca cinza de Charrington, mas havia tirado a maquiagem do rosto e não se deu ao trabalho de se curvar, então, ficara óbvio que o homem tinha um metro e oitenta de altura e era forte. Ele tinha um ar de autoridade do Partido, por isso a jaqueta de veludo amassada e os óculos arqueados incongruentes o deixavam com uma aparência sinistra. Percebia-se o que essas roupas eram: pele de cordeiro.

— Olá! Você não vai adivinhar o que aconteceu! — Julia disse.

— Não — concordou Weeks. — Não vou. Nem espere.

— Ah, não precisa reagir assim. Ouça, acabei de voltar da clínica de INSEMART e descobri que estou grávida. Acabei de descobrir.

— Minha nossa... — Weeks balançou a cabeça e retornou à sua tarefa, que, Julia percebeu, tomando um susto, era a limpeza de um revólver.

Ele havia colocado as escovas e o óleo sobre um pano amarelo manchado ao lado das peças pretas opacas.

— Você conhece o programa Grande Futuro? — perguntou Julia.

— Sim, meu receio era esse.

— Então, você entende por que eu vim te contar. É o filho do Grande Irmão!

Ele interrompeu a tarefa e ergueu os olhos.

— Mas é mesmo? — ele perguntou.

— Bem, não tenho certeza, é claro. Mas pode ser.

— Sim. Pode ser. Uma situação bem incerta.

— Mas deve ser... Senão, por que me aceitariam? Eles verificaram meus registros e me levaram direto; me passaram na frente de todas as outras. Acho que eles sabem o que eu faço.

— Oh, sobre isso... com certeza, eles não sabem. Não, não é tão simples assim descobrir essas coisas.

— Mas ficou claro que de *alguma coisa* eles sabiam. Por que outro motivo teriam me dado preferência?

— Você é uma Heroína da Família Socialista. Como eles têm memória curta! Hoje em dia, mães não significam nada.

Ele balançou a cabeça e voltou a remontar o revólver.

— Mas *pode* ser filho do Grande Irmão — insistiu ela. — Oficialmente, o filho é dele.

— Então, você quer enganar o Partido? Deixar um intruso no ninho dele? Não podemos lidar com isso agora, porque chegamos ao ponto em que todos nós precisamos de sua atenção. Eu a aconselharia a tirar isso da cabeça.

— Devo falar com O'Brien? Ele precisa saber, afinal.

— Não acho necessário.

— Talvez *eu* ache. E se...

— Não ache — disse Weeks.

Ele abriu uma gaveta, tirou uma caixinha marrom de munições e começou a encher o cartucho do revólver de um modo metódico. Julia observava; ela se lembrou da vez em que a deixaram ajudar um aviador nessa tarefa. Foi uma empreitada bem gratificante; a mola era tão resistente que uma criança conseguia inserir as balas apenas com o esforço e a vontade de realizá-lo. Para Weeks, é claro, era fácil.

— Estamos chegando ao fim da operação — disse Weeks. — Sei que foi bem divertido, mas logo o verão vai acabar. O outono se aproxima... términos, a morte da Terra, renovação. Então, teremos de nos despedir de alguns velhos amigos. Os camaradas Parsons e Ampleforth serão presos na manhã de sábado. Smith talvez leve um pouco mais de tempo... o caso dele está rendendo, e eles querem que ele tenha uma prisão de destaque. Isso atrapalha muito o cronograma.

— Sábado — disse Julia, atônita. — É daqui a dois dias.

— Isso aí. Eu achei que hoje ainda fosse quarta, mas já é quinta. É nisso que dá trabalhar em horários estranhos. — Ele colocou a última bala, depois olhou para cima. — Tudo entendido?

— Eu não preciso participar dessas prisões?

— Talvez da prisão do Smith. Não ouvi falar nada a respeito. Quase não importa, pois, é claro, você deve ser pega de surpresa. Por favor, faça isso, ou então vai causar um monte de problemas inúteis. Ele não pode saber que você é uma das nossas. Você deve ser a última ilusão dele.

Julia quis perguntar por que Smith não podia saber a verdade. Qual era o sentido de mentir para um homem que logo seria morto? No entanto, ela apenas comentou:

— Devo encontrar Ampleforth hoje à noite. Eu preciso...

— Ah, para o diabo com o homem! Leve-o para dar uma caminhada. Tenho coisas para fazer naquele quarto — disse Weeks, encaixando o pente no revólver; ele fez um clique ao encaixar. Então, ele o ergueu dizendo: — Nunca aponte uma arma para uma pessoa, a não ser que queira atirar nela. Nem mesmo se a arma não estiver carregada. — Ele apontou a arma para o peito de Julia. — Olhe... Você vai sentir que não é seguro.

O coração dela disparou por causa do susto, mas ele logo desviou o revólver e o colocou dentro de um bolso grande de sua jaqueta de veludo. A arma fez um volume no bolso e a bainha dela ficou para fora, de uma maneira desengonçada que lhe era familiar. O revólver devia ter estado lá o tempo todo.

— Por que será que... — Julia começou a falar, mas logo foi interrompida.

— Sim, camarada?

— Por que escolheram o Parsons? Ele é tão leal. Em relação aos outros, entendo perfeitamente. Mas o Parsons não é um MALPENSANTE, nem um pouco.

— Oh, ledo engano seu. Houve outro relato. Ele acordou os filhos de madrugada gritando "Abaixo o Grande Irmão!".

— Abaixo o Grande Irmão?

— Sim. Águas tranquilas, né?

Com uma sensação de náusea, Julia observou a expressão de Weeks tentando descobrir se ele sabia que a frase era dela. No entanto, ele se limitou a franzir o cenho como se refletisse, acrescentando em seguida:

— Claro, dá para questionar se uma história dessas é verdadeira. Parece muito bem o tipo de coisa que uma criança inventaria, e hoje em dia estão dando recompensas muito boas lá nos Espiões. Ainda assim, não dá para liberarmos um homem quando seus próprios filhos afirmam que ele clamou pela morte do líder, dá? E, se descobrirem que as crianças forneceram um relato falso, também há castigos para elas. Portanto, no fim, tudo se acerta.

Assim que ele disse isso, Julia percebeu que já estava tudo planejado. O homem seria preso e morto a tiros. Em seguida, ficaria decidido que as crianças mentiram, e elas seriam enviadas ao campo de trabalho juvenil — se não por outro motivo, porque era mais barato sustentá-las assim do que de outra maneira. A esposa também deveria ser presa por não reportar esses criminosos perigosos. Alguns vizinhos e colegas também entrariam na dança — isso sempre ocorria. Tudo por causa do capricho de Julia de fazer Parsons lhe dizer coisas obscenas ao pé do ouvido.

Ampleforth ficou contente com a ideia de fazer uma caminhada ao ar livre. Sua vista estava cansada demais para anotar poemas, disse ele; como todos os funcionários da Registros, ele tinha passado a semana inteira substituindo "Eurásia" por "Lestásia". Eles seguiram na direção sul, mantendo uma distância discreta um do outro e permanecendo nos distritos PROLETAS tanto quanto possível. Vez ou outra, ele tinha de parar para descansar. Então, pedia desculpas por suas "pobres pernas mancas". Julia disse que também ficava contente por descansar, acrescentando que não fazia sentido ele falar em mancar sendo tão forte e empertigado. Isso o encorajou, e ele insistiu em prosseguir até a margem do rio. Encontraram um lugar distante de postes, e Julia deu uma espiadela ao redor até ter certeza de que eles estavam fora do alcance de todos os microfones. O rio estava cheio, logo, eles não desceram até a parte de terra. Sentaram-se na mureta acima.

Então, Ampleforth falou do seu irmão, dizendo que talvez ele parasse para vê-lo a caminho de casa. Entretanto, ele disse que os dois não se entendiam muito bem, e os encontros entre eles sempre acabavam em bate-boca.

— Quando o vejo, ele sempre zomba de mim pelo fato de eu ter sido dispensado do serviço militar. Ele chama isso de "a sorte do inválido", e afirma que eu poderia ter combatido se tivesse a mentalidade certa. Ele trabalha na seção da Paz e sempre foi do Exército, veja só. Não é intenção dele ser grosseiro.

— Mas e se for?

— Arrisco dizer que é. Mas, sem dúvida, eu também digo um monte de grosserias sem perceber.

— Os outros, sim, querido — comentou Julia. — Você, nunca.

— Você sabia que Alexander Pope[13] era inválido? Ele sofria de tuberculose óssea.

Julia não sabia quem era Alexander Pope, mas estremeceu ao ouvir isso e comentou:

— Oh, que injusto.

— Ele também morava em Londres. Talvez ele tenha se sentado aqui e olhado aquela margem. Muitos deles moraram aqui. Shakespeare! — Ampleforth sorriu, delirante. — Sabe... Sempre penso em mim não como Shakespeare, mas como amigo dele. Imagino-o conversando comigo sobre sua poesia, embora eu nunca consiga imaginar o que ele diria. De fato, uma coisa só... poesia. A sensação é de que alguma coisa visitou o mundo e de que ela não pertence a este Universo.

Julia deveria ter sido capaz de concordar de um modo sincero. Por algum tempo, ela ansiou pelas visitas de Ampleforth, não só pelos seus modos amigáveis, mas também pelos poemas. Kubla Khan e seu domo de prazeres agora eram seus velhos amigos, e, quando estava sozinha no quarto, às vezes, Julia lia o caderno de anotações de Ampleforth. Havia um poema em particular de que ela gostava, sobre um soldado combatendo na Eurásia:

---

13. Alexander Pope (1688-1744), um dos maiores poetas britânicos do século XVII, famoso por suas traduções das obras de Homero. (N. da T.)

Se eu morrer, pense apenas isto a meu respeito:
que existe um canto num campo estrangeiro,
que é para sempre a Inglaterra.
Haverá um pó mais rico escondido nessa fértil terra;
um pó que a Inglaterra conteve, moldou, tornou consciente...

No início, havia parecido um desengonçado VELHOPENSAR o fato de o poema dizer "Inglaterra" no lugar de Pista de Pouso Um, mas, quando se acostumou com ele, Julia descobriu que a palavra continha uma sonoridade gloriosa, como címbalos se chocando. Ela olhava para a própria mão e pensava: "*Um pó que a Inglaterra conteve, moldou, tornou consciente...*".

No entanto, naquele momento em que o poema lhe passou pela cabeça, ele a fez lembrar de que logo Ampleforth viraria pó.

Ela respirou fundo e disse:

— Poesia. Sim.

— Não podem se livrar disso, podem? Não totalmente. O mundo deixaria de existir, em certo sentido. Seria como os éons antes de um ser vivente vir à Terra, quando não havia ninguém aqui para ver as coisas. Grandes lagartos pululando por aí sem saber de nada.

— A nova plataforma do Partido se pronunciou contra os lagartos. Agora, isso é biologia de burguês — disse Julia.

— Ah. Eu sentirei falta. Nada de lagartos, então. Que solitário... — Em seguida, ele olhou para ela, com delicadeza, e disse: — Sabe que, nos últimos tempos, ando tendo uma sensação bem peculiar? Sinto as pessoas sendo arrancadas de mim. Sobretudo no Ministério da Verdade; mas, agora, no meu alojamento também. Ando por aí como se eu estivesse fugindo. Você acha que é por causa do Syme? As pessoas sabiam que éramos amigos. E depois cometi um erro muito bobo. Deixei a palavra "Deus" em um poema. Era uma rima para "teus", e, juro pela minha vida, não consegui pensar em nenhuma outra palavra que se encaixasse. No entanto, esses erros acontecem, e depois não dão em nada. Você acha minha preocupação boba demais? — Ele perguntou e olhou para ela, esperançoso.

Ela teve vontade de dizer que ele não deveria ter medo de nada. Ficou pensando em maneiras de falar isso, mas se limitou a franzir o cenho e olhar para o rio, lá embaixo. Dali, a água era puro breu. Formava ondas bonitas na superfície e se parecia muito com o couro grosseiro do uniforme de um policial.

Por fim, Ampleforth desviou o olhar.

— Acho que você não pode... — ele começou a dizer e ela o interrompeu.

— Você gostaria de uma resposta... isto é, se eu soubesse? De verdade, você gostaria que eu respondesse?

Então, ele ficou com medo. Encarou-a como se por trás de seu rosto houvesse um terrível mistério.

Ela continuou, com um tom de voz mais suave:

— É que eu também sinto essas coisas, é isso. Fico assustada. E sempre penso que gostaria de não saber de nada.

— Eu... Sim. É... Acho que eu gostaria de saber.

— Mas por quê? Se não há nada que você possa fazer...

Ele olhou ao redor como se quisesse se certificar de que não havia espiões, depois, inclinou-se para mais perto dela e disse:

— Uma vez, não consegui reescrever um poema. Mal me lembro qual era, mas parecia muito ruim, e tive certeza de que eu seria preso. Então, decidi pular de uma janela no Ministério da Verdade. Pensei que eu fosse pular e morrer e não ter de passar pelas coisas que eles fazem no Ministério do Amor. Tenho verdadeiro pavor de tudo isso... da dor.

"Sabe... no vigésimo andar, tem janelas que abrem — ele continuou. — Fiquei sabendo disso em algum lugar, e pensei em usar de esperteza e lançar mão dessa informação. Você vai rir... Você sabe que não consigo subir escadas, não com facilidade. Devo ter passado uma hora nessas escadas, e tive tempo para pensar a respeito de tudo. E o que mais desejei naquele momento foi ter certeza. Tinha pavor de pensar em dar fim à minha vida se o perigo não fosse real.

"Acontece que, quando cheguei lá em cima — ele prosseguiu —, descobri que eles haviam instalado barras de ferro nas janelas. Eles pensaram na fuga e a evitaram. Também houve um tempo em que era possível cortar a garganta com uma faca. Hoje em dia, as facas são cegas demais. Talvez um cozinheiro tenha uma faca afiada, mas você e eu... nunca chegaríamos perto de uma."

— Oh, Stan.

— Eu gosto quando você diz meu nome. Você o pronuncia com tanta doçura...

— Deveríamos nos afogar.

Ele estremeceu.

— Eu não conseguiria. É meu maior pavor, afogamento. Oh, queria que você não tivesse dito isso. Agora, não consigo olhar para o bom e velho Tâmisa. Sei que sou um baita de um covarde.

— E se... bem, e se tomássemos uns remédios?

— É... não seria tão pavoroso. Na verdade, eu pensava em entrar na Liga Antissexo para esse propósito, para conseguir os remédios Antissexo. Mas aí eu te conheci. Sei o que pode parecer, considerando a minha *performance*, outro dia.

— Oh, Stan.

Ele riu.

— Bem, você ficar repetindo meu nome várias vezes o faz soar bem diferente.

Por impulso, ela estendeu o braço e pegou a mão dele. Ele ficou tenso, mas, depois de olhar ao redor de novo à procura de espiões, relaxou. Ela estava pensando em todas as coisas para as quais poderia precisar dos remédios nas semanas seguintes. Pensou na senhora Melton lhe dizendo para não voltar. Pensou em como seria perigoso pedir remédios para o doutor Louis, já que, com certeza, ele reportaria o caso. Aí o Ministério do Amor ficaria sabendo, e ela sabia, sem nem ter de perguntar, que eles não aprovariam isso. Os remédios da senhora Melton seriam a medida exata para alguém do tamanho de Ampleforth, mas isso só deixaria a Julia as duas últimas drágeas dadas por Oceânia. Ela tinha a prisão de Winston para enfrentar e a incerteza do que vinha depois, quando todos os homens com quem ela trabalhou tivessem ido embora. Imaginou Weeks descobrindo que ela ajudara Ampleforth a morrer para escapar da prisão. Lembrou-se da horrenda sensação do revólver apontado para o seu peito.

Para dar fim a toda essa agonia, ela soltou a mão de Ampleforth e pegou os remédios que havia comprado da senhora Melton. Quando ela fez menção de colocar o embrulho no bolso da camisa dele, o homem teve um sobressalto terrível e a olhou com uma expressão indecifrável.

— Fique parado. Só estou te dando uma coisa — ela disse baixinho.

Ele esperou passivo, enquanto ela os colocava dentro do bolso dele. Quando ela acabou, ele apalpou o bolso com os dedos e sua respiração ficou ofegante. Então, ele disse:

— Isto é...?

— Tem que tomar com gim. Aí, deve bastar.

Por um instante, ele permaneceu parado, com a mão sobre o bolso, como se acalentasse o coração. Depois, disse:

— Então, você acha... É o que receio?

— Acho, sim. Lamento muitíssimo.

Pela primeira vez, ele estendeu o braço e pegou a mão de Julia. Apertou-a, respirando de um jeito estranho, contemplando a água turva lá embaixo. Sua outra mão fazia uma pressão bem forte sobre o coração, ele estava com o corpo inteiro curvado. Sob o leve luar, só se via a superfície do rio como se fosse uma silhueta inquieta. Julia se lembrou do poema de Kubla Khan — o mar sem sol, as cavernas imensuráveis para o ser humano. Pela primeira vez, achou que o compreendia. Não era um lugar na Terra: era a morte.

Por fim, ele soltou a mão dela e a olhou com a expressão atordoada de um sonâmbulo. Ele disse, rouco:

— Acho que é melhor eu ver meu irmão. Sim, acredito que ele iria desejar isso.

— Sim, querido. Tenho certeza que sim.

— Eu a amei do meu jeito. Você sabe disso?

— Oh, sim. E eu também o amei do meu.

— Minha querida... Não foi você, foi? Você não contou a ninguém o que fizemos... Contou?

— Não — respondeu ela, depressa. — Não fui eu.

— Na verdade, eu tinha esperança de que fosse você, assim você estaria a salvo. Mas eu não podia esperar uma coisa dessas. Isso não é egoísmo?

— Não fui eu. Eu nunca faria isso.

— Sou tão grato por... oh, por tudo. Mas preciso ver meu irmão. Eu amei você. Oh, minha criada abissínia!

Ela ainda escarafunchava as ideias em busca de um nome poético para lhe dar quando ele se levantou e foi embora correndo, assustado. Num instante, ele se perdeu em meio às multidões de PROLETAS que estavam voltando das execuções noturnas.

18

Ela tomou a penúltima pílula no dia seguinte, antes do trabalho, mas não sentiu nenhum efeito que fosse perceptível. Passou a manhã inteira inquieta e assustada. Tudo se revelava através de um fino véu preto. A imagem de Ampleforth curvado de pavor ficava voltando à sua mente; em seguida, a de Parsons e de sua esposa e seus filhos — todos eles mortos por causa dela. Naquela noite, Julia deveria ver Winston Smith, e agora ela achava que ele era quase um fantasma, um Kubla Khan em um mundo sem sol, entoando, de maneira comovente, "Os mortos somos nós...". Quanto a Vicky, Julia se lembrava dela como uma brancura reluzente, dos bosques por onde elas andaram, como um arabesco dourado e, em meio a todas essas belezas, como algo que ela havia perdido por causa de sua própria crueldade. Todos seriam assassinados, e também Julia, sua assassina, e ela nunca mais voltaria a ser boa nem amada. Nem o bebê do Grande Irmão fazia diferença. Ele morreria dentro dela. Seria apagado da memória. Sumiriam com ela e com todos aqueles a quem ela queria bem. Eles desapareceriam como se nunca tivessem nascido.

Julia tomou a última pílula às catorze horas, sem sequer estar consciente do ato. De repente, se deu conta do que havia feito, e no mesmo instante quis outra. Pensou em procurar Ampleforth e lhe pedir para devolver uma ou duas cápsulas. Ele não era tão maior que Julia, então, 23 comprimidos talvez bastassem. É claro que ela não poderia fazer isso — e, só de ter pensado nisso, um pavor tomou conta dela, uma sensação sombria e infinita que Julia só tivera em pesadelos. Com o instinto que lhe servira durante a vida toda, ela sabia que dar os comprimidos a Ampleforth tinha sido um erro fatal. Ele não os usaria a tempo. Seriam encontrados. Quando os homens do Ministério do Amor começassem a feri-lo, a primeira palavra pronunciada por ele seria o nome de Julia.

Ela passou as últimas horas no trabalho em meio a um torpor de pavor. Derrubava ferramentas e não conseguia responder a perguntas. Levou uma hora para fazer um conserto básico em um tubo pneumático. Depois, na parada de ônibus, percebeu que estava com medo de ir ao distrito PROLETA, algo que ela fizera todas as semanas durante anos. Foi assombrada pela lembrança do mercado modificado, dos ratos assados e de um clima de ameaça sórdida; pelo "*Não é o momento...*" da senhora Melton. Para acalmar os nervos, ela colocou no peito seu distintivo do Grande Futuro, na esperança de conquistar a simpatia dos PROLETAS que pegavam os ônibus interdistritais. Mas, dessa vez, ninguém reparou, e ela permaneceu em pé. Agarrou-se a uma barra e fechou os olhos, tentando garantir a si mesma que nada mudaria naquele dia. Ampleforth e Parsons não seriam presos até sábado... o dia seguinte. Os remédios não seriam encontrados até lá. Não a machucariam hoje.

Havia uma porta dos fundos que dava para o quartinho do Weeks que Winston sempre usava. Em geral, Julia não a utilizava, pois era uma forma certeira de levantar suspeitas do Weeks. "Estamos espreitando", diria ele. "Nos escondemos da luz. Ora, por que será?" Entretanto, naquela noite, ela a usou, sentindo uma necessidade persistente de se esconder da luz. Se Weeks visse a cara dela, perceberia seu desespero, seu pânico — tudo o que não convinha perceber. Ao passar pelo corredor escuro, ela desacelerou para aproveitar a sensação de estar escondida. Pensou em ir até onde estava Vicky e dizer "*Sim, eu vou embora. Mas hoje à noite...*". Elas poderiam fugir... No entanto, quando Julia tentou imaginar isso, a situação lhe pareceu bizarra, impossível. Pensar no que havia fora de Londres trouxe de volta lembranças terríveis da SAZ-5: as pessoas esqueléticas, cambaleantes; os aviadores pendurados na forca; o cheiro das sepulturas. De todo modo, não as deixariam entrar em um trem à noite. Após as dezoito horas, era preciso permissão especial, e, se elas saíssem a pé, teriam de passar pelos pontos de controle. Não, ela não precisava decidir isso neste exato momento. Seria melhor pensar a respeito durante a madrugada.

No patamar das estreitas escadas, ela parou, olhando para cima, para a porta arranhada que dava para o quartinho, e tentou identificar o que sentia.

Havia um espelho ali, pendurado entre duas fileiras de ganchos e meio escondido por velhos casacos que cheiravam a mofo. Julia deu uma olhada no espelho e ficou um tanto surpresa ao perceber seu semblante inalterado. Esperava algum sinal de depravação, mas estava apenas pálida. Ela pegou um batom na sacola de ferramentas e aplicou um pouco de cor em cada bochecha, espalhando-a com a ponta dos dedos. Winston nunca se importava com a falta de destreza. Para ele, toda maquiagem era bonita. As escadas tinham um leve cheiro de umidade, que agora ela inalava sentindo-se agradecida. Poderia ser a última vez em que ela subia aquelas escadas. Talvez fosse o último dia seguro no mundo.

Quando ela entrou, Winston estava em pé à sua espera. Ele já havia tirado as botas, e seus pés compridos e ossudos pareciam vulneráveis dentro das meias gastas, bem surradas. Aninhado contra seu peito havia um livro de capa dura com uma capa preta simples, sem nenhuma palavra.

Julia sentiu uma onda de alívio ao vê-lo — ainda havia mais gente no mundo. Naquele instante, todas as antigas irritações que sentia em relação a ele se tornaram uma espécie de ternura. Ficava-se íntimo de alguém, e essa pessoa se tornava importante; todavia, cismavam-se com suas falhas, considerando-as em momentos particulares como se elas fossem tesouros de um avarento. Era o mesmo que ela sentia em relação à sua mãe: uma raiva que era um tipo de amor.

Ela largou no chão a sacola de ferramentas e caiu nos braços de Winston. Ele deixou o livro de lado e a abraçou, com ansiedade, esperando que ela também o fizesse. Então, quando Julia recuou para olhar seu rosto, viu seus olhos brilhando de empolgação. Ele disse:

— Consegui o livro!

Só então ela entendeu. Era o livro de Goldstein, o que O'Brien lhe prometera. Nesse momento, ela ficou bem chateada, pois aquilo não tinha nada a ver com amor, não como se sentia.

— Ah, você conseguiu? — ela retrucou, com rispidez. — Que bom.

Ela andou até onde estava o fogão a óleo, para aquecer a chaleira, virando de costas para Winston. O fogão era antigo, e sua válvula de pressão funcionava de forma imprevisível; era fácil produzir sem querer uma chama de fuligem flamejante. Essa tarefa esfuziante lhe dava nos nervos, mas logo ela conseguiu sorrir dos comentários amargos de Winston.

— É tão assustador vê-la com roupas do Partido. É como um cisne vestido de pombo — ele disse.

Ela também conseguiu fazer comentários provocadores sobre o estado lamentável das meias dele. Julia lhe deu o café e se entregou às suas carícias, ainda que naquela noite elas não lhe causassem nada além de uma terrível vontade de chorar.

Quando terminaram de fazer amor, ele logo procurou o livro.

— Precisamos lê-lo — disse ele, num tom didático. — Você também precisa. Todos os membros da Irmandade precisam lê-lo.

— Leia você. Em voz alta. É o melhor jeito. Aí você pode me explicar, à medida que for lendo.

Ela sabia que ele acharia essa proposta irresistível, e não ficou desapontada. Ele se ajeitou com um ar de contentamento e começou:

— Capítulo Um. Ignorância é Força...

Por um instante, ela tentou prestar atenção, se não por outro motivo, por curiosidade sobre como os rapazes do Ministério da Verdade haviam se encarregado dessa tarefa, pois, com certeza, a redação do livro era trabalho deles, não de Goldstein. Entretanto, o dia exaustivo a deixara sonolenta. Havia algumas coisas sobre classes altas e baixas... e um minuto depois ela acordou com os cutucões de Winston, que lhe perguntou:

— Julia, está acordada?

— Sim, meu amor... — Ela disfarçou. — Estou ouvindo. Continue. É maravilhoso.

Ele continuou, e ela lutou para continuar acordada e ouvir, mas logo estava cochilando de novo. Para seus ouvidos, era exatamente como as obras embrutecedoras sobre eletrônica socialista que ela tivera de ler na politécnica, repletas de frases como "Considerando-se este cenário, poder-se-ia inferir que..." e observações pomposas sobre períodos históricos dos quais ninguém se lembrava. Ela deu uma acordada quando chegou a parte do *DUPLIPENSAR*, mas, mesmo ali, tudo o que o livro parecia dizer era que acreditar em coisas contraditórias culminava em acreditar no que não era verdade. O aluno mais fraco de uma turma poderia dizer a mesma coisa, embora talvez não em voz alta. O tom fútil daquilo a deixava mais exausta que qualquer outra coisa. Cheirava ao hálito vencido de homens para os quais opiniões forjavam a vida.

Mas Winston o lia como se o livro contivesse uma revelação atrás de outra, como se fosse uma obra de feitiços que lhes daria poderes sobre-humanos.

Por fim, Julia desistiu de lutar e deixou seus olhos se fecharem. Algum tempo depois, ela se deu conta de que a voz monótona e satisfeita de Winston havia se calado e que o corpo dele estava aninhado ao seu. Ela se virou e o abraçou, sonolenta, sentindo a atração física natural que sempre sentia quando eles conseguiam dormir juntos. Ele estava quente, e o quarto, frio. Os ruídos externos do distrito PROLETA eram uma canção de ninar; mostravam que nada havia mudado.

Ela acordou com a cantoria da lavadeira. Sentia cansaço em todos os membros. Foi como se tivesse dormido por muito tempo, embora o relógio indicasse 20h30 quando acordou. Winston se mexeu. Ela se alongou com languidez, dizendo:

— Estou com fome. Vamos fazer mais café... — Mas, no minuto seguinte, teve um sobressalto ao perceber que havia deixado o fogão ligado. Ela já estava em pé, meio nua, quando Winston ergueu os olhos, meio grogue.

Agachando-se ao lado do fogão, ela percebeu que a chama estava apagada.

— Droga! O fogão já era, e a água está fria. — Ela segurou o fogão e o sacudiu. — Não tem óleo.

— Podemos pegar um pouco com o velho Charrington, eu acho.

Pensar em ver Weeks a deixou mais desperta, mas não no bom sentido. Agora, ela sentia o revertério dos remédios, uma exaustão que lhe pesava a cabeça.

— O estranho é que me certifiquei de que ele estava cheio — ela comentou irritada. — Vou me vestir. Parece que esfriou.

Enquanto se vestia, uma luz acinzentada vindo da janela sugeriu que já havia amanhecido. Ela voltou a olhar para o relógio desconfiada. Seria possível que fossem não 20h30, mas oito e meia da manhã seguinte? Aquilo fez um certo sentido; justificava como o fogão havia consumido todo o óleo. Winston também se vestiu, fechou o zíper do macacão e foi até a janela como se também estranhasse aquela luz. Ela foi até lá e ficou ao lado dele. Ele a envolveu de um modo afetuoso com o braço em volta de sua cintura e contemplou o quintal.

— Ela é bonita — comentou ele.

Levou um tempo para Julia perceber que ele falava da lavadeira, que estava de costas para eles e cantava com vigor enquanto pendurava camisas masculinas no varal. A velha chateação de Julia voltou. É claro que, na verdade, ele não achava a lavadeira bonita; se achasse, estaria naquele quarto com uma mulher roliça de rosto avermelhado, cansada. Era mais um sentimentalismo da parte dele em relação à nobre PROLETA.

— Ela tem um metro de bunda, fácil, fácil — Julia disse.

— É seu estilo de beleza... — Winston sorriu para Julia. — Você se lembra da ave que cantou para nós no primeiro dia, lá na floresta?

— Ela não estava cantando para nós. Estava cantando para agradar a si mesma. Nem isso. Estava cantando por cantar.

— Pássaros cantam, PROLETAS cantam, mas membros do Partido não cantam. Nunca pensou nisso?

Julia estava prestes a discordar — mal se podia passar uma semana no Partido sem cantar hinos patriotas —, mas, naquele instante, a lavadeira se virou e olhou direto para Julia, ainda cantando, sacudindo uma camisa branca molhada. Sob a luz, ela parecia diferente. Seu rosto não parecia mais tão marcado e vermelho, e sua silhueta continha uma graça robusta. Na verdade, ela tinha uma certa beleza. Além disso, agora, os olhos pretos da mulher revelavam uma inteligência traiçoeira. De um modo inacreditável, pareciam os olhos de Weeks. Uma suspeita congelante tomou conta de Julia. A mulher voltou a se virar, cantando em um contralto rico e característico, que Julia de repente distinguiu como uma exímia paródia de uma voz de PROLETA.

— Os mortos somos nós — Winston disse, continuando seu raciocínio.

— Os mortos somos nós — repetiu Julia, sem refletir.

— Os mortos são vocês — disse uma voz metálica atrás deles.

Assustados, Winston e Julia se afastaram. Ela sentiu todo o sangue sumir de seu rosto. Winston parecia desorientado e fraco, quase como uma menina em um filme fugindo amedrontada de seu violador lestasiano. Mas a garota estaria tremendo. Ele se encolheu e ficou em silêncio.

— Os mortos são vocês — repetiu a voz na parede.

— Foi atrás do quadro — disse Julia.

Naquele momento, ela estava de fato confusa. Só depois de falar ela percebeu que era isso que Weeks almejava. Ela demonstrou surpresa. Deveria continuar demonstrando.

A voz mecânica concordou:

— Foi atrás do quadro. Permaneçam onde estão. Não façam nenhum movimento até autorizarem.

No instante seguinte, a parede deu um estalo e o quadro caiu no chão, partindo-se. Atrás dele havia uma teletela comum, que, como de costume, ficava preta entre um programa e outro. A sensação de exposição era fora do comum. Ela sempre soube que havia câmeras, mas, mesmo assim, disse perplexa:

— Agora, eles podem ver a gente.

— Agora, podemos ver vocês — disse a voz. — Fiquem no meio do quarto. Um de costas para o outro. Cruzem as mãos atrás da cabeça. Não se toquem.

Ela se moveu conforme as instruções e ficou perplexa ao sentir as mãos geladas na nuca. Estava com medo. Por que estava com tanto medo? Era Winston Smith que estava sendo preso, não ela, que fazia seu papel de um jeito mais realista do que qualquer pessoa teria esperado. Tentou acreditar que estava temendo por Winston, mas era mentira. Não sentia medo algum por ele. Seu corpo inteiro tremia. Suas pernas pareciam frágeis. Oh, para que tanto medo?

Lá fora, a cantoria da lavadeira foi interrompida de repente. Houve ruídos metálicos, tilintantes; depois, uma profusão de gritos masculinos que culminaram em um grito de dor. Ao mesmo tempo, um som mais baixo de botas vibrando no lado de dentro e de fora da casa. Julia pensou que fosse uma infestação.

— A casa está cercada — disse Winston.

— A casa está cercada — concordou a voz mecânica.

Uma nova onda de pavor tomou conta de Julia, e ela pensou, desesperada, que devia ir embora naquele instante.

— Acho que devemos nos despedir — ela disse.

Para seu alívio, a voz concordou com ela:

— Acho que vocês devem se despedir.

No entanto, de repente, aquele momento foi interrompido pela voz aguda e insinuante de Weeks:

— E, a propósito, por falar nisso, "Aí vai uma vela para sua cama iluminar, aí vai um cutelo para sua cabeça cortar!".

Ao ouvir isso, a parte de cima de uma escada estilhaçou a janela, rompendo a moldura com um som ensurdecedor. A tênue luz solar foi bloqueada por uma silhueta escura e corpulenta. Ao mesmo tempo, sons de botas vieram marchando escada acima. Em um instante, o quarto ficou lotado de grandalhões de uniformes pretos, usando botas com bico de ferro e portando cassetetes.

Dois deles passaram por Julia, zombando da cara dela; então, a urgência de se livrar deles se tornou insuportável. No entanto, em seguida, ambos responderam a alguma coisa atrás dela, talvez um sinal do líder. Os cassetetes reagiram em sintonia, parecendo enrijecer em suas mãos. Ela pensou, por um instante, que eles estavam prestes a surrar Smith. Ela achou que deveria demonstrar medo, então, recuou com pavor quando alguma coisa se espatifou no chão atrás de si. Um pedaço minúsculo de coral rolou pelo chão e foi parar ao lado do pé dela. "*O peso de papel*", ela pensou. "*Foi só o peso de papel.*" Eles ainda não tinham ferido Smith.

Então, um dos homens se postou bem à sua frente. Foi só disso que ela se deu conta antes de ser dobrada ao meio, sem fôlego, com as pernas cedendo, o corpo imobilizado ao cair de um modo terrível. O homem tinha dado um murro na boca de seu estômago. O carpete amorteceu a queda, mas ela não conseguiu recuperar o fôlego. Sua mente estava agitada, tentando repassar o que havia acontecido. Ele lhe dera um murro — e no estômago, embora ela estivesse grávida do filho do Grande Irmão! Ela identificou o núcleo da dor e sentiu na pele uma sensação horrível de impotência. Era prisioneira de um corpo que poderia ser ferido de infinitas formas. Era como se, pela primeira vez, ela tivesse um corpo. E o que significava o fato de eles terem batido nela? Não, aquilo devia ser um engano. O fato de lhe terem dado um murro no estômago era um sinal disso. Em um instante, Weeks apareceria e interromperia aquilo. Weeks precisava vir. Ele tinha falado com ela... Por que não aparecia?

Uma nuvem escura se precipitou sobre Julia — mais homens —, e, antes mesmo que ela pudesse se encolher, dois deles a haviam agarrado pelos punhos e pelos tornozelos. Ela se contorceu numa tentativa instintiva de se libertar, de colocar os pés no chão. Entretanto, o pânico foi acompanhado por um alívio maravilhoso. É claro! Eles só a tinham atacado para disfarçar, para que Winston não percebesse que ela estava envolvida. Agora, estavam tirando-a da presença de Winston, sua maldita presença, que a colocava em perigo. Não era uma captura; era um resgate.

Ela foi carregada escada abaixo, ofegante e sentindo-se agradecida, ainda que sua cabeça tivesse batido contra a parede. Chegou a rir da própria falta de jeito. No andar de baixo, eles a jogaram no chão. Quando uma bota esmagou suas costas, ela berrou de raiva — aquilo era um engano! Então, sem entender nada, ela viu o vulto de outra bota e tentou se livrar enquanto o calçado descia em direção ao seu rosto. Foi um golpe anestesiante que de imediato fez sangrar seu nariz. Em seguida, a dor subiu pela cabeça. Naquele último instante de incredulidade, Julia agarrou um dos homens pelos tornozelos, querendo que ele a visse e reconhecesse quem ela era. Ele afastou o pé sem esforço; depois, a bota com ponta de ferro pisoteou sua mão com todo o peso do homem. Houve um som pavoroso de ossos se quebrando. Ela gritou.

A bota se ergueu e foi embora. Ela viu sua mão, vermelha de sangue e disforme, e soluçou, incapaz de se conter:

— Weeks! Socorro! Eles estão me matando! Weeks!

Então, como se fosse um milagre, os sapatos empoeirados e enrugados de Weeks apareceram diante de seus olhos. Ela soluçou, agradecida. Como o amava! Oh, ele estava ali! Mas ele ergueu o pé e, de propósito, pisou na mão quebrada de Julia. Aquilo lhe atravessou a garganta. Ela passou a enxergar o cômodo como uma coisa composta de dor e ossos. Aquilo doía tanto que era capaz de matá-la.

O sapato se contorceu em um movimento para baixo, e ela voltou a gritar. Doía mais! Podia doer mais!

— Por favor, eu não fiz... me diga o que foi que eu fiz! — Ela berrou. — Farei o que você quiser!

Outra bota lhe acertou o rosto, e a dor repentina foi mais horrível. Era um sinal de que ela não podia fazer aquilo parar. Aquilo não pararia.

Weeks disse, num tom de voz tranquilo:

— Worthing, 6080-M. Classe C. Será mantida no Quarto 101, subsidiária a Smith, Classe A, 6079-H.

De cima, os olhos dele a contemplavam e se estreitavam com o prazer de um intelectual. Era a expressão da aranha satisfeita olhando curiosa para a carcaça do besouro.

19

Julia estava no Ministério do Amor. Era só isso que ela sabia. Não entendia por que tinha sido presa. Não sabia se ainda poderia ser solta. Não sabia se a cela era no subsolo ou no térreo; estava desorientada demais quando foi levada para lá, com a cabeça girando por ter sido arrastada para cima e para baixo por lances intermináveis de escadas. Não sabia quanto tempo havia se passado desde que chegara ali. Sem a luz do dia e os relógios, era impossível mensurar a passagem do tempo. Mesmo o fato de estar no Ministério do Amor era algo que ela havia intuído, e não de que ouvira falar. Ela sabia disso por causa do frio insuportável gerado pelas paredes de pedras imensas que a rodeavam, por causa da palidez dos guardas que apareciam de vez em quando para arrastar outros prisioneiros aos seus destinos, em virtude dos múltiplos sons consequentes da infelicidade que fervilhavam pelas paredes. Ela sabia disso porque havia passado a vida toda à espera de que a levassem para lá, e tudo isso tinha feito morada em seu corpo e lhe ensinado a saber.

As paredes das celas eram cobertas de azulejos brancos de porcelana, o piso era feito de um concreto muito frio. As luzes nunca se apagavam e tinham uma característica tensa peculiar que dava nos nervos tanto quanto os ruídos. O ar que respiravam ali era puro fedor — de urina, fezes, coisas podres e água sanitária. Uma bancada que tinha largura suficiente apenas para alguém ficar empoleirado nela se estendia pelas paredes e estava sempre lotada de prisioneiros de todos os tipos: ladrões, prostitutas, comerciantes do mercado ilegal, bêbados gritando e, vez ou outra, um apavorado preso político de macacão azul, como Julia. Havia quatro teletelas, uma em cada parede, que não transmitiam nenhum programa, apenas acrescentavam outro toque cruel à luz estarrecedora. De maneira imprevisível, também irrompiam gritos ameaçadores em resposta a alguma infração cometida pelos prisioneiros: "Nada de mão no bolso na cela! Silêncio na cela! Não se toquem!". Os presos políticos obedeciam às ordens como cordeiros, enquanto os criminosos comuns reagiam gritando em tom de desafio ou apenas não davam bola.

Na verdade, muitos criminosos pareciam estar em casa. Chamavam os guardas pelo nome, filavam cigarros deles pelo visor, debochavam sem piedade do que suas esposas faziam enquanto eles estavam fora. Outros, ainda, reagiam quando os guardas apareciam para reforçar as regras, embora sempre levassem uma surra. Apesar dos tumultos que causavam, eles se relacionavam com as autoridades e eram favorecidos em vários sentidos. Às vezes, *passavam* cigarros para eles. Podiam convencer os guardas a negociar e barganhar. Seus maus comportamentos eram punidos vez ou outra, enquanto uma mera "postura desrespeitosa" de um preso político sempre resultava em uma surra daquelas. Os presos políticos também sofriam abusos por parte de outros prisioneiros: eram os primeiros a ser enxotados da bancada quando faltava espaço — eram chutados ao passar pelos homens mais grandalhões e quase sempre eram desprovidos de sua porção do pão que, às vezes, era fornecido. Um ladrão bem musculoso adorava descrever para os presos políticos as torturas que eles logo sofreriam, quando fossem levados às celas especiais. Ele concluía dizendo, contente: "Eu serei mandado para um acampamentozinho bacana. Já estive lá, e não tenho medo de voltar. E, se eu vir algum de vocês por lá, seus terroristas, vou assá-lo e comê-lo com ervilhas!".

Em um canto da sala, havia um vaso sanitário. Usá-lo naquele recinto lotado era uma humilhação terrível. Era difícil sobretudo para mulheres do Partido; macacões eram sempre traiçoeiros quando uma mulher tinha de urinar. Em casa, muitas vezes, Julia os tirava por completo e os pendurava, para evitar que se molhassem. Ali, é claro, nenhuma mulher arriscava agir dessa forma; em vez disso, Julia o tirava sacudindo os ombros, torcendo depressa o tecido para cobrir os seios. Como a privada não tinha assento, suas costas nuas ficavam totalmente expostas, pairando no ar, durante todo o procedimento. É claro que os criminosos espiavam, fazendo comentários debochados e pedindo para ver melhor entre suas pernas. Se demorasse demais, a teletela também começava a ralhar com ela por conta da obscenidade. Isso acontecia com Julia o tempo todo; com a mão quebrada, ela levava muito mais tempo para tirar e colocar o macacão. Assobios e insultos irrompiam e culminavam em gargalhadas, apenas para serem interrompidos pelos berros das teletelas: "Worthing 6080, nada de obscenidades públicas na cela!".

Entre uma e outra *performance*, havia horas ociosas de espera. A mente de Julia se ocupava com o desejo de aplacar a dor da mão quebrada para que pudesse controlar o medo, e depois com o desejo de que o medo diminuísse para que ela conseguisse suportar a dor. Tudo isso mesclado com o enjoo que sentia por causa da gravidez, o qual aumentava ou diminuía conforme a intensidade dos odores do vaso sanitário. Sua mão estava deformada de um modo horrível, a ponto de ela mal conseguir mexer os dedos indicador e polegar. Parecia que os ossos finos que ligavam esses dois dedos tinham se partido ao menos em um lugar e que as pontas haviam penetrado o músculo. O que acontecia com um osso quebrado que não era recolocado no lugar? Ela descobriu que não sabia. Uma vez, tentou endireitá-lo por conta própria, mas isso só lhe causou uma dor tão intensa que ela se curvou de um modo involuntário e causou outro grito de repreensão da teletela. Às vezes, ocorria-lhe a angustiante ideia de que ainda poderia haver um remédio no bolso do macacão. A lembrança de tomar o último comprimido parecia muito distante e nebulosa, agora, mas a promessa de alívio da dor era importante. Será que o embrulho da senhora Melton não tinha um furo pelo qual um comprimido poderia ter escapado? Várias vezes, a mão sadia de Julia se arrastava até o bolso, apenas para a teletela vociferar: "Worthing 6080! Nada de mão no bolso na cela!". Então, ela choramingava e suas duas mãos pendiam por vontade própria para as laterais do corpo.

Foi durante uma dessas tentativas que Julia descobriu que o distintivo do Grande Futuro ainda estava preso ao seu peito por um alfinete. Devia estar todo amassado por causa da última visita a Winston, e ele nunca reparou. Isso era tão típico dele que ela foi tomada por um amor leve e nostálgico. Como ela tinha sido capaz de trair essa criança, que nunca compreendera o mundo ao seu redor, que a procurara para todas as coisas práticas? Essa consciência a fez sofrer por Ampleforth também. Ela percebeu que estava fazendo um pedido, pelo distintivo, para que ele não fosse até ali, para que ele tivesse conseguido usar os comprimidos e perecer em meio a um doce sono entorpecente. Julia também padeceu de lembranças ansiosas de Vicky e devaneios febris em que a menina liderava um bando de rebeldes até o Ministério do Amor para libertá-la.

Quando os guardas vinham buscar um prisioneiro, isso não deixava de ser uma providencial distração, ainda que, em geral, eles só dissessem o nome e o número do detento, que se levantava e os acompanhava sem reclamar. Às vezes, eles vociferavam: "Interrogatório!". Nesses momentos, mesmo os prisioneiros mais ousados se intimidavam. Alguns tentavam antecipar a confissão e passavam a recitar, de modo prestativo, suas falhas e a listar quem havia cometido essas falhas com eles. Do mesmo modo, às vezes, algum prisioneiro também era apanhado por um interrogador de macacão preto. Todos esses prisioneiros eram presos políticos, e, como Julia logo entendeu, pertenciam à "Classe A". Alguns reconheciam logo de cara os interrogadores e ficavam perplexos por encontrá-los em um lugar como aquele. Julia percebeu que, nesses casos, os interrogadores faziam o papel que O'Brien fizera com Winston. Certa vez, houve uma pequena encenação quando um prisioneiro classe A cumprimentou seu interrogador gritando de tristeza "Eles pegaram você também?", mas, no fim, o interrogador acendeu um cigarro e fumou despreocupado enquanto os guardas arrancavam sangue do homem.

As cenas mais dramáticas provinham das ocasiões em que os guardas falavam "Quarto 101" ao apanhar alguém. Todos os prisioneiros convocados dessa maneira perdiam a razão. Imploravam e lutavam; engatinhavam para baixo da bancada; empurravam outros prisioneiros na passagem dos guardas e guinchavam "É ele que vocês querem, não eu!". Cada um deles deveria ser arrastado da cela contorcendo-se pelo caminho e dando gritos inúteis de socorro para ser espancado até ficar calminho. Aos prantos, um dos homens implorou aos guardas que lhe quebrassem o pescoço, jurando que eles seriam recompensados por isso, mas ele foi levado para fora mesmo assim.

Durante essas cerimônias, Julia se lembrava de ter ouvido Weeks falando "Quarto 101" enquanto esmigalhavam sua mão. Naquele momento, ela era Classe C — ele também havia dito isso. Será que aquilo indicava que ela era insignificante o suficiente para ser poupada do interrogatório, seja lá o que fosse o "Quarto 101"? Talvez ela pudesse, inclusive, ter esperanças de ser enviada a um "acampamentozinho bacana". Barracas, mingau ralo, arame farpado, cães de guarda — nada disso lhe causava um horror específico. Ela poderia fazer amizade com os prisioneiros mais influentes e descobrir um meio de ser contratada como trabalhadora braçal. Se ao menos alguém a ajudasse, ela poderia se dar tão bem ali como qualquer outra pessoa.

Nas últimas horas que ela passou na cela, sua situação mudou de maneira drástica. Isso porque um dos prisioneiros reconheceu o distintivo do Grande Futuro e explicou seu significado aos outros. Mesmo ali, o objeto tinha um efeito mágico sobre os PROLETAS. Depois disso, ela foi poupada dos maus-tratos dispensados aos outros presos políticos e também recebeu pão extra e foi convidada a se deitar na bancada para dormir. Todos ficaram revoltados ao ver o estado de sua mão, que não haviam notado antes, e uma prostituta que já tinha trabalhado como auxiliar de enfermagem tentou firmá-la, massageando os ossos de um modo doloroso e envolvendo a mão em um trapo arrancado da camiseta de um ladrão. Quando eles perguntaram, interessados, como Julia tinha ido parar ali, ela percebeu de imediato que não podia contar a verdade. Seria difícil dizer a um bando de criminosos que ela havia trabalhado para a PENSAPOL. Em vez disso, ela disse que fora apanhada violando a política das "bestas parasitas" por esconder seus dois gatos do alojamento. Então, todos os criminosos blasfemaram sentindo desprezo pelos azuis que assassinavam filhotes de gato e cachorro e não se envergonhavam por ter prendido uma mãe do Grande Futuro. Eles se perguntavam se o maldito Partido havia se esquecido de quem era o Grande Irmão. Quando, enfim, os guardas vieram pegá-la — sem dizer nada sobre o lugar para onde a estavam levando —, todos os criminosos gritaram com eles e juraram que, se a machucassem, eles pagariam caro. Isso era bobagem, é claro. Eles nada podiam fazer. Não obstante, essa atitude deixou Julia muito animada. Ela conseguiu se sentir um pouco melhor ao se despedir de seus novos amigos.

Mais uma vez, ela foi levada por corredores compridos e escadas escuras, subindo e descendo. Aos poucos, a tagarelice das celas comuns deu lugar a gemidos e gritos solitários que pareciam vir de todas as direções, produzindo ecos estranhos em meio ao concreto e ao aço. Por fim, uma porta exatamente igual às outras foi aberta e Julia foi colocada em uma cela escura. Ali havia só mais uma prisioneira, uma presa política com o nariz quebrado em vários pontos e manchas de sangue no macacão. Ela se encolheu fazendo uma careta ao ver Julia, como se estivesse aterrorizada pela possibilidade de ser confundida com uma amiga.

A nova cela fedia a água sanitária e não tinha privada, só um ralo no chão, incrustado com algo que parecia sangue ressecado. Havia um monte de baratas pequenas passando pela crosta amarronzada do ralo. Só uma parede tinha teletela, cuja luz piscava de um modo insuportável. Se Julia fechasse os olhos, ela ainda conseguia sentir a tela piscando através das pálpebras. Então, Julia tentou cobrir os olhos com a mão, mas a teletela gritou de imediato:

— Worthing 6080, nada de cobrir o rosto na cela!

Então, a outra prisioneira murmurou:

— Maldita! Gente da sua laia não consegue seguir regras simples!

Pouco depois, a porta voltou a se abrir e os guardas deixaram entrar uma mulher grisalha e empertigada de macacão preto, que Julia, a princípio, pensou que fosse uma interrogadora, então ela se encolheu, sentindo um medo instintivo. Os guardas tratavam essa mulher com um respeito cauteloso, até mesmo demonstrando sentir um suposto medo, enquanto ela se portava com arrogância, fazendo careta para tudo o que a rodeava. Depois que a mulher foi empurrada através da porta e esta se fechou com um clique, Julia notou sua cara amarelada e descuidada e também a mancha roxa em sua têmpora. Então, olhou fixamente para ela e ficou perplexa; era uma prisioneira do Partido Interno!

Desde a chegada da tal mulher, a teletela estava num silêncio muito estranho. Na verdade, foi ela quem repreendeu o aparelho, ralhando com a incompetência dos guardas e debochando do medo que haviam sentido dela.

— Na minha época, a esta hora, eles estariam me fazendo de pano de chão. Que showzinho pobre! — Ela listou todos os erros cometidos em sua prisão, citando os nomes das pessoas responsáveis e os decretos que haviam sido violados. Então, ela riu e disse: — Não deixe de contar a eles que a informação veio de mim. E, se achar que vocês não precisam mais dar ouvidos à Diana, lembrem-se de que as pessoas acharam que fui morta antes. E que fim elas levaram? — Com um floreio, ela apontou para o ralo no chão e concluiu: — Nós as usamos para lavar o chão e descartamos seus pedaços na rede de esgoto.

Ao ouvir isso, a mulher de nariz quebrado se curvou e acabou pressionando os polegares contra as orelhas, com os olhos fechados com tanta força que deformaram seu rosto.

Então, de repente, a mulher do Partido Interno — Diana — rodeou Julia rosnando:

— De que diabos você está gostando? Acho que está contente. Oh, sim, eu diria que você está terrivelmente contente por me ver aqui.

Julia ficou assustada.

— Eu? Por que eu estaria contente? — ela perguntou.

— Ah, não sabe! Por que a trouxeram aqui? Estupidez?

Julia a encarou, sem saber o que dizer.

— Rá! Ela não sabe por que está aqui! — Diana se virou para a teletela. — Que cordeiros vocês estão prendendo agora? Lamentável! — Então, ela voltou a olhar para Julia e disse: — Escuta... Você gostaria de saber por que está aqui?

— Oh... — disse Julia. — Não acho que...

— Não seja ridícula. É claro que você quer saber. Você me fala a seu respeito e eu digo o motivo. Há pouca coisa com que ocupar a cabeça neste lugar.

Receosa, Julia deu uma olhada para a teletela, mas Diana riu e disse:

— Oh, se você está com medo deles, pode mentir. Só estou atrás de diversão, e vou conseguir isso de um jeito ou de outro.

Depois de hesitar um pouco, Julia começou a contar a história que contara aos outros prisioneiros sobre bestas parasitas. No entanto, Diana a interrompeu várias vezes para corrigi-la. Na primeira vez, ela disse:

— Você vem de uma SAZ e a deixou para trás. Não negue! Seu tom de voz não engana. Era a SAZ-5? Um vilarejo, não uma cidadezinha. E você só foi para Londres por ter denunciado uma mãe. Uma mãe! Olha só, agora você vai ser uma. Mas continue, vai... Não quero te interromper.

O restante foi mais ou menos assim. Julia mencionou seu trabalho na Ficção, só para Diana interromper dizendo que a questão não era essa, mas os CRIMESSEXOS, que deviam ter começado quando Julia ainda era uma criança.

— Um homem mais velho do Partido, talvez. Por ser na SAZ, eu chutaria que foi um funcionário da Fartura. Se eu estivesse com meus arquivos aqui, eu lhe diria o nome dele.

Desesperada, Julia confessou que foi Gerber e até admitiu que ele havia se matado com um tiro. Contudo, Diana havia mudado de assunto e tinha perguntado se, por acaso, Julia havia transado com um cara da Registros. Antes que ela conseguisse responder, Diana falou:

— Não, agora eu entendo. Você foi levada pelo Ministério do Amor e começou a trepar com os rapazes da Registros, um a um. Nosso fedor está encalacrado em você. Sim, eu devia ter percebido logo de cara. Estou perdendo o jeito. Qual de nós pegou você?

Julia pensou em negar, mas, àquela altura, sabia onde isso ia dar. Então ela disse, pisando em ovos:

— O'Brien.

Diana explodiu de rir.

— Bill O'Brien! Aquele idiota fanfarrão! Sua pobre diaba. Não me diga que... Ele disse que vinha observando você há sete anos? Que você tem a mente mais saudável que ele já viu?

— Bem, sim.

— Ele adora isso. Ele falou sobre a bota e a cara? Que dois mais dois são cinco?

— Não acho que...

— Ah, ele vai falar. Ele é famoso por isso. Veja bem, o lance da bota e da cara, a princípio, era uma ideia minha, embora eu não tenha pensado em usá-lo em interrogatórios. Depois de uma partida de golfe, alguns de nós estávamos tomando uísque e eu tive uma ideia: "Se vocês querem uma imagem do futuro, pensem numa bota pisando eternamente na cara de uma pessoa". Eu deveria saber que Bill O'Brien roubaria a ideia. O homem nunca teve uma ideia original em toda a vida. Olhe... se ele contar essa história a você mais tarde, pode dizer a ele que eu o acho um mequetrefe e um ladrão de ideias alheias?

— Certo — respondeu Julia, para ser educada. — E o que é o dois mais dois são cinco?

— Ah, esse lance é dos bons. Ele pergunta ao sujeito quanto dá dois mais dois. Quando o cara responde quatro, recebe um choque elétrico. A resposta certa é cinco, veja bem. Você não vai acreditar, mas tem uns arrogantes que insistem nisso e não conseguem concordar... pelo menos, não no início. Depois de receber um monte de choques, é claro, o cara concorda em gênero, número e grau. Mas é nesse momento que a coisa fica interessante de verdade, pois nosso amigo O'Brien ainda não está satisfeito. Ele insiste em afirmar que o camarada não acredita de fato nisso, e o cara não acredita mesmo, é claro. Então, eles continuam; o pobre coitado uivando que dois mais dois dá cinco, e O'Brien mostrando dedos e perguntando quantos dedos o homem consegue ver. É bem engraçado, quando não é uma perda de tempo. Ainda assim, é esse tipo de coisa que ganha popularidade. Eu entendo. Trabalhando num lugar desses, é preciso manter o ânimo. Fica-se nove meses sem ver a luz do sol, o mau cheiro fica impregnado no cabelo e nas roupas, e lavá-las é o diabo em pessoa. E depois, é claro, a gente vira alvo de desprezo geral. Não, não é um trabalho para quem não tem senso de humor.

— Eu devo contar o resto da minha história?

— Como assim?

— Você falou que me diria por que estou aqui se eu...

— Oh, posso dizer agora — interrompeu Diana. — Eu soube desde o instante em que você disse que era da Ficção. Eles estão sempre se desentendendo, é esse o motivo. Foi bem ruim quando um homem denunciou o outro porque queria o emprego dele. Agora, departamentos inteiros estão sendo eliminados para que outro departamento fique com as verbas. No seu caso, a Ficção vem depois da Registros. Quer ficar com suas funções e seu orçamento. Para que manter os registros, afinal, se é preciso trocá-los o tempo todo? Melhor fazê-los do zero, de acordo com a necessidade. Essa é a linha. Aí, o Departamento de Ficção terá de crescer e se tornar uma divisão, e seus patrões subirão de nível.

"É claro que eles não podem chegar falando que se trata disso — Diana continuou. — Eles nem ousam falar sobre o lance de começar do zero a não ser para alguns poucos escolhidos. Se a Registros ficasse sabendo, haveria um contra-ataque, e eles poderiam vencer. Então, em vez disso, é preciso acusar a Registros de corrupção e provar que todos os seus funcionários são criminosos. Mamão com açúcar, se você consegue formar uma chapa e fazer Bill O'Brien ficar do seu lado. Ele mantém a engrenagem funcionando, contrata algumas pessoas descartáveis para levar o grupo da Registros a falhar e pronto. Mas você... Você teria se mantido a salvo na Ficção. No entanto, foi pra lá e chamou a atenção de Bill O'Brien. Foi apenas mais uma aposta inútil.

"Ah, não me olhe assim... — Diana prosseguiu. — Você pensou que havia cometido um crime e que eles estavam punindo você exatamente por esse crime? Oh, a gente se acha a última bolacha do pacote! Não, você é um palito de dente, um lenço de papel... uma coisa usada só uma vez e jogada no lixo. Até eu... Você acha que estou aqui porque me opus ao governo? Difícil. Não sou ingrata nem tola. Eu enxergo a necessidade deste governo. Qualquer um que tenha vivido nos anos 1950 enxerga. Não há mais bombas atômicas caindo na sua cabeça! Não precisa agradecer! Esse é nosso excelente trabalho!"

Diana fez uma pausa e então continuou:

— Não, eu amo este Partido mais que qualquer um deles. E, valha-me Deus, amo o Grande Irmão. Eu o amo como amei em 1951, quando saímos de Oxford no Anglia[14] do Rutherford para reforçar a barricada. Participei de uma batalha armada sangrenta com ele, sem nada além de um único rifle Enfield entre nós. Se um cara amava o Grande Irmão, eu o fazia subir até meu quarto de viúva e me comer, sem dizer nem uma maldita palavra. O que você acha? Ah, naquela época, ele era um homem. Você nunca viu um homem assim! E nunca verá... a raça foi extinta. Na minha época, havia homens de verdade, que atiravam bombas atômicas uns nos outros e respiravam as cinzas de milhões de pessoas queimadas no incêndio sem sequer piscar. Eles tiveram de ser extintos; do contrário, nós todos seríamos. Um só no mundo todo... isso é tudo o que poderíamos ter. Mas quando esse aí se for, talvez ele queime tudo. Não haverá raça humana para prantear.

"Bem, desta vez, com certeza, me pegaram — Diana prosseguiu falando. — Mas sou da geração dos titãs, e eles não vão me apagar da história com facilidade. Duvido que tentem. Não, serei outra Rutherford. Uma Goldstein! Crianças entoarão canções exultando minha morte durante mil anos. Até você já ouviu falar de mim, tenho certeza. Ouça: você está dividindo uma cela com Diana Winters! Ora, diga que nunca ouviu falar em Diana Winters e a chamarei de mentirosa."

Por um instante, Julia de fato achou que nunca tivesse ouvido falar desse nome. Ela estava tentando pensar no que deveria dizer para omitir sua ignorância quando sua mente clareou e ela disse, em choque:

— Ah, eu ouvi, sim! Minha mãe te conhecia.

Diana teve um sobressalto.

14. Antigo carro inglês fabricado pela Ford. (N. da T.)

— A mãe que você matou? Você *é* uma mentirosa!

— Ela disse que te conheceu em Oxford. As pessoas te chamavam de Icy Winters. Na época, o nome dela era Clara Winthrop. Você foi gentil com ela, uma vez. A menstruação dela tinha vazado e sujado a saia que ela estava usando, e você lhe deu seu cardigã para que ela o amarrasse na cintura.

— Não — retrucou Diana, duvidando. — Isso não parece uma coisa que eu teria feito. Mas que eu estava em Oxford, estava. Então, talvez...

— Camarada Winters, posso fazer uma pergunta?

— Como quiser.

— O que tem no Quarto 101?

Diana sorriu na hora, sentindo uma satisfação maldosa.

— Eles mencionaram isso quando você foi presa? — ela perguntou.

— Sim. Só uma vez, mas...

— Oh, isso não é nada bom. Então, você será complementar, não principal. Sim, você está aqui para isso.

— Mas o que é? É uma sala de tortura?

Diana riu.

— Não seja tola! Tortura aqui é rotina para todos. Não, o Quarto 101 é bem especial.

— É... Eu achei que não poderia ser apenas tortura. Mas não consigo imaginar o que pode ser pior que tortura.

— A princípio, você não conseguiria imaginar, nem mesmo se eu te contasse. Devo contar? Não vai adiantar nada.

— Gostaria de saber.

— Coisas de pesadelos, é isso que tem no Quarto 101. É sua câmara de horrores pessoal. Ou seja, seu pior medo.

— Meu pior medo?

— Vejamos... — Diana cerrou os olhos, com um sorriso desagradável se insinuando em seus lábios. — Ser queimada? Não, não é a sua cara. Ser queimada viva?

— Eu tenho medo de lagartas — disse Julia, esperançosa.

— Não seja tola. Vejamos... Você gosta de ser apreciada. Ah, deformação! É o que vai acontecer. Eles não vão deixar você ficar aqui com esse rosto. Vão te transformar em uma aberração de pesadelos, e então te botar para andar nas ruas por um período e propagar o medo da justiça. Sim, deformação. Uma velha favorita.

O primeiro impulso de Julia foi afirmar que não tinha medo disso. O que era a deformação, afinal? Um insulto à beleza, talvez, mas nenhum horror. Essie tinha uma cicatriz pavorosa, e isso não significava absolutamente nada para Julia. E Essie havia se casado — onde estava o horror nisso?

No entanto, Julia nem tinha acabado de pensar a respeito e um torpor inundou seus membros. Ela ficou coberta de suor e parte dela queria se jogar na parede, se oferecer para trair todos os que conhecia, implorar para os guardas quebrarem seu pescoço. Foi tudo que conseguiu fazer para evitar erguer as mãos a fim de proteger o rosto.

— Mas, se eu confessar, eles não farão isso, não é? — Ela perguntou. — Se eu lhes disser o que eles querem...

Diana zombou dela.

— Sem chance — ela disse. — Todos nós confessamos.

— Mas e se eu entregar outras pessoas? E se...

— Nada disso adianta. O que você acha que sabe? Você nem sabia por que estava aqui.

— Mas não há nada que eu possa fazer? Como pode não haver nada?

Diana a observou. Um sorrisinho reapareceu em seus lábios.

— Bem, já que é o O'Brien que vai sofrer com isso... Gostaria de uma dica? Sabendo que, com certeza, não vai funcionar?

Julia meneou a cabeça, sentindo-se insegura demais para responder.

— Bem, você pode tentar correr contra o tempo. Veja, eles chamam o lugar de Quarto 101, e é só isso que ele é... um quarto. Um tipo muito especial de quarto, é claro. É possível inundá-lo, incendiá-lo ou enchê-lo de gás venenoso. O Quarto 101 é necessário para qualquer coisa do gênero. Mas também há tradições. Mesmo que seja preciso apenas cortar o pau de um homem, isso deve ser feito no Quarto 101; do contrário, ninguém sente que isso foi feito do jeito adequado. Bem, você pode imaginar que os horários são apertados. Hoje, cada operação leva apenas quinze minutos. É claro que algumas pessoas vão levar o tempo que for preciso, mas você não. Você é um palito de dentes. Eles te libertarão só para evitar mais burocracia. No devido tempo, você será trazida de volta e baleada, é claro, mas aí não será no Quarto 101.

"Sim, você vai tentar correr contra o tempo — Diana continuou. — Eu mesma não posso usar esse truque, mas o darei a você como... ah, como o cardigã, se quiser. E faça o favor de lembrar ao O'Brien, por mim, que ele roubou a minha ideia da bota pisando na cara. Pense por si próprio, Bill! Você é um larápio! Diga isso a ele, e estaremos quites."

Como se tivesse sido invocado por essa menção, ouviu-se um barulho de botas descendo o corredor. Por instinto, Julia se encolheu contra a parede. Diana riu e se virou para a porta de entrada com um ar de comandante, enquanto a porta se abria para que entrasse um pequeno grupo de guardas. Um interrogador surgiu do meio deles, o mesmo homem que ficava fumando um cigarro enquanto ouvia seu acusado levar uma surra.

— Neil. O que tem pra hoje? — Diana perguntou.

— Receio que sua sorte acabou, velhota. — Ele fez uma cara de desculpa. — É o 101.

— Muito engraçado. Agora, pode me dizer aonde vamos.

— Ao 101.

— Besteira. Não faz nem duas semanas que estou aqui. Não estou pronta.

O interrogador deu de ombros e puxou um cigarro. Enquanto ele o acendia, Diana deu alguns passos rápidos à frente e o tirou da mão dele. O homem sorriu e a observou tragando o cigarro como se desfrutasse da brincadeira de uma velha amiga. Então, ele disse:

— Lamento. Você sabe que a decisão não é minha.

— Não é verdade — disse ela, irritada. — Você acha que sou idiota.

— Veja você mesma. — Ele tirou um pedaço de papel do bolso, desdobrou-o e o entregou a ela. Diana hesitou, depois o pegou e o encarou com o cigarro na boca. O que quer que ela tenha lido, foi um golpe terrível. Em segundos, toda a sua raiva se exauriu. De uma hora para outra, via-se que ela era uma velha doente, que tinha sido muito abusada e estava bastante frágil. Sob a luz forte da cela, a pele de seu rosto parecia esverdeada.

No instante seguinte, o interrogador fez um gesto e os guardas avançaram, agarrando-a com brutalidade. Ela foi arrastada pelo corredor, falando um monte de palavrões.

— Ah, vocês acham que estou com medo? O que vai ser? — ela perguntou. — Tenho medo de altura. Vão me jogar de um lugar alto?

Como? Vocês não me assustam! Nem tentem! Vocês não conseguem! Não conseguem!

Na última palavra, sua voz se tornou um uivo selvagem que foi interrompido de repente, quando bateram a porta com força.

Nesse momento, a outra mulher na cela, de quem Julia havia se esquecido por completo, de repente, adquiriu vida. Ela sibilou:

— Não vê que aquela mulher foi um embuste? E você caiu e contou tudo para ela!

— Não acredito que ela era... — rebateu Julia, com frieza. — E, de qualquer modo, não contei nada a ela que eles não saibam.

— Que cabeça de bagre! Essa gente da sua laia! — disse a mulher, voltando a se encorujar no canto.

Um minuto depois, o som das botas voltou. A porta se escancarou, deixando entrar dois guardas com olhar entediado. Um deles vociferou:

— Worthing, 6080. Interrogatório.

20

Nas semanas que se seguiram, Julia se deu conta de que era péssima em ser torturada. Os interrogadores estavam atrás de histórias específicas. Empregavam sua técnica para coagir os acusados a contarem-nas, e a dor era o que garantia sua veracidade. No caso de Julia, eles queriam saber como a Registros compunha uma organização criminosa que corrompia a nação com suas mentiras. Ela deveria admitir estar a par dessa iniciativa e explicar como a conspiração funcionava.

Não era para falar de Weeks, do seu trabalho na sobreloja, dos comprimidos ou do presidente Whitehead. Às vezes, ela entendia isso — tentava entender. Mas a mera ameaça de dor a deixava confusa, e, quando a feriam, tudo sumia de sua mente. Ela precisava viver, estar segura, ao menos por um tempo. Acima de tudo, precisava ser amada e perdoada. Talvez fosse isso que a tornasse estúpida.

Logo no primeiro dia, ela se esforçou para contar sua história, mas perdeu o fio da meada e se pegou balbuciando "... mas o Syme saiu correndo, então, nunca consegui levá-lo para o quarto. Achamos que ele pode estar na Eurásia...". Por conta disso, ela acabou pendurada por ganchos no teto, com os braços deslocados, com dificuldade para respirar. Depois que começaram as torturas, sempre que se aproximavam dela, Julia chorava e implorava que lhe informassem o que eles queriam saber. Foi um erro. Ela não dava as respostas. Em consequência, seus cabelos foram puxados e arrancados da cabeça; as solas dos pés, surradas com cassetetes; e os seios, golpeados com chicotadas que produziram vergões, um por cima do outro, tanto que acabaram lhe cortando a pele. Erros posteriores causaram facadas nas pontas dos dedos ou nos arcos macios das solas dos pés. Todas as unhas dos pés foram arrancadas; depois, uma unha da mão. A sensação era de que o osso saía junto com a unha, então, Julia falava coisas desconexas, vociferando sobre o fato de Winston Smith ser um pedante, de Ampleforth ter conspirado para conhecer Shakespeare, dizia não acreditar que havia rebeldes, não importava o que os mapas mostrassem. Errado, errado, errado. A mão que ainda não estava ferida foi amarrada e queimada em sua palma com cigarros. Julia ficou olhando enquanto faziam isso; depois, gritou tanto que fez doer as feridas nos pés, e ela se esqueceu da pergunta que tinham feito.

Durante a vida toda, ela dormira muito bem. Agora, era raro lhe permitirem dormir, e ela alucinava de tanta exaustão. Durante essas crises, com frequência, ela pensava estar fazendo sexo com vários membros do partido, do Grande Irmão a Vicky Fitzhugh, a quem ela dizia, com timidez, "Não, não gosto disso. Não gosto que você me toque. Você é uma garota!", enquanto em algum lugar homens de uniformes pretos se levantavam e se curvavam, chutando-a e espancando-a; os movimentos de contorção lhes conferiam uma aparência de nadadores. Quando deram a Julia as drogas da verdade, ela confessou ter registrado Tigre e Comissário como funcionários do controle de pragas, embora eles tivessem medo de ratos, ter sido fraca e obediente, embora soubesse que isso era irritante, e ter matado a mãe. Da mesma forma, ela havia tirado de algum lugar a falsa ideia de que era filha ilegítima, confessando-o várias vezes, embora fosse punida em consequência disso por seus algozes, que ficavam frustrados. Alguns equívocos eram piores que outros. Quando ela falava sobre Whitehead, enchiam sua boca de gaze e a fechavam com fita. Então, ela levava porradas no rosto até seu nariz se encher de sangue e muco e ela desmaiar por falta de ar. Seus torturadores a chamavam de burra, vadia louca, imbecil, ao mesmo tempo que a acusavam de pensar que era esperta. Ela sabia que estava indo pelo caminho errado, mas não conseguia descobrir o que fazer para mudar essa situação. Ela foi torturada várias vezes.

Uma vez, ela foi levada à enfermaria por causa de feridas que tinham começado a infeccionar. Então, a mão quebrada foi colocada no lugar de um modo adequado e presa em uma tipoia marrom apertada. Também grampearam um bilhete na parte de cima de seu macacão, onde se lia: *Gravidez. Não bater na barriga*. Ela chorou e acariciou o bilhete. Ele a mantinha viva.

Mantinha seu bebê vivo. Ela fechou os olhos e aprovou o bilhete, como se a aprovação fosse mantê-lo no lugar. Mas essa felicidade, ao que parece, também a deixou mais tola; ela viu um médico e o chamou — "Oh, será que posso tomar remédios Antissexo, doutor Louis? Estou com dores terríveis, veja só...". Então, as enfermeiras riram dela. Julia pensou ter entendido a piada e riu, e também riu pelo alívio de compreender que aquilo era uma piada. De volta ao interrogatório, ela tentou divertir seus carrascos contando-lhes que havia pedido remédios contra dor. "Isso acabaria com o propósito, não?" Mas eles não riram; disseram que o propósito era defender o Partido contra IMPESSOAS como ela e bateram na sua mão quebrada até ela desmaiar de agonia e acordar tremendo e gritando com alguém lhe jogando água fria. A tipoia, é claro, ficou arruinada.

Entre um interrogatório e outro, ela ficava alojada em algumas celas de concreto que não tinham nada além de ralos. Às vezes, era deixada ali durante dias — ou assim ela imaginava, pela frequência das refeições. Da mesma forma, cada vez mais, passou a ser deixada em corredores, amarrada à maca que às vezes era usada para tortura. Essas macas tinham correias que prendiam cada parte do seu corpo. Não era possível sequer virar a cabeça de um lado para outro. Uma vez, ela ficou ali por tanto tempo que precisou defecar. Então, o fedor de fezes e a sensação pastosa no traseiro lhe pareceram a pior coisa até aquele momento. Eles estavam certos em odiá-la. Ela não era mais nada além de merda e dor. E, claro, depois, ela seria despida, molhada, surrada. Em meio a tudo isso, ela pensou em implorar que eles salvassem seu distintivo do Grande Futuro. Por causa disso, levou um chute e foi chamada de vadia louca mais uma vez. Entretanto, em uma das atitudes anômalas que, às vezes, ocorriam, um guarda alfinetou o distintivo no colarinho dela e deu uma batidinha nele. Ela ficou horas repassando aquele momento na cabeça. Ainda era possível viver. As pessoas ainda faziam coisas desse tipo.

No último dia, deitada na tal maca no corredor, ela ouviu por alto dois homens com voz de gente culta, vozes do Partido Interno, conversando em um canto. O cheiro marcante de seus cigarros chegou até ela. Ela estava feliz. Contemplava as luzes no teto, tentando imaginar como se instalavam luzes como aquelas, quando o teor da conversa chamou sua atenção.

Um dos homens disse:

— Aquele sujeito, o tal do Parsons. Encontraram um bom gatilho. Ele morria de medo de ser queimado, então, o 101 serviu bem.

— Sim — concordou o outro. — Os blocos de amianto.

— Por aí. Queriam que ele entregasse os filhos, e chegaram a ponto de deixar isso explícito. Um sujeito bem simplório, sabe... Mas ele não concordou com a troca, então, tiveram de lidar com ele aos poucos. É muito complicado manejar incêndios, já que o estrago é bem grande. No fim, eles já estavam implorando para que ele se salvasse. Chegaram até a inventar que seus filhos lhe haviam pedido para fazer isso, e não se importavam em serem queimados no seu lugar. Mas aí está a piada: as crianças já estavam mortas. Foram baleadas no dia da prisão da esposa dele.

— Ah. Ele nunca desconfiou disso.

— Não. São os tapados que causam problemas. Já presenciei isso várias vezes.

— Sim, eles não têm imaginação. Eles não sabem desenvolver o medo certo.

— É isso! Bem, esse Parsons aguentou até o fim. Mas, quando lhe contaram a verdade sobre os filhos, ele morreu assim, *puf!*, como uma chama se apagando.

— Espero que o trocadilho não tenha sido intencional.

— Acredita que nem pensei nisso? *Desculpa*.

— E eles o feriram a ponto de causar sua morte?

— Eu diria que sim. O incrível foi que ele não morreu nos primeiros cinco minutos. Não havia muita coisa sobrando. Meu amigo acha que ele se agarrou à vida acreditando que isso protegeria os filhos. Impressionante o que a força de vontade é capaz de fazer.

— Impressionante. Mesmo neles.

— Sim, impressionante.

Depois disso, ela caiu no sono e sonhou que estava confessando e pondo as coisas em pratos limpos, todas as histórias fluíam de uma forma linda — mas isso não fez diferença alguma. Ao que parece, deixou seus carrascos mais irritados, então, eles passaram a arrancar sua carne. Eles desnudaram suas falanges até os ossos e depois cortaram seus dedos. Deceparam seus seios.

Tiraram a carne de seu rosto, extraindo o nariz e jogando-o ali por perto. Ela continuava tentando morrer, mas eles a reduziram a nada além de uma cabeça sem rosto e um torso sem pele, e nem assim ela conseguiu morrer. Eles ainda se ocupavam cortando a massa de carne. O pé da criança apareceu, chutando para fora da barriga sangrenta. Da cabeça ensanguentada e risonha, os olhos de Julia se esbugalhavam sem pálpebras.

Então, ela acordou em meio a um interrogatório de verdade. Enfim, O'Brien estava ao seu lado, e ela tossiu aliviada ao sentir que tinha lábios e bochechas. Podia piscar os olhos. Infelizmente, teve de urinar e se permitiu, suspirando ao sentir o líquido quente e agradável, mas se arrependeu de ter feito isso quando ele esfriou. O'Brien falava, mas não era possível compreender suas palavras. Ela ainda estava amarrada à maca e, aos poucos, se deu conta do horror de ter um aparelho preso à cabeça. Ela se lembrou de que aquele aparelho gerava uma corrente. De choque elétrico. Ela já estava ali fazia um bom tempo, e eles lhe haviam aplicado diversos choques. Era isso que havia tirado sua memória, que estava voltando; por isso tivera aquele sonho. O choque elétrico causava uma agonia bizarra, horripilante, que parecia romper suas articulações; os ossos de sua coluna estalavam e depois se encaixavam. Disseram que isso não prejudicaria o bebê, mas como poderia ser verdade? Ela quis voltar a perguntar a respeito, mas se perdeu na inspeção dos azulejos brancos do teto onde eles se encontravam com os azulejos brancos da parede. Era um tipo de azulejo com que ela já trabalhara antes, muito fácil de limpar. O'Brien falava de ódio. Ele tinha um nariz curto, como o de um *pug*. Em suas narinas, era possível ver pelos castanhos retos, como se estivessem bem penteados. Sua linha capilar recuava de forma desigual. Ele pedia a Julia que sentisse ódio, sobretudo por Winston Smith. Ela deveria desejar que Winston Smith fosse torturado e morto e sentir prazer em saber disso. Agora que ela compreendia, parecia simples. Então, ela disse:

— Tudo bem. Vou gostar bastante dessa situação.

Ela não acreditava que ainda conseguia falar, e ficou orgulhosa por ter dado conta. No entanto, O'Brien balançava a cabeça. Ele dizia:

— Não, isso não serve para nada. Você está mentindo.

Ela estava mentindo? Não, aquilo não era DUPLIPENSAR? Como compreender o que estava acontecendo? Ela se lembrou de Diana Winters e se perguntou se aquele poderia ser o jogo do dois mais dois dá cinco.

— Este é o jogo do dois mais dois dá cinco? — ela se pegou dizendo em voz alta.

— Quatrocentos — ele respondeu.

Julia estava tentando entender a matemática da coisa quando o choque elétrico voltou a percorrer seu corpo. Era algo indescritível, uma agonia que um corpo não deveria sentir. Ela se contorcia com uma fúria que parecia a morte. O bebê dava chutes frenéticos, causando pontadas em seu osso pélvico. Ele estava ferido, é claro! Tudo o que lhe haviam contado era mentira. DUPLIPENSAR. Como entender aquilo?

— Estou vendo que você gostaria de nos agradar — disse O'Brien. — Mas não estamos aqui para receber agrados. De nada adianta dissimular ou fazer um papel falso. Você precisa *ser* o que é desejado e nada mais.

Ela se esforçou um pouco para se lembrar do que deveria ser. Em seguida, disse:

— Sim, só que é bem difícil desejar dor a outra pessoa quando se está com dor. A sensação é patente. Tenho certeza de que isso está certo.

— Isso não é nada bom — retrucou ele, com pesar. — É por isso que você precisa dominar. Você precisa conhecer a dor que causa e desejá-la a outras pessoas. Você precisa ansiar pelo sofrimento delas.

— Farei isso. Obrigada. Agora que você diz, percebo que é possível.

— Outra mentira, eu receio.

— Como vou saber se estou mentindo? Eu acho o que você disse. De fato, eu quero entender.

— Mil — ele disse.

O número a assustou, mas, quando o choque veio, ela percebeu que o havia recebido várias vezes antes. Era familiar; a agonia paralisante, o ricochetear pavoroso na coluna, a sensação de algo muito errado no cérebro. A destruição do cérebro. Em seguida, ela voltou a respirar. Tinha sobrevivido. O rosto dele era um borrão; depois, ficou terrivelmente nítido.

— Diga que mandei lhe falar que ele é um mequetrefe e ladrão de ideias alheias — Julia disse. — Diana Winters. Ela deu um cardigã à minha mãe.

— Mil — ele disse de novo.

Ela tentou se preparar, mas a dor era sempre intensa. Mesmo depois que o choque parava, ela balbuciava coisas sem sentido:

— Oh, meu bebê está chutando. Ele está vivo. É o filho do Grande Irmão. Ele vai morar no seu apartamento e ter um cachorro.

Ele falou um número, mas ela não entendeu. O choque veio, tomou conta de sua mente, e ela se pegou flutuando no ar, olhando o próprio corpo lá embaixo. Surpresa, ela notou seu formato, a barriga de gravidez muito maior que antes, e a pequena poça de urina no chão. Então, percebeu a presença de um segundo homem na sala, em pé, bem ao lado do corpo. Era ele que operava a máquina de choque. Tinha cabelos pretos ensebados e olheiras escuras e pronunciadas. Ele se curvou sobre os botões da máquina, mordendo o lábio. O'Brien ainda falava, e o que Julia mais estranhou foi o fato de ele se dirigir ao corpo na maca, e não a ela lá no teto. O'Brien tirou uma agulha hipodérmica do bolso do macacão e ela ficou olhando, curiosa, enquanto ele a pressionava contra o ombro do corpo. Então, houve um estalo brusco e sombrio e ela acordou de novo, de volta ao corpo, convulsionando e tremendo.

Desta vez, ela voltou a ouvir a voz implacável de O'Brien.

— Não pense que você vai se safar. Depois de ser desviado, ninguém é poupado. E, mesmo que a deixássemos viver até sua vida atingir o término natural, você nunca escaparia de nós. Aqui, o que acontece com alguém é eterno. Vamos esmagá-la a um ponto em que não haverá volta. Acontecerão com você coisas das quais não será possível se recuperar, ainda que você viva mil anos. Nunca mais você será capaz de ter sentimentos humanos comuns. Tudo dentro de você estará morto. Você nunca mais será capaz de amar, fazer amizades, ter alegria de viver, rir, sentir curiosidade, coragem ou integridade. Você ficará vazia. Nós a espremeremos até a esvaziar, e então a preencheremos de nós mesmos.

Por um tempo, ela ficou deitada tremendo, sem entender, olhando os azulejos no teto. Em seguida, ela disse:

— Não acredito. Tem a criança. O Grande Irmão não faria isso com o próprio filho. Não com um bebê que não merece nada disso... algo de que ele não se recuperaria por mil anos. Você dá eletrochoques no bebê. Por quê? Por que você odiaria o bebê do Grande Irmão? Não pode ser por minha causa... Eu não sou nada. Você está me machucando por eu carregar o filho do Grande Irmão?

Ele aproximou seu rosto. Ela estava confusa pelo pânico. Então, percebeu que ia morrer e disse:

— Desculpe. Gostaria de ter sido capaz de ajudar. Mas sou grata por todo o seu trabalho.

— Três mil — ele disse.

Ela acordou. Deveria ter morrido havia muito tempo, mas acordou em um quarto meio diferente dos outros. Havia um ar pesado, estranho, abafado. O ar estava totalmente parado. Julia achou que talvez estivesse no nível mais profundo do Ministério do Amor, muitos andares abaixo da terra, talvez quilômetros abaixo, no subsolo. Percebeu que havia guardas ao redor. Um deles, ela conseguiu enxergar com total nitidez: um ruivo sardento, encostado num canto, enchendo, de um modo metódico, um pequeno cachimbo com tabaco.

Julia estava na mesma maca que antes, mas haviam mexido no encosto para que ela ficasse quase sentada. Uma pressão diferente lhe apertava a cabeça, uma estrutura acolchoada que pinçava suas têmporas lhe causando dor, mas deixava o rosto inteiro livre. Sua testa doía de uma forma diferente. Talvez a tivesse cortado ao se contorcer. Seus cabelos estavam molhados, e ela sentia um frio terrível. Havia sido despida e levado um banho de mangueira — ela reconhecia a sensação —, mas a tinham recolocado no mesmo macacão sujo. A urina tinha secado na região da virilha e deixou o tecido endurecido.

A maca ficava em frente a uma teletela que mostrava outra cela, muito semelhante à de Julia, que tinha azulejos mais escuros. No meio da cela, havia um homem amarrado em uma maca como a dela, que também fora colocado em noventa graus, para que ficasse sentado. À sua frente havia duas mesas cobertas com um tecido de lã de algodão verde. Era a cor mais chamativa que Julia tinha visto desde que chegara ao Ministério do Amor, então, a princípio, ela contemplou aquelas mesas com fascínio. Só depois voltou sua atenção para o homem atado à maca.

À primeira vista, ele parecia um homem bem velho. Com seu nariz afilado, seu rosto parecia o de um pássaro recém-nascido sem dentes, enrugado e acinzentado. Entretanto, depois de alguns instantes, ela percebeu que não se tratava de idade, mas de um estado de inanição avançado. Ele também havia sido torturado, e, como muita gente ali, estava coberto de manchas e queimaduras. Só depois que Julia viu tudo isso, ela reconheceu Winston Smith. Ele havia perdido a maior parte dos cabelos e metade do peso, mas era Winston Smith.

"*Aí está a causa de todos os meus problemas*", pensou ela. Naquele instante, o guarda ruivo que estava no quarto sacou um fósforo e acendeu seu cachimbo. O cheiro do fósforo era delicioso, assim como o fora contemplar o tom de verde acentuado do tecido. Quando a fumaça de odor adocicado do cachimbo chegou às narinas de Julia, ela ficou enjoada, mas ainda assim foi bom. Ela inspirou com vontade, olhando fixo para o rosto de Winston.

A teletela produziu um som, o ruído de sucção causado por uma porta pesada se abrindo, cuja abertura havia rompido uma dobradiça. O'Brien apareceu na tela. Ele foi até onde estava Winston, olhando-o com ar paternal, e Winston retribuiu o olhar com uma tímida confiança. O cenário revelava profunda familiaridade. Alguém diria que O'Brien já tinha vindo muitas vezes para poupar Winston de destinos monstruosos e que ele voltara mais uma vez com a mesma missão.

— Uma vez, você me perguntou o que havia no Quarto 101 — O'Brien falou. — Eu lhe disse que você já sabia a resposta. Todo mundo sabe. O que há no Quarto 101 é a pior coisa do mundo.

A porta voltou a se abrir, e entrou um guarda carregando um objeto feito de arame. Ele o colocou na mesa mais distante. Ali estava, supôs Julia, a pior coisa do mundo — mas como era possível? Não era maior que uma cesta de piquenique, e na verdade era bem semelhante a uma cesta de piquenique. Havia algo afixado na parte da frente — uma coisa oval, também de arame, um pouco parecida com uma máscara de esgrima.

— A pior coisa do mundo varia de pessoa para pessoa — O'Brien disse. — Pode ser morrer queimado vivo ou em um incêndio, por afogamento, empalação ou cinquenta outros tipos de morte. Há casos em que são coisas bem triviais, nem mesmo fatais.

A expressão de Winston mudou. A confiança deu lugar à curiosidade, e ele fixou os olhos não em O'Brien, mas na cesta de arame. Pela primeira vez, Julia se perguntou por que estava assistindo àquilo. Estavam torturando Winston Smith com uma pequena maldade, muito bem, mas por que ela estava ali?

O'Brien se afastou para o lado a fim de permitir a Winston uma visão melhor da cesta. Ao mesmo tempo, Julia percebeu que havia alguma coisa se agitando dentro do objeto. Era uma gaiola. Era isso. Enquanto ela refletia, O'Brien disse a Winston:

— No seu caso, a pior coisa do mundo são ratos.

— Você não pode fazer isso! — berrou Winston, de imediato. — Você não poderia, não poderia! Impossível!

— Você se lembra do momento de pânico que ocorria nos seus sonhos? — disse O'Brien. — Havia uma parede escura à sua frente e um som estrondoso em seus ouvidos. Havia algo terrível do outro lado da parede. Você sabia que você sabia o que era, mas não ousava chegar até a abertura. Eram os ratos do outro lado da parede.

— O'Brien! — disse Winston, com sua voz falhando. — Você sabe que isso não é necessário. O que é que você quer que eu faça?

O'Brien continuou, em tom didático:

— Em si, a dor nem sempre é suficiente. Há ocasiões em que um ser humano enfrenta a dor, chegando mesmo a ponto de morrer. Mas para todo mundo há coisas intoleráveis... algo que não pode ser contemplado. Coragem e covardia não estão envolvidas. Se você está caindo de um penhasco, não é covardia agarrar-se a uma corda. Se você emergiu de águas profundas, não é covardia encher os pulmões de ar. Isso não passa de um instinto que não pode ser eliminado. Isso também vale para ratos. Para você, eles são intoleráveis. É uma forma de pressão que você será incapaz de suportar, ainda que tente. Você fará o que for exigido de si.

— Mas o que é? O que é? — perguntou Winston. — Como posso fazer se nem sei o que é?

O'Brien se virou e ergueu a gaiola. Enquanto ele a carregava, percebia-se o peso considerável do objeto. Winston se contorceu, mas mal conseguiu se mover porque estava confinado à maca. Julia moveu o corpo, com empatia. Podia ver o tórax de Winston se mexer por meio da respiração arfante de pânico.

— Apesar de ser um roedor, o rato é carnívoro — disse O'Brien. — Você sabe disso. Deve ter ouvido falar das coisas que acontecem nos bairros pobres da cidade. Em alguns bairros, uma mulher não ousa deixar seu bebê sozinho em casa nem por cinco minutos. Com certeza, os ratos o atacariam. Em uma fração de segundos, eles o reduziriam a ossos. Também atacam doentes e moribundos. Demonstram inteligência notável em saber quando um ser humano está indefeso.

A gaiola sacudiu em sua mão, emitindo um rompante de guinchos furiosos. Julia encarava, fascinada, o formato do objeto. Agora que ele estava mais perto da câmera, ela viu que, na verdade, eram duas gaiolas anexas. Só conseguiu avistar as sombras lá dentro; dois ratos enormes, lutando para chegar um até o outro pela parede de arame que os separava.

Julia tentava convencer a si mesma que estava a salvo. Ratos eram o medo de Winston, não o dela. Dois ratos que — embora fossem bem grandes — não a assustavam nem um pouco. Já havia comido ratos dezenas de vezes. Eles que lutassem para assustá-la; ela não tinha medo algum. Mas por que ela estava ali? Sua mente estava mais clara do que estivera em outros dias, e ainda assim ela não conseguia entender o motivo.

O'Brien levou a gaiola até Winston e, ao fazê-lo, pressionou um interruptor ao lado do objeto. Houve um clique de abertura. Mais uma vez, Winston voltou a se contorcer em vão, gemendo.

— Pressionei a primeira alavanca — O'Brien disse. — Você conhece a montagem dessa gaiola. A máscara vai ficar encaixada na parte de cima da sua cabeça, sem deixar saída. Quando eu pressionar esta outra alavanca, a porta da gaiola vai deslizar para cima. Essas bestas famintas vão sair em disparada, como balas. Você já viu um rato saltar no ar? Eles vão pular no seu rosto e esburacá-lo todo. Algumas vezes, eles atacam os olhos primeiro. Outras vezes, cavam buracos nas bochechas e devoram a língua.

Winston havia fechado os olhos. Sua face toda se comprimia, como se tentasse se fechar como um punho. Julia também se encolheu para trás, com pena, e sentiu o aperto das almofadas que imobilizavam sua cabeça. Lembrou-se do que Diana havia dito sobre desfiguração. Seria a isso que ela se referia? Comer olhos, cavar buracos nas bochechas... Os ratos continuavam guinchando conforme O'Brien, terrivelmente devagar, empurrava a gaiola para a frente. Agora, ela cobria o rosto de Winston. Houve um som quando o mecanismo se encaixou no lugar; talvez fosse projetado para travar nas almofadas. A gaiola sacudia com a atividade frenética dos ratos.

Os gemidos de Winston se elevaram em meio ao barulho dos animais, baixos e roucos, seguindo o ritmo de sua respiração ofegante.

— Era uma punição comum na China Imperial — disse O'Brien.

Ele se inclinou sobre a gaiola. Sua mão encontrara a segunda alavanca. Havia um sorriso benevolente em sua cara horrível.

De repente, Winston deu um grito de desespero tão alto que o efeito foi de um movimento violento.

— Faça isso com Julia! Faça com Julia! Não comigo! Com Julia! — Winston gritava. — Não me importo com o que você faz com ela. Arranque a cara dela, deixe-a reduzida a ossos. Não comigo! Com Julia! Não comigo!

Depois que a gaiola foi removida do rosto de Winston sem causar danos, a porta para a sala de Julia foi aberta. Assim, pelo corredor, ela pôde ver o outro quarto com seus azulejos mais escuros — o Quarto 101. Estava ali o tempo todo. Um guarda empurrou Winston em uma cadeira ao lado dela. Sua expressão era de pura felicidade por ter escapado, e ele ficava olhando fixo à sua frente com um sorriso banguela, ofegando através de lábios lívidos. Não tinha visto Julia nem uma vez. Mesmo quando o guarda pegou sua cadeira e passou com ela perto dele, seus olhos não se viraram para ver.

Julia pensou: "Os ratos não comeram nada!".

A porta se fechou atrás dela causando de novo aquele ruído de sucção. Ela foi colocada no lugar de Winston. A gaiola aguardava sobre o tecido verde, balançando e sacudindo com a fúria dos ratos atraiçoados. O'Brien repetiu o discurso sobre ratos atacando os olhos, devorando a língua, enquanto Julia, desesperada, tentava pensar. Winston escapara ao traí-la, mas quem ela poderia trair? Já tinha traído todo mundo. Não sobrara ninguém. Nos recônditos da memória, lembrou-se de Diana Winston dizendo que eles não a deixariam viver com aquele rosto — e ela também falara sobre o tempo. Ela dissera que Julia deveria correr contra o tempo. E disse que aquilo duraria uns quinze minutos. Mas como Julia faria isso? Ela mal conseguia mexer a cabeça. Não poderia fazer nada.

Desta vez, a gaiola estava na mão de O'Brien. Ele a levou até o campo de visão de Julia, para que o objeto bloqueasse a luz. O fedor dos ratos era insuportável, um cheiro animalesco de excremento que não deveria ser assustador. Não era diferente do cheiro desagradável de um estábulo, mas havia os movimentos sinuosos, os guinchos, os saltos furiosos na gaiola de arame. Eram criaturas imensas, do tamanho de gatos, com corpos fortes e focinhos grisalhos de veteranos dos esgotos. Ela pôde imaginar as bocas trabalhando, as densas fileiras de dentes amarelos. Ela conhecia a potência daquelas mandíbulas. Era mesmo verdade que ratos matavam bebês e faziam as pessoas adoecerem. Eles comiam a carne de suas mãos, roíam os rostos até os ossos, devoravam o nariz. Julia voltou a pensar no seu sonho da cabeça esfolada. Quis gritar como Winston: "*Você não pode, não pode. É impossível!*".

A máscara se fechou sobre seu rosto. O arame bateu de relance em sua bochecha; depois, a estrutura foi fechada no lugar onde estavam as almofadas. Os ratos se atiraram sobre a grade de arame, a apenas dois centímetros do rosto e dos olhos de Julia. A gaiola de arame estremecia. Ela sentiu as sacudidas na cabeça. Naquele espaço confinado, o fedor era sufocante. Ela ouviu seu próprio gemido ao ritmo de sua respiração ofegante.

— Não se preocupe — disse O'Brien. — Deixaremos o corpo intacto. A gravidez não será afetada. Você pode usar isso como consolo.

Não havia mais tempo, e Julia ainda não sabia o que fazer. Se fosse uma questão de burlar a construção da gaiola, ela conseguiria. Mas suas mãos estavam presas nas laterais. Tudo o que ela podia mexer era a mandíbula; ela a moveu, para testar, e colocou a língua para fora. Na mesma hora, um dos ratos pôs a garra de fora através do arame. Ela soluçou e recolheu depressa a língua, cerrando bem a mandíbula. Os dentes poderiam proteger a língua; isso era seguro. O'Brien estava equivocado. Contudo, quanto às bochechas, ao nariz e aos olhos, ela não podia fazer nada.

Eles já deviam ter usado três minutos. Mas quanta carne dois ratos poderiam devorar em doze minutos? Falar que ela deveria correr contra o tempo era um mero deboche. Ela deveria ter imaginado que aquilo era tudo. Com certeza, Diana Winters era um embuste, como a outra mulher dissera. Era só mais uma peça na engrenagem daquele jogo vicioso.

Ela tentou, mais uma vez, convencer a si mesma de que era possível viver sem nariz. Sem lábios, sem bochechas. Mesmo se ela perdesse os dois olhos... pessoas cegas existiam, e elas viviam. No entanto, nenhuma parte dela compreendia isso. Ela teve a sensação desesperadora e etérea de despencar num abismo profundo, junto ao horror singular de que não poderia mais existir.

Um dos ratos emitiu alguns guinchos ávidos e arrepiantes, tão perto que Julia sentiu o bafo dele em seu rosto. A mão de O'Brien estava na gaiola. Em um instante, ele abriria as portas. Através do arame, atrás dos corpos furiosos dos ratos, ela o viu sorrir.

Então, um golpe rápido e apavorante passou pelo metal, e ambas as portas se escancararam. Os ratos saltaram para a frente. Ela sentiu a confusão dos arranhões de suas garras em seu rosto, em seus olhos, no queixo. Havia a terrível umidade próxima de seus focinhos, que farejavam com avidez. A primeira mordida afiada foi na sobrancelha.

No entanto, durante a pausa em que os ratos ficaram desorientados, Julia compreendeu. Eles eram animais. Não torturadores. Eles se comportariam como animais se comportavam e reagiriam como animais reagiam. Até então, eles não tinham dado saltos furiosos e a atacado como O'Brien previra. Um deles mastigava sua sobrancelha, atraído pelo sangue do corte que já estava lá. O outro inspecionava seus lábios, recuando quando eles se contorciam e voltando em seguida, atraído e encantado pelo frescor da carne viva. Sim, eles comeriam a carne dela. Eles queriam fazer uma refeição. Mas isso era tudo o que eles queriam.

Ela viu ali sua chance. Era um horror, impossível — mas era preciso tentar.

Ela mordeu a ponta da língua o mais forte que conseguiu, até sentir o gosto do sangue. Em seguida, abriu a boca com cuidado, para não deslocar o rato, e pôs para fora a língua ensanguentada. No início, o rato pareceu indiferente, movendo-se para o lado, para farejar sua bochecha. Enquanto isso, seu colega dava mordidas agonizantes na carne acima da pálpebra de Julia. Ela resolveu ignorar isso e abriu mais a mandíbula, pondo a língua para fora e virando a ponta sangrenta em direção ao focinho do rato de um modo tentador.

Causando uma dor que fez seu corpo todo convulsionar, os dentes do animal apanharam a ponta de sua língua. Ela quase cerrou a mandíbula, mas se forçou a aguentar firme enquanto uma corrente de pavor lhe percorria todo o corpo. Sua língua se contorcia contra a vontade. Ela se engasgou. Mas o rato tinha gostado da carne e não estava intimidado. Devagar, com uma paciência que fazia doer todos os seus músculos tensos, Julia puxou a língua para dentro, mantendo a mandíbula tão aberta quanto as dimensões da máscara permitiriam. De olho na comida, o rato se permitiu seguir em frente, com seus dentes mordiscando de um modo pavoroso alguns nacos da língua de Julia. Lágrimas escorriam de seus olhos, e Julia ainda esperava e puxava mais a língua para dentro, para garantir. Por fim, ela sentiu o cutucão da cabeça do rato no interior de sua bochecha. De uma só vez, ela fechou a mandíbula com toda a força.

O animal lutou de um modo violento, guinchando. Suas garras lhe arranhavam as bochechas e a boca, e ela sentia a força dele dando empurrões terríveis nos seus dentes. Havia a textura dos pelos em sua boca, o gosto de sujeira, a cabeça sacudindo contra a sua língua. Em seguida, o esmigalhar de ossos, o sangue quente e nojento em um jato. O rato voltou a se sacudir, mas agora sem força. Ele ficou mole. Por fim, Julia conseguiu cuspir a cabeça.

O outro rato tinha sido deslocado de sua refeição pelos chutes violentos do colega. Como se estivesse testando, agora ele se movia em direção ao olho dela, com a pata cortante e ágil pressionando a pálpebra. Ela tentou afastar de sua boca a carcaça do primeiro, pensando em atrair o segundo até sua mandíbula, mas não conseguiu fazer o cadáver mudar de lugar. Era grande demais. O rato sobrevivente estava em sua pálpebra, farejando com seu focinho minúsculo. Ela sentiu o bafo dele. Encheu os pulmões e deu o grito mais alto que pôde, mas isso só fez o animal se deslocar de leve. Ele recuou um pouco, apenas para voltar e agarrar com mais força o rosto de Julia. Agora, ele mordiscava sua pálpebra. Julia sentia, com horror, um terrível beliscar e cortar sobre seu globo ocular. Então, como que por milagre, ele a largou. Ele se virou e agarrou o nariz de Julia com uma das patas, movendo-se com mais confiança. Ele tinha sido atraído pelo cadáver do colega, um tipo mais familiar de comida.

Quando o segundo rato apanhou o primeiro, Julia esperneou e imitou ruídos de agonia. As garras do rato sobrevivente apertaram de modo confortável a ponta de seu nariz, sacudindo-o aos movimentos da mastigação. Julia sorria, amando o rato e seu cheiro bizarro de vida. Ao mesmo tempo, ela estava ciente de que O'Brien observava, e não sabia quanto tempo ainda restava. Ainda poderia dar errado. Ele poderia ver o que estava acontecendo. Só que não. Ele tinha caminhado até a parede e falava em sussurros com um FALAESCREVE.

O rato farejou sua narina, curioso, fazendo cócegas; depois, voltou a comer à vontade. Era um animal bom, esperto. Um amigo. Mas precisava comer mais; não era para ele cair duro. Ela torcia o rosto para manter o rato em movimento.

Julia ouviu um novo som; ela estremeceu. O rato deu um guincho de protesto, movendo as patas quase em reprovação. Apenas quando O'Brien perguntou "O que é?", Julia entendeu que a porta da sala estava aberta.

Uma voz respondeu:

— Albert precisa do quarto para os preparativos.

— Estou esperando o médico — disse O'Brien.

— Posso fazer, se não for cirurgia.

— O resultado é incerto. Ratos.

— Tudo bem. Eu tenho gaze. O resto, eles fazem na enfermaria. Albert precisa do quarto.

— Esta não vai morrer. Está grávida.

— Eu tenho gaze — a pessoa repetiu. — Se estiver muito ruim, tudo bem, vamos esperar o médico. Se não estiver, Albert está atrás de mim com um Classe A.

— Tudo bem.

Através da máscara, Julia viu o vulto escuro de O'Brien indo em direção à gaiola. Se ele a visse, insistiria por mais tempo. Mais ratos seriam soltos. Ou ele apenas retalharia o rosto dela com uma faca. Levaria segundos. O outro homem ajudaria.

O'Brien tinha pegado a gaiola. Ela a sentiu se mexer contra o rosto. Enquanto ele a soltava, o rato vivo correu para o chão e saiu às pressas, muito assustado. O corpo mutilado do rato morto foi libertado e despencou, causando um forte estrondo. Os dois homens recuaram. A cabeça decepada ainda estava grudada no queixo de Julia, então, ela tomou fôlego. Em seguida, essa parte do corpo também se soltou e caiu ali por perto.

O'Brien se inclinou sobre ela, com uma expressão muito estranha. De um modo involuntário, ela fechou os olhos para não vê-lo. Apertava os olhos para ver e para não ver, respirando de um jeito convulsivo. A ferida causada pelos dentes do rato latejava em sua testa. O outro homem se curvou por cima dela, tocando-lhe o rosto com os dedos, com uma expressão de incredulidade. Então, um sino tocou. A porta voltou a se abrir.

Houve o ruído agitado dos guardas, que disseram a ela que havia acabado. Ela abriu totalmente os olhos, chupando a língua ensanguentada. Não havia sorriso em seu rosto — ainda não era bem um rosto —, mas seu coração se alegrou com a presença dos guardas, com a presença de O'Brien, do homem de rosto abatido que olhava para O'Brien com cara de interrogação. O guarda ruivo entrou com seu cheiro de tabaco, e atrás dele veio outro guarda, do qual ela se recordava de sua primeira cela e cujo nome era Worth, bem parecido com o seu. Pelo fato de ele ser baixinho, todos os criminosos o chamavam de "Pequeno Worth". Foi empolgante perceber a chateação dos guardas; uma alegria vê-los sair do caminho aos tropicões e proferindo palavrões quando o rato vivo escapuliu entre suas botas.

Então, a levaram, feliz e contente, de volta ao quarto do qual ela viera. A fumaça do cachimbo ainda subia, formando círculos, e em meio a essa bruma luxuriante ela viu Winston Smith. Ele tinha sido colocado diante da teletela como ela havia sido antes, portanto, ele teve de encará-la de perto. A luz azulada da tela tornava sua expressão séria. Mas ele não estava assistindo àquilo. Ele não havia assistido. Ele tombou nas amarras, com a mandíbula estreita entreaberta. Dormia profundamente.

PARTE TRÊS

21

Julia voltou a ver Winston Smith cerca de dois meses depois de ser solta. Nesse período, ela não conversou com quase ninguém. No Ministério da Verdade, foi tirada do chão de fábrica da Ficção e recebeu o título de Consultora de Instalações. Quem detinha esse cargo não executava nenhuma tarefa e ficava isolado em uma salinha minúscula no fim de um corredor pouco movimentado. O cômodo tinha uma única cadeira dobrável, e tudo o que havia para ser feito ali era assistir à teletela. De fato, era impossível não a assistir, pois o volume ficava no máximo. Nos primeiros dias, Julia ficou hipnotizada pelas histórias simples e pela música triunfal sem assimilar muita coisa, porém, conforme recuperava a saúde, sem perceber, passou a sentir um desprezo real por quem molestava crianças, pelas gangues e pelos terroristas que apareciam nas notícias sobre crimes, e começou a temer o destino da guerra em andamento.

A Eurásia era de novo a inimiga — não, sempre tinha sido. Era preciso ter isso em mente. Entretanto, de um modo curioso, Julia teve dificuldades para acreditar nisso. Todo aquele trabalho mental agora lhe trazia problemas. Ela não entendia por que a guerra era paz, e só de pensar em "DUPLIPENSAR" ficava sonolenta e mal-humorada. De uma maneira vergonhosa, também chorava ao assistir às execuções televisionadas, embora mal soubesse por quê. Quando seu bebê nascesse, ela também seria morta a tiros ou enforcada, e ela não considerava esse fato uma tristeza, mas um alívio.

Nesse estado enfraquecido, levara um tempo para ela entender as novas regras de sua vida. Ficou vermelha de vergonha ao pensar em seu comportamento na primeira noite, quando foi deixada de fora do alojamento pela van com as velhas botas nas mãos. É claro que ela não conseguia usar botas naquele momento. Seus pés ainda estavam feridos de um modo terrível, e ela os amarrara em trapos. Não obstante, sentia orgulho por conseguir andar enquanto tantas IMPESSOAS tinham de caminhar engatinhando. Por teimosia, Julia se recusava a rastejar, mesmo quando chegou à escada do alojamento.

Estar livre lhe causou um turbilhão de sensações conflitantes. A maravilhosa noção de que não a machucariam a inundara diversas vezes. Ela não levaria choques! Não lhe bateriam nem a queimariam! Por outro lado, sentia uma insegurança terrível sem guardas para lhe dizer o que fazer. O céu nublado parecia perigoso, como se sugerisse a presença do inimigo; ela o olhou e, com medo, baixou a cabeça. O pior de tudo era a sensação de não estar mais entre pessoas de sua classe. No Ministério do Amor, quase nunca se falava com outros prisioneiros, mas eles sempre estavam presentes em forma de murmúrio ou cheiro, companheiros de sofrimento que sabiam o que era a dor e respeitavam vitórias, por menores que fossem. Até os guardas e torturadores eram da sociedade; de certo modo, camaradas.

As pessoas de fora não entendiam nada disso, e ninguém estava autorizado a lhes dar explicações. Na verdade, ninguém devia falar além das comunicações mais simples necessárias para sobreviver, e mesmo assim era preciso se preparar para ser ignorado. Ao se aproximar da porta do alojamento, Julia continuava pondo a mão no distintivo do Grande Futuro, ainda alfinetado, por milagre, em seu colarinho. A fita estava puída e desfiada, mas o medalhão com o rosto do bebê permanecia intacto. Será que a tolerariam por conta da gravidez? Com o bebê na barriga, afinal, ela era uma criatura híbrida. Isso poderia facilitar as coisas.

Nos recônditos de sua mente havia uma intranquilidade sombria, uma lembrança com vontade de ganhar foco. Era alguma coisa relacionada ao alojamento — mas Julia expulsou o pensamento. Ela não podia se entregar a ideias dolorosas. Havia as garotas para enfrentar, e ela não devia chorar. Estava decidida a ser uma boa IMPESSOA: ser invisível, poupar a ansiedade e o embaraço de todos. Talvez assim ela fosse recompensada com o olhar empático eventual. Se nem mesmo Vicky a olhasse... só que isso aí era uma lembrança. Mais uma vez, Julia a expulsou de sua mente, enquanto galgava o último degrau.

Atkins não estava na mesa. Normal: àquela hora, todas estariam assistindo em grupo à transmissão noturna. A porta do salão comunitário estava entreaberta, e Julia conseguiu espiar o interior sem chamar atenção. As garotas eram as mesmas, coradas e despreocupadas, as cadeiras estavam amontoadas. Atkins estava sentada atrás delas em sua banqueta dobrável, com a expressão habitual de cansaço satisfeito. Havia uma nova garota da Nacionalidade, sentada entre as outras como se fosse uma de suas iguais. Nem todo alojamento seria assim. As garotas do 21 agiam feito verdadeiras camaradas. Julia tinha sorte; ela precisava se lembrar disso sempre. Vicky não estava lá.

Julia foi até a porta do dormitório. Afinal, talvez Vicky tivesse ido dormir cedo. No entanto, ela devia estar preparada para a possível partida definitiva de Vicky. Isso porque ela se casaria com Whitehead, nada mais. Não era preciso se preocupar. De certa maneira, era até bom — no entanto, Julia abriu a porta do dormitório e parou, confusa.

A cama de Vicky não estava mais lá. No seu lugar, havia duas cadeiras de madeira do tipo que promoviam aumento da massa muscular, os assentos eram meio inclinados para a frente, para a pessoa se segurar com as duas pernas. Empoleiradas nesses móveis de um modo desconfortável estavam Oceânia e uma garota nova, que Julia não conhecia. Elas viram Julia e estremeceram. Seus semblantes se transformaram em máscaras rijas de aversão.

Julia disparou:

— Ora, a minha cama foi embora!

As duas garotas viraram as costas. Oceânia disse, de um modo ríspido:

— Cama? Que bobagem! Deixa a gente em paz!

— É claro, Vicky e o casamento — comentou Julia. — Mas a cama...

— Que saco! — disse a outra garota. — O que você quer com a gente?

— Nunca existiu nenhuma Vicky — afirmou Oceânia. — Isso é loucura. E não queremos *você* aqui.

Foi aí que o pensamento pavoroso que vinha incomodando Julia entrou em foco. Será que ela tinha mencionado Vicky no Ministério do Amor? Sob efeito de drogas, ela falara do presidente Whitehead; disso, Julia se lembrava com clareza. Encheram sua boca de gaze por causa dessa fala. Mas isso significava que ela havia falado de Vicky? Seus interrogadores nunca perguntaram de Vicky — eles só queriam falar da Registros. Mas será que Julia deixara escapar alguma coisa sobre ela? Que pensamento pavoroso... Será que ela havia falado dos ladrões e do plano de fuga de Vicky? A lembrança estava quase lá, uma coisa semiformada, como os resquícios de um pesadelo. Sim, ela tinha dito algo. Por que não conseguia se lembrar do que dissera?

Julia deixou escapar um soluço.

— Mas se a cama foi embora... alguém mais também foi? — ela perguntou. — Oh, não vou dizer o nome. Apenas me digam...

Então, Atkins entrou no quarto, com o rosto vermelho e furiosa.

— O que é isso? O que é tudo isso?

— Oh! Camarada Atkins! — disse Julia. — Por favor...

Atkins lhe deu um tapa.

Foi um golpe desajeitado, mais surpreendente que dolorido, e isso quase não incomodou Julia. Para alguém recém-chegado do Ministério do Amor, levar um tapa parecia bem coerente. O que a espantou foi a expressão das três mulheres ao vê-la cambalear e segurar a bochecha. Não havia sequer um traço de humanidade nelas, só repulsa e um ódio desesperado. E agora Julia chorava, mesmo tendo jurado a si mesma que não faria isso.

— Desculpe — gaguejou Julia. — Desculpe.

— Agradeço se você deixar minhas meninas em paz — disse Atkins. — Não fale mais nada! — Então, ela se virou para as outras meninas e disse: — Malditos criminosos! É claro que eles nunca pensam no mal que causam!

Depois disso, Julia tomou o maior cuidado para cumprir as regras de seu ostracismo. Voltava para o alojamento antes do toque de recolher, quando as outras já estavam na cama, e esperava até as vozes silenciarem para entrar no dormitório. Em noites boas, os gatos vinham se aninhar ao seu lado. Às vezes, ela os chamava de MALPENSANTES e ralhava com eles por seus elos criminosos, tomando cuidado para fazê-lo sussurrando. De manhã, sua teletela vociferava de propósito, acordando-a antes de acordar as outras garotas, e ela corria até a PROPRIVIDA e se lavava com uma flanela, enquanto as cidadãs faziam suas Cretinices Rítmicas. Essas rápidas sessões na pia eram todo o banho que agora ela poderia almejar; embora ainda tivesse cupons para banho, nenhum funcionário das casas de banho os aceitaria. A hora das refeições também era um calvário. Às vezes, quem servia as mesas fingia não a notar esperando com a bandeja, e ela era sempre dispensada com fome. Mesmo que conseguisse comida, quase nunca se sentava. A cantina do Ministério da Verdade estava sempre lotada, e, se Julia tentasse se juntar a outras pessoas em uma mesa, elas ocupavam a cadeira vazia com suas sacolas. O mesmo acontecia se ela fosse a um refeitório da A1, exceto que ali as pessoas ficavam mais assustadas, portanto, ela sentia mais culpa. Por isso, logo Julia começou a fazer todas as refeições no Chestnut Tree Café.

Durante as semanas mais frias de inverno, esse restaurante foi seu refúgio. Era o local frequentado por tradição pelas IMPESSOAS, portanto, em vez do horrível sentimento de ser um flagelo, a sensação era de pertencimento. Na verdade, havia algumas mesas no canto reservadas para pessoas como ela. Das teletelas, vinha uma música animada. Na parede, um amplo cartaz O GRANDE IRMÃO ESTÁ DE OLHO EM VOCÊ, em cores muito vívidas e nítidas, olhava para baixo em tom paternal. Naquele estágio da gravidez, todas as posições logo ficavam desconfortáveis e a necessidade de urinar era quase constante, por isso, ela ficava contente sobretudo por poder usar a cadeira acolchoada e as instalações sanitárias limpas. Na primeira visita, um garçom lhe ofereceu, com discrição, um livro para ler, uma das produções obscenas da Ficção que Julia passara anos sem abrir. Então, ela o devorou em uma sentada. Quando o garçom trouxe o próximo livro da série, ela o aceitou agradecida, e logo já tinha lido toda a série *Enfermeira da Guerra* e começado *Enfermeira Revolucionária*. Às vezes, a sopa continha carne de verdade e era servida com torradas. O garçom ia e voltava em silêncio, repondo gim Vitória no copo dela sem que ela lhe pedisse, sempre acrescentando algumas gotas de outra garrafa pelo eixo oco da rolha. Era água açucarada aromatizada com cravo, a especialidade do café. Embora Julia achasse o sabor repulsivo e temesse que o gim a deixasse fraca e confusa, ela o bebia com a maior bravura que conseguia. Ela adorava os garçons pelo fato de eles a ajudarem sem se preocupar com quem ela era, e nunca os teria colocado em maus lençóis. Durante as semanas inóspitas de janeiro, nas quais choveu e nevou, o café se mantinha quente e acolhedor. Sabendo que não teria nenhuma tarefa no Ministério da Verdade, às vezes, Julia passava dias inteiros ali.

Vez ou outra, Julia sentia que os rituais do Ministério do Amor na verdade tinham sido uma espécie de cura, e que aquela era a última etapa da convalescença. Ela chegou, inclusive, a sentir um indício da última alteração ainda por vir — a qual assumiu a forma de uma sensação furiosa que, às vezes, lhe ocorria, sobretudo quando outra IMPESSOA entrava no café e se sentava a uma mesa perto demais da sua. Essa impressão também surgia quando ela pensava em certas coisas — na partida de Vicky ou no instante em que Winston Smith gritara, de repente, "Faça isso com Julia, não comigo!". A sensação sempre estava presente logo abaixo da superfície: uma fúria ameaçadora que continha a semente de uma ideia. Era importante; disso, ela tinha certeza. Poderia, inclusive, ser o propósito de tudo. Ainda assim, ela a reprimia de um modo instintivo. Estava cansada. Não estava pronta. A cada vez que aquilo ameaçava sobrecarregá-la, ela fechava os olhos e bebia seu copo de gim.

Julia também estava ciente de seu papel como uma das figuras exemplares que conferiam fama ao café — e que, agora ela percebia, também eram a atração do lugar. É claro que ela não era horrenda como a maioria. Ela própria fugia de alguns dos grotescos que se arrastavam e mancavam em direção ao seu canto do recinto. Não obstante, quando se olhou no espelho uma vez, pensou: *Aí está um deles*. A ferida em sua testa causada pelo rato estava fechando de um jeito irregular, conferindo-lhe uma aparência sinistra. A mandíbula estava inchada no lugar onde ela perdera dois dentes, e agora as gengivas estavam infeccionadas. As duas mãos continham marcas de queimaduras de cigarros e as cicatrizes mais estranhas das surras frequentes. A mão quebrada tinha se recuperado e adquirido um formato estranho e grosseiro, e os primeiros dois dedos ficaram paralisados em forma de garra. Todas as pontas dos dedos continham uma crosta asquerosa em que unhas novas tinham apenas começado a crescer. As várias feridas nos pés estavam fechando aos poucos, mas ela ainda mancava e não conseguia ficar em pé ereta. Também havia os sinais mais sutis: a pele amarelada, o cabelo fino e sem vida, a expressão frouxa e atordoada do rosto. Poderia ter sido um cadáver que se virou do espelho e foi correndo para a mesa.

Essa fase no Chestnut Tree chegou a um final inglório num dia em que Ampleforth entrou pela porta do café.

À primeira vista, Julia não o reconheceu. Tudo o que ela viu foi a aparência esquelética e a entrada cambaleante de outra IMPESSOA. Ele escorou em todas as mesas ao atravessar o salão, arfando de maneira audível e torcendo o rosto em um sorriso banguela e adulador. Era evidente que ele tinha acabado de chegar do Ministério do Amor; os lugares em que os cabelos haviam sido arrancados de sua cabeça ainda sangravam. Julia se protegeu da probabilidade de que ele tentasse conversar com ela, como pessoas transformadas faziam com frequência. Quando se ficava fora por algumas semanas, perdia-se o gosto por esse tipo de companhia. Seus resmungos lamentáveis e os apelos desesperados... isso era tão MALPENSAR! Só afastava as outras pessoas.

Julia teve um choque quando ela percebeu quem ele era, e teve um choque maior ainda ao ver que o homem estava indo se sentar com ela, embora não houvesse nenhum sinal no olhar dele de que ele a havia reconhecido. Estava mais para o movimento instintivo de um animal que gravita em torno da própria espécie.

Dando um pulo e um rosnado de dor, ele se sentou na cadeira e emitiu seu sorriso pavoroso para o ar, enquanto o garçom vinha servir seu gim. Aliviada, Julia pensou que talvez ele a deixasse em paz e voltou a olhar para o *Enfermeira Revolucionária III: Mirabella*. No entanto, assim que o garçom foi embora, Ampleforth se inclinou para a frente e disse, em tom de confidência:

— Você deve ter visto o que eu sou. Lamento muito, muitíssimo... Veja, era uma questão de poesia. Não consegui encontrar nenhuma rima para "teus", e deixei uma palavra terrível. Não sei mais quais havia. Eles foram muito gentis. Eles tiraram isso da minha cabeça.

Ao dizer isso, ele tocou a cabeça, onde agora Julia via uma ferida profunda e bizarra. Seria possível dizer que lhe cavaram uma trincheira até o crânio. Ele acariciou com amor a reentrância.

Ela sabia que não devia encorajá-lo, mas se pegou dizendo, com calma:

— Deveria provar a sopa. Aqui, ela é boa de verdade. Vem com torradas.

Ampleforth prosseguiu como se não tivesse ouvido:

— Uma palavra terrível. Rimava com "teus". Mas também fiz coisas repulsivas, cometi um... — sua voz se reduziu a um sussurro — CRIMESSEXO. Nunca teria mencionado isso, mas todo mundo sabe. Está escrito na minha testa.

Ele moveu a mão para o rosto, a fim de experimentar tocá-lo. Pareceu encontrar o que estava procurando. Sua boca se contorceu de dor e seus olhos se fecharam.

Julia disse, um tanto desesperada:

— Tudo bem. De qualquer modo, não é bom conversar aqui. Experimente a sopa. É bem boa, de verdade.

Ele meneou a cabeça em agradecimento e abriu os olhos. Só então pareceu enxergá-la de fato. Então, ele estremeceu de pavor, gritando:

— Isso aí é você? Eles a arruinaram também? Oh, eu a matei!

Ao ouvir isso, ela quase saiu correndo. Por que IMPESSOAS não deixavam os outros em paz? Que povo mais detestável! Percebia-se por que elas deveriam ser mortas a tiros.

Mas havia algo errado nessa ideia. Tinha gosto de gim fajuto e da mistura açucarada nauseante. Aquele sentimento de fúria sempre à espreita sob a superfície de sua consciência despertou. Julia tomou um gole de gim e, ao olhar o rosto de Ampleforth, com hematomas amarelos e roxos, ela foi tomada por uma compaixão avassaladora. Ela sabia que era errado sentir isso — mas pouco importava o fato de estar certa ou não. Julia também era uma IMPESSOA. O que quer que fizesse, ela não seria pior.

Então, ela disse:

— Mas você não me arruinou em nada. Está muito equivocado por pensar assim.

— Não? — perguntou ele, com humildade. — Então, quem é você?

— Ué, você me conhece. Sou a Julia.

— Julia... — repetiu ele, respeitoso. — Sim! Quem é essa?

— Líamos poesia juntos. Você me chamava de sua criada abissínia. Lembra?

— Eu chamava? Ora, o que será que eu queria dizer com isso?

— Era de um poema. "Certa vez, tive uma visão: era uma criada abissínia, e no xilofone ela tocava...".

Ao ouvir isso, ele pareceu aterrorizado e cobriu o rosto, encolhendo-se na cadeira. Mas, quando Julia parou, ele se inclinou de um modo tímido e perguntou:

— Você se lembra dele? Não o declame para mim... Por favor, não! Apenas diga se lembra.

— Sim. Eu me lembro desse e do outro sobre o soldado. "Um canto num campo estrangeiro que é para sempre...". Mas não vou declamar.

— Eu me esqueci completamente. — Ele voltou a tocar o topo da cabeça. — Acabou. Eu o matei com minha imundície. Ele se foi do mundo para sempre.

— Não se foi, não. Veja, eu me lembrei.

— Não — ele se limitou a dizer. — Disseram que eu o matei, e é verdade. Toda a poesia se foi por completo. Mesmo quando me lembro das palavras, percebo que elas estão quase mortas.

Quando ele disse isso, Julia percebeu que aquilo valia também para ela. Ela conhecia as palavras, mas elas não a comoviam mais. Elas só a faziam se lembrar de sua própria podridão.

— Tudo bem — ela retrucou, voltando a se sentir desesperada. — Ouça, agora tem música na teletela. É bom demais da conta. É melhor. É disso que as pessoas gostam de verdade.

Ele fez um aceno de cabeça, olhando-a com olhos confiantes. Contudo, no instante seguinte, já estava tremendo de novo, dizendo:

— Oh, eu sei quem você é! Você é a Julia! Eu dei seu nome a eles. Eu lhes disse... Oh, eu a matei!

— Mas está tudo bem. Você está vendo que estou bem.

— Não, eu contei a eles... sobre os comprimidos que você me deu. Eu tinha que morrer, mas não fui autorizado. Eles os tomaram de mim quando fui ver meu irmão. Oh, meu irmão! Eles o afogaram. Foi no Quarto 101. Eu o traí! Oh, que repulsivo!

— Tudo bem, apague essa lembrança — disse Julia. — Tenho certeza de que não foi assim.

— Não... Foi, sim. "Faça isso com o Geoffrey, não comigo!" foi o que eu disse. Eles mostraram na teletela. Ele lutou de um jeito tão terrível!

— Mas você sabe que as coisas mostradas em uma teletela quase sempre são falsas. Trabalho na Ficção, por isso, eu sei. E, mesmo se fossem verdadeiras, todos nós fizemos a mesma coisa. Mas, com quase toda a certeza, é falso.

— Falso? Não acho que... Eu estou muito confuso. E quem é você? Pelo jeito, eu me esqueci.

— Sou a Julia.

— Oh, sim. Você me traiu. Eu me lembro. Eles me contaram isso várias vezes.

— Traí. Eu deveria ter salvado você, mas não tive escolha.

— Sim — ele disse, apenas. — Isso é um horror. Não há escolha, e no entanto deve-se viver como se houvesse.

Naquele momento, alguma coisa mudou na música proveniente da teletela. Os instrumentos de corda ficaram meio estridentes, as cornetas passaram a tocar mais baixo. A voz se tornou rouca e zombeteira. Ela continha uma nota amarela — o amarelo de água contaminada, de olhos ictéricios e pele moribunda. A letra era assim:

Debaixo da ampla castanheira,
eu vendi você e você me vendeu.
Oh, quão baratos nos revelamos
debaixo da ampla castanheira.

Ao ouvir isso, Ampleforth enterrou o rosto nas mãos e soluçou:

— Mas por que alguém fez uma coisa dessas? Por que eu fiz aquilo? Oh, meu irmão!

Para Julia, aquele foi o fim do Chestnut Tree Café. Depois disso, sempre que ela queria ir lá, essa música lhe vinha à cabeça, com a lembrança de Ampleforth escondendo o choro com as mãos, e ela logo mudava de ideia sentindo um tremor. Isso também arruinou sua diversão com a teletela. Todas as vozes que vinham dela continham a tal nota rouca, amarela, o gosto de bebida açucarada e gim barato. E, por baixo da superfície, a sensação de fúria sempre a empurrava, com vontade de nascer.

Toda manhã, durante o inverno, ela saía do alojamento e passava horas caminhando pelas ruas. Se estivesse chovendo, vez ou outra, ia ao escritório da ministra, na intenção de se abrigar ali, mas a teletela sempre a expulsava. Ia a uma parada de ônibus, depois, a uma estação de metrô, e então a um museu de guerra ou a uma feira patriota. Quando o tempo estava muito ruim, ela tomava o metrô de uma estação para outra e vagava para cima e para baixo pelas plataformas. Nos dias bons, caminhava horas ao ar livre, gastando as botas em um circuito infinito de banheiros públicos locais. De vez em quando, parava em uma loja para comprar pão integral e comê-lo sentada em um banco. Então, fazia vários alongamentos para aliviar as dores e sentia algo semelhante à felicidade.

Julia tinha consciência de que estava desfrutando a *PROPRIVIDA*, algo proibido quando ela era uma pessoa. Na época, ela não sentia falta disso, mas, agora, não conseguia imaginar nada mais agradável. Ela estava grata pela morbidez de fevereiro, pelos parques enlameados que as pessoas evitavam, pelos ventos cortantes que esvaziavam as ruas. Chegou, inclusive, a planejar rotas para evitar as teletelas externas; a tagarelice dos aparelhos lhe dava nos nervos. Ela olhava para o céu, que não a assustava mais, mas, sim, a enchia de uma exaltação apaixonada e a fazia recordar episódios da infância. Trechos de jazz lhe vieram à mente, e seus pés se moveram à batida peculiar desse gênero musical. A sensação de fúria causava menos incômodos. Às vezes, ela pensava que isso podia sumir por inteiro. Caminhar a acalmava, mesmo quando suas roupas ficavam ensopadas pela chuva inesperada e ela tropeçava de cansaço. Havia algo de importante nisso. Seus pés se fortaleceram depressa, e ela sentiu orgulho da rapidez com que se adaptou à dor das antigas feridas. Bem piores eram as dores nas costas causadas pelo peso do bebê, que pinçavam de maneira muito irritante, embora sua barriga ainda não estivesse tão grande. Na verdade, seu tamanho modesto a preocupava; ela não conseguia afastar por completo o medo de terem feito mal ao bebê no Ministério do Amor. No entanto, ele chutava com muita habilidade, e, de qualquer modo, o mesmo havia acontecido com a mãe de Julia. Clara falava a respeito disso com frequência, dizendo que não ficara enorme como algumas mulheres e que os últimos meses de gravidez haviam lhe conferido uma sensação maravilhosa de bem-estar, embora ela precisasse urinar a cada quinze minutos. Era desse jeito que Julia se sentia.

Um dia, ela se lembrou do que Vicky dissera sobre os sacos de areia colocados ao redor de Westminster e foi verificar se eles estavam lá. Mas não era mais possível entrar a pé. Todo o distrito de Westminster estava fechado com novos portões de metal que se erguiam muito acima da cabeça. Depois disso, Julia passou a observar esses portões em todos os lugares, sempre bloqueando ruas com prédios governamentais. Também havia ruas barricadas por veículos militares ocupados por soldados inquietos. Na verdade, agora havia soldados por toda parte, acelerando pelas ruas em caminhonetes abertas, reunindo-se nas esquinas, vigiando soleiras. Por outro lado, havia menos helicópteros. Às vezes, Julia conseguia andar várias quadras sob um céu bem limpo. Ela não conseguia ligar os pontos, e isso lhe dava uma sensação estranha de inquietude. Será que havia uma rebelião de verdade? Os helicópteros estavam no combate? Mais do que nunca, Julia percebia que as teletelas não diziam nada, ou, pelo menos, nada de real.

Em outro momento, ela se deixou levar por uma vontade perversa de voltar ao distrito do Partido Interno, onde havia se encontrado com O'Brien. Ela achou que nada tinha mudado ali, até entrar no parque com a fonte em que a água fluía das mãos do Grande Irmão. Encontrou a fonte seca e a estátua enterrada em grandes sacos de estopa; pelo menos, ali estavam os sacos de areia que ela procurava. Uma placa escrita à mão dizia que aquela obra era do Comitê de Preservação do Patrimônio da Belgravia. Julia se afastou e só então percebeu a outra diferença. Como era fevereiro, ela teve certeza de que o parque estaria ermo — mas não era estranho ela ser a *única* visitante do local? Não havia uma única mãe de macacão preto, nem um empregado de jaqueta branca ou uma criada de avental branco. As ruas também estavam quase vazias. Apenas um ou outro empregado de passagem, com um ar atormentado. No início, ela pensou que os cães tinham sumido — talvez o decreto das bestas parasitas tivesse chegado ali —, mas então ela deu de cara com um pequeno grupo de empregados, com suas cabeças próximas, numa conversa intencional. Todos tinham cachorros em guias, que farejavam animados os traseiros uns dos outros e tentavam se enganchar nas pernas dos serviçais. Então, um incômodo passou pelo grupo. Todos os empregados olharam de repente para Julia, que ficou surpresa ao perceber o medo que sentiam dela.

Esse encontro acometeu sua mente de uma forma estranha. Mais uma vez, pensou em Vicky, e nesse momento chegou a achar possível que ela tivesse fugido da cidade, afinal, e que existissem rebeldes de verdade, aos quais ela se juntara. Julia pensou no barco de contrabando, no mar preto, no sonho que teve com os remos e o luar sonolento. Pensar era inútil, mesmo assim, ela notou que sua mente vagava de vez em quando.

Julia também visitava distritos PROLETAS, embora não arriscasse ir muito longe. Agora, macacões azuis andavam atraindo bandos de crianças hostis, e uma vez ela teve de sair correndo de pedras que passaram voando ao redor das suas orelhas e quase a atingiram. Entretanto, as ruas fronteiriças ainda eram seguras. Eram habitadas por PROLETAS vinculados ao Partido, que não olhavam duas vezes para um azul. Foi ali que Julia encontrou uma casa de banhos que aceitaria seus cupons. Era um lugar tão limpo que lhe causou surpresa, e, quando Julia passou pela ala masculina, não houve nenhum assobio nem uma piada obscena, como ela temera. Na ala feminina, seu macacão azul, a princípio, gerou sussurros hostis; no entanto, depois que ela se despiu e as mulheres viram seu corpo com cicatrizes, os murmúrios pararam. Ela até recebeu olhadelas empáticas, do tipo que havia almejado receber das garotas do alojamento.

Apenas quando se sentou na banheira de ferro, semissubmersa na água morna, tentando fazer espuma com o naco de sabão duro, Julia percebeu o que aquilo significava. Aquelas mulheres não sabiam o que ela era até o momento em que ela se despiu. Ela passara como uma azul. Em seguida, Julia se encheu de tristeza ao pensar que, ainda assim, deveria morrer. Ela não poderia levar a vida que havia planejado para si mesma. A sensação de fúria voltou a surgir, e ela mergulhou a cabeça na água e se concentrou em ensaboar o cabelo ensebado até aquilo passar. Quando enxaguou e envolveu os cabelos numa toalha, olhou para cima e viu uma jovem em outra banheira, sorrindo de um modo tímido para ela. Julia retribuiu o sorriso, e alguma coisa mudou dentro dela. Ela pensou: "*Aqui é quase o meu lugar*".

A tal sensação, enfim, a sobrepujou num dia amargo no início de março. Ela descobrira que outra rua de seu trajeto tinha sido bloqueada e deu meia-volta para fazer um segundo circuito de Mártires no December Park. Ali, ela avistou Winston Smith vindo em direção oposta à sua, cambaleante e olhando ao redor assustado.

Ele parecia, na melhor das hipóteses, pior do que quando foi amarrado à maca no Quarto 101. Seu rosto estava vermelho e inchado, suas bochechas estavam flácidas, a careca, meio rosada. Suas pernas ainda estavam finas, mas havia gordura na cintura saltando nas duas laterais do cinto. No macacão grosso de inverno, ele se parecia com um boneco do Ódio preenchido de qualquer jeito. Enquanto Smith se aproximava, ela notou, chocada, que agora ele estava mais baixo que ela. A maior mudança eram os olhos, macilentos e obscenos.

Quando ele passou, seus olhos se estreitaram, mas os passos não se reduziram, e ela pensou, aliviada, que não havia sido reconhecida. Mas, ao olhar para trás, viu que ele havia se virado e estava vindo em sua direção. Ela apressou o passo e entrou no meio do gramado molhado, com a esperança de desanimá-lo, mas a figura degradante ainda vinha atrás, com um brilho ressentido no olhar.

Era a primeira vez que ela sentia medo desde que tinha sido solta. Ele sabia que ela o traíra — ele sabia! Agora, enfim, ele a jogaria no chão e quebraria sua cabeça com uma pedra, como já desejara fazer. Ele roubaria seus últimos meses preciosos. Assassinaria seu bebê. Ninguém se intrometeria. Na verdade, ninguém iria saber que um dia eles existiram. Ela não podia esperar ajuda alguma.

No entanto, quando ela teve coragem de olhar para trás, percebeu que a expressão dele revelava apenas um sutil ressentimento, e Julia sentiu que ele não oferecia nenhum perigo. Seu medo se dissipou. Afinal, era natural que ele quisesse conversar com ela. Ele devia ter percebido que ela estava grávida e quis se certificar de que o filho era seu. Ela diminuiu o ritmo e o deixou se aproximar pela lateral, preparada para perguntas sobre o bebê — de quantos meses ela estava, como a criança sobrevivera durante o tempo que ela passou no Ministério do Amor.

Mas logo ela percebeu que não era isso. Embora Smith tivesse esquadrinhado o corpo dela, foi apenas com a decepção trivial que ele quase sempre demonstrara quando ela aparecia sem maquiagem ou sem ter tido tempo de colocar um vestido. Em seguida, ela percebeu, espantada, que ele não tinha notado que ela estava grávida. Tudo o que ele via era sua amante desfigurada. Como homem, ele se sentia traído; isso era tudo o que seus olhos sanguinolentos expressavam.

Eles pararam em meio a um monte de arbustos sem folhas, embora os galhos dispersos não fornecessem nenhum tipo de abrigo contra as intempéries. No solo, cresciam os primeiros açafrões, e o vento bagunçava suas pétalas enlameadas. Ali, Winston enlaçou Julia pela cintura, e ela aceitou seu toque sem resistência; na verdade, com certa curiosidade. Como ela esperava, não sentiu nada. Seu abraço não era sequer desagradável. Era como tocar uma mobília.

Smith, no entanto, parecia recuar de repulsa pelo contato que ele mesmo iniciara. Fez uma careta ao ver a cicatriz na têmpora de Julia e tocou sua cintura com o dedo como se executasse uma tarefa assustadora. Murmurava entre os dentes de forma quase inaudível, parecendo não estar ciente de que falava em voz alta:

— A cintura não está apenas mais grossa, está rígida. Como um cadáver. O rosto com cicatrizes... sim, horrendo. Até os pés estão maiores. Cascudos. Se alguém tocasse a pele, sua textura seria bem diferente... Sequer desejo tocá-la... Não...

Ela sentiu o cheiro de gim e cravo em seu hálito.

Havia dois bancos de ferro lá perto, com seus suportes atolados de forma desigual na grama molhada, e Julia foi se sentar ali. Agradecido, Winston a soltou e se sentou ao lado dela. Desta vez, ele ficou em silêncio, mas continuava encarando-a com olhar de ódio e piedade. Então, Julia pensou, com horror, que Winston poderia começar a seguir seus passos de agora em diante. Ela precisava dar cabo de qualquer compulsão que ele criara por ela, apenas para mantê-lo afastado.

Ela disse, curta e grossa:

— Eu traí você.

A resposta dele foi descarada e imediata:

— Eu traí você.

A sensação foi como um tapa na cara. Mais uma vez, Julia enxergou o quanto ele estava feio agora: a expressão abobada pelo gim, tomada de uma imbecilidade inerte e lamuriosa. Seus olhos sequer estavam acinzentados; eram como pesos de papel feitos de vidro sem nada dentro. Sua respiração lhe doeu a garganta de desgosto. E não era isso que ele sempre tinha sido debaixo da superfície? Como foi que ela o desejou um dia?

No entanto, logo depois, lhe ocorreu uma lembrança de como Winston era suave e belo; ela se lembrou dele sorrindo enquanto sonhava com a Irmandade ou contava a ela sobre as mentiras do Partido. Não, ela não cometera um erro em desejá-lo naquela época. Ele era um rapaz apaixonado pela verdade e, mesmo que nunca tivesse se tornado um homem-feito, tinha um espírito elegante e austero que era cem por cento real. E ele quase a amara. Quando o míssil os atirou no chão, ele chorou nos escombros ao imaginá-la morta. Ele gostava de cantos de aves e florestas. De todas as coisas que o Ministério do Amor lhe fizera, talvez a mais irônica tenha sido confinar o caso deles naquele quarto sujo e infestado, sendo que ele poderia ter feito amor com ela nos prados durante todo o verão e nadado em sua companhia nos riachos.

Sim, tudo isso para acabar em ratos e nos gritos dele de traição covarde; havia os olhos vazios e o fedor de gim. Mas nada disso era Winston. Era mais ou menos como O'Brien dissera: "Nós a espremeremos até esvaziar, e então a preencheremos de nós mesmos".

Naquele momento, ela sentiu que deixava passar algo, uma certa resistência da qual não estivera ciente. Ela percebeu como poderia libertá-lo de si mesma. Se prestasse atenção, era óbvio.

— Às vezes, eles o ameaçam com alguma coisa — ela disse —, algo que você não é capaz de enfrentar, em que sequer consegue pensar. E então, você diz: "Não faça isso comigo, faça com fulano, faça assim e assado...". E depois você pode fingir que foi só um truque e que só disse isso para fazê-los parar, e que não quis falar a sério. Mas isso não é verdade. No momento em que aconteceu, você falou sério. Você acha que não existe outra maneira de se salvar e está quase pronto para se salvar desse jeito. Você *quer* que a situação aconteça com outra pessoa. Está pouco se lixando para o sofrimento dela. Tudo o que importa é você mesmo.

— Tudo o que importa é você mesmo — repetiu ele, concordando.

— E, depois disso, você não sente mais a mesma coisa pela outra pessoa.

— Não. Você não sente mais o mesmo.

O trabalho estava encerrado; ela pôde ver o alívio nos olhos dele quando os desviou dela de uma vez por todas. Ele fora autonomeado e perdoado. Ela cortara o vínculo de amor.

— É melhor eu ir pegar o metrô — ela disse. — Vai começar a chover.

Ele meneou a cabeça com solenidade.

— A gente devia se encontrar de novo.

Por um instante, ela pensou ter fracassado. Em seguida, percebeu, aliviada, que ele só dissera aquilo para se poupar de discursos de despedida. Agora, ela não tinha a menor importância para ele; nem chegava perto disso, na realidade.

Ela concordou.

— Sim. A gente devia se encontrar de novo.

Depois de deixá-lo, ela não foi para o metrô; voltou para o Ministério da Verdade. Ainda havia algo que ela desejava compreender, que a perseguia e a atraía para lá.

No Rightwork Circus, seu caminho foi bloqueado por uma multidão que estava reunida em frente à grande teletela. O aparelho mostrava uma nova telegravação, e essa pequena novidade foi suficiente para atrair centenas de pessoas, mesmo com o início da chuva. De súbito, Julia olhou para cima como as outras pessoas e viu um clipe de um jovem Grande Irmão saindo de uma trincheira com um batalhão de heróis animados atrás. Seu corpo era imenso, quase como o de um deus; sua cabeça e seus ombros sobrepunham os dos outros, e ele carregava sua metralhadora como se fosse um ramo de árvore. Depois dessa transmissão, veio uma série de clipes mais suaves dos discursos mais apreciados do Grande Irmão. Julia não conseguia distinguir as palavras por conta do barulho do tráfego, mas a filmagem era tão familiar que ela conseguiu acompanhar os discursos apenas pelo ritmo deles. Eram as coisas habituais sobre vitória, crueldade e sacrifício. O rosto imenso contemplava a distância radiante e alertava sobre os truques do inimigo. A voz insistia, e os olhos acreditavam.

Foi aí que a mudança começou. Era algo na cadência da voz, a explosão que se misturava ao ruído do tráfego. Era a mesma voz que ralhava de todas as paredes, de alto-falantes nos parques, de rádios carregados por transeuntes e, com frequência, de algum lugar invisível; logo, parecia vir do céu ou do murmúrio dentro da cabeça de alguém. Da tela, o rosto cativante olhava para baixo, e, quando Julia se virou, viu o mesmo rosto em todas as paredes e direções. Ele estava à espreita em cada esquina, tremeluzia em telas em cada janela, olhava dos jornais em cada par de mãos. O Grande Irmão se apossou da mente dela, e, quando ela o repeliu, ele voltou a encará-la vezes sem fim. A cada momento, ele se insinuava por uma brecha e sondava para o deixarem entrar. Ele observava e dizia: *Eu a espremerei até esvaziar, e então a preencherei de mim mesmo.*

Uma onda de fraqueza a percorreu e foi substituída pela tal sensação de fúria contra a qual ela lutara por tanto tempo. Era um sentimento, agora ela percebia, que se insinuara dentro de si a vida toda. Ela lhe dera vazão através do sexo, do trabalho, de telas, do gim e, nos últimos tempos, durante suas horas de caminhada. Sem sequer nomeá-lo para si, ela sempre temera seu poder. Agora, o deixava a invadir e consumi-la. Ela se sentia invencível, imprudente, em chamas. Teve vontade de marchar, gritar, quebrar janelas, incendiar casas. Era como se ela fizesse parte de uma multidão e todos estivessem vermelhos de raiva, gritando de fúria, correndo atrás de um homem fugindo desesperado de seu poder presunçoso, tropeçando e lutando. Agora, Julia percebia aonde estava indo esse tempo todo. Entendeu a verdade do Ministério do Amor, a lição que tivera dificuldades de entender enquanto O'Brien lhe aplicava eletrochoques. O bebê chutava de um modo frenético, batendo como um coração, e causava uma dor de júbilo e morte para seus inimigos. Era uma dor que poderia dominar por milhares de gerações. A voz da teletela bramia de forma indistinta, e ela ergueu o queixo, encarando o rosto enorme. Levara 27 anos para ela compreender o tipo de sorriso escondido por trás daquele bigode preto. Mas estava tudo bem, tudo certo. Enfim, ela havia vencido a si mesma. Ela odiava o Grande Irmão.

22

Julia foi até o Ministério da Verdade. Na entrada que dava para as escadas, em vez de descer até a Ficção, ela caminhou até o bicicletário. Dos suportes, escolheu uma velha Ruthless Warrior, toda enferrujada, mas com uma estrutura sólida.

Ela partiu sentido sul, tomando um trajeto que conduzia pela fronteira do Distrito do Partido Interno até a Ponte do Grande Irmão. Enquanto pedalava, exultava de ódio. Odiava o Grande Irmão ao infinito, com um prazer que não cessava. A cada cartaz por que passava, ela recarregava sua bateria de ódio. Imaginava-o passando fome, levando surras, sendo humilhado, esfaqueado, decapitado, esquartejado. Ela odiava o Partido dele, e agora entendia que o odiara por toda a vida. Sempre soube quem havia assassinado sua mãe, seus colegas de escola e os aviadores. Ela odiava O'Brien, e também seu apartamento impecável com seus luxos roubados. Odiava Martin por seu rosto cadavérico, ainda capaz de sorrir e tripudiar. Odiava Weeks, a aranha, e teria gostado de esmagá-lo com o pé assim como ele lhe esmagou a mão. Odiava Gerber — ah, e como odiava! Que bênção descobrir que odiava Gerber! Pensou em mais pessoas que a lesaram e as odiou uma por uma, sentindo-se purificada. Mas ela sempre voltava para o Grande Irmão. Sem ele, ela nunca teria odiado, e na verdade ninguém teria merecido seu ódio. Ele era a fonte disso tudo.

Agora, ela percebia que Vicky estava certa. Se os rebeldes existiam, é claro que era preciso ir se juntar a eles. Era preciso purificar o mundo desse grande mal. A chuva engrossou e bombardeou o rosto de Julia, e até isso foi um prazer inusitado. Ela sentia o sangue fervilhar de vingança, o sangue implacável que herdara da mãe, com o ódio que era amor.

Na ponte, o trânsito se intensificou. Os poucos carros pararam e as bicicletas se amontoaram. Ao redor dos veículos havia uma grande agitação de pedestres se aglomerando ombro a ombro. Só a faixa policial estava vazia. À frente, Julia viu um obstáculo: um posto de controle militar onde nunca havia existido nenhum. O caminho estava bloqueado pelos caminhões de sempre, e vários soldados verificavam documentos, respaldados por um muro de patrulheiros de uniformes pretos. O estranho era que a maioria dos pedestres e dos ciclistas tinha sido afastada e enviada para a faixa policial, embora, vez ou outra, um ou outro fosse autorizado a passar apenas mediante uma inspeção breve de documentos. Da mesma maneira, outras vezes, por nenhum motivo óbvio, alguém era jogado na faixa policial, onde era espancado até cair no chão e tratado com violência em uma das filas de furgões à espera.

As pessoas que se aproximavam do posto de controle faziam perguntas aos rejeitados. Alguns dos últimos paravam ao lado da barreira de concreto da via policial para compartilhar suas observações, mas tinham pouco a reportar. Os soldados e patrulheiros não divulgavam nada. Tudo o que Julia soube das conversas gerais era que outras pontes também estavam interditadas, e nem membros do Partido que moravam ao sul do rio foram autorizados a ir para casa. Algumas pessoas que vinham tentando alcançar postos de controle diferentes havia horas estavam exaustas e desesperadas.

Julia pensou em dar meia-volta e tentar sair de Londres pelo Norte. Seus documentos estavam cobertos de carimbos PRISIONEIRA LIBERTA: EXECUÇÃO PENDENTE, e apresentá-los em um posto de controle era, na melhor das hipóteses, um risco. Por outro lado, se a intenção era sair de Londres, mais cedo ou mais tarde, ela teria de passar por um posto. O caos generalizado poderia favorecê-la. Ela só precisava de sorte e contar uma mentira plausível. Em uma emergência, mecânicos eram sempre preciosos, e ela era mecânica; isso poderia funcionar. Eles poderiam acreditar que o ministro da Paz precisava de um mecânico ao sul do rio.

Apesar dessa resolução, quando se aproximou da barreira, Julia percebeu que estava entregue ao medo. Era difícil desviar os olhos das trincheiras policiais e dos furgões à espera. Sentiu dores atrozes na mão quebrada, como sempre sentia quando ficava com medo, e, é claro, uma vontade premente de urinar. Ela começou a tirar os documentos da sacola de ferramentas, depois, mudou de ideia; talvez pudesse afirmar que os perdera. Repetiu em sua mente diversas mentiras, tentando imaginar formas de ser alvo de dúvida e rejeição. Quando chegou a sua vez de se apresentar, ela ajustou as mãos nos guidões da bicicleta de um jeito que escondeu as cicatrizes.

Todos esses preparativos foram perda de tempo. O soldado só tinha olhos para o distintivo no colarinho de Julia, para o qual ele franziu a testa, consternado.

— Grande Futuro? — ele perguntou. — Onde está seu acompanhante, camarada? Não me diga que mandaram você aqui sem um acompanhante.

— Acompanhante? — repetiu ela. — Não tenho certeza de que...

— Não tem certeza? Ele rompeu com você e a deixou?

— Isso.

— Maldição! Você não pode continuar sem um acompanhante.

— Tenho esta bicicleta — ela arriscou.

Isso só o fez sacudir a cabeça de desgosto.

— De onde você tirou essa bicicleta? Uma bicicleta! Não consigo entender.

Naquele momento, um oficial superior chegou, perguntando:

— O que está acontecendo? Por que a demora?

— Senhor — disse o soldado. — Tem uma garota do Grande Futuro de bicicleta, sem acompanhante.

— Escute, camarada... — disse o oficial a Julia. — Para onde evacuaram você? Responda, e arranjaremos um homem para levá-la ao seu destino.

— Oh... — respondeu Julia. — Quem sabia o nome era meu acompanhante.

— Tem Lewisham, Dulwich ou SAZ-1 — disse o oficial.

Nenhum desses lugares significava muito para Julia, mas ela disse:

— Lewisham! É esse.

Então, o oficial disse:

— Seus furgões estarão no Ministério da Fartura. Se você esperar aqui ao lado, arrumo um homem que pode levá-la a... Oh, aí está ele. Jackson!

O soldado abordado pelo oficial era um menino de uns 18 anos, cujo uniforme preto indicava que ele era um soldado londrino — seus pais haviam mexido os pauzinhos para alocá-lo em acampamentos da cidade em vez de enviá-lo ao *front*. Julia conhecia o tipo por conta dos bailes de centros comunitários, e sempre os achara bem tontos, mas, felizmente, livres de simpatia pelo Partido. Mais uma vez, ela tivera sorte; ela não podia desejar acompanhante mais confiável.

Jackson ouvia as instruções com um olhar assustado, mas, quando se virou para Julia, sua expressão mudou. Com uma sensação vibrante, ela percebeu que, aos olhos dele, ela ainda era bonita. Então, ele disse, de um modo brusco:

— Não se preocupe, camarada. Vou levá-la até lá sã e salva.

A bicicleta foi levada embora, e ela foi convidada a subir na garupa da motocicleta de Jackson. No início, não conseguiu segurá-lo pela cintura; o hábito de ser uma IMPESSOA a deixara com medo de tocar outras pessoas. Porém, quando ela abriu as mãos e o enlaçou com firmeza, começou a sorrir sem perceber. Ao dar a partida, ele encostou nela e contornou rápido um furgão, fazendo Julia arfar de prazer. À medida que ganhavam velocidade, ela o apertava mais, até seu rosto ficar próximo o suficiente a ponto de ela conseguir sentir o cheiro dele, mesmo com o vento soprando ao redor. Ele tinha cheiro de menino, fosse qual fosse o sabonete que meninos usassem. O ódio dela agora estava escancarado, transformado em um louco espírito aventureiro. Ninguém sequer olhara seus documentos. Ela tinha sorte. Ficaria viva.

O Ministério da Fartura era uma torre de vidro de trinta andares, tendo à frente uma estátua colossal de um homem nu brandindo uma foice e segurando um feixe de grãos cobrindo decorosamente a virilha. Os PROLETAS o chamavam de Morte da Bunda de Fora, e diziam aos seus familiares que ele caminhava à noite e cortava a cabeça de crianças que se comportavam mal. Pela cena na ponte, Julia esperara encontrar as vidraças do Ministério estilhaçadas e uma batalha em andamento. Ficou meio desapontada com o fato de a estátua da Morte da Bunda de Fora ainda estar ali, com seu rosto quadrado contemplando o sol sob a foice ameaçadora, e pelo fato de as vidraças estarem intactas e todas as luzes, acesas, gerando um clarão amarelado no nevoeiro acima.

Havia dois furgões brancos da polícia estacionados ao lado da estátua, com alguns soldados escorados neles. Jackson estacionou atrás e estabilizou a motocicleta enquanto Julia descia; em seguida, ele próprio desceu, dando um largo sorriso de alívio.

— Pronto! — disse ele. — Agora, você vê que não era nada. Nada a temer, como eu te falei.

— Sim — disse Julia. — *Fui* boba por ter sentido medo.

Isso fez Jackson abrir um sorriso mais largo, e ele pôs a mão no ombro dela para guiá-la rumo à traseira aberta do segundo furgão. Quando ela percebeu suas intenções, recuou por instinto. De certa maneira, não lhe ocorrera que os furgões mencionados seriam da polícia. Diante de sua preocupação, Jackson pareceu ainda mais ousado.

— Não se preocupe. Eles vão levá-la direto para Lewisham. Não houve nada lá.

— Nada? — perguntou Julia. — Como assim, nada?

— Bem, nada, só isso. — Ele deu de ombros, incomodado. — Não mandariam mães do Grande Futuro para lá se não fosse seguro.

Julia hesitou mais uma vez. No entanto, fora de Londres era fora de Londres. Ela se permitiu ser levada até as portas abertas do furgão da polícia.

Como era habitual em furgões do tipo, o compartimento traseiro não tinha nenhuma janela nem assento. Um estreito fio de luz acima da cabeça era a única iluminação, e o único conforto concedido era um pedaço solto de tapete estirado no piso. Nele, estavam sentadas sete mulheres em estágios variados de gravidez. Todas usavam macacão azul com cinturões Antissexo e tinham distintivos do Grande Futuro presos no peito por um alfinete. Entre elas, uma Harriet Melton roliça e gravidíssima.

Harriet estava bonita como sempre, com sua expressão radiante e as tranças vermelhas se destacando até mesmo no interior escuro do furgão. O macacão azul que ela usava havia sido alargado para acomodar a barriga, além de ser novo em folha, e, embora fosse estranho, era bem confeccionado. Em contraste, o cinturão Antissexo parecia autêntico, mas estava desgastado pelo tempo. O distintivo do Grande Futuro também estava bastante gasto, a fita chamativa parecia esgarçada. A senhora Melton deve ter encontrado alguém para lhe vender esses itens de segunda mão. Julia se lembrou das roupas folgadas que Harriet estava usando quando a viu pela última vez. Harriet já devia estar grávida na época; sem dúvida, do tal do Freddie. Não era de admirar que ela tenha ido fazer uma cena no centro comunitário.

Ao ver Julia, Harriet fez uma cara de preocupada. Julia sorriu para tranquilizá-la, dizendo:

— Oh, você também conseguiu? Que maravilha.

— Sim, estou muito contente por ver você — retrucou Harriet, em seu melhor sotaque partidário. — Acho que você nunca imaginou encontrar sua velha amiga Marion Parker aqui.

Julia quase olhou ao redor procurando a tal Marion Parker, mas percebeu bem a tempo que esse era o pseudônimo de Harriet. Óbvio: com o cinturão e o distintivo, a senhora Melton deve ter conseguido documentos falsos.

Julia se sentou entre Harriet e uma mulher de cabelos pretos de aparência melancólica que lhe cedeu espaço com uma expressão de incômodo. Harriet lançou a Julia um olhar tímido de agradecimento. A própria Julia quase nunca ficava contente ao ver uma pessoa. Depois de todos aqueles meses, era um milagre ser cumprimentada por uma amiga. Também lhe causava tranquilidade refletir que, se Harriet estava ali — se a senhora Melton fizera de tudo para garantir que ela estivesse —, deveria ser o lugar mais seguro em Londres.

Um soldado havia começado a fechar as portas traseiras quando Jackson apareceu ao lado dele, falando com segurança e agitando as mãos. O outro deu de ombros e Jackson pulou para dentro, olhando as mulheres ao redor com um esgar de satisfação.

— Não se preocupem, camaradas — disse ele. — Levaremos vocês em segurança.

Ligaram o motor do furgão. As mulheres se escoraram quando ele se moveu, e por um tempo houve apenas a agradável sensação de impotência. Agora, todas as mulheres se entreolhavam à vontade. Cada uma delas parecia um pouco satisfeita, como se as outras tivessem se preocupado à toa, e elas demonstravam ter tido razão por não terem se preocupado. Entretanto, elas só estavam havia um minuto no furgão quando o veículo de repente adquiriu velocidade de uma forma suspeita, gerando um clima de pânico. Instantes depois, veio um som barulhento de cima, aumentando de maneira constante, fazendo tremer as paredes do furgão, até todas as mulheres ficarem com medo e taparem os ouvidos. O furgão acelerava cada vez mais, como se estivesse tentando escapar numa fuga. Por fim, o ruído passou raspando logo acima e desapareceu, diminuindo e baixando o volume. Em seguida, ouviu-se uma mulher soluçando; Julia percebeu que ela devia ter chorado por um tempo. Outra pessoa gritou:

— O que é *aquilo*?

— Aquilo serão nossos aviões! — respondeu Jackson, com um tom de voz agudo e esquisito. — Treinamento, é isso! Só treinamento!

Uma garota pequena de rosto arredondado perguntou ansiosa:

— Mas me diga uma coisa: por que estamos sendo evacuadas? Ninguém vai nos contar? Tem alguma coisa acontecendo?

— Apenas precauções — respondeu Jackson. — Nada preocupante!

— Precauções contra o quê... isso é a Eurásia?

Desta vez, murmúrios ansiosos se ergueram por toda parte, e Jackson disse, com um ar triste:

— Não é necessário falar da Eurásia. O Partido está tomando todas...

Ele foi interrompido pelo som de uma rajada de tiros, bem próxima, ensurdecedora de tão alta. Uma garota gritou. O furgão voltou a acelerar com um tranco e deu uma guinada repentina em seguida. A mulher de cabelos pretos caiu por cima de Julia, gaguejando "Desculpa!". Todas as outras se seguravam umas nas outras, algumas com evidente pavor, outras, com aparente impassividade. Houve mais uma rajada de tiros, agora por trás, e Jackson ergueu o rifle como se quisesse se defender de uma investida pelas portas. Nesse instante, o furgão perdeu o controle com mais violência do que nunca e a arma dele foi sacudida, mirando de um modo perigoso para a esquerda e para a direita. De novo, ouviu-se um grito, e a mulher de cabelos pretos berrou furiosa "Cuidado para onde aponta! Você...", mas acabou sendo abafada pelo estrondo de uma explosão que balançou e sacudiu o furgão. Houve uma série de ruídos nas laterais. Não era possível dizer se eles estavam sendo atingidos por balas ou se era só um jato de detritos.

O furgão freou, voltando a ganhar velocidade em seguida, sacudindo e passando sobre obstáculos. Ele reduziu, e todo o barulho cessou como que por mágica. Mais uma vez, não havia nenhum som a não ser o do motor e das batidas ocasionais dos solavancos na estrada. Todas as mulheres ergueram a cabeça e olharam ao redor, com suor no rosto. Jackson se curvou e vomitou de um jeito discreto e rápido entre os joelhos. Naquele espaço limitado, o cheiro ficou forte, então, a mulher de cabelos pretos falou no ouvido de Julia:

— Ah, era só o que faltava.

Depois disso, eles continuaram rodando por um tempo que pareceu uma eternidade. Ninguém falava. Ouvia-se o som de tiros e explosões que não os atingiam. A única interrupção foi quando uma das garotas também se inclinou para vomitar. Isso deixou um fedor insuportável no furgão, então, quando o veículo desacelerou e parou, Julia sentiu um enjoo terrível. Jackson abriu as portas e espiou lá fora, com cautela. A rua que se revelava era muito comum: uma fileira de casas velhas avarandadas, com poças na calçada por conta da chuva do dia. Um homem que passava com um rastelo nos ombros deu uma olhada no quadro vivo do furgão com uma expressão de ligeira surpresa.

Jackson sorriu para as mulheres e disse, em tom triunfal:

— Que foi que eu disse? Aqui estamos, em segurança!

Todas as mulheres foram saindo, olhando ao redor desconfiadas, e depois foram levadas para dentro de um grande prédio de tijolos aparentes do tipo capitalista tardio. O interior do prédio tinha um espaço semelhante a um hangar com uma galeria circundando o topo. Cada centímetro das paredes era forrado por vitrines de vidro, agora vazias. Acima de cada uma delas havia uma teletela. Embora fosse estranho, agora, elas estavam desligadas e em branco. Quando as mulheres entraram, olharam com suspeita para os aparelhos. Julia não foi exceção. Sem dúvida, era apenas uma falha elétrica, e mesmo assim aquela fila de telas inertes causava arrepios.

Só havia mais duas coisas no recinto. A primeira era uma mesa dobrável que continha alguns pratos de ovos cozidos, uma pilha de copos de papel e uma jarra de um líquido amarelo fazendo as vezes de suco. A outra era bem mais chocante: uma criatura morta, empalhada, em um pedestal, meio parecida com uma foca, mas cinco vezes maior. Na verdade, era quase tão grande quanto o furgão e bem roliça, com uma cabeça pequena e uma expressão de constrangimento. Tinha presas compridas que apontavam para baixo e a cômica aparência de um homem de bigodes brancos caídos.

— Algumas de vocês vão reconhecer este lugar — Jackson disse animado. Este é o Museu da Ciência Socialista, e aquela é a fera famosa no mundo inteiro. As peças de exposição menores foram levadas para dentro.

— Por precaução, suponho — disse a mulher de cabelos pretos.

— Isso mesmo. Uma questão de segurança — Jackson confirmou.

— Então, aqui não é seguro o bastante para peças de exposição, mas é para nós? — indagou a mulher.

A garota de rosto redondo acrescentou:

— Nem cadeira tem. Onde é que vamos dormir? Não é para ficarmos aqui, é?

O rosto de Jackson tensionou um pouco.

— Talvez sejamos transferidos. Vamos ver.

— Vamos ver? — disse a garota de rosto redondo. — Mas...

As outras se uniram em volta de Jackson, bombardeando-o com perguntas, às quais ele respondia com expressões otimistas cada vez mais desesperadas. Nesse meio-tempo, Harriet escapuliu para inspecionar a fera. Julia se juntou a ela.

Por um tempo, as duas garotas analisaram em silêncio uma placa que identificava o animal como uma morsa, reclamaram de seu enchimento exagerado feito por cientistas burgueses e enalteceram as organizações sociais da morsa como um exemplo de comunismo natural. Em seguida, Julia arriscou, em um tom de voz baixo e cauteloso:

— Escute, Harriet. Você faz ideia do que está acontecendo?

— Sim — respondeu Harriet, indiferente. — O que está acontecendo é a guerra. Você não sacou?

Julia fez uma careta e Harriet lançou um sorriso antipático, dizendo:

— Sim, não é tão legal quando a guerra afeta *você*, não é? Dá vontade de saber o que está acontecendo, né? *Nós* sempre quisemos saber. Mas sempre fomos bombardeados e nunca soubemos por quê.

— Não fale assim, Harriet. *Eu* não bombardeei você. E agora eu posso vê-la.

— Pois bem. É a Irmandade, não é? O diabo da Irmandade dos Homens Livres. Esperava que você descobrisse isso por conta própria. Até este grupo adivinhou, apesar de não terem coragem de dizer.

— São goldsteinianos?

— Nunca reparei se eles se importavam muito com Goldstein. Minha mãe costumava suborná-los, e também subornava os patrulheiros. Até onde sei, todos aqueles que de fato se importavam eram seus cinco por cento melhores.

— Mas você me disse que não acreditava neles. Chegou a negar que eles existiam. Ora, você falou isso na minha cara.

— Ah, antes da sua repreensão, *é claro* que mentimos para você. Que bem faria você saber? E quem chegou a achar que isso era importante? Os Homens Livres sempre estiveram por aí, e *eu* nunca consegui perceber que eles faziam alguma diferença. Só mais um bando de valentões que aceitavam suborno da minha mãe e me chamavam disso e daquilo por sair com azuis.

— Mas agora eles se envolveram com a Eurásia, ou vice-versa — ela continuou —, então, o jogo todo mudou. E aqui estou *eu*. Garotas como eu não estão seguras no distrito agora. Há um excesso de Homens Livres com sede de vingança por lá.

— Então, você acha que eles podem vencer de verdade? — Julia perguntou.

— É claro que eles não vão vencer — retrucou Harriet, de mau humor. — É contra a Oceania que eles estão combatendo. Espere para ver. Os ianques vão botar um fim nisso. Pelo menos é o que eu penso.

— Mas eles *podem* vencer — disse Julia. — Não é certeza.

— Oh, não venha me dizer que, com tanta gente, você se apaixonou justo pelos Homens Livres! Ouça, você *não pode* se unir a eles. Você trabalha em um Ministério, sua bobalhona! Eles te assariam em um espeto. Ora, você é uma mãe do Grande Futuro, e de verdade. Só por isso os homens já te matariam.

Por um instante, Julia empacou. Harriet cutucou uma costura do macacão e franziu a testa com raiva para a imensa fera. Mas a necessidade de saber, enfim, superou a cautela de Julia.

Então, ela disse baixinho:

— Mas, Harriet, você não está vendo minha situação? Não sou... bem, olhe para as minhas mãos.

Julia as estendeu para mostrar as cicatrizes nas palmas; depois, as virou para Harriet ver onde as unhas ainda não haviam crescido por completo.

Harriet arregalou os olhos.

— Oh, que horror! Ah, Julia. Eu estava tão absorta nos meus problemas que não vi nada. Lamento muito. Isso foi... Você foi presa?

— Sim. E os soldados daqui não sabem disso. Não podem saber. Então, veja, sou uma fraude tão grande quanto você. E não tenho nenhum documento falso. Só tenho os antigos, com "execução pendente" em todos eles.

— Que desprezível. E justo você, que não faria mal a uma mosca! Eles *são* uns desgraçados.

— Então, os Homens Livres fariam uma coisa dessas?

— Ah, não me pergunte. Todos os homens são corruptos, se quer saber minha opinião. Os Homens Livres se dizem maravilhosos, e dizem que não machucariam ninguém... que não merecesse. Bem, na opinião deles, eu mereço, então, não posso dizer que estou lá muito impressionada. Mas eles não fazem parte do Ministério do Amor. Ao menos, não ainda.

— E todos eles são PROLETAS?

Harriet deu uma risada azeda.

— Não, é a piada de sempre. PROLETAS na base, e seu tipo de gente no topo. Claro, eles dizem que são muito diferentes, muito interessados em ajudar a libertar a nós, os PROLETAS. Não que eu me importe. Só quero viver. Acho que isso é um comportamento burguês e algo terrível a meu ver. Ou, se você é um Homem Livre, é um socialista, do meu ponto de vista. De qualquer maneira, eu não estou autorizada.

— Mas você está decidida a ficar aqui? Sabe que vão tirar o bebê de você...

— Pois que tirem! Não tenho o menor interesse em bebês. Já não tinha quando Freddie o deu para mim, e tenho muito menos agora.

— Bem, se não for por isso, por você mesma. Acho que não estamos seguras aqui.

Harriet olhou para Julia, franzindo a testa.

— Espere... No que você está pensando? — ela perguntou.

— Em ir embora, só isso.

— Ir embora daqui? Você está louca.

— *Não posso* ficar. Se eu encontrasse os Irmãos... os Homens Livres... eles não achariam valioso o fato de eu ser uma MALPENSANTE? Que estive no Ministério do Amor?

— Talvez — respondeu Harriet, hesitante. — Essas mãos devem fazê-los parar e prestar atenção. Isso se eles as virem antes de atirar em você.

— E se eu não estivesse usando este macacão?

— Ah, isso é tudo conversa. De qualquer modo, você não pode ir. Os soldados iam te parar logo de cara. E causar uma confusão dessas é o caminho mais curto para fazê-los verificar seus documentos.

Uma onda de medo tomou conta de Julia. Então, ela disse, num tom desafiador:

— Como eles poderiam me parar? Ora, só tem aquele homem aqui com a gente. E eles acham que estão nos defendendo, não nos mantendo prisioneiras.

— Você vai ver como isso muda rapidinho se tentar ir embora.

— Eles não terão tempo de pensar. Olhe, é um garoto só, e nem perto da porta ele está.

— Manda ver, então. Mas não me culpe pelo que acontecer.

Desafiada dessa forma, Julia se virou com bastante facilidade e correu até a porta. Depois de dar alguns passos, empacou e olhou para trás, e viu Harriet ainda observando distraída a morsa, como se a conversa delas não tivesse sido importante. Isso a encorajou; o que quer que Harriet achasse do plano de Julia, ela não daria nenhum alarme. De fato, um PROLETA nunca avisava as autoridades sobre nenhum MALFAZER além de assassinato.

Quando Julia chegou à porta, Jackson, que ainda estava cercado pelas outras mulheres, chamou-a ansioso:

— Camarada! Por favor! Todo mundo precisa ficar aqui!

Julia respondeu com um tom de voz despreocupado:

— Volto já, já. Não se preocupe!

Ao abrir a porta, ela olhou pela última vez para Harriet, que pressionava a mão contra a boca como se quisesse esconder o riso. Julia sorriu; depois, se virou e apenas foi saindo em meio à tarde cinzenta.

* * *

Ela passou pelos dois motoristas, que montavam guarda no lado de fora, dizendo, de um modo envergonhado: "Todos os banheiros estão ocupados!". Eles desviaram o olhar de um jeito respeitoso enquanto ela dobrava a esquina. De repente, o caminho estava livre. Ela caminhou durante um tempo, virando à esquerda e à direita, até seus pés e seus seios inchados começarem a doer com toda a força. De qualquer modo, naquele instante, ficou claro que ninguém a perseguia. A dúvida que tivera enquanto conversava com Harriet havia se desfeito, e Julia reduziu a marcha e olhou ao redor, outra vez com o sentimento de fúria. Também não havia nada que a deixasse preocupada. Era o mesmo distrito sisudo do Partido Externo — filas de casinhas com hortas na frente e cercas decoradas de modo proposital com bandeiras da Oceania e cartazes O GRANDE IRMÃO ESTÁ DE OLHO EM VOCÊ!

A distância, tiros dispararam e arrefeceram. Julia os ouviu, mas não saberia dizer de onde vinham. Eram os Irmãos — mas onde estavam, exatamente? E como ela passaria em segurança pelo tiroteio? Quando ela teve o impulso de pegar a bicicleta para deixar a cidade, pensou que fosse se deparar com rebeldes em uma floresta, ou seguir sentido sul até chegar à costa, onde, com sorte, encontraria um barco e daria um jeito de convencer o proprietário a levá-la à Eurásia. Agora, via que isso se baseava em uma ausência de esperança verdadeira. Quando um plano começava a dar certo e tudo virava realidade, era cem vezes mais difícil.

Ainda assim, para sair de Londres, era preciso ir sentido sul, o caminho que levava para longe do Partido. Ela decidiu que iria para o sul.

Em questão de minutos, essa decisão a levou a um distrito PROLETA mais arruinado que o habitual. Metade das casas havia sido reduzida a detritos, e a maior parte dos danos parecia recente; não havia grama crescendo nem barracas armadas nos destroços. No entanto, o mais bizarro era que não havia ninguém nas ruas e das casas não vinha nenhum som. Isso era inédito em um distrito PROLETA, onde as pessoas viviam ao ar livre entra ano, sai ano, e estavam sempre rindo, brigando, cantando, ouvindo rádio no máximo volume possível. Mais adiante, ela viu um monte de destroços, dos quais um filete de fumaça ainda saía — nada incomum em ruas PROLETAS, onde bombas estavam sempre caindo —, mas, ao chegar mais perto e ver melhor, ela ficou paralisada. Não eram destroços de um bombardeio. Eram de um helicóptero — um helicóptero militar de tamanho real, no meio da rua. Duas hélices haviam sido arrancadas do rotor, e uma fina fumaça preta saía de sua cauda destruída. O vidro da cabine estava estilhaçado, e não havia ninguém dentro — nem vivo, nem morto. Os pilotos deviam ter fugido ou sido arrastados.

Nesse momento, o silêncio se tornou de fato assustador. Julia pensou em voltar, mas, ao olhar por cima do ombro, uma silhueta esvoaçante chamou sua atenção. Estava em um beco estreito cujos paralelepípedos haviam sido arrancados do chão, então, agora era um canal de lama. Acima, alguém havia amarrado varais de uma casa para outra. De modo surpreendente, os lençóis estavam brancos em meio aos escombros imundos. Julia pensou na loja de Weeks e na lavadeira e sentiu uma estranha nostalgia — como se tivesse sido uma época feliz, como se quisesse revivê-la.

Então, ela teve outra ideia, e, com cuidado, arriscou ir até a parte de cima do beco. Prestou atenção em tudo ao redor. Nada se movia. Até o vento havia parado, e a roupa lavada se mexia lentamente nos varais curtos. Ela quase gritou perguntando se havia alguém ali, mas pensou melhor. Se um raivoso chefe de família a pegasse invadindo, essa seria a menor de suas preocupações. Ela meteu as botas na lama e se arrastou para a frente.

A roupa lavada estava molhada pela chuva, é claro; na verdade, havia começado a chuviscar de novo. Julia supôs que a roupa tivesse sido estendida em um dia ensolarado, sendo depois abandonada por uma família em fuga. Do varal, ela escolheu uma saia preta comprida e uma camiseta cinza com botões na frente.

Trocar de roupa no beco significaria pisar com os pés descalços na lama, a qual, pelo cheiro, era alvo rotineiro do conteúdo dos penicos das casas. Então, ela voltou para a rua e se despiu ali, na vista de todas as casas, com a fumaça fina do helicóptero destroçado pairando sobre sua cabeça. Isso lhe causou o arrepio que ela sempre sentira por andar nua ao ar livre, intensificado pelo medo e pela estranheza. Ela passou um curto espaço de tempo nua, sentindo o arrepio na pele e tremendo de prazer, passando os dedos pela carne arrepiada de seus braços, encontrando as cicatrizes superficiais nos seios e na barriga. Ainda era ela. Ela estava viva.

Como estava nua, teve a chance de se agachar e urinar. Enquanto urinava, ouviu mais disparos. Estavam longe. Não obstante, o jato de urina se transformou em um fraco e assustado gotejar. Ela riu de si mesma e, pela primeira vez, falou em voz alta com o bebê:

— Não faz mal. A mamãe não será covarde assim o tempo todo.

A saia mal lhe serviu; machucava sua barriga a ponto de ela não conseguir apertar o fecho superior. E a camiseta molhada estava muito fria, embora

Julia soubesse que logo a peça ficaria aquecida pelo calor de seu corpo. Pensou em ir atrás de um casaco nas casas, mas duvidou de que alguém deixaria para trás um artigo tão precioso. De qualquer modo, naquele momento, o vento mudou e trouxe consigo o som de vozes — muitas vozes, todas falando em uníssono. Ela enfiou os pés nas botas e amarrou depressa o cadarço, tremendo de frio e nervosismo.

Decidiu ficar com a sacola de ferramentas, que uma mulher PROLETA poderia muito bem carregar. Amontoou o macacão junto com o cinturão e o distintivo e os deixou em um muro do jardim; talvez outra Harriet desse alguma serventia a eles. Ao fazer isso, Julia avistou uma folha de papel flutuando sobre um arbusto e percebeu que estava cercada por muitas outras; estavam espalhadas pela rua até onde ela conseguia ver. Curiosa, ela pegou uma das folhas e leu:

POR QUE MORRER PELO PARTIDO?

> Ao combater e lutar pelo Partido, você só está sendo sacrificado no altar de uma Mentira corrompida. Você, seus filhos, pais e avós foram sacrificados em prol dessa Mentira há gerações. Você vê seus familiares sendo surrados, torturados, entregues para perecer à fome nas masmorras do tirano, despedaçados em guerras intermináveis sem motivo. Você labuta a vida toda pela riqueza de outro homem e se alimenta de migalhas e veste trapos para o Partido opressor poder viver em luxúria degradante, entregando-se aos vis CRIMESSEXOS dos quais seus homens honestos são falsamente acusados. Cada inglês que dá a vida pelo Partido não é apenas uma perda para o próprio país; é uma perda para a causa comum da decência...

O tema continuava em um padrão tipográfico grosseiro até a base da página, onde estava escrito, em uma tipografia maior: UMA MENSAGEM DA IRMANDADE DOS HOMENS LIVRES. Julia estava nervosa demais para ler a mensagem completa, mas dobrou a folha e a colocou no bolso. Então, prosseguiu, caminhando sentido sul o melhor que conseguia pelas ruas sinuosas. Ela percebeu que o som de murmúrios da multidão estava logo adiante e se tornava cada vez mais constante e mais nítido. No entanto, o tom das vozes não era de preocupação, e não havia nenhum barulho mais pesado de combate. Não seria nada ruim encontrar outras pessoas, sobretudo agora que ela estava livre do macacão comprometedor. Com isso em mente, ela seguiu o som até uma rua mais ampla, na qual umas cem pessoas, aparentemente todas PROLETAS, estavam reunidas do lado de fora de uma estação de trem. A entrada era vigiada por homens com rifles, o que em si não era nada incomum; qualquer estação ou depósito eram com frequência transformados em um posto de controle improvisado. O bizarro — e até inacreditável — era que esses homens não estavam de uniforme. Na verdade, se vestiam como PROLETAS. A maioria usava camisa cinza, como a que Julia acabara de furtar. Um deles portava um tipo esquisito de casaco, muito esfarrapado e puído, com um colarinho alto e quadrado.

A visão de PROLETAS armados causou uma sensação estranha em Julia. Era como ver um cão usando uma caneta. Havia certo prazer nisso, mas era o prazer do absurdo, que escondia um pavor. Naquele momento, ela ouviu um disparo, bem próximo, e estremeceu. A multidão também se assustou e todo mundo começou a olhar ao redor. Os homens que estavam vigiando a estação gritaram alguma coisa. Em seguida, todos os PROLETAS explodiram de rir e aplaudiram, enquanto ouviam outro disparo.

Julia se esgueirou pelos arredores da multidão, sem se atrever a se juntar às pessoas. Percebeu tarde demais que estava usando botas do Partido, que ainda poderiam comprometê-la. Mas ninguém parecia achar sua presença inadequada, e uma mulher que a avistou sorriu. Julia ousou retribuir o sorriso — ali, não era uma vergonha não ter alguns dentes — e quase decidiu ir até a estação. Um trem longe da cidade seria útil pra caramba... e será que os homens armados não eram rebeldes? Essa poderia ser a chance que ela desejava. Mas veio outro disparo. Da mesma direção ergueu-se uma voz aguda e balbuciante, interrompida por outro tiro. Então, Julia compreendeu o que estava ouvindo. Era um som que ela não ouvia desde criança: um grupo de pessoas sendo executadas na rua.

Isso a fez tomar uma decisão. Ela se afastou com cuidado para não demonstrar pressa. Enquanto saía, foi golpeada pela desoladora suspeita de que

Harriet Melton estava certa, pela ideia de que Julia nunca estaria segura com o povo da Irmandade. De fato, PROLETAS tendiam a ter razão em relação a coisas sombrias. Resumindo, Julia considerou refazer os passos, encontrar o macacão e voltar ao estranho museu tutelado pela morsa.

No entanto, ela insistiu em continuar sentido sul, tomando apenas um pequeno desvio para ficar livre da multidão. Logo chegou a uma estrada de terra estreita, entre duas fileiras de casas em ruínas, que a levava na direção aproximada que ela almejava. O mais estranho era que havia, no fim, um paredão espesso e escuro de árvores. Acontece que aquilo era o que ela esperava: um bosque denso o bastante a ponto de revelar nada além de árvores, até onde sua vista alcançava. Agradecida, ela arriscou entrar, agachando-se sob os primeiros galhos baixos e rindo ao empurrar sem querer um ramo e ele lançar um jato de água em sua cabeça.

Logo ficou evidente que aquilo não era uma floresta propriamente dita, mas resquícios de um dos subúrbios arrasados por bombas incendiárias nas incursões detonadoras dos anos 1950. Trinta anos depois, as ruínas eram pouco mais que um terreno escarpado sobre o qual o bosque se moldara. Aqui e ali, entre as árvores, amontoados de casas sem vidros e janelas ainda se revelavam, tomados de musgo e hera. Havia árvores crescidas no interior das casas. Nos vales que no passado foram estradas, pedaços de asfalto apareciam entre as raízes. O mais curioso de tudo era ver um poste de luz de ferro inclinado em um ângulo bizarro, com seu vidro muito sujo, mas ainda intacto.

Nas ruínas sem telhado, Julia encontrou uma poça retangular de água parada, a superfície se movendo pela chuva fraca. Ela se ajoelhou, tirou a areia e bebeu com avidez. Então, lembrou-se de que ainda tinha uma sobra de pão que comprara naquela manhã. Tirou-o da sacola de ferramentas e comeu com uma sensação extraordinária de felicidade. Se levasse um tiro naquela hora, morreria contente. Com efeito, talvez pela primeira vez na vida, ela estava fazendo o que sentia que era certo.

Ela pensou em montar algum tipo de abrigo entre as árvores. Logo escureceria, e, ainda que ali fosse úmido e desconfortável, estaria em segurança. Mas, então, notou uma diminuição da vegetação adiante, uma clareira que indicava o fim da floresta. A curiosidade a atiçou, e Julia arriscou-se a ir até lá.

Ela encontrou um gramado que se estendia para um horizonte íngreme. A leste, havia a fumaça de uma fogueira muito fina e pálida, como uma teia de aranha agitada. Era o único detalhe contra o céu nu acinzentado. Julia seguiu em frente com um sentimento agradável, ciente das pernas cansadas e da sensação exaltada de PROPRIVIDA, de sua mente correndo livre e desimpedida. Ali era ainda melhor do que em Londres. Era como se a terra estivesse feliz com sua presença selvagem. Ela atravessava um campo em que a grama ia até a altura de seus joelhos. Pequenos gafanhotos saltavam por entre os seus pés como fagulhas. O sol começara a se pôr em meio ao nevoeiro, e um brilho difuso se espalhou pelo horizonte a oeste. Julia considerou passar a noite andando. Havia um modo de achar o sul nas estrelas, ela se lembrou, embora não conseguisse pensar em como fazer isso, e o céu nublado poderia ocultar as estrelas. Havia como identificar o sul a partir da Lua? Nem sua fome crescente a preocupava. Ela era cria da SAZ, e sabia que, em último caso, os gafanhotos que saltavam aos seus pés eram comida.

Um vento chegou pelas colinas e um agradável som fluido e farfalhante surgiu ao redor. A sensação era de que o gramado era um mar no qual Julia flutuava, ou era como se ela e a grama navegassem juntas pelo curso da terra. Ela chegou ao fundo de um pequeno vale e, ao começar a subir do outro lado, sentiu a dor familiar nas costas causada pelo peso do bebê e a aceitou. Ela a recordava de seus dias de caminhada e das dores e da exaustão preparatórias. Elas a haviam libertado da prisão. Elas a haviam tornado o que ela precisava ser.

Nesse clima de exaltação, um novo som quase lhe passou batido. Enquanto ele surgia, parecia uma chuva mais pesada chegando ou um trovão longe demais para preocupá-la. De qualquer modo, ela estava focada em subir a colina e no que poderia acontecer do outro lado. Ao avistar as luzes, ainda assim, não ficou assustada. Era como se, de alguma maneira, ela ainda estivesse escondida. Nunca se sentira mais segura.

Tudo ficou nítido em um momento em que uma voz masculina chamou. As luzes eram faróis, e o barulho, o motor de um veículo. Um jipe havia parado na colina acima. O vento arrefeceu de novo, e ela ouviu as portas se abrindo. Duas pessoas saltaram para fora — homens de camisas cinza, como a dela, usando botas pretas de cano alto por cima de calças pretas. Ambos portavam rifles, e, ao se aproximarem, um deles ergueu a arma até o ombro, apontando-a para Julia. Mas não atirou. Voltou a chamar, e, quando ela ouviu o sotaque dele, seu coração pulou. Ela pensou nos Irmãos, nos aviadores. Ergueu as mãos para mostrar que estavam vazias. Em um minuto, os homens veriam as cicatrizes nas palmas de suas mãos. Eles a reconheceriam por causa delas.

Só então ela percebeu, no vale adiante, uma fileira de árvores escuras cuidadosamente podadas. Atrás dela ficavam as cúpulas reluzentes e os rendilhados de prata do Palácio de Cristal.

23

Eles a colocaram no jipe. O trajeto, com o vento forte nos cabelos e o balanço agradável nas colinas, foi tão emocionante quanto os que ela percorria quando criança, conduzida pelos aviadores. Mas dessa vez ela desafiara Oceania, escapara da morte e da tortura, e estava fugindo com os Homens Livres para o Palácio de Cristal. De vez em quando, lhe ofereciam uma garrafa — não de gim, mas do vinho pessoal do Grande Irmão, afanado de sua adega. Era encorpado e inebriante, diferente de todos os que ela havia bebido com Gerber ou O'Brien. Julia estava com dois jovens que piscavam de um modo tímido para ela e faziam comentários respeitosos, que haviam insistido em pegar uma manta no porta-malas e enrolá-la em volta dela quando a viram tremendo de frio, que tinham ficado tão comovidos com o estado de suas mãos a ponto de aquilo poder ser uma cena de um romance *Enfermeira da Guerra*.

Reynolds era um homem de cabelos claros com a aparência desleixada de quem tinha dormido fora de casa em uma missão que achou empolgante. Mantinha um fluxo constante de comentários, seus gritos se sobrepunham ao barulho do jipe, ele se virava no assento a fim de dar um sorrisinho para Julia. Sempre que ela ria de alguma piada sua, ele ficava maravilhado e explodia de rir, olhando de soslaio para seu camarada, a fim de verificar se ele havia notado.

Butcher era o motorista, e usava a função como desculpa para ficar quieto durante a maior parte da conversa. Ele era moreno e bem carrancudo, e parecia se considerar o vigia de Reynolds. Falava sobretudo para controlar o companheiro, e, ao que parece, não se sentia à vontade para se dirigir diretamente a Julia, embora a ideia da manta tivesse sido dele.

Eles estavam inspecionando sentinelas, e lhe garantiram que haveria uma grande confusão por ela ter conseguido evitá-los. No entanto, ela não precisava ficar nervosa. Uma errante como ela podia escapar, mas o ataque principal seria a quilômetros de distância, e a área do palácio estava cheia de soldados da Irmandade. Na verdade, a guerra estava praticamente ganha. Reynolds esticou o assunto, empolgado: disse que Londres agora estava cercada, que o ataque final era esperado para dali a algumas semanas e que não restava mais nenhuma dúvida sobre o resultado. Ora, o Palácio de Cristal fora sitiado sem um tiro sequer!

— O pessoal do Partido foi se rendendo em unidades. Unidades adequadas. Não conseguem virar de lado rápido o bastante! Ah, eu diria que ainda há tropas leais por Londres — comentou ele, com um olhar de ferocidade empolgada, como se lamentasse caso essas tropas não existissem. — Mas, durante dias, tudo o que vimos foi uma ralé de rapazes do vilarejo e PROLETAS com pernas raquíticas. O estado de alguns deles! Quando nos veem, todos eles soltam os rifles.

— Nem todos — retrucou Butcher.

— É verdade, alguns saíram correndo. Não conseguiram encontrar um trapo branco para acenar, creio eu. Todos os que eles tinham estavam sujos demais. Você não conseguiria imaginar um bando mais imundo, Julia. Mesmo os que vigiavam o antigo PC... é assim que chamamos o Palácio de Cristal. Eles estavam dormindo na lama, sem barracas. Pareciam feitos de lama. Nunca os deixavam entrar, sabe? Não, o velho Humphrey não gostava de misturar soldados com seu pessoal. Tinha medo de que cortassem sua garganta. Não me admira.

— Humphrey é o Grande Irmão — interrompeu Butcher.

— Oh, sim! Você não sabia disso... Sabia, Julia? Seu nome verdadeiro é Humphrey Pease. "Grande Irmão" é um apelido bem infantil, sempre achei. Mas suponho que ele não teria chegado tão longe se deixasse as pessoas o chamarem de Humphrey Pease! O grande Pease! Não soa muito bem, né?

"Bem, como eu estava dizendo — continuou Reynolds —, ninguém era autorizado a entrar no antigo PC exceto os soldados de altas patentes e os empregados que administravam o local, e todos se mandaram e o abandonaram.

Não tinha uma alma viva no lugar quando o tomamos. Ninguém, ninguém mesmo, em todo o salão principal, além do Pease."

— Havia o tigre — acrescentou Butcher.

— Tigres não contam como pessoas — retrucou Reynolds. — Mas, sim, Julia, ele tinha um filhote de tigre de estimação, consegue imaginar? Uma coisa dos infernos. O tipo de besteira com que ele gastava o dinheiro da Inglaterra... tigres, estátuas gregas e carros de corrida. E banheiras de ouro! Ele tem dez delas. Elas *são* um luxo e tanto, devo admitir. Escorre água quente da torneira. Você precisa tomar um banho enquanto estiver aqui.

— Talvez não seja educado sugerir a uma dama que ela queira um banho — disse Butcher.

— Bem, não foi isso que eu quis dizer. Não quis dizer que... — Reynolds virou a cabeça na direção de Julia. — Veja, você achou que eu quis dizer que você está suja?

— Bem, eu *estou* bem suja — disse Julia.

— De jeito nenhum! Em todo caso, qualquer sujeirinha será resolvida em grande estilo. Ali, somos todos os loucos da banheira. Tem até uma torneira especial que solta espuma para banho.

— Espuma para banho? — repetiu Julia. — O que é isso?

— Um tipo de sabão... bem, não sei descrever com exatidão. Cheira muito bem. Lírio do vale. Não que o seu cheiro não seja bom.

Ao ouvir isso, Julia riu até perder o fôlego. Reynolds ficou feliz da vida e riu também, dando uma olhada em Butcher para garantir que ele testemunhara esse triunfo. Então, ele continuou:

— Bem, Pease terá um julgamento adequado. Deve haver todos os velhos e pomposos cumprimentos exagerados ingleses. Qualquer um de nós pode estar no júri! Haverá advogados de perucas! Um juiz!

— Não acredito que haja muita dúvida sobre o resultado — comentou Butcher.

— Oh, sim, ele será enforcado — disse Reynolds. — Nenhuma dúvida quanto a isso! Na verdade, nenhum culpado vai escapar. Nem os que participaram, nem os que fizeram vista grossa, nem os que enriqueceram à custa disso. Mas todos terão julgamentos adequados, à luz do dia. Serão exibidos nas teletelas, não é de admirar. E, se um antigo membro do Partido não gostar...

bem, é melhor guardar a opinião para si, ou pode se pegar participando do programa! Oh, estou simplificando demais as coisas, tenho certeza, e você deve me achar um bobo. Ora, só fiquei três semanas na Inglaterra!

Ele se virou para trás, a fim de olhar para Julia e conferir o efeito dessas palavras, então riu feliz ao perceber o estado de confusão dela.

— Isso mesmo! Minha família fugiu para a Eurásia quando eu era criança. Em uma balsa! Quase nos afogamos. O Canal não é brincadeira. Mas tudo bem, pois recebi uma educação adequada entre os Ingleses Livres de Calais. Sei fazer contas de multiplicação melhor que qualquer pessoa, e sequer sou inteligente. Dia desses, fiquei por aí citando Wordsworth[15] para qualquer um disposto a ouvir. "Bênção, em tal alvorada, era estar vivo, mas ser jovem era o paraíso!" Educação! Não há nada igual! Há muitos de nós, Ingleses Livres, aqui no velho PC. Nossos rapazes estão dirigindo o espetáculo.

— E você também esteve na Eurásia? — Julia perguntou a Butcher.

— Não. — Reynolds respondeu por ele. — O Butcher nunca saiu da Inglaterra, coitado. Um NOVIFALANTE adequado, ele. Não lhe pergunte sobre Wordsworth, pois ele não sabe responder. Não tem nenhuma educação, veja só.

— Eu saí há apenas seis meses — disse Butcher.

— Mas você precisa respeitar os caras da NOVILÍNGUA — comentou Reynolds, com generosidade. — Mesmo que um NOVIFALANTE não conheça Wordsworth, ele pode nos dizer como o inimigo pensa. Em batalha, há uma maldita visão mais útil que o *Prelúdio*. No entanto, o problema é que não dá para confiar em todo mundo. Agora, o Butcher está bem, mas muitos deles estavam "por aqui" com o Partido. Diga, Julia, o que você fazia?

— Eu era mecânica.

— Mas olha só! — disse Reynolds. — Uma garota mecânica! Não há nenhum mal nisso. Mas muitos deles trabalhavam nesses Ministérios... Paz, Verdade, Sei-lá-o-quê. Até tivemos um sujeito que colaborou com a PENSAPOL! Não que ele tenha nos contado. Alguém o reconheceu; do contrário, teríamos ficado com aquela cobra no meio de nós.

— Que horror — comentou Julia. — Tem mais vinho?

15. William Wordsworth (1770-1850), considerado o maior poeta inglês do Romantismo. (N. da T.)

Butcher pegou a garrafa e a estendeu a Julia com um olhar de piedade, embora ela duvidasse de que ele teria sido tão empático se soubesse. Porém, lembrou a si mesma de que ninguém ali *poderia* saber. Weeks, O'Brien, Martin... todos estavam em Londres. Winston e Ampleforth também, e o pobre Tom Parsons, é claro, estava morto.

À terrível lembrança de Parsons, ela ergueu a garrafa e se deu conta, ao beber, de que fechava os olhos sentindo gratidão, como um gatinho sendo amamentado. Devolveu-a para Reynolds, que ainda tagarelava alegremente sobre a vitória iminente. Julia recostou-se, procurando alívio para a mão direita arruinada. Isso ninguém poderia contestar.

Durante todo esse tempo, o jipe passou de um modo descontrolado sobre alguns outeiros, atirando seus passageiros de um lado para outro. Então, Butcher encontrou uma estrada e tudo se acalmou, e, de repente, lá estava o palácio empertigado à sua frente, sereno e imenso. Suas grandes cúpulas centrais estavam iluminadas, e a chuva fina reluzia amplamente ao seu redor. A estrutura principal era cercada por cômodos inferiores, todos com tetos de vidro curvados de um modo gracioso. Alguns deles continham muita luz e um pouco de movimento, enquanto outros estavam escuros. Agora que o sol tinha se posto, o tracejado prata da estrutura parecia um esboço mal traçado a lápis. Ele continha as formas delicadas de uma ilustração botânica. O aspecto geral era vivo e real de uma forma surpreendente, embora o olhar teimasse em acreditar. Era gigantesco demais, ideal demais. As árvores crescidas nas laterais eram superadas em tamanho até pelos cômodos inferiores.

Eles chegaram a uma cerca de arame farpado mal construída, do tipo que havia por toda parte na SAZ. Em algum lugar na escuridão, um cachorro latia furioso. Ali, pela primeira vez, Julia teve de mostrar os documentos. De certa maneira, foi um alívio; ela estava ciente dos carimbos PRISIONEIRA LIBERTA – EXECUÇÃO PENDENTE como uma justificativa. Ainda assim, sentiu vontade de ter uma nota de cinco dólares para colocar dentro das páginas, como fazia quase sempre no passado.

Entretanto, isso se revelou desnecessário. O guarda deu uma revisada nos documentos e, depois, voltou a olhar para Julia com uma expressão de espanto e admiração. Sua voz oscilou de emoção quando ele disse:

— Bem-vinda à Inglaterra Livre, senhorita Worthing. Você estará segura conosco.

Então, eles foram direto para o palácio. O edifício pairava sobre eles, agigantando-se de maneira incrível, até que tiveram a sensação de passar por baixo dela. Por fim, o jipe virou e subiu uma estrada que passava ao lado da construção. Seu reflexo oscilante tremeluzia de um painel a outro, saltando de forma assustadora quando um cômodo continha iluminação forte. Ali, o vidro mostrava pinturas reluzentes de móveis elegantes lotados de equipamentos empoeirados e homens desleixados em trajes militares.

Enfim, eles passaram pelo edifício e adentraram um quintal revestido de paralelepípedos, onde havia uma miscelânea de outros veículos enlameados. Estacionaram ao lado de outro jipe, que tinha uma pintura tosca de uma bandeira vermelha eurasiana na porta. Quando Reynolds desceu, ele sorriu para Julia dizendo:

— Hoje à noite, você vai dormir num palácio.

Ele estendeu a mão para ajudá-la a descer. Ao segurá-la, ela foi tomada pelo antigo sentimento romântico de ser tratada como uma garota atraente — ou era apenas uma garota grávida? Não, não era só isso; quando Julia se pôs em pé, ele soltou sua mão com patente relutância e passou os olhos pelo rosto dela ao escoltá-la até a entrada. Acompanhando-os, Butcher ficava olhando de um modo divertido e tolerante.

— Agora, não se preocupe — Reynolds disse a Julia —, pois está bastante bagunçado. O pessoal chegou de Paris e Calais e deu uma festinha de vitória, então, você verá um monte de gente à paisana. Mas também estamos montando escritórios... o antigo PC deverá ser o QG dos Homens Livres. Oh, todos vão abraçá-la. Não acredito que já tenhamos recebido alguém que escapou do Ministério do Amor, pelo menos não sozinho. *Sozinha*.

A entrada tinha um toldo com listras verdes e brancas. Embaixo dele havia degraus baixos de mármore parcialmente cobertos por uma lona encardida, cujo propósito Julia não compreendeu. Parecia quase uma mera afirmação da conquista militar de um prazer frágil. Os soldados a postos examinaram os documentos de Julia. Assim como os homens à cerca, eles reagiram com admiração, chegando até a citar seu "heroísmo", mas, pedindo desculpas, disseram que ela ainda precisaria de uma autorização de entrada para prosseguir. Reynolds correu para dentro a fim de obtê-la, e Julia e Butcher ficaram aguardando em um dos lados dos degraus.

No início, ela ficou tão encantada com o palácio que não enxergou mais nada. Naquele lugar, havia cortinas pesadas penduradas nas paredes de vidro, e a luz só escapava pela parte de cima, onde compunha uma névoa glamorosa na chuva contínua. Um ruído fraco de vozes animadas escapava do interior, bem como uma música semelhante ao *jazz* da infância de Julia, porém mais suave e mais lânguida. Através do vidro, Julia pôde ver as dobras das cortinas, tão intimamente próximas que ela imaginou ficar aninhada ali, escondida à espreita, como no passado se escondia em um ninho de casacos. No lado de fora, o vidro recebia o fluxo da chuva que refletia as luzes dos veículos passando, formando um brilho vermelho e branco. Tudo isso continha um *glamour* inimaginável. Era onírico e assustadoramente real ao mesmo tempo. Só aos poucos, entre os rastros dos pingos, ela começou a perceber o reflexo tênue da cerca de arame farpado, com uma multidão atrás.

Assustada, ela se virou e viu, ao lado do quintal onde eles haviam deixado o jipe, um cercado malfeito. Estava tão lotado de pessoas que elas se amontoavam em uma massa sólida para evitar ser jogadas sobre o arame farpado. Embora tivessem sido despojadas de suas armas e de seus equipamentos, seus uniformes indicavam que eram soldados da Oceania. Entretanto, eles não se pareciam nada com nenhum soldado que Julia tinha visto em carreatas de vitória ou em notícias de última hora. A maioria deles era muito jovem, nenhum parecia ter mais de 13 anos. Todos tinham a expressão aflita da má nutrição prolongada. Suas posturas abatidas eram quase cômicas: eles pendiam a cabeça e abraçavam a si mesmos de tristeza. Um deles chorava copiosamente, esfregando o nariz e fazendo cara de choro como uma criança infeliz. Outros pareciam mortos de medo, olhando ao redor como se esperassem um novo disparo de qualquer canto. Um menino muito pequeno ergueu os olhos para Julia, com melancolia. Seu nariz tinha sido esmagado de um modo horroroso, e o meio de sua face estava escuro e sangrento.

— Tropas capturadas — disse Butcher, percebendo que Julia estava olhando. — Estão esperando para serem enviados.

— Enviados — repetiu Julia. — E para onde?

— Liberaram alguns acampamentos nos arredores. Todos os prisioneiros foram libertados. É isso.

— Ah, que bom. Mas estes...

— São prisioneiros de guerra. É assim que as coisas são.

— Entendo... Bem, é claro.

— Sim — disse Butcher, baixando a voz. — Não consigo parar de pensar que eu teria sido um deles se tivesse esperado só um pouco mais para fugir. Ou que estaria morto. Por mais que eu odeie o Partido, acho que não teria me rendido.

O garoto pequeno ainda olhava para Julia, e agora sua mente a ludibriava, transportando-a para dentro do palácio, pela sala lotada que intuiu haver ali, rumo a um salão silencioso e imponente onde a música semelhante ao *jazz* era baixa e distante. O Grande Irmão estava sentado diante dela, entre os móveis familiares de seus antigos devaneios. Estava imóvel em sua escrivaninha imensa, com seus ombros largos, sua expressão inteligente e uma beleza severa. O carpete era o de seda que ela fantasiava, apenas um pouco desgastado pelas botas dos soldados. Atrás das paredes de vidro havia árvores e campos fustigados pelo vento. Ela estava lá para perguntar por que aqueles meninos deviam sofrer, sendo que nunca tiveram escolha. Por que, de todas as pessoas, eles deviam ser alocados em acampamentos? Por que ainda deveriam existir crianças punidas por coisas que elas não tinham poder algum de modificar?

O tempo todo Julia sabia que aquilo não fazia o menor sentido. O próprio Grande Irmão deveria estar em uma cela. Ele não havia feito isso, e não podia desfazer. Agora, o Grande Irmão não tinha poder algum, nem mesmo o que os pobres meninos tinham: o de ter esperança de viver dias melhores.

Butcher estava em pé ao lado dela, com as mãos nos bolsos, olhando para o chão com a testa franzida. Então, ele disse baixinho:

— Se tem alguma coisa preocupando você, pode me perguntar. Talvez eu possa esclarecer. Os Ingleses Livres, como o Reynolds, são bons sujeitos, mas nem sempre compreendem.

— Bem — Julia disse, com cautela —, eu estava pensando no... é... em Humphrey Pease.

Ele sorriu.

— Não é engraçado? — ele disse. — Eu me arrepio sempre que dizem esse nome, embora tenha certeza de que o odeio mais que eles.

— Ah, sinto a mesma coisa. Mas ele é real? Isto é... ele é uma pessoa?

— Bem real. No início, eu também não conseguia acreditar.

— Sim — disse Julia, grata por ser compreendida. — Não parecia que ele poderia ser. Não apenas um homem.

— Ele é um homem. Gostaria de vê-lo?

— Vê-lo?

— Se ninguém impedir, você pode vê-lo. Todos nós fomos vê-lo.

— Ele não está... hum... sendo interrogado?

Uma inquietação indefinida tomou conta do semblante de Butcher.

— Não, ele não. E receio não poder te contar mais que isso. Os que vão vê-lo precisam assinar um documento concordando que não falarão sobre o que viram. A chefia tem muito interesse em impedir rumores. A maioria preferiria que ninguém soubesse de sua presença lá. Mas o general Dormer, encarregado daqui, acha que todos os que sofreram nas mãos do Grande Irmão têm o direito de confrontá-lo. Até eu, que sou uma *persona non grata* por aqui, fui autorizado.

— Você? Mas por quê? Você fez parte de algum Ministério? — perguntou Julia, esperançosa.

— Nem cheguei perto. Fui aviador.

Julia ficou sem palavras por um instante. Afastou o olhar de Butcher, com medo de que ele percebesse sua emoção. Ela estava correndo o risco de chorar, quase falou da SAZ e dos enforcamentos dos aviadores. Mas o que poderia dizer? E para que comentar, sendo que Butcher saberia muito bem? Ele próprio poderia ser de uma SAZ. Com certeza, tinha perdido camaradas. E falar e choramingar acabaria fazendo com que ele conversasse a respeito. Não, nunca se deveria falar. Os olhos dela pousaram no pequeno soldado no cercado. Ele desistira de olhar para ela e estava explorando com as pontas dos dedos seu nariz quebrado. Em um *flash*, Julia imaginou o Grande Irmão de nariz quebrado, seu punho batendo nele. O que ele merecia...

Butcher disse baixinho:

— Eu diria que você deve vê-lo. Talvez seja bom. É algo que se precisa ver, creio eu.

— Sim — concordou ela. — Sim, farei isso.

Neste instante, Reynolds voltou, mais alegre do que nunca, sacudindo um pedaço de papel descorado com JULIA WORTHING rabiscado a tinta preta em uma lacuna e duas assinaturas na base. Ele entregou o papel a Julia dizendo:

— Não me causaram nenhum problema. Eu sabia que não causariam.

— Ouça... — disse Butcher para Reynolds. — Nós conversamos, e ela gostaria de ver o velho Pease. Acho melhor eu levá-la. Você pode começar a processar os documentos dela enquanto vamos.

Por um instante, pareceu que Reynolds protestaria. Em seguida, no entanto, ele franziu a testa e disse:

— Compreendo. Nós, Ingleses Livres, nunca entendemos de verdade verdadeira... mas vou fazer o processamento dela, tá?

— Oh, sim. Você é muito melhor nisso.

— Sou mesmo — disse Reynolds a Julia. — Butcher é firme feito uma rocha, mas não leva jeito para burocracia. É melhor acertar isso logo de cara, ou mais tarde será um tormento sem fim. Eles são o próprio diabo quando se interessam por um sujeito.

— Oh, sim — disse Julia. — MAISBOM.

— É sobre isso que eu queria falar! — comentou Reynolds. — Você não deve mais dizer "MAISBOM". Isso é NOVILÍNGUA. Mas você vai aprender bem rápido.

— Sim — disse Butcher, paciente. — Agora, se você começar o processamento, iremos ao seu encontro. Não vamos demorar muito.

— Você tem razão.

Reynolds virou-se para a porta, dizendo a Julia ao olhar para trás:

— Mas lembre-se: "Bênção, em tal alvorada, era estar vivo, mas ser jovem era o paraíso!".

Quando Reynolds abriu a porta, uma rajada intensa e bem complexa de som veio com tudo, diminuindo depois que ele a fechou. Butcher lançou a Julia um olhar de alerta irônico, depois abriu a porta provocando a rajada de som e fez um gesto para que ela fosse na frente. Com timidez, ela seguiu em direção ao barulho como alguém se aventurando em um mar turbulento e entrou em uma antessala escura, pouco iluminada e, de um modo surpreendente, bem gelada. Mas adiante havia uma porta aberta, com luz de sobra.

Ali ficava o grande salão sob as cúpulas triplas — mas não era silencioso e imponente como ela sempre havia imaginado. Uma música alta emanava de alto-falantes por toda parte, uma música de uma beleza incrível e exótica, composta de instrumentos de sopro e vozes roucas, sensuais e saudosas. Centenas de pessoas corriam em várias direções, esquivando-se umas das outras, e parecia que todas estavam falando ao mesmo tempo. Suas roupas eram estranhas até não poder mais. Só as pessoas de uniforme militar como o de Butcher e Reynolds faziam sentido na opinião de Julia. Os outros homens estavam usando o tipo de terno PROLETA de bailes de salão: jaquetas esquisitas de "lapela" e calças acinturadas — mas com um corte diferente, peculiar, e nada mal como as roupas dos PROLETAS, e, sim, novas em folha, de um jeito quase sobrenatural. As poucas mulheres eram estranhamente magníficas. Todas usavam vestidos de cores vibrantes do estilo dos que Harriet Melton costumava usar, que mal podiam ser exibidos fora de casa. Uma saia continha, inclusive, estampas de flores, e Julia perdeu o fôlego surpresa ao encarar a garota que a estava usando. Seu cabelo era ainda mais estiloso, bem longo e com cachos brilhantes. Alguns cachos tocavam suas costas. Muitas garotas estavam usando rosas atrás da orelha — vermelhas, amarelas ou brancas, mas todas abertas e de um tamanho espetacular. Às vezes, as flores se soltavam e formavam ângulos estranhos; mesmo assim, conferiam a todas um visual festivo.

Julia tinha acabado de concluir que essas pessoas deveriam ser eurasianas quando uma bela garota passou usando um vestido de cetim vermelho-fogo, com batom combinando, e sapatos vermelhos elegantes. Ela acenou para um homem e disse, mal-humorada, com uma inconfundível cadência própria do Partido:

— Qual é a *sua*, senhor Fowler? O coronel está esperando há meia hora, sabia?

Julia tentava acompanhar Butcher enquanto eles passavam pela multidão, e dessa vez não pôde evitar olhá-lo com espanto.

Ele disse:

— Fica logo ali na frente. Não tenha medo.

— Ah, legal. Mas isto não é esplêndido?

Ele reduziu os passos, sorrindo para ela.

— Sim. Eles são muito bons de limpeza.

— As rosas que as garotas estão usando... Que lindas!

— São das estufas do Grande Irmão — comentou Butcher. — Tenho certeza de que o Reynolds pegará uma pra você, se você pedir.

— Você não quer? — perguntou ela, ousando olhá-lo nos olhos.

— Oh, não. Sou sério demais.

Ela riu para ele e, nesse momento, quase trombou com uma garota que corria pela sala enrolada em nada além de uma toalha — uma toalha grossa, branca feito neve, de dimensões impressionantes, que a cobria das axilas até os joelhos. Sem fôlego, a garota dava risadinhas, perseguida por um soldado sorridente de uniforme encharcado que a seguia saltando e se esquivando. Ao passarem, eles deixaram um rastro estonteante — no bom sentido — de aroma floral.

Os dois tinham saído de uma estrutura requintada e elegante, construída no meio do salão. Era como uma cabine delicada, toda de madeira laqueada, com pequenos vitrais pintados exibindo pavões e —ainda mais impressionante — lindas garotas nuas. A porta tinha ficado aberta, então, Julia viu o brilho de alguma coisa dourada. Chocada, percebeu que ali, em meio ao recinto efervescente, estava uma das tão faladas banheiras de ouro.

Julia e Butcher chegaram à parede oposta e a uma porta com moldura prateada, vigiada por dois soldados. Butcher disse algo a eles que ela não ouviu. Quando ele abriu a porta, Julia lançou um último olhar para o grande salão, eufórica e comedida, procurando em vão o filhote de tigre. Então, ela sorriu e entrou pela porta.

Ela esperava encontrar outro salão imponente, mas, em vez disso, eles entraram em um passadiço de teto baixo de vidro que atravessava a área arborizada. Havia uma profusão de árvores e arbustos em toda parte, e seus ramos balançavam na chuva, portanto, o caminho parecia formar um túnel através de uma efervescente escuridão. Milhares de lâmpadas brilhavam com suavidade, acopladas sabe-se lá como na estrutura do teto. Era escuro e brilhante ao mesmo tempo, as lâmpadas refletiam vezes seguidas; logo, feixes de luz se moviam a cada passo. Julia e Butcher também pareciam refletir em ambos os lados, e o reflexo de seus reflexos retrocedia compondo um borrão, de modo que eles eram guiados por uma multidão de fantasmas de si mesmos.

Foi nesse momento que caiu a ficha de Julia de que ela veria o Grande Irmão. Não apenas Humphrey Pease, a figura cômica de que Reynolds se gabava, mas o Grande Irmão. Com Butcher ao lado, ela se lembrou dos enforcamentos dos aviadores — como faziam os condenados cortarem os corpos de seus amigos, para que eles pudessem tomar seu lugar no cadafalso? O sentimento de ódio estava de volta, mais etéreo, porém mais certeiro. Ela se lembrou de suas fantasias de ver o Grande Irmão sendo surrado, esfaqueado, despedaçado. Tinha o direito de confrontá-lo — o que isso significava? Vamos supor que ela estivesse autorizada a atacá-lo; se Butcher assistisse a isso, ela teria vergonha de fazê-lo? Não, Butcher compreenderia. Ela poderia lhe mostrar as mãos de novo. Ele lhe daria um cigarro para queimar o Grande Irmão, assim como ela fora queimada. Ninguém poderia culpá-la.

O passadiço tinha uma curva. Ali, havia um guarda a postos que deveria conferir os documentos de Julia. A uns quinhentos metros adiante, dois soldados aguardavam bem no fim do passadiço, um de cada lado de uma mesa. Um deles era uma mulher que usava uma saia de lã bem alinhada como parte do uniforme. Atrás deles havia algo estranho e adorável, um lance de escadas em formato de parafuso feito de ferro forjado com padrões florais. Acima, via-se, de um modo indistinto, através do teto de vidro, a silhueta imponente de uma torre.

A mulher foi ao encontro deles. Fez uma revista meticulosa em Julia, pedindo desculpas ao apalpar suas nádegas e sua virilha. Depois, Julia foi convidada a se sentar e assinar um documento concordando com a declaração: *Não escreverei nada, não gravarei nada, não falarei com ninguém nem comunicarei nenhuma informação por quaisquer meios sobre minha reunião com Humphrey Pease, o homem outrora conhecido como "Grande Irmão", sob pena de prisão ou morte.*

Por um instante, Julia franziu a testa ao ler essa frase, a fim de lhe conferir um ar de seriedade. Na verdade, aquilo significava pouco para ela. Durante a vida toda, guardara segredos, sob pena de morte. Se tivesse precisado assinar um documento sempre que segurava a língua numa situação de ameaça, ela teria usado uma resma de papel por semana. Quando a soldada olhou para trás, preocupada, Julia meneou a cabeça como se tivesse tomado uma decisão e pôs a caneta no papel, mas descobriu que o ato físico de escrever tinha se tornado um problema. Os dedos indicador e médio de sua mão direita ainda estavam rígidos e inúteis. O formato que Julia moldou para a assinatura foi aceitável, mas ela teve dificuldades para escrever o nome embaixo, então, a mulher se ofereceu, com gentileza, para fazer isso por ela.

Por fim, as formalidades foram finalizadas, e ela foi convidada a subir as escadas. Butcher disse "Estarei aqui quando você acabar", então, ela sentiu um arrepio de pânico quando percebeu que teria de ir sozinha. Havia um peso nas atitudes dele. Butcher sabia o que ela logo veria — sobre a tortura, devia ser tortura. Imagens se sobrepunham em sua mente: um jovem Grande Irmão, semelhante a um deus, atacando de uma trincheira; o Grande Irmão na teletela acima de seu travesseiro, falando baixinho quando ela acordava de um pesadelo; o Grande Irmão em sua fantasia levando-a até uma cama branca e pressionando-a com ardor contra o colchão. Lembrou-se das poucas coisas que soubera da boca de pessoas que o conheceram: Diana Winters dizendo que ele se insinuara até a janela de seu quarto e transara com ela; a mãe de Julia falando que o vira em protestos e que lhe oferecera uma garrafa de suco de pera. A escada continha uma sombra melancólica, carregada de uma opressão que parecia pairar sobre a escuridão. Quando ela começou a subir, essa opressão assumiu uma característica física; em seguida, com um horror repentino, se transformou em cheiro. Era um leve fedor de coisa podre, fezes e urina, ao qual se misturava um odor mais forte de alvejante: o cheiro do Ministério do Amor.

Ela parou, sentindo enjoo e fraqueza. O ódio ainda estava lá, mas misturado com piedade de um modo terrível. A qualquer momento, ela poderia ceder e ser arrastada para baixo, perdida, desfeita. Na peça *O Pecado do Grande Irmão*, um velho revolucionário ensina o personagem do título: "Nunca tenha piedade do inimigo. Ele não tem piedade de você!". A peça termina com o Grande Irmão concebendo sua terceira grande máxima: "Quando você poupa o inimigo, mata três outros: seu camarada, sua família e o homem que você poderia ter sido". Julia atuara na peça, fora para casa e matara sua mãe, mas, na verdade, quem a matou foi o Grande Irmão. Ele havia matado os camaradas dela, a família, a mulher que ela poderia ter sido. Não sendo nada além de Humphrey Pease, o bebedor de suco de pera, ele assassinara todas as pessoas que ela amava. Ela não teria piedade dele. Ele não tivera dela.

Quando ela entrou no recinto, a primeira coisa que notou foram dois guardas em pé, com a postura relaxada, ao lado do corrimão, virados um de frente para o outro. Ao que parecia, eles estavam em uma conversa particular, a qual foi interrompida pela chegada de Julia. O cômodo era um quarto suntuoso; suas paredes de vidro eram forradas por tapeçarias de veludo carmesim como se fosse para conter o aroma. Acima da cama também havia cortinas espessas, amarradas por pesadas cordas douradas. Havia um candelabro pendurado no teto, além de uma estrutura elegante de madeira, como a da cabine do banheiro que Julia tinha visto no andar de baixo. As pinturas dessa cabine mostravam mulheres da Lestásia e borboletas ao lado de um pequeno riacho.

Havia um homem debilitado, sentado numa cadeira de couro no meio do quarto. À primeira vista, ele olhou para Julia como Winston Smith a olhara — não o Winston que ela chegou a amar, mas o que ela tinha visto no Quarto 101, de rosto encovado e corpo arruinado. A pele do homem continha manchas amareladas, com exceção das pálpebras, de cor rosa-choque e inchadas. Uma pele murcha pendia sob seu queixo, e o nariz e as orelhas pareciam maiores no rosto atrofiado. A maior parte do bigode estava branca, e os cabelos escassos e grossos pareciam molhados de forma desigual. A boca desdentada se mexia de um jeito miserável, e havia uma crosta branca nos cantos. O homem estava quase calvo, e a cabeça com manchas senis continha cicatrizes e feridas. Seus membros estavam tão descarnados que, à primeira vista, as mangas do pesado pijama de seda que ele usava pareciam vazias. Apesar da patente fraqueza do homem e dos guardas no quarto, ele tinha sido amarrado à cadeira com ataduras grossas de couro, das quais ele pendia torto, como se fosse incapaz de suportar o próprio peso.

Mesmo depois de a mente de Julia registrar essas características e pensar "Sim, é ele!", ela continuou a procurar o Grande Irmão no quarto. Ao avistá-lo, ela soube, com maléfica lucidez, o que de fato queria ali. Ela não queria punir o Grande Irmão. Não queria vê-lo no chão. Não, ela precisava achá-lo bonito, sábio e poderoso, como ele sempre fora — e queria que ele explicasse que o Partido não era o que parecia ser. Ela precisava que ele elucidasse tudo o que havia acontecido, explicasse por que os assassinatos tinham sido plausíveis, por que nenhum dos sacrifícios fora em vão. Ela precisava contar a própria história, soluçar nos braços dele, seus braços fortes e capazes, e queria que ele provasse que tudo havia sido por uma boa causa. Ele saberia que era o pai de seu filho e a respeitaria e amaria. Enfim, seria como nos sonhos dela.

A deplorável figura, agora, havia percebido a sua presença e reagia com uma carranca séria. Ela tinha visto essa carranca milhares de vezes em teletransmissões e num sem-número de cartazes em todos os muros da cidade, todos os dias de sua vida.

Então, num último instante, ela teve esperança. Ele estava velho, mas era ele — o Grande Irmão! Naquele momento, ela viu em seu semblante o carisma, a intensidade cortante, do homem da teletela. Talvez ainda pudessem acertar as coisas. Ele estava doente e maltratado, mas ainda era ele.

Nesse instante, ele se virou para os guardas e disse, em um simulacro duvidoso de sua antiga voz:

— O que esse sujeito quer de mim? Vocês precisam mandá-lo embora. Eu não o quero aqui!

Julia prendeu a respiração. Um arrepio percorreu seu corpo. Ela esboçou:

— Grande Irmão... Camarada. Veja só...

— Tragam o Rutherford! — uivou o Grande Irmão para os guardas. — Ele vai cuidar disso. Malditos tolos, trazendo gente estranha aqui... Não, deixem comigo. Vamos tomar um avião agora, não é? Esse sujeito vai fazer minhas malas.

Julia se virou para os guardas e gritou, nervosa:

— Ora, o que vocês fizeram com ele? Foram as surras? Isso danificou o cérebro dele?

— Não, senhorita — retrucou um guarda, impassível. — Ele estava assim quando chegou. É o próprio, como você pode ver. Só que velho.

— Velho?! — repetiu Julia. — Só que velho?!

— Todos precisam ir embora — disse o Grande Irmão, irritadiço. — Está na hora da minha banana — ao dizer isso, ele se recostou na cadeira e fechou os olhos.

Mais uma vez, ela viu o rosto murcho, as pálpebras avermelhadas, as cicatrizes e feridas na velha cabeça. Mas, nesse momento, também percebeu sinais de cuidado. O que lhe sobrara de cabelo estava bem penteado, e a região do rosto ao redor do conhecido bigode estava barbeada. Em meio aos cheiros animalescos, agora, ela distinguia o aroma árido do talco em pó.

Julia tentou se lembrar do ódio. Se não pudesse se consolar, ao menos, podia se sentir vingada. Ela sequer precisava atacá-lo. O Grande Irmão estava indefeso, assim como ela estivera; amarrado, como ela o fora; envergonhado, confuso, incontinente, como ela ficara no Ministério do Amor. Sem dúvida, ele sentia desconforto e dor. Ela deveria estar contente por isso.

Ela não conseguia sentir ódio. Não conseguia desejar ver seus olhos aflitos, sua confusão e sua doença. Não! Ela desejava vê-lo melhor. Embora ele não pudesse ser curado, ela só queria que o Grande Irmão fosse auxiliado com gentileza. Sentiu um tremor de repulsa ao pensar que desejara bater nele, queimar sua pele com cigarro. Não, ela não podia desejar mais sofrimento a quem estava sofrendo. Não conseguia encontrar esse desejo dentro de si.

Então, um novo pavor a alertou — o bebê! Mas é claro que não era dele; nenhum bebê poderia vir daquelas pobres entranhas. Na verdade, nem mesmo o Partido teria desejado isso. Devia ser tudo mentira. Era bem possível que o "material seminal" nunca tivesse sido nada além de água morna. Todos sabiam que a maioria das garotas da INSEMART já estavam grávidas, logo, não havia nenhum risco de o programa fracassar. Bebês nasceriam, e todo mundo concordaria que eles eram a cara do Grande Irmão. Ninguém ousaria questionar, nem mesmo no silêncio da própria mente.

Era tudo falso. Sabia-se que era falso, mas todos mentiam sobre as mentiras, até ninguém mais saber onde elas começavam e onde terminavam. A vida toda havia sido um jogo de faz de conta, todos fingindo em grupo como crianças pequenas. Mesmo no Ministério do Amor, eles tinham brincado de tortura e assassinato sabendo que era tudo fingimento. Ninguém se importava se Julia era ou não uma goldsteiniana de verdade; no joguinho de faz de conta, ela era.

Mas o que os tornava dispostos a matar por uma mentira? Julia deveria saber; ela havia traído alguns homens e os viu serem torturados. Ela tinha entrado naquela desgraça de jogo. Mas era diferente; ela o fizera por medo. Oh... Que pensamento terrível... Era tudo por medo? Nenhum membro do Partido chegara a matar alguém por outro motivo além de medo?

Então, aquele sentimento passou. Não havia mais nada. Ela levou as duas mãos ao rosto e sentiu um desejo insuportável, vazio. Ela precisava do Grande Irmão. Ele não tinha o direito! Sua respiração ficou presa na garganta, e ela perdeu o chão sob os pés. Por um momento, pensou que morreria e sentiu gratidão. Mas eram só lágrimas. Um soluço irrompeu e ela começou a chorar.

Ela chorou pela ausência do alojamento e por sua camaradagem barulhenta, pelo beliche onde dormira com as amigas à sua volta no escuro. Chorou pelos anos de trabalho na Ficção, o orgulho de um trabalho útil bem-feito. Chorou pelas reuniões e pelos protestos de que participara, em que se encontrara com camaradas e acreditara naquilo tudo. Oh, sim, às vezes, ela acreditava, e a sensação tinha sido de alegria e lealdade. Todos cantavam em uníssono e marchavam juntos rumo a um futuro de força e boas realizações. Eles cantavam, e o canto era lindo. As pessoas tinham sido tão corajosas e gentis... Sim, eram corajosas mesmo quando se acovardavam e se deixavam ser arrastadas para a prisão. Tinham arriscado tanto umas pelas outras... Era só pensar no modo como ela havia saído, tantas vezes, para encontrar Winston, como eles haviam feito amor na floresta, arriscando a própria vida e se encantando com a canção da ave silvestre. Todo esse mundo! A vida de Julia... não estava apenas perdida, mas tinha sido pisoteada, desprezada, transformada de uma só vez em lixo sem valor.

Ela se encolheu no chão, soluçando e se engasgando de um modo pavoroso. Seu rosto inteiro estava molhado, e sua garganta ainda doía. Não conseguia respirar com o peso das lágrimas. Um guarda a tocou no ombro, e ela tentou se esquivar dele. Só aos poucos ela percebeu que ele lhe oferecia um lenço. Então, ele disse:

— Lamento, senhorita. Tentamos fazer o melhor que podemos para enxugar as lágrimas, mas muita gente reage assim. Ora, eu mesmo...

— Oh! — ela exclamou, surpresa. — Você é um PROLETA!

Os dois guardas riram, bonachões. O que portava o lenço comentou:

— Bem, já vi que a senhorita não tem papas na língua. Mas, sim, eu sou. E também não me ofendi. Sou PROLETA, e não sou pior por isso.

O outro acrescentou:

— Temos que dar vazão ao que sentimos. Não tem jeito fácil. Cada um reage de um modo diferente.

Julia olhou para cima em meio às lágrimas e, pela primeira vez, enxergou os guardas de um modo adequado. O que segurava o lenço era jovem e tinha cabelos pretos e uma barba de três dias sem fazer despontando como pimenta-do-reino em pó. O outro era um sujeito massudo no início da meia-idade, com as bochechas rosadas de um beberrão. Ela sorriu e pegou o lenço.

Como o guarda alertara, estava úmido, mas ela o usou sem frescura e descobriu que aquela sensação desagradável amenizava suas lágrimas. Quando ousou voltar a olhar para o Grande Irmão, ele já tinha reaberto os olhos e a observava com curiosidade.

O guarda mais jovem disse:

— Por coincidência, nós, PROLETAS, somos os únicos capazes de fazer este trabalho. Os Ingleses Livres estão ocupados demais mandando em todo mundo, e não dá pra deixar um azul aqui sozinho. Metade deles seria violenta com o velho, e eles precisam dele inteiro para o julgamento. A outra metade perderia a cabeça de outro jeito e tentaria libertá-lo. Nós, bem... somos um tantinho sensatos. Ou ao menos é o que os companheiros Livres acham, e errados eles não estão.

— O sal da terra, é isso o que somos — disse o outro homem.

Julia e o guarda jovem riram, e o Grande Irmão os acompanhou na risada, murmurando:

— É, foi engraçado. Agora, minha banana.

— Senhorita — disse o guarda jovem —, não quero apressar você, mas a enfermeira chega em um minuto. O senhor Pease está certo, ele precisa comer banana. E precisam limpá-lo e trocá-lo antes de comer. E você não vai querer ficar aqui para ver isso. — Ele se virou para o Grande Irmão e disse: — Tivemos um acidente, não foi? Não muito bonito.

— Não muito bonito... — repetiu o Grande Irmão, acrescentando, com seriedade: — São os goldsteinianos. Tem dedo deles em tudo quanto é lugar.

O guarda mais velho riu.

— Pronto, ele acha que os goldsteinianos molharam sua roupa de baixo por ele. É uma vergonha viver tanto tempo. Quem é que gostaria disso? Escaras da cabeça aos pés, e ele não sabe o que está acontecendo. Não poderia acontecer a uma pessoa mais legal, veja bem.

— É, senhorita, é assim que as coisas são — disse o guarda jovem. — Então, é melhor você ir. E não se importe por ter chorado. Muita, muita gente chora. Tem que chorar para não rir, como dizem. Ou é o contrário?

Quando ela desceu, Butcher a aguardava na base das escadas com um olhar preocupado e questionador. Seu semblante mudou diante do que viu. Juntos, eles passaram pelos dois soldados, que menearam a cabeça com uma expressão de empatia contida. Enquanto voltavam pelo passadiço de vidro, Butcher disse:

— Sempre é difícil saber se alguém deveria ter ido. Espero não ter dado o palpite errado.

— Não, você não errou — disse ela. — De qualquer modo, eu teria ido assim que soubesse dessa possibilidade. Não teria importado o que dissessem.

— É. Comigo também foi assim.

Butcher parou e Julia fez o mesmo. O salão de vidro era ofuscante e sombrio ao mesmo tempo. Dessa vez, parecia dolorosamente familiar para ela, como se ela tivesse vivido muitos anos ali.

Ele disse, baixinho:

— Sabe, quando eu era menino, sempre imaginei que o veria de alguma forma e lhe contaria tudo o que de fato estava se passando. Eu achava que ele não sabia, que não poderia saber; do contrário, daria um basta em tudo. Eu pensava que, quando ele soubesse, tudo se acertaria.

— Sim... — disse Julia. — Tudo se acertaria.

— Eu ficaria na cama e trabalharia no discurso que faria. Pensei que eles poderiam não me dar muito tempo, então, era melhor eu sabê-lo de cor e salteado.

— Eu achava que ele iria me amar. Agora, percebo que toda garota deve ter sonhado com isso.

— Quando vi o que ele era, quis matá-lo, ou a mim. Não consegui entender.

— Sim... — concordou Julia. — Como confiar em alguém, ou em si mesmo? Depois de tudo...

Butcher disse, mais baixinho:

— Sabe, o Reynolds e todos os Ingleses Livres não entendem. Eles acham que somos todos uns baita de uns tolos... isto é, quando não somos heróis trágicos. Mas não pense mal deles por isso. Quem não cresceu nesse meio é incapaz de entender.

Em seguida, ele olhou de soslaio para o passadiço, com a atitude inconfundível de quem verifica se havia alguém ouvindo por alto, e prosseguiu:

— Não dá para ser totalmente franco com eles. Minha esperança era ter uma chance de dizer isso a eles. Eu tentei ser franco, sim, e quase levei um tiro. Não gostaria que você passasse por isso.

— Entendo — disse Julia, agradecida. — Eu me perguntei isso quando Reynolds falou dos ministérios. — Ela hesitou, depois acrescentou, quase sussurrando: — Veja, trabalhei no Ministério da Verdade. Foi lá que atuei como mecânica.

— Sim, eu não deveria mencionar isso a ninguém. Mas ninguém vai forçar você a contar, sabe? Esse foi meu erro. Eu disse logo de cara que fiz parte da Força Aérea Popular. Achei que poderia ser útil, mas isso só me tornou suspeito. Agora, eles nunca mais me deixarão chegar perto de um avião, isso é certo. Escute, não são só os Ingleses Livres que têm esse preconceito. Boa parte do povo londrino não é melhor. Eles querem tanto apagar o passado que se esquecem de que foram parte dele. Mas eles não vão sair procurando seus podres, não sem motivo. Todos temos coisas de que não falamos, e eles se contentam em deixar o passado em paz contanto que ninguém cause problemas. No entanto, quando você fizer o processamento com o Reynolds, tome cuidado para não falar demais. Faça o que ele pedir e ninguém vai olhar para você duas vezes.

— Sim, vou fazer. Guardar segredo não é problema algum.

— Aqui, *é* melhor. É apenas... — Ele fez uma careta e pareceu perdido.

— Eu entendo. Sim.

— Bem, vamos procurar o Reynolds. É bom dar cabo do processamento. E Reynolds vai garantir que tudo dê certo para você. Ele tem uma quedinha por você.

Quando ele disse isso, seus olhos se afastaram, distraídos. Julia acompanhou seu olhar e viu uma garota vestida de branco se aproximando ao longo do passadiço. Ela carregava uma bandeja, e, ao chegar no soldado de vigia, ele estendeu as mãos, oferecendo-se para pegar o objeto da mão dela. Sorrindo, ela fez que não com a cabeça e continuou, com passos leves. Alguma coisa nela incomodou Julia, ainda que ela tivesse percebido que era só a enfermeira.

Butcher disse, mais animado:

— Tem uma pessoa aqui que você precisa conhecer. Outra londrina. Ela vai te dar todas as dicas. Ela passou alguns meses com a Irmandade e já é praticamente da casa.

Quando ele disse isso, seu semblante se desanuviou. Com ciúme, Julia virou para trás e viu a enfermeira. No início, se distraiu ao avistar a banana reluzindo na bandeja. Julia só tinha visto aquela fruta uma vez na vida, portanto, não conseguia nem imaginar qual era o seu sabor. Quando pousou os olhos na enfermeira, não se surpreendeu ao perceber que era uma garota bonita, sua juventude em flor, tangível pelos modos práticos e o chapéu característico de enfermeira. O que a surpreendeu foi que a moça era Vicky.

A princípio, Julia pensou ter cometido um erro fatal. Ali estava uma pessoa que a poderia expor. Vicky poderia se virar para o soldado naquele exato instante e gritar: "Essa é a Julia Worthing! Ela é membro da PENSAPOL! Ela mesma me disse isso!".

Então, Vicky a reconheceu, e Julia percebeu que isso nunca aconteceria. Vicky tropeçou e ficou boquiaberta. Uma alegria estranha surgiu em seus olhos. Julia sentiu algo — talvez o mesmo que Vicky sentiu —, como se seu semblante se suavizasse com a luz. A ideia de que Vicky a trairia parecia vergonhosa, sem sentido. Oh, não era isso! Nunca poderia ser! Julia estava feliz feito uma criança, como achou que nunca mais ficaria.

— Victory! — disse Butcher. — Tem alguém aqui que eu gostaria de te apresentar.

Vicky se aproximou com passos hesitantes, as mãos agarrando a bandeja. Ela olhou para Butcher, mas seu corpo só tinha consciência de Julia.

— Esta é a senhorita Worthing — disse Butcher. — Ela acabou de chegar. Veio de Londres, como você. Quando tiver um tempinho, mostre o lugar para ela. Ela precisa de uma cama e talvez queira tomar um banho, e, não sei...

Dessa vez, Vicky se atreveu a olhar para Julia. Sua boca sorria, parecendo lutar contra um sorriso mais largo.

— Eu acredito que a gente já se conheça — ela disse.

— Sim — disse Julia a Butcher. — Morávamos no mesmo alojamento em Londres. O Women's 21.

— O Velho Women's 21! — exclamou Vicky. — A monitora Atkins! Tigre e Comissário!

— Eram nossos gatos... — Então, Julia se virou para Vicky, quase sem coragem para olhá-la nos olhos. — Estou tão feliz por você estar aqui. Que coisa mais incrível!

— Sim... — concordou Vicky. — É tão... Eu estou muito contente.

Butcher estava radiante, olhando de uma para a outra.

— Bem, isso é esplêndido. Você terá uma amiga aqui. As duas terão.

— Daqui a vinte minutos, estarei livre — disse Vicky. — Aí, terei um intervalo. Eu poderia encontrá-la em... aonde você vai?

— Fazer o processamento — respondeu Butcher. — Reynolds vai levá-la.

— Ah, ele é um fofo! — comentou Vicky. — Tudo bem, então. Sim, virei encontrá-la. E sei que você deve achar bobo eu me chamar de Victory agora. Mas agora *estou* boba. Sou feliz o tempo todo. E vou ficar ainda mais.

— Oh, sim! — disse Julia. — Estou muito feliz também.

— Se não fosse essa bandeja imensa, eu te daria um abraço. — Vicky riu e deu uma olhadela para Butcher, depois disse a Julia, em um tom mais comedido: — Bem, eu te encontro. Vou chegar logo, logo.

Ela partiu em passos rápidos, decididos. Julia a seguiu com os olhos; depois, parou. Ainda estava consciente da sensação de não demonstrar as coisas em público. Claramente, Butcher não tinha tal escrúpulo; então, ele soltou, assim que Vicky subiu as escadas:

— Ora, ela não é uma graça? Sabe, as outras enfermeiras tratam o homem com rispidez, e não as culpo por isso. Mas Vicky é famosa por sua doçura, até mesmo com ele. E ela passou por... bem, não pelo que você passou, mas por poucas e boas. Quando vejo um coração puro como o dela, e como isso é respeitado aqui, eu percebo que ficaremos bem. Não dá para não ficar.

— Oh, sim... — disse Julia. — Agora, sei que ficaremos bem.

— Sim! Nós, rapazes, comemos na mão dela. Ela veio de Londres a pé, como você. Trabalhou no Comitê Central e jogou a toalha. E você sabia que ninguém pensa mal do Comitê por causa dela? Oh, ela teve alguns problemas no processamento, assim como eu. Mas isso logo ficou para trás. Vê-se num piscar de olhos o tipo de garota que ela é...

Butcher continuou matraqueando sobre as virtudes de Vicky enquanto eles tomavam o caminho de volta pelo passadiço. Eram coisas que a própria Julia percebia, mas que soavam fantásticas, até mesmo imaturas, na boca dele. Ele era um amor, mas será que não percebia? Vicky e Julia eram as escolhidas. O que havia entre elas era o motivo por que tudo estava bem.

Mas, ah, como era maravilhoso ele não perceber! Com efeito, tinha razão em afirmar que havia verdades que não deviam ser mencionadas. Julia agradecia por estar com pessoas que a compreendiam em um lugar em que segredos ainda podiam ser uma coisa boa.

Pensando nisso e sorrindo diante da tagarelice de Butcher, ela o seguiu rumo ao salão de cristal, majestoso e ensurdecedor. Ele foi obrigado a desistir do entusiasmo e abrir caminho entre a imensa multidão. Enquanto avançavam em meio ao caos, Julia avistou o filhote de tigre, atiçado com um cinturão Antissexo por uma garota usando roupas de soldado, mas descalça. Julia ficou tentada a verificar se as unhas dos dedos da moça estavam pintadas de vermelho para combinar com o batom. Julia pintaria as unhas de Vicky dessa cor e beijaria seus dedos. O filhote de tigre dormiria ao pé da cama de Vicky. Que tipo de cama seria? Quando a quantidade de camas era baixa, muitas vezes, duas garotas precisavam dividir uma. Será que importaria muito o fato de Julia estar grávida? Não, Vicky devia ter visto, e não fazia diferença alguma. Nada do tipo faria diferença... O filhote ergueu a pata para o cinturão de um modo displicente; depois, sem cerimônia, caiu de costas e se esticou para mostrar a barriga, enrolando a cauda listrada. Com muito cuidado, a garota acariciou a barriga branca. Na mesma hora, o tigrinho se contorceu para atacar e ela tirou a mão, dando risadas sonoras. Igualzinho ao Tigre e ao Comissário. Como Vicky dissera seus nomes! Que fofa!

O quarto a que Butcher a levou era um dos que eles tinham avistado ao chegar, onde móveis suntuosos dividiam o espaço com montes de mochilas empoeiradas, capacetes e botas enlameadas. Na lateral adjacente ao grande salão, o cômodo tinha uma cortina improvisada feita de lona. A palavra PROCESSAMENTO tinha sido escrita na porta de vidro com algo parecido com batom. Julia sorriu pensando em esmaltes para unhas e lírios do vale, refletindo *Bênção, em tal alvorada*. Sentiu-se agradecida por avistar uma garrafa de vinho à sua espera na mesa entre seus documentos e até contente ao ver Reynolds sorrindo admirado para ela.

Butcher os deixou, dizendo que voltariam a se encontrar à noite, no jantar. Reynolds serviu duas taças de vinho. Algo no gesto de servir perturbou as memórias de Julia, mas ele não deu tempo para ela refletir a respeito; ele começou a dar uma animada explicação sobre a facilidade do processamento e a impossibilidade de dar errado, contanto que fosse feito com uma pessoa de confiança.

— São só duas partes, veja. Então, quando acabar, você vai receber novos documentos da Irmandade. Precisamos ficar com seus documentos antigos, é claro. Eles ficam arquivados em algum lugar, e acredito que, quando a guerra acabar, alguém os organizará de alguma maneira.

— É claro que, se houver motivo para suspeitar de alguém, eles darão uma analisada mais atenta nos documentos — ele prosseguiu. — Aqui, há pessoas que são verdadeiras peritas em decodificar tudo o que as marcações significam, os números de identidade e sei-lá-o-quê, e, se alguém parece suspeito, elas revisam a papelada de cabo a rabo até o cara se arrepender de estar vivo. Tome como exemplo o Butcher, que era bem atrevido quando estava no Partido. Ele não era apenas um aviador... bem ruim, por sinal... mas mexeu os pauzinhos para comandar o esquadrão. Bem, nossos rapazes lhe concederam o providencial terceiro grau e fizeram umas dez pessoas examinarem seus documentos e o ameaçarem para pegá-lo no pulo. — Claramente, Reynolds achava isso muito engraçado, mas, ao olhar a expressão de Julia, ele se conteve, dizendo: — Mas o seu não será assim. Não, acho que não vai levar nem dez minutos.

Ele ficou duas vezes mais solícito depois de ela confessar que não conseguiria escrever as respostas sozinha — sua mão ferida não permitia. Ele ficou contente demais por poder ler as perguntas em voz alta para ela e anotar suas respostas. Na verdade, ele disse que era bom, já que assim podia ter certeza de que ela não cometeria erros.

Isso se revelou, de imediato, muito útil na Parte Um, que consistia apenas na pergunta "*Qual era sua função no Partido do* INGSOC?". A resposta deveria conter ao menos três páginas, disse Reynolds, mas era melhor que tivesse seis.

— Se tiver menos que seis, eles vão pensar que você está escondendo algo. É tudo bobagem, claro, mas você precisa saber como eles pensam. Essa mentalidade burocrática!

Julia percebeu, sem que lhe dissessem, que a chave para essa pergunta era não admitir nada. Por isso, no relato que ela deu a Reynolds, não havia nenhum Ministério da Verdade nem Liga Antissexo de Juniores, muito menos programas do Grande Futuro ou distintivo de Herói da Família Socialista. Ela também não deu a entender que tivera um papel importante na queda de alguém. Embora fosse estranho imaginar um membro partidário que nunca ajudara a polícia em interrogatórios, nunca se juntara a uma multidão para incendiar a casa de um inimigo, nunca assinara uma petição clamando pela execução de colegas por entrarem em conflito com alguma nova regra, era isso que Julia devia afirmar ser. Claro, Julia havia contado essas mentiras inverossímeis a vida toda, logo, isso era natural. Aos 10 anos, ela escrevia cartas na escola pedindo ao Grande Irmão que enviasse toda a comida da SAZ para Londres, afirmando não sentir fome por estar apaixonada demais pela causa.

No entanto, Reynolds teve de incitá-la a se referir a outros membros do Partido como "sanguessugas" e "patifes homicidas", e ele afirmou que a morte dos pais dela deveria receber duas páginas inteiras. Ele também insistiu para que ela dedicasse duas páginas ao tempo em que passou no Ministério do Amor. Ele escreveu alguns trechos dessas páginas sem a ajuda dela, erguendo uma das mãos em sinal de silêncio enquanto rabiscava com uma carranca feroz. Outra página deveria ser preenchida com expressões de ódio por Humphrey Pease. Isso ele também escreveu, garantindo a ela que todos os NOVIFALANTES precisavam de ajuda nesse ponto. Julia se permitiu divagar, bebericando vinho e de olho na porta, à espera de Vicky. Seu pensamento voltou para o filhote de tigre e o esmalte. A banheira dourada... Lírios do vale... Ela e Vicky entrariam sozinhas na cabine.

Com rispidez, Reynolds interrompeu seu devaneio, dizendo:

— Desculpa a pergunta, mas eles vão gostar de saber... me perdoe se eu estiver errado, mas você está esperando um filho?

— Sim — respondeu Julia, com um tom de culpa. — Estou.

— Bem, se os seus carcereiros forçaram... na prisão... odeio ter que fazer essa pergunta.

— Ah, não, não foi nada do tipo — disse Julia, sentindo um aperto na garganta. — O pai da criança e eu fomos presos juntos. Ele me traiu no Ministério do Amor. — Estava na ponta da língua dizer "*Eu o traí também!*", mas é claro que ela não deveria dizer isso. Em vez disso, acrescentou: — É claro que eles o torturaram de um modo bárbaro, ou ele nunca teria feito isso.

O semblante de Reynolds voltou a ficar rígido de raiva.

— Ainda assim, ele foi um covarde, eu diria.

— Não sei. Mas você pode escrever isso dessa forma, se é o que eles querem.

Ele olhou para a página; depois, olhou para ela.

— Não, não acho que a gente deva mencionar isso... a traição. Vou dizer que ele foi assassinado lá, pode ser? Não queremos que nada recaia sobre a criança.

— É claro — disse ela, agradecida. — Se você acha que tudo bem. E se eles o mataram porque ele encarou a tortura para me proteger?

— Isso! — Os olhos de Reynolds brilharam. — É isso aí!

Ele passou mais um minuto escrevendo com fervor; depois, grampeou as páginas preenchidas e as deixou de lado dando um suspiro de satisfação.

— Agora, a Parte Dois não pode dar errado — ele disse. — Na verdade, é mais *pro forma*, mesmo. Mas você não deve se preocupar se algumas perguntas causarem medo. É só uma velha tradição, veja.

— Certo — disse Julia, hesitante.

— Oh, não, não precisa se preocupar. Eu falo o que você deve dizer.

Um pouco nervoso, ele ajeitou o papel e leu:

— "Você está preparada para dedicar a vida a derrubar a ditadura vermelha?" — Ele olhou para cima e acrescentou: — Isso é o Partido, veja.

— Sim.

— É um sim para a pergunta ou...

— Sim para a pergunta. Isso *é* fácil.

Eles trocaram sorrisos. Então, ele disse:

— Agora, acredito que todas as respostas sejam sim. Mas acho que terei de fazer as perguntas mesmo assim.

Ele voltou a olhar para o papel e fez uma cara triste.

— Bem, temos aqui a primeira pergunta capciosa — ele disse. — "Está preparada para cometer assassinato se for necessário para a Irmandade dos Homens Livres?"

— Assassinato? — perguntou Julia. — Isso é...

— Ah, é só uma velha tradição esquisita. Isto é, imagine só alguém pedindo a *você* que mate uma pessoa!

Dessa vez, algo mexeu com a lembrança de Julia lhe causando um desconforto. Era alguma coisa relacionada ao sabor do vinho...

Reynolds disse:

— Vou colocar um sim.

— Oh... Sim. Se você acha que devo.

— Sim. Afinal, estamos em guerra. Não combina muito dizer que você não vai matar pessoas em uma guerra.

— Certo. Estamos em uma guerra... É verdade.

— Agora, chegamos à pior delas. Aperte o cinto. "Você está disposta a cometer atos de sabotagem que podem causar a morte de centenas de inocentes?"

Um pouco chocada, ela percebeu o que significavam aquelas perguntas. Era a lista de crimes que O'Brien dissera que os seguidores da verdade cometeriam sem pestanejar — a lista com a qual eles fizeram Winston Smith concordar ao fingir recrutá-lo para a Irmandade.

— Espere, essas são as perguntas verdadeiras? — indagou Julia. — As coisas que alguém aceita quando se junta à Irmandade?

Reynolds deu um sorrisinho.

— Isso é bem misterioso, eu sei. Com certeza, não a culpo por pensar duas vezes. Mas é claro que nunca lhe pediriam de verdade que fizesse essas coisas. Você pode imaginar? — Ele riu, sentindo-se desconfortável.

— E Goldstein existe mesmo?

— Goldstein? — Reynolds franziu a testa de um jeito meio enigmático. — Bem, existiu. Mas ele nunca foi um dos nossos. Na verdade, ele nunca foi muito melhor que o restante deles. O único erro que cometeu foi ganhar muita popularidade, veja, e dar a entender que poderia derrubar o Pease. Mas o velho Pease foi ligeiro demais para ele, e o dispensou.

— É isso? Entendo.

— Ora, claro, a última pergunta a incomodou, e não penso mal de você por causa disso. Essa tradição parece macabra para quem vem de fora, só os sujeitos mais antigos não ouvirão falar que ela mudou. Mas é apenas um modo exagerado de falar. É como se alguém dissesse "Gosto tanto de você que roubaria a lua do céu para lhe dar". Ninguém diz isso de forma literal...

Ele ficou corado e, então, voltou para o papel, dizendo:

— Oh, não posso deixar você levar isso muito a sério. Vou escrever *sim*. — Ele rabiscou a palavra e olhou para cima, com um ar de desafio.

Mesmo sem querer, Julia sentiu um certo alívio em ver o problema retirado de suas mãos. Ela recostou na cadeira, descansando a taça de vinho na barriga.

— Bem, se você acha... — ela começou.

— Muito bom — ele a interrompeu. — Agora, você também não vai gostar desta. Não posso dizer que estou lá muito feliz com isso, mas tente se lembrar... é só uma tradição. Lá vai: "Se jogar ácido sulfúrico no rosto de uma criança servisse, de algum modo, aos interesses da Irmandade, você estaria preparada para fazer isso?".

— Não — respondeu Julia, num acesso de raiva. — Não vou fazer.

Ele baixou a caneta com uma expressão perturbada. Só então Julia percebeu o que havia feito, e sentiu um arrepio de medo. E se Reynolds começasse a duvidar dela? Não, Julia *não podia* levantar suspeitas. Se o pessoal de lá examinasse de modo adequado seus documentos — gente que soubesse o que estava vendo —, não haveria cicatrizes ou modos gentis que a salvassem. Ela seria enviada a um acampamento ou morta a tiros.

— Desculpa — disse ela. — Eu só estava brincando. Você pode escrever... bem, o que quiser.

Reynolds apanhou a caneta e escreveu depressa a palavra, depois, voltou a olhar para ela com um sorriso incerto.

— Bem! Entendo que mereci uma tiração de sarro. Todos merecemos, fazendo uma garota passar por isso. Mas o pior já passou. Vamos prosseguir?

— Sim. Agora, entendo. Tudo bem.

Dali em diante, Julia se sentiu desligar. Era quase a sensação que ela tivera no Ministério do Amor, ao escapar do corpo e flutuar até o teto. Afinal, não podia impedir o que a Irmandade faria ou a obrigaria a fazer. Julia era uma criminosa. Pior, estava grávida. Ela não era livre para pensar o que era correto. Devia fazer o que era seguro. Como dissera Ampleforth: não havia escolha, apenas era preciso viver como se houvesse.

Reynolds prosseguiu, e Julia lhe deu respostas brilhantes. Ela serviu mais vinho para os dois e virou com tudo o dela. Ficou de olho na porta pela qual Vicky passaria, deixando o pensamento divagar para os cabelos macios de Vicky, seu cheiro de sabonete e suor limpo. Não havia escolha. Era tocar em frente e tentar ser gentil sempre que possível. Sobrevivia-se e lamentava-se. E ela entraria na cabine com Vicky e elas ririam na banheira dourada.

Ela colocaria uma rosa no cabelo como as garotas da Irmandade. A música semelhante ao *jazz* tocaria nas paredes, a música exaltante de outro mundo. Ela tiraria a roupa e ficaria nua. Beijaria o rosto de Vicky.

— Está preparada para perder a identidade e viver o resto da vida como outra pessoa?

— Sim.

— Está preparada para se afastar de todos os que você conhece e nunca mais vê-los de novo?

— Sim.

— Está preparada para trair, fingir, chantagear, corromper mentes infantis, distribuir drogas viciantes, incentivar a prostituição, disseminar doenças venéreas... fazer qualquer coisa passível de desmoralizar e enfraquecer o poder do Partido?

— Sim — disse Julia. — Sim, estou. Sim.

AGRADECIMENTOS

Um milhão de agradecimentos, como sempre, à soberba Victoria Hobbs, que foi minha agente desde o começo. Ela sempre vai avante e além, mas desta vez de fato se superou por ser a pessoa que me sugeriu escrever este livro. Muito obrigada também a Bill Hamilton, por me confiar *1984* e pela ajuda durante todo o processo. Agradeço, da mesma forma, a Jessica Lee, Prema Raj, Tabatha Leggett, Alexandra McNicoll e Jack Sargeant pelo trabalho extraordinário de divulgação e venda de *Julia* mundo afora.

Também quero agradecer a todos da Granta pelo trabalho brilhante: Jason Arthur, Pru Rowlandson, Bella Lacey, Lamorna Elmer, Sigrid Rausing, Noel Murphy, Christine Lo, Sarah Wasley, Daniela Silva, George Stamp; e à equipe da Mariner: Nicole Angeloro, Peter Hubbard, Tess Day, Liz Psaltis, Eliza Rosenberry e Tavia Kowalchuk.

Agradeço a meus primeiros leitores, John Muckle e Clare McHugh, pelo incentivo e aconselhamento, e a outros que me ajudaram e apoiaram de várias formas enquanto eu escrevia este livro: Jeff Newman, Sally Greenawalt, Anita Vanca, Timothy Paulson, Clive Merredew, Bethany Raymond, Arlene Heyman, Peggy Reynolds, Jim Gottier, Paul Bravmann, Mandy Keifetz, Wendy Jones, Gail Vachon, Ellen Tarlow. Agradecimentos especiais também a meus amigos em Small Twitter. E, por fim, como sempre, agradeço a meu marido, Howard Mittelmark, o editor mais inteligente, melhor amigo, colega de quarto mais sofredor e o motivo pelo qual — uma injusta surpresa — eu ainda não tenho um cachorro.

SOBRE A AUTORA

Sandra Newman é autora de cinco romances: *The Men*, *The Only Good Thing Anyone Has Ever Done* (finalista do The Guardian First Book Award), *Cake*, *The Country of Ice Cream Star* (semifinalista do Baileys Women's Prize for Fiction) e *The Heavens*. É coautora de *How Not to Write a Novel*, com Howard Mittelmark. Escreveu também *The Western Lit Survival Kit* (*História da Literatura Ocidental sem as Partes Chatas*, lançado no Brasil pela Editora Cultrix) e o livro de memórias *Changeling*. Ela é formada pelo programa de Escrita Criativa da University of East Anglia e trabalha como professora de redação e literatura em duas universidades nos EUA. Vive atualmente em Nova York.